Juni 2003

Ein neuer Band der ›Magischen Geschichten‹ liegt vor, für dessen Auswahl die »Queen of Fantasy«, Marion Zimmer Bradley, noch verantwortlich zeichnet. Mit 22 neuen Geschichten von starken Frauen, die die Magie und die Zauberkunst nicht nur zur Kriegführung nutzen, sondern damit auch Not und Elend, Krankheit und Tod besiegen, hat die Herausgeberin wieder ein breites Spektrum ausgewählt. Da gibt es Drachinnen, die sich mit echten Prinzessinnen verbünden und den König ausschalten, es gibt einfache Räuber, die sich als Magier ausgeben, aber rasch enttarnt werden können. Es gibt die Königin, die um den Preis des ewigen Lebens das Leben ihrer Tochter opfern soll und erst im Todeskampf merkt, dass dies der eigentliche Weg zur Unsterblichkeit ist. Magische Schwerter kommen zum Einsatz, feine Zauber werden gesponnen, unirdische Kreaturen tauchen auf, und unsere Heldinnen haben alle Hände voll zu tun, um dem Guten in der Welt zu seinem Recht zu verhelfen. Ein großes Lesevergnügen, das Marion Zimmer Bradley hier noch für ihre Leserschaft zusammenstellen konnte.

Marion Zimmer Bradley wurde 1930 in Albany, New York, geboren und starb am 25. September 1999 in Berkeley, Kalifornien. Internationale Berühmtheit erlangte sie vor allem mit ihren Science-Fiction- und Fantasy-Romanen. Zu ihren bekanntesten Werken zählt die Roman-Trilogie um den König-Artus-Mythos: ›Die Nebel von Avalon‹, ›Die Wälder von Albion‹ und ›Die Herrin von Avalon‹.

Unsere Adresse im Internet: www.fischer-tb.de

Schlangenschwester

Magische Geschichten XV

Herausgegeben von

Marion Zimmer Bradley

Aus dem Amerikanischen von
Wolfgang F. Müller

Fischer Taschenbuch Verlag

Deutsche Erstausgabe
Veröffentlicht im Fischer Taschenbuch Verlag GmbH,
Frankfurt am Main, September 2001

Mit freundlicher Genehmigung von Marion Zimmer Bradley
c/o Baror International Inc., Armonk, New York, USA
Die amerikanische Originalausgabe erschien 1998 unter dem Titel
›Sword and Sorceress XV‹ bei DAW Books Inc., New York

Gesamtherstellung: Clausen & Bosse, Leck
Printed in Germany
ISBN 3-596-14535-X

Inhalt

MARION ZIMMER BRADLEY Einleitung 7
JOHN P. BUENTELLO Mit der Seele eines Kriegers 10
(With a Warrior's Soul)
DEBORAH BURROS Beharrlichkeit 19
(Perseverance)
MARY CATELLI Wo Rauch ist … 24
(Where there is Smoke)
ANDREA CHODAN Lösezauber 36
(Unbinding Spell)
SUSAN HANNIFORD CROWLEY Cecropia 49
(Cecropia)
JESSIE D. EAKER Das ewige Leben 63
(To Live Forever)
SARAH LYONS Der Amboss der Königin 78
(Queen's Anvil)
DOROTHY J. HEDYT Die sieche Rose 96
(The Sick Rose)
HEATHER ROSE JONES Unter die Haut 116
(Skin-Deep)
CATH MCBRIDE Ein letzter Drache, ein letztes Mal 135
(One Last Dragon, One Last Time)
DEVON MONK Unter ihren Fittichen 141
(Under her Wing)
VERA NAZARIAN Schillernde Sense 147
(Shimmering Scythe)
DIANA L. PAXSON Schnee im Frühling 164
(Spring Snow)
LYNN MORGAN ROSSER Eide 183
(Oaths)

CAROL TOMPKINS Etwas Kostbares 189
(Something Precious)
PETER TRACHTENBERG All die Zeit 200
(All These Days)
LAURA J. UNDERWOOD Sein Herz von Stein 211
(His Heart of Stone)
CYNTHIA WARD Eine Frage von Namen 228
(A Matter of Names)
ELISABETH WATERS & PAUL S. REYES Die Horde der Drachin 255
(The Dragon's Horde)
DEBORAH WHEELER Die Phönixklinge 272
(The Phoenix Blade)
KATHLEEN DALTON-WOODBURY Der Geruch von Magie 289
(The Smell of Magic)
PAUL EDWIN ZIMMER Die Macht der Seehundfrau 304
(Seal-Woman's Power)

Einleitung

Schön, da bin ich wieder! Ein neues Jahr, ein neuer Band der *Magischen Geschichten*, eine neue Einleitung ... Nach fünfzehn Jahren ist dieser Zyklus Teil meines Lebens. Aber inzwischen ist das nicht mehr nur mein Leben: Ich sehe mit Freuden, dass auch andere Herausgeberinnen Anthologien über starke Frauen machen. Aber ich war auch entsetzt, als mir meine Sekretärin den Titel der Anthologie nannte, für die sie schrieb: »Miezen im Kettenhemd«. Ich kann wohl mit Bestimmtheit sagen: Auf die Idee, einem Buch diesen speziellen Titel zu verpassen, wäre ich nie gekommen! Aber es scheint sehr erfolgreich und Quell mindestens eines Romans gewesen zu sein. So wie sich das bei meinen »Sword and Sorceress« (wie sie im Original heißen) auch abspielte: Mir fallen auf Anhieb drei meiner Autorinnen ein, die aus ihren dort erschienenen Kurzgeschichten Romane gemacht haben: Mercedes Lackey, Jennifer Roberson, Elisabeth Waters. Und es gibt sicher noch andere – deren Romane nur noch nicht publiziert oder noch in Arbeit sind. Es ist wunderbar, Autoren, deren erste Storys man gekauft hat, Karriere machen zu sehen – fast, wie wenn man die eigenen Kinder aufwachsen sieht.

Die Auswahl der Storys für diese Anthologie wird von Jahr zu Jahr schwieriger. Da sie als ein Markt immer bekannter wird, bekomme ich immer mehr Angebote dafür. Waren es früher genug gute Texte für zwei Bände, sind es nun genug für deren vier. So musste ich in diesem Jahr viele Geschichten ablehnen, die ich vor fünf, zehn Jahren gekauft hätte ... Zum Glück konnte ich dann für einige davon in *Marion Zimmer Bradley's Fantasy Magazine* Platz finden ... und darum hatte ich ja auch dieses Magazin gegründet: Um mehr Texte einkaufen zu können, als in »Sword and Sorceress« unterzubringen wären.

Es war auch in meinem Privatleben ein ereignisreiches Jahr. Die großartigste Neuigkeit ist, dass ich – nachdem ich Diana Paxson jahrelang um ihr Enkelkind beneidet habe – nun selbst endlich eines bekommen habe ... (Natürlich haben ihr Sohn und seine Frau neulich noch Zwillinge bekommen! Ich versuche also besser gar nicht erst, mit ihr »gleichzuziehen«.) Meine Tochter Moira und ihr Mann haben im Mai einen Sohn bekommen: Robert Jeffrey Stern heißt er. Er ist wunderschön – und ich bin ganz und gar glücklich, endlich Großmutter zu sein.
Natürlich hat mir das mein Alter und all die Veränderungen, die in der Welt ringsum stattgefunden haben, viel bewusster gemacht. In meiner Jugendzeit waren etwa Geschichten, die auf dem Mars spielten, schlicht Fantasy, hätte eine Blondine mit Harnisch und Schwert unter »Marsianern« nicht deplatziert gewirkt. Und heute wird eine unserer letzten Landungen (oder Invasionen, wie einige Zeitungen das beharrlich nennen) live auf CNN übertragen, bringen Time und die Tageszeitungen die Fotos dazu auf den Titelseiten, sind die »Marsianer« Steine mit Namen wie »Barnacle Bill« und »Yogi«. Für mich war diese Blondine interessanter – aber für viele Wissenschaftler wohl nicht. Als Schriftstellerin sieht man das offenbar anders ... Aber ich bin sicher: Wenn wir nun eine bewaffnete Blonde auf dem Mars gefunden hätten, hätten sich diese Wissenschaftler sehr für sie interessiert!
Jedes Jahr stelle ich fest, dass viele der ausgewählten Texte etwas gemein haben, was dann so eine Art roten Faden bildet, der sich durch die ganze Anthologie zieht. Dieses Jahr habe ich wohl Storys genommen, die sich traditionelle Themen nehmen – wie Zauberduelle, Rätselspiele, Gottesurteil per Zweikampf, Gestaltwandler, die Jungfrau und der Drache etc. – und sie auf den Kopf stellen und verdrehen oder von innen nach außen kehren. Es ist schön, so viele talentierte AutorInnen mit so vielen originellen Ideen zu sehen, und ich hoffe, dass Ihnen diese Geschichten genauso gefallen wie mir.

Marion Zimmer Bradley

JOHN P. BUENTELLO

Das Zauberduell ist ein gängiges Thema. So bekomme ich jede Woche ungefähr zwei Storys dazu. Es gibt dabei natürlich nur ein halbes Dutzend Plots, ich zähle sie schon an den Fingern ab. Jeder hat einen besonderen Aufbau. Eines der Geheimnisse steten Verkaufserfolgs ist, alte Plots zu nehmen und sie auf den Kopf zu stellen. John Buentello hat diesen, scheint mir, aber seitenverkehrt.
John ist schon seit einigen Jahren einer meiner Autoren. Er hat um 1990 angefangen, an Marion Zimmer Bradley's Fantasy Magazine *zu verkaufen, und ungefähr vier Jahre später dann an die* Magischen Geschichten. *Derzeit lebt er in Texas und bezieht, sagt er, seine Inspiration von seiner Familie, die ihm helfe, »die gar nicht so verborgenen magischen Nischen im ganz alltäglichen Leben« zu sehen. Er widmet seine Story darum Ann, seiner »schönen und zauberhaften Frau«. – MZB*

JOHN P. BUENTELLO

Mit der Seele eines Kriegers

Jeyla ritt schnell, so schnell, wie die Stute, die sie aus den Ställen von Balor befreit hatte, sie tragen konnte. Der Raub dieses Pferdes, dem sie jetzt die Sporen gab, würde sie beide Hände kosten, wenn man sie finge ... aber diese Strafe war nichts gegen das, was sie erwartete, wenn sie nicht bald eine größere Distanz zwischen sich und die Tore jenes Dorfes legte. Der Edelstein, den sie in der Satteltasche hatte, war sicherlich ein Vermögen wert. Aber das, oder mehr, war er auch besser wert – nach all der Mühe, die sie um seinetwillen auf sich genommen hatte.

Der Reisende, der da im Gasthaus Bärenfang abgestiegen war, hatte ja vielleicht vor den anderen Leuten verbergen können, welch kostbares Stück er bei sich trug, aber doch nicht vor einer geschulten Diebin und ihrem scharfen Auge ... Sie hatte schon, als er sich setzte und bei ihr einen Humpen Wein und ein Stück Braten bestellte, gewusst, dass er etwas von Wert bei sich hatte. Um eine solche Gelegenheit abzuwarten, hatte sie ja diese Arbeit als Kellnerin angenommen ... So hatte sie denn, während der Mann ein Bad nahm, sein Zimmer durchwühlt, und als sie unter der Matratze den Edelstein fand, hatte sie gewusst, dass sie nie mehr zu stehlen bräuchte.

Aber die Träume von einem neuen Leben mussten warten, bis sie diese Kerle, die sie seit einer Stunde verfolgten, abgehängt hatte. Die hatte sie vom Gipfel einer kleinen Hügelkette, nur ein paar Meilen zurück, entdeckt. Sie kamen scharf geritten, genau hinter ihr her, und sie musste nicht zweimal raten, um zu wissen, wer sie geschickt hatte ... Der Mann hatte seinen Stein wohl eher vermisst, als sie veranschlagt hatte. Jetzt hing ihre Aussicht auf ein neues Leben ganz davon ab, ob es ihr gelänge, ihren Verfolgern zu entkommen.

Das Hochland lag westlich von ihr ... eine Richtung, die ihr recht verlockend schien. Aber in ein paar Meilen Entfernung war ein riesiger Wald, in dem sie sich verstecken könnte und größere Chancen auf ein Entrinnen hätte. So zügelte sie ihre Stute, lenkte sie in den Osten. *Nach Westen,* ließ sich da eine Stimme vernehmen ... wie aus ihrem Kopfe. Sie drehte sich im Sattel um und suchte die Ebene ringsum ab ... vermochte aber keine Menschenseele zu entdecken. *Geh nach Westen,* sprach es wieder, *dort ist ein Ort, der dir Zuflucht bietet.* Jetzt war sie sich sicher, dass die Stimme aus ihr selbst kam, und sie fixierte die Beule an der rechten Satteltasche und fluchte: »Verdammt, da schicken die Götter mir einen Stein, der einem Hexer gehört!« Aber Westen war eine Himmelsrichtung so gut wie jede andere, und die Stimme war ja vielleicht gar nicht die des Fremden, den sie in Balor gelassen hatte. Jedenfalls konnte sie nicht einfach hier sitzen bleiben und warten, dass ihre Verfolger sie einholten! So lenkte sie denn, mit einem halblauten Fluch auf die abscheulichen Hexer und die Bosheit der Götter, ihr Pferd gen Westen und jagte weiter.

Nach einem ganzen Tag solch scharfen Ritts kam sie zur Ruine der Burg. Und da ihr Magen forderte, dass sie auf der Stelle anhalte und sich nach Essbarem umsehe, und ihre Stute völlig erschöpft, schaumbedeckt und durstig war, warf sie einen Blick in die Runde und entdeckte hinter einer bröckelnden Mauer einen halb verborgenen Trog. So führte sie ihr Pferd dahin und fand, dass er voll des klarsten Wassers war. Als es sich satt gesoffen hatte, trank auch sie in vollen Zügen von dem köstlich kühlen Nass und wusch sich dann den Wüstenstaub aus dem langen, schwarzen Haar.

In dem Keller, so kaum zwanzig Schritte zu deiner Rechten ... findest du etwas zu essen, erklang die Stimme wieder, die während ihres Ritts geschwiegen hatte. Jeyla war zu müde und zu hungrig, um sich noch Gedanken darüber zu machen, ob das vielleicht eine Falle sei. Sie ging die zwanzig Schritte ab, kam so an ein Mäuerchen vor einem tiefen Loch. Und als sie ins Dunkel hinabstieg, fühlte sie die kühle Feuchtigkeit der Erde ringsum ... roch aber auch Düfte, die ihr das Wasser im Mund und die Säfte im Magen zusammenlaufen ließen.

Der Keller war nicht lang, nicht groß, aber bis fast zum Fuß der Treppe mit Speisen und Getränken gefüllt. Jeyla fand Pökelfleisch, Brot und Dörrobst für den Hunger, Wein für den restlichen Durst. Und sie setzte sich auf die Stufen, aß und trank im Licht einer Fackel, die sie aus in Fett getunkten Lumpen gefertigt hatte, und fragte sich, weshalb denn so ein Schatz an diesem gottverlassenen Ort überdauert habe.

Weil Tellak nicht an schierer Kost interessiert war. Er hat die Burg verwüstet, um den Stein zu finden.

Da stieg sie wieder ins Freie hinauf und suchte den Horizont nach den Reitern ab, die sie all die Zeit verfolgt hatten ... Nichts mehr von ihnen zu sehen! »Sag, wer bist du, und warum weißt du so viel über diese Stätte?«, fragte sie in die Luft hinein.

Ich bin, oder genauer: Ich war Koddah und der Herr der Burg, die einst dort stand, wo du jetzt stehst.

Sie wischte sich die letzten Essensreste vom Mund und trat zu ihrem Pferd. »Dann spreche ich also mit einem Geist?«

Nicht wirklich Geist. Sagen wir, ich bin, was von dem Manne, der ich einmal war, geblieben ist ... Der Mann Koddah war ein wilder, stolzer Krieger. Er herrschte über diese öden Lande, war deren Völkern Schirm und Schutz. Und war der Wächter der Roten Seele.

Jeyla sah auf die Satteltasche, langte hinein und holte den flammend roten Edelstein heraus, der im Sonnenlicht noch viel heller blitzte und gleißte als im Zimmer des fremden Reisenden. »Dieser Stein ist die Rote Seele? Willst du etwa sagen, er sei verhext?«

Nein, er ist eher ein Gefäß. Jetzt enthält er mich oder was von mir übrig blieb. Es gab eine große Schlacht zwischen dem Mann Koddah und dem Hexer Tellak. Diese Burg sank in Trümmer, da ich so dumm war zu denken, ich könnte einen Hexer besiegen. Diese Arroganz hat auch alle das Leben gekostet, die mir am Herzen lagen. Und dieser Schuft hat mir das Lebenslicht geraubt und mich in diesen Stein gesperrt.

»Warum? Machte das nicht dich zum Herrn über seine Macht?«

Die Macht hierin ist groß, aber ziellos und ungerichtet ohne eine

Menschenseele, die sie kontrolliert. So lenke ich diese Macht, Tellak aber mich. Er gedenkt, mit ihr viele Länder zu erobern.
Sie musterte ihr Pferd, um sich zu vergewissern, dass es sich von der langen Jagd durch die Wüste erholt hatte, und besah sich dann den Stein, versuchte bis in sein Allerinnerstes zu sehen. Und sie meinte, für den denkbar kürzesten Augenblick, das Bild eines Mannes darin zu sehen, eines großen Herrn mit düsteren Zügen und sorgenvoller Miene. Doch es verschwand, kaum dass sie es richtig wahrgenommen hatte ...
»Und warum hast du deinen Herrn nicht gewarnt, als ich dich ihm stahl?«
Ich habe keinen eigenen Willen, die Macht in diesem Stein zu lenken und zu leiten. Dagegen hat Tellak ja vorgesorgt! Aber als du mich berührt hast, fühlte ich einen Willen so mächtig wie der seine. Das machte es mir möglich, still zu schweigen und dich an diesen Ort zu führen.
»Aber wozu sind wir hier? Der Hexer findet doch sicher auch hierher«, sprach Jeyla und musterte stirnrunzelnd den Stein. »Du weißt das auch. Du möchtest, dass er hierher kommt. Warum? Willst du so schnell wieder eingefangen werden?«
Ja, Tellak kommt hierher, aber ganz allein. Denn er wird das Geheimnis dieses Edelsteins mit niemandem teilen wollen. Ich wollte dir doch wenigstens eine kleine Chance geben, ihn zu besiegen.
Jeyla schwang sich wutschnaubend wieder in den Sattel, hielt den Stein in die Strahlen der flammenden Sonne und rief: »Du willst mich gegen einen Hexer antreten lassen, den selbst du nicht bezwingen konntest? Ich bin eine Diebin, Koddah, keine Närrin!«
Du bist mehr als das, erwiderte der Krieger. *Du hast ja auch keine andere Wahl, junge Frau. Denn Tellak ist schon hier.*
Da riss sie ihr Pferd herum, suchte die Ruinen ab – und trieb das Tier, da sie zu ihrer Linken den Hauch einer Bewegung wahrnahm, nach rechts ... war auch zehn Meter weit gekommen, als sie eine Art Hitzestoß und dann den Hieb einer Riesenhand spürte, die sie aus dem Sattel fegte ... Mit einer Hechtrolle war sie sofort wieder auf den Beinen, ein scharfes Messer in der Rechten, in der Linken aber noch die Rote Seele.

»Die kleine Diebin möchte also eine kleine Mörderin werden?«
Als Jeyla zu der Stimme herumfuhr, sah sie den Reisenden aus dem Gasthaus vor sich stehen ... Er war schon alt, hielt sich aber mit einer gewissen Aura von Macht und ließ die leeren Hände seitlich am Körper baumeln. Aber an seinen Fingerspitzen war ein schwaches Glühen zu sehen. »Willst du mich denn wirklich töten?«, fragte er.
»Ich gestatte dir zu gehen«, erwiderte sie. »Aber nur, wenn du gleich gehst. Sonst werde ich tun, was ich tun muss.«
Tellak schüttelte den Kopf. »Ist dir die Rote Seele so viel wert, kleine Diebin?«
Sie sah auf den Stein in ihrer Hand. Normalerweise hätte sie ihm das Ding schlicht ins Gesicht geworfen und wäre um ihr Leben gelaufen. Sie wusste eigentlich immer, einer Sache ein Ende zu machen, um den Schaden zu begrenzen. Aber dieses Mal war es anders. Tellak hatte eine ganze Burg zerstört, um an den Edelstein zu kommen. Was würde er tun, wenn er ihn jetzt wieder in die Hand bekäme? Das durfte eben nicht einmal ihr gleichgültig sein ...
»Ich kann dir einen ganzen Haufen Edelsteine geben, die wohl tausendmal so viel wert sind wie dieser Tand«, lockte er, kam einen Schritt näher und streckte ihr die magere, aber ruhige Hand hin. »Du musst mir nur wiedergeben, was mein ist!«
Da hob sie den Dolch bis auf Höhe seiner Augen: »Ich geb ihn schon seinen rechtmäßigen Eigentümern wieder«, sagte sie und wich etwas zurück. Er stand zwischen ihr und ihrer Stute. Um sie zu erreichen, hätte sie genau durch ihn hindurch müssen. »Er gehört dir nicht!«
»Er wird mir gehören!«, rief er und fing an zu gestikulieren. »Wenn ich dir erst das Fleisch von den Knochen gerissen habe und deinen Leichnam in der Wüste verwesen lasse!«
Jeyla, du hast die Macht, ihn aufzuhalten!
Aber Jeyla blieb keine Zeit zu einer Antwort – der Blitz aus magischer Energie, den Tellak auf sie schleuderte, hätte sie schier zu Asche verbrannt ... Sie ließ sich flach in den Sand fallen, rollte sich aus dessen Bahn und robbte, seinen Fluch im Ohr, zwischen Trümmerhaufen davon. Die Rote Seele behielt sie, umklammert

wie ein kleines Kind, an ihrer Seite ... Sie hätte das Ding fallen lassen können, um ihre Haut zu retten, aber das wollte sie um keinen Preis: Tellak durfte es nicht wieder in die Finger bekommen.
Geh in den Keller zurück, flüsterte Koddah tief in ihr. *Dort kannst du dich verstecken.*
Jeyla fragte sich bang, ob der Hexer sie nicht doch bald fände. Da gab es einen schrecklichen Krach, einem Donnerschlag gleich, und kaum fünf Meter von ihr entfernt barst buchstäblich der Boden ... Tellak würde den Ort vom Erdboden vertilgen, um sie zu finden! So schlich sie, hinter die Trümmerhaufen geduckt, weiter, bis sie den Kellereingang fand, und huschte dann die Stufen hinab.
»Und jetzt?«, fragte sie, während sie ihre Augen an das Dunkel zu gewöhnen suchte. »Nun bin ich, durch eigene Schuld, hier unten so gut wie gefangen!«
Nicht, wenn du die Macht der Roten Seele gegen ihn wendest.
Jeyla lachte im Dunkel. »Ich bin keine Zauberin, Koddah. Nur eine Diebin bin ich, und wohl eine schlechte obendrein.«
Du musst keine Zauberin sein, um seine Macht zu nutzen, sagte Koddah. *Du brauchst nur einen starken Willen. Ich übernehme den Rest.*
»Hast du nicht gesagt, du hättest nicht die Macht, den Stein zu lenken?«
Ich kann nur den Wünschen meines Gebieters folgen. Aber nun, zum ersten Mal, seit ich an diesem elenden Ort gefangen lebe, decken diese sich mit den meinen.
Jeyla zögerte ... Sie hörte Bitterkeit aus seiner Stimme. Er wollte an dem Hexer, der sein Volk ausgelöscht hatte, Rache nehmen. Warum mischte sie sich da ein? Doch, wenn sie schon dem Hexer entgegenträte, wollte sie eine bessere Waffe als ein Messer haben.
Überall sah sie nur verbrannte, zerwühlte Erde, als sie aus dem Kellereingang trat und quer durch den zerstörten Burghof schritt, die Rote Seele auf ihrer flachen Rechten. Der Stein glühte rhythmisch von einer seltsamen Macht, die ihr in den Arm zu strömen schien. Da hätte sie das Ding am liebsten von sich geworfen, um das Ziehen los zu sein.
Hab keine Angst vor seiner Macht. Lenke sie.

»Du hast wohl mit dem willensschwachen Krieger Freundschaft geschlossen?«, rief Tellak, der aus seinem selbst geschlagenen schwarzen Krater kam, und starrte sie böse an. »Nicht gerade die klügste Entscheidung, Mädchen!«
Jeyla sah all die Menschen, die einst an diesem Platz gelebt hatten, förmlich vor sich. Sie hörte das Lachen der Kleinen, den Gesang der Männer und Frauen im Hof. Dann hörte sie, wie sie schrien, als der Hexer mit seiner Wut über sie kam ... Da kochte in ihr auch eine Wut hoch, und sie nutzte sie, um die Kraft aus dem Stein zu ziehen und gegen Tellak zu kehren.
Der sagte nur ein Wort, und da explodierte, wo seine und der Roten Seele Energien aufeinander trafen, ein Lichtball mit einem so gewaltigen Schlag, dass es Jeyla am ganzen Körper schüttelte, dass sie stolperte und den Stein fast fallen gelassen hätte.
»Schiere Wut ist ein gefährlich Ding!«, rief er und streckte ihr die Rechte hin. »Aber meine Wut über den Verlust dieses Steins ist größer als die deine. Gib ihn mir jetzt!«
Diesmal ließ sie den Stein fallen, als der Donnerschlag kam. Sie fiel auf die Knie und verfolgte nun, wie die Rote Seele über den verbrannten Sand davonrollte. Schier schwindlig vor Anstrengung, bei Bewusstsein zu bleiben, langte sie danach ... Aber da war Tellak schon bei ihr und trat ihr aufs Handgelenk.
»So endet es, Mädchen!«
Da zog sie mit einem solchem Ruck ihre Hand fort, dass der Zauberer wankte, holte mit der anderen Hand das Messer aus dem Ärmel und rammte es ihm mit aller Macht in den Fuß. Tellak schrie gellend auf ... und da fühlte sie seine Macht schwinden und langte dann nach der Roten Seele.
»Wir haben nur eine Chance«, flüsterte sie dabei.
Das ist alles, was wir brauchen, erwiderte Koddah.
Sie schloss die Augen und ließ ihren Zorn verrauchen, öffnete ihr Bewusstsein diesem Ort, all dem Kummer und Schmerz, den hier Tellaks Wüten bereitet hatte. Sie drückte diesen Schmerz an sich, zog die Kraft der Roten Seele in sein Zentrum. Und als sie die Angstschreie der Geister, die sie beschworen, schier nicht mehr ertragen konnte – fuhr sie herum und ließ sie auf den Hexer los.

Der stieß einen Schrei aus – einen schrecklichen Schrei, der die Luft wie ein Donnerschlag erfüllte – und fuchtelte wild mit den Armen, kämpfte gegen die Seelen der Geister an, die diesen Ort nie verlassen hatten. Da lenkte sie mehr und mehr Kraft in deren Stimmen, gab ihnen die Stärke, ihren Schmerz und Kummer ihrem Mörder entgegenzuschreien. Und sein Gesicht verzerrte sich zu einer Maske der Angst, bis der Schrei, der von seinen Lippen kam, endlich erstarb. Schwer fiel er neben ihr in den schwarzen Sand und rührte sich nicht mehr.

Es ist vorbei, sagte Koddah leise. *Die Toten sind endlich zu Wort gekommen.*

Jeyla erhob sich langsam. Sie zitterte noch am ganzen Leibe, mehr ob dieser Stimmen als vor Schreck über Tellaks Angriffe. Und sie las den roten Stein aus dem Sand auf und starrte in ihn hinein.

»Gibt es für dich denn keine Erlösung?«, fragte sie.

Nur die, die ich mir irgendwann selbst gewähre. Aber ich bin noch nicht zum Ende bereit, Jeyla. Ich habe diesen Hexer bis über meinen Tod hinaus gehasst. Und ich möchte wohl noch ein wenig Zeit ohne Hassgefühle haben, ehe ich gehe.

Jeyla kehrte dem toten Hexer den Rücken, machte sich auf den Weg zur Ruine hinaus und erwiderte: »Dann lass uns gehen und sehen, wo wir diese Zeit zusammen verbringen könnten.«

Du könntest den Stein aber gleich verkaufen, wenn ich ginge, nicht wahr?

»Den kann ich immer noch verkaufen«, sprach sie mit heiterem Lächeln. »Zurzeit liegt mir, glaube ich, mehr daran, einen Freund zu haben.«

DEBORAH BURROS

Die folgende Story ist ein Paradebeispiel für ihr Genre, und das so sehr, dass sie die Parodie streift, die Umstellung der uns bekannten Elemente. Die Parodie ist die einzige Form von Humor, die mich immer lachen macht – vielleicht die einzige, die ich erkenne und verstehe. Auf meinem Ablehnungsbogen steht als Ankreuzvorgabe die Frage: »Soll das lustig sein?« Viel zu oft wohl völlig unbeabsichtigt – und die AutorInnen meinen dann, ich beleidigte sie. Vielleicht, unbeabsichtigt.
Deborah war hier in Band VIII zum ersten Mal dabei. Aber sie hatte auch schon in Marion Zimmer Bradley's Fantasy Magazine *Texte. Die wurden dann zudem von WUSB, dem College-Radio der State University of New York in Stony Brook, im Rahmen eines Science-Fiction-Programms gesendet. – MZB*

DEBORAH BURROS

Beharrlichkeit

Hätte die Königin Vhanessa den Grauen Zauberer als Seedrachin attackiert, hätte sie die Wehrzauber seines Turms ausgelöst: Blitze hätten ihre Aquaschuppen zerhauen und ihre Rippen, so riesig und gebogen wie Elefantenstoßzähne, gespalten und ihr Herz in Stücke, kleiner als ein Kolibriherz, geschnitten.

So hatte sie sich vom Großen Lindwurm in einen unauffälligen kleinen Holzwurm verwandelt.

Die Augen brannten ihr von der Meergischt, als sie den Turm aus unpoliertem Marmor hinaufkroch, der so grau war wie der Nebel, der das Inselchen einhüllte. (Die Kauffahrer segelten immer in weitem Abstand vorüber, aus Angst, in diesem Nebel auf etwas aufzulaufen – aus Angst auch vor dem Magier.) Die Tage versengten sie. Die Nächte ließen sie schier erfrieren. Doch endlich wand sie sich über den Fenstersims ins Zimmer des Zauberers. Die Schutzzauber sprachen nicht an.

Und über den Mosaikboden, der in Ketten kauernde Seedrachen zeigte, kroch sie und erreichte so schließlich den Stock des Grauen Zauberers. Sie arbeitete sich seinen Kiefernholzstock hoch, bis sie die rund um den Knauf eingeschnittenen Glyphen seiner Macht erreichte. Die Schutzzauber sprachen nicht an.

So unscheinbar klein Vhanessa jetzt auch war, schier wie ein Erdbeernüsschen so winzig und weicher als eine reife Erdbeere ... sie besaß doch so kräftige Kiefer, dass sie hier und dort ein paar Ergänzungen zu den Glyphen kauen konnte: hier einen Schnörkel, dort ein diakritisches Zeichen, sodass aus »Meine Macht über die Seedrachen« ... »Keine Macht über Seedrachen« würde. Da nagte sie am Kiefernholz, das so scharf schmeckte. Die Schutzzauber sprachen wieder nicht an – aber Harz troff und schloss sie in eine Perle von goldenem Bernstein ein.

Als der Graue Zauberer den Stock das nächste Mal handhabte, streifte er unversehens das kleine Dings ab, sodass es im hohen Bogen durchs Fenster und ins Meer in der Tiefe fiel.
Vhanessa-im-Bernstein schwamm auf den Wellen, bis eine Seedrachin auf ihren Gedankenanruf herbeikam und mit ihr zum Grunde des Meeres tauchte und sie einer Auster einpflanzte; und die Auster umgab sie mit einer Perlmuttschicht nach der anderen, um ihren sensiblen Mantel gegen diesen Fremdkörper zu schützen. Also wurde Vhanessa-im-Bernstein in schimmernde Weiße eingehüllt.
Vhanessa-in-Perlmutt sandte ihren Gedankenruf an die Fischer unter den Seedrachen …
Der Graue Zauberer speiste auf seinem Zimmer, labte sich an den Köstlichkeiten, die die Seedrachen gefischt hatten. Als er eine Auster an die Lippen setzte, rollte die Perle daraus und ihm den Schlund hinab. Die Schutzzauber im Turm sprachen auf so eine kleine Perle nicht an.
Der Graue Zauberer erstickte schier – er konnte nicht einmal einen Heilzauber sprechen. Wild torkelte er umher, rannte in die Möbel, bis er sich die Ecke eines Regalbretts dicht über dem Nabel so in den Bauch stieß, dass es ihm die Luft aus den Lungen schlug – und die Perle ihm aus dem Schlund und durchs Fenster ins Meer tief nach unten flog.
Weißer als der Schaum, durch den sie sank, trieb Vhanessa-im-Perlmutt dahin und sandte ihre stummen Rufe aus, bis eine Seedrachin erschien und sie einem Korallenriff einpflanzte. Koralle wuchs um sie, hüllte sie in kalkige Bläue ein.
Nun rief Vhanessa-in-Koralle einen Kunsthandwerker unter den Seedrachen …
Der Graue Zauberer ging aus seinem Zimmer. Um die Pergamente nicht vom Tisch räumen zu müssen, hatte er sie für die Zeit bis zu seiner Rückkehr mit Briefbeschwerern gesichert. Einer davon war ein faustgroßes Stück blauer Koralle, dem besagter Kunstschnitzer mit subtiler Hand die Form eines Tritonhorns verliehen hatte.
Oder die eines Kokons.

Nun begann Vhanessa, sich hinauszunagen: Sie fraß sich erst durch Bernstein, dann durch Perlmutt und Koralle. Sie schlüpfte als Schmetterling mit goldenem Rumpf und Kopf, blauen Augen und großen Flügeln in schimmerndem Weiß. Ein Schmetterling bloß, auf den die Schutzzauber des Turms nicht ansprachen.
Sie flatterte durch den Raum und ließ sich auf dem Kragen der Zeremonialrobe des Grauen Zauberers nieder. Und die war, im Gegensatz zu seinen sonstigen, sehr nüchternen Gewändern, so reich mit Edelsteinen besetzt, dass der Schmetterling hier wie ein Teil der Zier erschien.
Am Tag, als der Graue Zauberer den Zauber zur Unterwerfung der Seedrachen erneuern musste, legte er, nichts ahnend, die Robe an, und da schnitt er sich, als er sich den Kragen richtete, an Vhanessas Flügelkante den Finger auf ...
Sie aber sah nicht auf dieses Blut, das aus der Wunde quoll, sondern auf das, das durch seine Halsschlagader so bläulich schimmerte.
Mit ihren winzigen, aber kräftigen Kiefern zerfetzte sie dem Grauen Zauberer die pochende Ader. Ihre Flügel färbten sich rosa, dann scharlach, als der Lebenssaft ihres Feindes darin stieg ...
Nun gingen die Schutzzauber des Turms endlich an – aber Vhanessa-in-Schmetterlingsform war für jeden Blitz ein zu kleines und zu schnelles Ziel.
Am eigenen Blut würgend, vermochte der Graue Zauberer keinen Heilzauber zu sprechen. Da tastete er nach seinem Stock, um seine Macht gegen sie zu richten ... aber der Stab, er glitt ihm aus der von Blut glitschigen Hand. Und das Blitzgewitter verebbte.
Da flatterte Vhanessa zu dem sterbenden Zauberer zurück und dehnte sich zu ihrer wahren, ihrer Seedrachinnengestalt aus. Und die winzigen Schüppchen auf ihren Schmetterlingsflügeln, ihrem Schmetterlingsleib wuchsen und wurden zu Schuppen vom herrlichsten Aquamarin und von der Härte eines Saphirs.
So starb der Graue Zauberer zu Vhanessas gepanzerten Tatzen.
Da schwang die Seedrachenkönigin seinen Stab und schleuderte ihn auf den Mosaikboden, dass das Kiefernholz sowie die Kette der

Seedrachen zerbrach. Und der reine, belebende Geruch von Holz und Meer tilgte den grässlichen Blutgestank.
Da rief Vhanessa mit Geistesmacht ihr Volk. Und es stieg aus den Wogen, tanzte rund um den Turm und fegte mit strahlenden Schwingen allen Nebel davon.

MARY CATELLI

Mary sagt, die Idee zu dieser Geschichte habe sie aus einer Story von H. Beam Piper (»Lord Kalvan of Otherwen«), die sie in frühester Jugend gelesen habe. Eine der Figuren darin log – da habe sie gedacht: »Das wäre doch interessant, wenn das wahr wäre!« Und so habe sie jetzt, Jahre später, diese Story darüber geschrieben.
Mary lebt vom Programmieren, freut sich am Lesen, Schreiben und Sammeln von Ablehnungsbriefen und wohnt in Connecticut. – MZB

MARY CATELLI

Wo Rauch ist …

Als Marisa langsam erwachte, bemerkte sie erstaunt, dass sie mit dem Gesicht mitten in etwas Voluminösem und Weichem lag. Verdutzt schüttelte sie den Kopf; sie wäre doch nie so dumm gewesen, bei der Jagd auf den Namenlosen Nekromanten etwas so Unnützes mitzuschleppen! Solch ein Kissen hatte sie nicht mehr besessen, seit sie die Zauberlehre an den Nagel gehängt hatte – da ihr, wie ihr schien, die für dieses Metier nötige Geduld abging …

Als sie dann, auf der Seite liegend, durch halb geschlossene Lider den Wandbehang mit dem Bild eines Einhorns sah und das Butzenscheibenfenster, durch das der Schein der Morgensonne fiel, wurde sie noch etwas wacher. Sie zog eine Grimasse und fragte sich, ob sie etwa träume – das sah doch wie ihr altes Zimmer aus! Irritiert wälzte sie sich wieder auf den Rücken. Natürlich, erinnerte sie sich und blinzelte, sie hatten den Nekromanten gefangen, und sie hatte eines seiner mysteriösen Bücher zu ihrem alten Meister gebracht, damit der ihr helfe, es zu entziffern. Marisa grinste. Das Aufräumen hatte einige Vorteile, wenn man in königlichen Diensten stand.

Da erschütterte ein Knall, ein Hall den Raum, dass Wandbehang und Fensterscheiben wackelten. Als Marisa da vor Schreck aus dem Bett sprang, spürte sie noch den Boden unter ihren Füßen beben. Sie schluckte schwer. Das hatte wie Donner geklungen, war aber eindeutig von dem Raum unter ihr gekommen – Jeromes Laboratorium! Schon flog sie zur Tür, die Treppe hinab, und ihr langes braunes Haar flog hinter ihr her.

Die schwere eichene Tür war heil, aber unter ihr quoll grauer Rauch heraus – der recht nach Jeromes alchimistischen Experimenten roch. Da fasste sie den messingenen Knauf und riss die dicke Tür sperrangelweit auf.

Eine gewaltige Rauchwolke schlug ihr zur Begrüßung entgegen. Sie hustete krampfhaft und versuchte, trotz tränender Augen etwas durch diese Schwaden zu erkennen. Da hörte sie es dort drinnen entsetzlich keuchen und sah Jerome, in seiner etwas mehr als sonst versengten und derangierten, grauen Robe aus dem Rauch treten. »Ein Glück, dass meine Schutzzauber so gut funktionieren«, sagte er und nickte seiner früheren Novizin, die er jetzt erst bemerkte, gütig zu. »Sieh dich vor, wo du hintrittst, meine Liebe, der Schmelztiegel ist explodiert.« Er wedelte mit den Armen, bis er die Luft so geklärt hatte, dass ein Tisch sichtbar wurde, auf dem der triste Rest eines Tiegels und ein offenes Buch mit einem ganz kleinen Leseglas darauf lagen.

Marisa registrierte wohl, wie scharfkantig die Scherben waren, und wurde sich ihrer bloßen Füße sehr bewusst – sah aber vor allem auf dieses Buch. »Was hast du denn da gemacht, Meister Jerome?«, fragte sie, und konnte nur mit Mühe den Respekt wahren.

Er strahlte und hob das Glas auf. »Ich habe dein Mitbringsel mit einer meiner Übersetzungslupen studiert. Das ist ja ein Werk über Alchimie ... nicht über Nekromantie!«, sagte er und sah auf den Tiegel hinab. »Ich habe auch gleich eine dieser Rezepturen ausprobiert.«

Marisa kniff die Augen zusammen.

Er hob die Hände.

»Ich weiß, ich weiß. Du hast nichts für Alchimie übrig ...«

Maria breitete die Arme. »Alchimie ist eine Methode, Blei zu Gold im Wert eines Talers zu verwandeln und dafür zehn Taler auszugeben.«

»Ich bin bereits auf acht herunter«, erwiderte er strahlend. »Außerdem, das ist keine Umwandlungsmixtur. Sie enthält zwar nur Schwefel, Holzkohle und Salpeter, kann aber Sachen durch die Luft fliegen lassen!«

Marisa stemmte die Hände auf die Hüften. »Sie hat nun fast«, sagte sie, »dich und mich und diesen ganzen Turm in die Luft fliegen lassen!«

Da schwenkte Jerome hochfahrend die Rechte durch die Luft ... »Es muss eben noch dran gearbeitet werden!«

Marisa hob eine Augenbraue. »Vielleicht erst frühstücken?«
Leicht gedämpft, warf er einen Blick in die Runde: Der Rauch hatte sich verzogen und die Sicht auf die Brandflecken und die Scherben ringsum freigegeben. »Ich sollte vielleicht besser erst aufräumen.«
Marisa nickte. »Wir sehen uns in der Küche.« Sie machte sich auf den Weg zurück in ihr Zimmer, um sich anzuziehen. Er war doch schon zu meiner Lehrzeit schusselig, überlegte sie, aber so schusselig?
Ein leises Geräusch von irgendwo im Treppenhaus riss sie aus ihren Gedanken. Sie lauschte stirnrunzelnd, verblüfft ... War das ein Kichern gewesen? Sie sah sich scharf um, konnte aber niemanden entdecken.

Die Tür zum Garten stand offen und ließ den Sonnenschein und die frischen Gerüche von Gräsern und Wildblumen in die Küche herein. Jerome, über den Herd gebeugt, bemühte sich, aus der bedeckten Glut neues Feuer zu entfachen. Da trat Marisa ein, erwiderte sein flüchtiges Nicken ... und ging, verdutzt darüber, wie vertraut ihr alles schon wieder war, hinaus, um sich unter dem verzauberten Krug, der dort auf einer Mauer neben dem Gartenweg stand, die Hände zu waschen: Auf eine Seite gekippt, spendete er einen endlosen Strom klaren Wassers, das murmelnd den Hang hinabsprang. Oh, sie hatte vergessen, wie kalt das war ... Sie rang nach Luft, als sie es zum ersten Mal wieder im Gesicht spürte, gewöhnte sich aber bald daran. Und sie genoss die Aussicht, sah hinaus über diese Reihen zartblauer Hügel unter klarem, wolkenlosem Himmel – eine ganze Minute lang, ehe sie wieder in die Küche ging. Was für ein Gegensatz zu der Jagd auf den Nekromanten, dachte sie und sehnte sich plötzlich heftig nach den Tagen ihrer Lehre zurück.

Nun schlug ein Rauchwölkchen in den Raum, sodass Jerome hustend zurücksprang und Marisa mit tränenden Augen ansah. »Da waren ja Augen drin!«, rief er ungläubig aus.
Marisa musterte die graue Holzrauchwolke, konnte aber nichts

Unstimmiges daran entdecken. Selbst der Geruch war der reine, rußige Duft von verbranntem Holz. So hob sie nun die Hand und beschwor eine Bö, die die Wolke im Nu vertrieb. Dann sah sie Jerome wieder an. »Vielleicht«, sagte sie, »ist dir die Explosion ja etwas an die Nerven gegangen ...«

»Vielleicht«, räumte er in Erwägung der Lage ein und kauerte sich vor das Feuer, legte Holz nach und sah den flachsgelben Flammenzungen zu, die gierig an den Scheiten leckten.

Marisa setzte sich auf einen der Stühle am hohen Küchentisch und fragte: »Bist du auch sicher, dass das ein Alchimie- und kein Nekromantiebuch ist?«

Da sah er erstaunt blinzelnd auf. »War das heute Morgen kein Beweis?«

Marisa verzog den Mund. »Den Königlichen Hexer wird das nicht überzeugen«, meinte sie und legte den Kopf schräg. »Und den König auch nicht. Schließlich fanden wir das Buch im Besitz des Namenlosen Nekromanten, der Gräber ausraubte, die Toten auferstehen ließ und dann mit seltsamen Seuchen ganze Dörfer auslöschte ... und er hatte es unter Verschluss verwahrt.«

»Ich habe nie verstanden, warum du in den Dienst des Königs getreten bist! Verbrecherjagd ist keine Arbeit für Magier«, erwiderte er kläglich und schüttelte den Kopf. »Na schön, du hast gelernt, wie ein Blitz deine Feuer-, Kälte-, Sandzauber zu werfen ... doch das ist nur eine Frage der Übung. Aber du hast dir noch nicht einen einzigen Zauber ausgedacht, der deinen Namen unsterblich machen könnte.«

Marisa zuckte mit den Achseln. »Ich bin auch keine richtige Magierin, ich habe ja meine Ausbildung abgebrochen und habe eben nicht die Geduld, mir Zauber auszudenken«, sagte sie.

»Aber ich muss die dort in Bezug auf das Buch beruhigen.«

Jerome blinzelte. »Das handelt nur von Alchimie. Ich habe es durchgesehen, ehe ich zu experimentieren begann.« Damit ging er zum Geschirrschrank, nahm den Topf heraus. »Übrigens ... hast du nicht gesagt, die Kiste, in der er es verwahrte, sei ganz mit Spinnweb bedeckt gewesen?«

Marisa nickte langsam, bedächtig.

»Da hast du es«, rief er strahlend. »Er hat das als seltenes Werk aufbewahrt, als bibliophile Rarität, es aber für seinen Arbeitsbereich nicht benutzen können.«
Marisa nickte wieder. »Das würde eine Menge erklären«, sagte sie und pflanzte einen Ellbogen auf den Tisch, um das Kinn aufzustützen. »Vielleicht lassen sie dich das Buch ja sogar behalten!«
Da blinzelte er – als ob ihm erst jetzt aufginge, dass er das schöne Werk auch hätte verlieren können.

Eine weitere Explosion erschütterte den Turm. Marisa seufzte und legte ihren Brief an den Königlichen Zauberer beiseite. Der Alte wollte diese Verbindung unbedingt haben, ehe er das Buch abgab. Also würde sie erst wieder zum Schreiben kommen, wenn er sich etwas beruhigte. Er war ja Systematiker genug, um einmal einzuhalten und sich Notizen zu machen: Sie konnte ja dann den Brief zu Ende bringen.
Sie ging zum Fenster und öffnete es. Wie ein Teppich in tausend Grüntönen zog sich Wald und Flur über die Hügel hin, und die weißen Rosen, die sich um den ganzen Turm rankten, erfüllten die warme Brise mit ihrem Duft. So setzte sie sich denn aufs Fensterbrett, in den goldenen Sonnenschein, und begann, ihre Zauber zu üben, schickte aus der flachen Hand die Hitze- und Kältewellen, die Böen und Windhosen auch. Ja, sie hatte kein Talent für die reine Magie, aber doch genug davon für einige Spezialzauber, wie der Namenlose Nekromant erlebt hatte! Sie grinste.
Rauchgeruch stieg ihr in die Nase. Sie schnupperte, runzelte die Stirn. Das war kein Holzrauch. Ja, das roch eher wie die Sauerei am Morgen … Und als sie hinabblickte, sah sie Rauch aus den Fenstern quellen. Und der Geruch wurde beißender; es roch nicht mehr nur nach diesem seltsamen Rezept da, sondern nach einem halben Dutzend anderer Ingredienzien aus Jeromes Laboratorium.
Da sprang sie auf und lief los. Es hat davor keine Explosion gegeben, dachte sie, als sie die Stufen hinabrannte. Hat er das ganze Studio in Brand gesteckt? Da stand sie schon davor und riss mit einem Ruck die Tür auf.

Eine fast kohlschwarze, übel riechende Rauchwolke schlug ihr ins Gesicht, sodass sie hustend und keuchend gegen die Wand hinter ihr taumelte. Aus dem Rauch erklang ein dumpfes Kichern. Da hob sie die Hände und zauberte einen Windstoß, der das Gros der Wolke zerstreute, ihren Kern offen legte: einen schwarzen Teufel, der sie mit trüben roten, boshaften Augen anstarrte. Aber sie wandte beide Hände gegen den Rauchkobold und tilgte ihn, ehe er recht begriffen hatte, wie ihm geschah.
Nun warf sie rasch einen Blick hinein. Überall Glasscherben, die von einer dünnen Rußschicht bedeckt waren. Und aus jedem Winkel, jeder Ecke quollen und wogten Rauchteufel. Auf einem Regal erblühten Feuer in reinem Rot oder Grün oder Blau. Ein Kobold, der orangegelb wie Kohle glühte, tanzte um die Flammen, derweil zwei weitere über das alte Buch kletterten. Jerome selbst stand, dunkelgrau überschneit, wie erstarrt in der Mitte der Kammer.
Nun richtete Marisa ihre Windstöße auf ihn. Schwarze Flocken fielen von ihm ab – aber der Ruß schloss sich noch dichter um ihn. Und ein Kobold fixierte sie über seine Schulter weg mit schwarzen Augen und nahm ihn noch fester in den Griff.
Kein Rauch, sondern Asche, dachte sie. Sie trat ein, brachte die volle Kraft des Winds zum Tragen. Den Aschekobold bekam sie nicht los, dafür aber eine Menge schwarzer Flocken, und die zogen zum Fenster hinaus. So gelang es ihr, sein Gesicht freizulegen, und bald begann er zu husten und zu spucken. Da machte sie sich grinsend daran, jenen Aschefiesling vollends wegzublasen. Nun sah ein Glutkobold vom Bücherverbrennen auf und lachte wie irrsinnig – so schrill und durchdringend, dass es Marisa durch Mark und Bein ging ... Aber sie biss die Zähne zusammen, merkte sich den als nächstes Opfer vor und näherte sich erst einmal Jerome. Dem klebten noch die letzten Reste des Ascheteufels am Arm. Darauf zielte sie. Sogleich lösten sich die Augen auf, löste die Asche ihren Griff und schwebte als ganz banaler Ruß zum Fenster hinaus.
Meister Jerome, noch wie benommen, suchte am Tisch Halt, sie aber nahm sich die anderen Kobolde, Teufel und Wichte vor ... Den Glutkobold, zum Beispiel, der sie so höhnisch aus seinen che-

mischen Flammen anglotzte. Kein Wasser, rief sie sich in Erinnerung, darauf schwämmen die Chemikalien ja nur! Und der Wind trüge die Funken womöglich. So ging sie auf Kältezauber und richtete all seine Wut auf die Regale. Und er säumte die Bücher mit Reif und ließ die Kobolde vergehen. Also wirbelte sie herum und löschte den letzten Glutteufel mitsamt seinen chemischen Feuern aus, aber das so rasch, dass er sie nur mit offenem Mund anstarrte, ehe er wie eine Seifenblase platzte. Zufrieden grinsend sah sie sich in dem Studio um. Einer der Rauchteufel wuchs jetzt aus seiner Ecke hervor und quoll und schwoll ... Marisa schaltete auf den Windzauber zurück. Diese Rauchteufel könnten am schwierigsten sein, überlegte sie, wo sie doch schon so unkörperlich sind. Sie zielte mit ihrem Strahl auf jeden einzeln, erledigte den Ersten, den Zweiten, den Dritten ... Verblüfft blickte sie sich um. Da waren doch vier gewesen!

Jerome sah sie an, und sie fragte: »Der letzte Kobold?« Und als er nur die Brauen zusammenzog, tat sie einen Schritt auf ihn zu und drängte: »Dieser letzte Rauchteufel ... wo ist er hin? Wir können ihn nicht entwischen lassen.«

Er hob die Hand, fuchtelte. »Ich ... habe nichts gesehen.«

Marisa reckte das Kinn, lief zum Fenster, sah hinaus – weit und breit kein Rauchwölkchen zu sehen. Da machte sie auf dem Absatz kehrt und stürzte zur Tür. So unbedeutend diese Kerle waren ... denen, die nicht der Magie zugeneigt sind, konnten sie gefährlich sein. Jerome sah noch immer mitgenommen aus. Aber auch denen, die es sind, überlegte Marisa und trat ins Treppenhaus hinaus. Doch so sehr sie auch nach oben und unten spähte, von dem Teufel sah sie keine Spur. Rauch steigt auf!, sagte sie sich und jagte die Stufen hoch. Als sie die Tür zu ihrem Zimmer erreichte, sah sie den Rauchteufel nur noch zum Fenster hinauskriechen. Da blies sie ihn, quer durch den Raum, zu nichts und wieder nichts.

Die Teufel hatten keine Chance gegen mich, dachte sie etwas selbstgefällig. Auf diese Weise habe ich auch die Legionen des Namenlosen Nekromanten vernichtet. Aber dann fiel ihr Jerome ein, und ihr verging die Selbstzufriedenheit. Sie machte auf der Stelle kehrt und raste wieder hinunter.

»Mein schönes Laboratorium«, jammerte Jerome, als sie mit dem Restaurierungszauber an einem der angekohlten Folianten arbeitete. Sie besah sich den Schaden ... Brandspuren? Waren bei der Rußschicht, die hier alles bedeckte, nicht zu sehen, dafür aber, dass über die Hälfte des Glasgeschirrs zerbrochen war und allerlei Kräuter, Salze und exotische Flüssigkeiten verschüttet und ausgelaufen waren. Und es stank noch schlimm nach den bengalischen Feuern.

»Was ist geschehen?«, fragte sie kopfschüttelnd.

Jerome sah auf, die Augen dunkel vor Tragik ... Doch bevor er sprechen konnte, zischte es ... Als Marisa sich umdrehte, sah sie inmitten der Luft ein Wölkchen entstehen. Kaum hatte sie die elektroblauen Augen dieses Dampfteufels erblickt, schoss sie einen Kältestrahl auf ihn ab. Da bildete sich eine Wolke von Eiskristallen, die als Schauer zu Boden gingen.

Marisa drehte sich wieder zu Jerome um und wiederholte, ganz langsam und deutlich diesmal: »Was ... ist ... geschehen?«

Jerome schluckte. »Diese Verbindung hat wohl einen Spalt zur Dimension des Feuers geöffnet«, spekulierte er und schluckte wieder. »Vielleicht war es die feurige Natur dieser Materie, vielleicht reißt es einfach Lücken und ist zufällig auf jene Welt gestoßen.« Nun murmelte er seinen Zaubersichtspruch und blickte sich nach Beweisen für seine These um.

Marisa sah verdutzt in die Runde, murmelte dann ihren eigenen Sichtzauber, suchte den Raum nach Zeichen von Magie ab – und erstarrte jäh, als sie es plötzlich überall feurig glitzern sah.

»Wenn die Feuergeister den Spalt entdecken, springt der eine oder andere von ihnen durch«, meinte Jerome und verzog den Mund.

»Da muss drunten, in der Küche, ein Rauchwicht gewesen sein«, sagte Marisa, die sich wie benommen fühlte.

Jerome nickte heftig. »Dann muss das gerade ein ganzer Haufen entdeckt haben«, sagte er und zog eine Schnute. »Zudem sind die Risse natürlich größer. Gut, dass das jetzt passiert ist. Ja, wenn sie es erst später bemerkt hätten und dann gekommen wären, hätte ich die Ursache dieses Phänomens vielleicht gar nicht erkannt.«

Seine Worte ließen sie schaudern: Er hätte keine Chance mehr gehabt, irgendetwas zu erkennen, wenn sie schon fort gewesen wäre! Aber er, der wieder recht erholt wirkte, sah sich nur kritisch um und kniff vor lauter Konzentration die Augen zusammen. »Außerhalb dieses Zimmers gibt es keine Risse.«
»Aber auch nichts, was Größeres als diese Teufel aussperrt«, sagte Marisa, und er nickte. »Nichts, was einen Salamander ausschlösse!«, bellte sie ihn da an.
Er machte ganz große Augen. Da rückte sie ihm noch näher auf den Leib, beinahe drohend schon, und befahl: »Schließe diese Spalten.«
»Das kann ich nicht«, erwiderte er betreten. »Das können nur die Elementargeister.«
Marisa verschlug es die Sprache, sie ballte nur immer wieder stumm die Hände. Und als Jerome zu seinen lädierten Büchern zurückging, holte sie einmal tief Luft. Sie war die einzige Repräsentantin des Königs im Umkreis von einigen Tagesreisen … es war deshalb ihre Pflicht, diesen Fall zu untersuchen, mochte sie ihr Amt auch nur übernommen haben, weil sie als abgebrochener Zauberlehrling keine Alternative hatte.
»Nun«, sagte sie ruhig, aber doch so, dass Jerome aufblickte, »wenn die das können, müssen wir sie ja nur dazu bringen, es auch zu wollen!« Das sagte sie und kniff die Augen zusammen. »Kälte mögen sie nicht … Aber mein einschlägiger Zauber ist wohl nicht potent genug.« Damit ließ sie ihre Blicke zu den verschütteten, aber trocken gebliebenen Chemikalien wandern und ging in Gedanken bis kurz vors Frühstück zurück. »Wasser mögen sie nicht, und da die Dimension von Natur aus brennt, brauchen wir uns um schwimmende Chemikalien keine Sorgen zu machen.«
Jerome legte den Kopf schief und musterte sie scharf. »Ist denn dein Wasserzauber besser als deine Kältemagie?«
»Nein«, erwiderte sie grinsend. »Aber wir haben ja noch den bodenlosen Wasserkrug. Damit könnten wir den Raum, wenn wir ihn gut abdichten, doch fluten und den Elementargeistern so nahe legen, den Spalt zu schließen.«

»Mein armes Laboratorium! Erst abgebrannt und jetzt noch ...« Sie trat dicht vor ihn hin, bleckte die Zähne. »Der nächste Ascheteufel könnte dir jede Freude daran nehmen, Jerome!«
Da nickte er traurig und sagte: »Retten wir aber erst, was noch zu retten ist.«
»Ich«, versetzte Marisa bestimmt, »muss Wache halten, wegen möglicher weiterer Teufel.« Er widersprach nicht. Und als er seine Sachen hinauszuschaffen begann, ging ihr auf, dass sie ihn schon die ganze Zeit nicht mehr »Meister Jerome« genannt hatte.

Marisa saß vor dem Loch im Boden ihrer Kammer und verfolgte, wie das Wasser aus dem bodenlosen Krug, den sie herbeigeholt hatte, in glattem Bogen in das Laboratorium hinunterstürzte und die dort bereits kniehohe Flut höher und höher steigen ließ, sodass sie nun schon den ersten Riss erreichte ... Wasser begann einzuströmen, und ein Zischen ertönte. Und Marisa sah genau hin, um sich zu vergewissern, dass das kein Dampfteufel war.
»Hmm«, meinte Jerome.
Marisa sah fragend zu ihrem alten Lehrer hinüber, und da sah sie, dass er die Nase tief in dem Buch stecken hatte, mit dem der ganze Ärger angefangen hatte.
»Ich wüsste gern«, fuhr der Magier fort und blickte auf, »ob andere Verbindungen zu anderen Welten Zugang gäben oder ob das Feuer, als die aktivste, die Einzige ist ...«
Sie warf ihm einen strengen Blick zu.
»Also, meine Liebe«, erwiderte er blinzelnd und schloss sein Buch, ließ aber den Finger an der Stelle, »so viel Alchimie hast du doch wohl gelernt! Die Ignoranten reden von den vier Elementen, als ob die die Bausteine wären. Aber Feuer, Luft, Wasser, Erde sind die vier Formen, die die Materie annimmt, je nach der ihnen immanenten Hitze. Feuer ist die heißeste und darum die aktivste ...«
Marisa hörte nicht mehr zu. Nachdem er jetzt fast das Grauen in die Welt eingelassen und dabei sein Leben verloren hätte, dachte er tatsächlich daran, hinzugehen und – sie brach den Gedanken ab, entschlossen, den Zorn der Teufel zu riskieren, und stand auf und nahm ihm das Buch einfach weg.

Der alte Magier blinzelte sie verdutzt an.
»Sogar unser Namenloser Nekromant hat dieses Buch hier unter Verschluss gehabt und es nie angefasst. Und nun weiß ich auch, warum!«, sprach sie und holte tief Luft. Sie war selbst erstaunt über die Wut, die aus ihrer Stimme klang. Dann reckte sie sich zu ihrer ganzen Größe und verkündete: »Einige Zauber waren ihm sogar zu schlimm …« Und damit stakte sie zu dem Loch im Zimmerboden zurück. Der Königliche Magier würde es ihr nicht verargen, dass sie dieses so gefährliche Werk beseitigte. Sie sah hinab, sah, dass die meisten Risse noch da waren. So ließ sie sich auf die Knie fallen, zielte sorgsam – und warf das Buch in einen davon. Es ging in orangefarbenen Flammen auf. Und sie sah zu, wie es verbrannte, an der Spaltöffnung zu Asche wurde, und schickte dann, nach einem letzten, kritischen Blick, eine Bö hinab, die die Asche verstreute.
»Ein Jammer«, murmelte Jerome traurig. »Da war doch auch ein Rezept drin … mit Salpetersäure und Glyzerin … das recht interessant schien.«
Marisa warf ihm einen giftigen Blick zu. »Ich schlage vor«, sagte sie mit sehr, sehr leiser Stimme, »dass du nicht einmal versuchst, daran zu denken.«
Er wirkte recht erstaunt, protestierte aber nicht.

ANDREA CHODAN

Andrea sagt, sie sende schon seit Jahren Storys an Verlage, erlebe es aber nun zum ersten Mal, dass jemand eine davon für druckreif erachte. Ja, sie habe die hier auch beinahe nicht abgeschickt – so überzeugt sei sie gewesen, sich bloß wieder eine Absage einzuhandeln. Vielleicht erklärt das ja, weshalb so viele von uns Absagen sammeln.
Andrea wurde in Edmonton, Alberta, geboren, hat den Großteil ihres Lebens – trotz solcher Widrigkeiten wie Schneefälle im Mai – in den Great Plains, den Prärien, gewohnt, hat sich in Altphilologie einen Magister h. c. verdient, diverse Sprachen gelernt, tote und lebende, ist viel gereist, hat in Italien an archäologischen Ausgrabungen teilgenommen – und habe sich »allerlei Wissen zu den Bereichen antike Kunst, Architektur, Literatur und Geschichte ins Gehirn gerammt« und sogar einen Teil davon behalten … Bei mir hat das »Eintrichtern« großer Wissensmengen ja immer allerlei interessante Geschichten zur Folge gehabt. – MZB

Lösezauber

Als Keril noch ein Kind war, da begann es, dass sich in ihrer Welt dauernd etwas löste. Sie konnte nicht vors Haus treten, ohne dass ihr Zopf aufging, und Katzenkörbchen zerfielen ihr unter den Händen. Angebundene Tiere fanden auf unerklärliche Weise ihre Freiheit, und Schnürsenkel und Gürtel gingen ohne jeden Handgriff auf … Ob das nun lustig war oder nicht, ist natürlich Ansichtssache! Die Mutter lernte es bald, sie vom Webstuhl wie vom Pferdemarkt fern zu halten. Aber es war auch schön, dass das Kind im Handumdrehen die Wolle gekämmt hatte, mit jedem Knoten oder Wirrwarr fertig wurde und es irgendwie schaffte, sich unbeschadet durch die dornigsten Beerenhecken zu zwängen.
Manche Menschen werden ja mit Magie im Blut geboren, das war auch damals so, und Kerils Naturtalent war ein Lösezauber … Sie hatte einen Vetter, der vermisste Haustiere fand – ein in ihrer Nähe praktischer Zauber –, und hatte eine Großtante mit einem Händchen für Stofffarben, die als lokales Wunder galt. Derlei Dinge waren der Landbevölkerung nicht unbekannt. Aber es war eine Sache, mit einem Zauber geboren zu werden – und eine ganz andere, weitere Zauber zu lernen. Niemand in ihrem Dorfe hätte daran gedacht, ein Kind zu einem Zauberer in die Lehre zu schicken; selbst wenn es einen in der Nähe gegeben hätte. Denn wozu sollten esoterische Theorien taugen, wenn man die Ernte hereinbringen musste? Nur Adlige hatten die Mittel und die Zeit, derlei Beschäftigungen nachzugehen. Es galt als ausgemacht, dass die Kleine lernen würde, ihre Gabe zu zügeln, ja, sogar nützlich zu machen, und ein normales Leben zu führen.
Keril tat ihr Bestes, um gut zu sein, fühlte sich aber doch manches Mal von Magieausbrüchen überkommen, sosehr sie sich auch bemühte, sich anzupassen und sich wie jedes andere Kind zu verhal-

ten. Wenn sie im Herbst durch den Wald lief, warfen die Bäume an ihrem Weg schlagartig ihr gesamtes Laub ab. Und oft, wenn sie allein den Fluss entlangwanderte, löste sie mit einem bloßen Gedanken ein verkeiltes Treibholz und sandte es mit den wirbelnden Wassern stromab – und summte sich eins dabei. Sie trug ihr langes Haar offen und dachte nicht mehr daran, es zu Zöpfen zu flechten, und wenn sie, wie so oft, in einem Anfall von Kraft und Übermut die Hügel hinabtanzte, schüttelte sie es, dass es sich nur so entwirrte und ihr wie ein Nest voll weicher Schlänglein um die Schultern wogte ... Aber es genügte nie, um das zu lösen und herauszulassen, was in ihr war.

Dann fing sie gar an, wo sie ging und stand, Schnüre mit sich herumzutragen, Extrataschentücher und -stofflappen oder auch nur Grashalme, wenn nichts anderes greifbar war. Ja, sie war immer mit etwas in den Händen zu sehen, ewig dabei, etwas zu verknoten oder aufzuknoten, was immer auch das war. Wenn sie aber vergaß, ihr Zaubertalent auf etwas zu richten, fand das unweigerlich allein einen Weg. So brauchte es eine Zeit, bis sie Schuhe tragen konnte, ohne dass die Senkel aufgingen, und sie lernte auch, auf ihre Kleider Acht zu geben, nachdem ihr eines Sommers bei dem bloßen Gedanken an ein Bad im Fluss alles, was sie anhatte, vom Leib gefallen war. Erledigte sie eine ihr aufgetragene Arbeit, beulten und blähten sich ihre vollen Hosentaschen immer so, dass alle Fremden sie für eines jener Kinder hielten, die immer ihre Schoßtierchen mit sich herumtragen. Die Mutter schüttelte nur den Kopf und seufzte, sie aber lernte mit der Zeit, ihr magisches Talent unter der Decke zu halten.

Eines Tages, als sie vor dem Haus von Tante Jennet wartete, die ihr etwas für ihre Mutter geben wollte, geschah es, dass ihre Hemmungen sich lösten und von ihr abfielen. Wie sie da stand und mit einem Stoffstreifen herumspielte, rief eines der Kinder auf der anderen Seite des Platzes: »Mach das nochmal!« Und im Nu hatte sie nun eine ganze Schar Kinder um sich, die mit großen Augen verfolgten, wie sie eine ihrer Lieblingskordeln zu einem anscheinend, nein, scheinbar unentwirrbaren Wirrwarr flocht und sie dann mit zwei, drei Drehungen des Handgelenks wieder frei baumeln hatte.

Als sie da hörte, wie die Kleinen sich ergötzten und noch mehr sehen wollten, fühlte sie etwas Warmes in sich wachsen. Und das Gefühl war so, dass sie alle Taschentücher, die sie dabeihatte, zusammenknotete und, in einem Ausbruch der Begeisterung, hoch in die Luft warf und, als sie wieder herabfielen, wieder schnell entknotete, dass sie wie bunte Vögel aufstoben und flatterten.
»Lerne jonglieren, und du hast eine richtige Nummer!«, hörte sie da jemand sagen und sah, als sie ihre Tücher eingefangen hatte und sich umdrehen konnte, einen fahrenden Schausteller ... der seine Ausrüstung abstellte. Er kam ihr irgendwie bekannt vor, wohl vom Pferdemarkt her, den sie dieses Jahr zum ersten Mal hatte besuchen dürfen und sich schier nicht hatte satt sehen können an all den Merkwürdigkeiten, die es da gab ... Der Fremde schenkte ihr noch ein freundliches Lächeln und breitete vor dem jungen Publikum die Arme aus. »Sieh her, so: Eins, zwei, drei ... hopp!« Und schon kreisten fünf rote Bälle durch die Luft – und schienen in seinen Händen kaum zu verhalten. »Wirf mir doch einer mal etwas anderes! Ach, mein Herr, wie wär's mit dem Apfel? Danke, mein Herr! Genau, was ich zu Mittag wollte!« Der Apfel schwand Biss um Biss von Wurf zu Wurf ... Jetzt kamen auch Erwachsene neugierig herbei, und die ersten Münzen flogen in den zerbeulten Hut, der da dicht neben dem Packen des Fahrenden stand.
Keril verfolgte die geübten Bewegungen, das glatte Geplapper mit einer Mischung aus Neid und Bewunderung ... Das hätte sie gern auch gekonnt! Er hatte ihr ihr Publikum gestohlen, aber sie wusste, dass sie lernen könnte, sich das ihrige zu ziehen. Die Vorstellung war nun viel zu früh zu Ende ... Da nahm sie den Korb, den die Tante ihr gab, gedachte auch, deren Ermahnung schnurstracks heim zu gehen und nicht zu bummeln, zu befolgen, und hatte sich bereits zum Gehen gewandt, als sie eine Hand auf der Schulter spürte.
»Hier, junges Fräulein, fürs Aufwärmen des Publikums«, sagte der Schausteller, ließ einige Münzen in ihre offene Hand fallen und schritt augenzwinkernd davon.
Keril rannte den ganzen Weg nach Hause – das Herz schlug ihr

mit mächtigen Flügeln gegen den Käfig ihrer Brust. Sie wäre gern geflogen, wusste aber nicht, wohin ... Als sie daheim das ganze Geld auf den Tisch schüttete, erzählte sie atemlos die Geschichte dieses Nachmittags. Da geschah es auch, dass sie die befreiende Kraft des Geldes entdeckte: Sie gehörte einer großen Familie an, und ihren Eltern war diese so unverhoffte Gelegenheit, ihr seltsamstes Kind unterzubringen, eine recht willkommene Erleichterung. So wurde sie formell Lehrling bei Garin dem Jongleur und begann ihr Leben auf der Straße.

Dieses Wanderleben bekam ihr – und wenn ihr Zaubertalent hin und wieder doch noch ohne sie ein Ziel fand, zogen sie immer rasch weiter, ehe noch jemand die verlaufene Ziege oder das beschädigte Strohdach mit diesem Mädchen, das ein Tau tanzen lassen konnte, in Verbindung brachte. Als junge Frau schloss sie sich mit Garin einer größeren Truppe an ... aber in dem Winter, da er, ihr Lehrer und jahrelanger Partner, an einem Fieber starb, stand sie mit einem Mal als Solistin da ... Allein auf der Straße zu leben war für jeden gefährlich, erst recht aber für eine junge Frau, und so verkleidete sie sich für ihren Auftritt als heruntergekommener, schlichter Vagabund. Da sie bei einem Lehrer gelernt hatte, der sie als gleich und nicht als Schaustück behandelte, besaß sie ein beinahe androgynes Image und wurde denn auch gemeinhin in Ruhe gelassen. Zudem hatte sie inzwischen gelernt, mit Messern zu jonglieren, und wusste die auch abseits der Bühne bestens zu gebrauchen. Beim Auftritt eine kleine Demonstration der Schärfe ihrer Dolche, das verschaffte ihrem Publikum einen Kitzel und ersparte ihr dann auf dem Weg, den das Schicksal ihr bestimmt hatte, eine Menge Ärger.

Bareka schien ein so typisches Dorf, ganz wie ihr Heimatort, bloß etwas näher zur Burg des Grundherrn. Keril sah, als sie eines Spätsommertags ihre Vorstellung begann, zu dem kalten, grauen Gemäuer am anderen Flussufer hinüber, und war froh, dass sie nicht dort auftrat. Ein Publikum aus Menschen ihres Standes, das war ihr am liebsten, und das Firmament über ihr allezeit der liebste Bühnenhimmel. Sie ließ ein paar ihrer Requisiten in die

Lüfte steigen, kommentierte alles ständig, studierte die Menge … Es schienen ihr gutmütige Leute, die froh über eine kleine Zerstreuung am Ende eines Arbeitstages waren. Von dem Trupp Reiter, der nahebei hielt, fänden womöglich ein paar größere Münzen den Weg zu ihr!

Ein Tag wie gemacht für etwas Neckisches, dachte Keril, ein Publikum, das ebenso gern lacht wie staunt. So veranstaltete sie mit einem ihrer verknoteten Seile ein Tauziehen … Dabei purzelten beide Seiten zur Straße, als das Seil plötzlich und unerklärlicherweise in Stücke ging. Um die Verwirrung zu erhöhen, ließ sie mit Gedankenenergie einem der aufstehenden Streiter die Hose fallen und winkte ihm dann zu, worauf sich das kürzere Ende des Teiles, das er noch in Händen hielt, so viel sagend wie anzüglich aufrichtete … Als die Dörfler dann aufgehört hatten, sich die Bäuche zu halten und nach Luft zu ringen, überschütteten sie Keril mit Barem, und der Gefoppte zog, so glücklich wie alle, seine Hose hoch. Da beendete sie ihr Programm mit etwas mehr Anstand und lächelte, zufrieden mit ihrem Tagewerk, so breit wie ihr zahlendes Publikum.

Als sie schon zusammenpackte und die Menge sich zerstreute, drang ein langsames, betontes Klatschen an ihr Ohr – einer der Reiter, ein kostbar gekleideter Herr mit schwarzem, nach Art des Adels gestutztem Spitzbart, applaudierte ihr. Stolz saß er auf seinem Hengst, der unruhig tänzelte und die Ohren nach hinten legte, auf die behandschuhten Hände seines Herrn zu. Weder der hohe Herr noch seine Begleiter aber warfen ihr eine Münze zu.

»Eine entzückende Darbietung! Ich sähe gern mehr davon. Komm heute Abend ins Schloss, und du wirst gut bezahlt«, sagte er, nahm die Zügel und ritt weiter, und die anderen folgten ihm.

»Eine Einladung ins Schloss … also, dort war ich noch nie!«, rief eine der Dörflerinnen, wohl genauso erfreut wie erstaunt, stupste Keril und musterte sie von Kopf bis Fuß mit kritischem Auge. »Du solltest dir aber etwas Besseres anziehen, wenn du vor dem Herrn und all denen auftrittst. Hast du kein Kleid?«

Keril hatte, in der Tat, ein Kleid, es aber bislang bloß an kirchlichen Feiertagen sowie zu gelegentlichen Besuchen bei ihrer Fa-

milie getragen. Sie fühlte sich unbehaglich, als sie das blaue Fähnchen dann zurechtzupfte, sagte sich aber, dass es, als ihr bestes Stück, gehen müsste. Man hatte ihr gesagt, dass es ihre blonden Haare betone, aber sie konnte jetzt nur das eine denken: dass sie dann nicht mehr zwischen den Beinen jonglieren könnte. Dieser Gedanke machte sie nervös, und als sie in den Schatten der hohen Schlossmauer trat, kämpfte sie gegen den heftigen Drang, zum Wirtshaus zurückzulaufen, ihre Sachen zu packen und den Ort zu verlassen ... Doch da schalt sie sich einen Feigling, fasste sich ein Herz, eröffnete dem Pförtner ihr Begehr. Und wurde eingelassen.
Ein Lakai in dunkler Livree führte sie in einen fensterlosen Raum, an dessen einem Ende der Herr samt ein paar Herren aus seinem Gefolge auf Sofas Platz genommen hatte. Es lohte ein Feuer im Kamin, und ihr war es hier irgendwie zu heiß und zu eng und nah. Sie hatte erwartet, im Großen Saal aufzutreten, aber sie kannte sich ja auch mit Adelssitten nicht aus. Ich habe schon vor schwierigerem Publikum gespielt, tröstete sie sich, als sie ihr Zeug auspackte und auf seine Erlaubnis zur Eröffnung wartete – so weit kannte sie sich aus! – und legte auf seinen Wink einen tadellosen ersten Wurf hin ... Aber sie war es gewohnt, Ort und Zeit ihres Auftritts ganz allein zu bestimmen.
Als sie dann aber in Fahrt kam, die Unterhalterin in ihr die Oberhand nahm, zählten nur noch die Schau und die Zuschauer. Sie übersprang die derben Späße, die sie auch im Repertoire hatte, und ging geradewegs zum Spektakel und Blendwerk über, zur Kunst der Illusion. Da half ihr sogar ihr Kleid, denn es gab ihr das Gefühl, womöglich doch in diesen reicheren Kreis zu gehören. Und sie überlegte sich schon, ob sie sich nicht eine bessere Kombination, Hemd und Hose, zulegen sollte, um ihren Kundenkreis zu erweitern ... Das Glück ist mir ja heute Abend hold, dachte sie, als das erhabene Publikum mit echter Begeisterung applaudierte. Diese Herren um den Herrn nickten und lächelten und beschränkten ihre Kommentare untereinander in Lautstärke und Häufigkeit auf ein Minimum ... ein Respekt vor ihrer Kunst, den Keril bei einem Publikum von Passanten noch nie erlebt hatte! Vielleicht

war sie ihnen so neu wie sie ihr. Wer weiß, welche anderen Engagements sie erhielte, wenn sich unter den Begüterten herumspräche, wie begabt …

Nun wischte sie sich, da ihre letzte Nummer bevorstand, mit dem Ärmel ihres Kleids schnell noch den bei der Hitze heftig strömenden Schweiß von der Stirn. Dann begann das Spiel mit den fliegenden Taschentüchern, das die Jahre auf der Straße, unter Garins Leitung, ständig verfeinert hatten. Inzwischen war es eher ein Tanz geworden, ein sorgfältig orchestrierter Wirbel von Bewegungen und Farben … Keril fühlte ihre eigene Energie mit ihrem Elan ausstrahlen und die Bewunderung ihres Publikums dafür dann zurückströmen. Ihr war ganz, als ob sie glühte. Es war eine magische Nacht …

»Halt! Alles hinaus!«

Keril stockte der Fuß, und nur ihr beruflicher Instinkt ließ sie noch ihre fallenden Requisiten fangen, als sie zu verstehen versuchte, was da passierte, was das bedeutete. Erstaunt sah sie, wie rasch sich der Raum leerte. Dann war sie allein mit dem hohen Herrn.

»Und nun zur eigentlichen Unterhaltung, denk ich!«, befahl er von seiner Couch aus und schlug sich lässig, träge mit einem Paar Handschuhe auf die offene Rechte. »Lass dieses Kleid mal fliegen!«

»Mein … mein Herr«, begann Keril unsicher. Ihr Herz schlug so schnell, hämmerte so, dass sie kaum einen klaren Gedanken fassen konnte. Sie wäre am liebsten davongelaufen, vermochte sich aber nicht vom Fleck zu rühren. Das erinnerte sie so an ihre Begegnung mit einem Bären, bei einem Querfeldeinmarsch. Nur dass der Bär freundlicher ausgesehen hatte. Er hatte sich einfach getrollt, ihr kein Haar gekrümmt … Vielleicht, wenn sie sich ruhig verhielt und den Blickkontakt vermied … »Ich bin keine Darstellerin solcher Art«, erwiderte sie leise.

»Ich habe dich für den Abend engagiert. Du tust, was ich dir sage!«, knurrte er, stand auf und kam auf sie zu.

Keril wusste, dass niemand käme, wenn sie nun schrie. Wenn sie das Messer gegen ihn richtete, würde sie dafür baumeln, oder zumindest eine Zeit lang, zu seinem gefälligen Gebrauch, in seinem Kerker sitzen – und das wussten sie beide. Wenn sie doch nur einen Bindezauber wüsste, um dem Schuft die Kleider an den Leib, die Hände an die Seiten und die Zunge für immer hinter die Zähne zu binden! Wenn sie doch nur ihre Schritte bis zu diesem Raum zurückspulen, ihren Auftritt im Dorf mit einem Wink abtun und all die Jahre, die sie hierher gebracht hatten, jetzt mit einem einzigen Gedanken aufziehen könnte! Wozu war ein Lösezauber denn gut, wenn er nicht die Knoten aus dem Lebensfaden nehmen konnte?

Der Herr der Burg hob die Hand, um ihr Haar zu berühren. Da schlug sie ihm so hart ins Gesicht, wie sie konnte. Doch er packte sie so derb am Handgelenk, dass sie meinte, es bräche, und schlug sie seinerseits, dass ihr beide Ohren klangen. Sie schmeckte Blut, spürte es von ihren Lippen rinnen. In ihren jungen Jahren hatte sie mit Männern geschlafen ... aber mit einem, der sie dazu zwang, der die Hand gegen sie erhob? War es den Preis ihres Lebens wert, dem zu entgehen?

»Tu, was ich dir sage, und es tut dir nicht weh!«

Keril hob den Blick, sah ihm in die dunklen Augen. »Du hast eine seltsame Vorstellung von ›wehtun‹, mein Herr!«

Es war sehr bald vorbei. Auf die Extramünze, die er ihr gab, hätte sie am liebsten gespuckt, sie ins Feuer geworfen ... Zu spät erkannte sie, mit welchem Maß dieser Mann maß – das war einer, der in allen Frauen Huren sah, Huren, die einfach mit anderer Münze handelten. Für etwas Physisches wurde ein physisches Entgelt geboten. Einer Adligen böte er wohl einen höheren Preis. Aber der Winter nahte, und Stolz machte nicht satt. Sie hatte ihren für einen Leib, ein Leben gegeben, die ihr nicht länger die ihren schienen.

Warum hatte sie dieses Kleid angezogen?! Erschauernd riss sie sich, wieder im Gasthaus, den befleckten Fetzen vom Körper. Sie dachte daran, wie der hohe Herr sie da im Dorf gemustert hatte, sie im Aufzug einer Fahrenden, und nun wusste sie, dass seine Miene nichts mit ihrem Aussehen zu tun gehabt hatte. So stieg sie in das Bad, das sie bestellt hatte, stöhnend ob der Hitze, aber schrecklich froh darüber. Sie wollte seinen Geruch von sich brühen und jede Erinnerung an ihn. Es tat so elend weh – tiefer als je zuvor; tiefer, als sie für möglich gehalten hatte, war sie verletzt. Sie schrubbte sich ab, bis das heiße Wasser sich rot vom Blute färbte. Dann weinte sie. Und dann machte sie einen Plan.

Der Herr zog oft zur Beizjagd aus, kam dann, den Falken auf der Faust, ein Bild blinder Macht, über die Brücke ins Dorf und ins weite, wilde Land geritten. Nun hatte sie offiziell und sehr öffentlich am Morgen nach ihrer Kommandovorführung das Dorf hinter sich gelassen, insgeheim jedoch, da die Tage und Nächte ja immer mehr herbstelten, ganz in der Nähe unter einem Baum, der noch im sommerlichen Grün prangte, ihr Lager aufgeschlagen. Und dort wartete sie jetzt und hielt Ausschau und wartete.

Eines Morgens kam die übliche Schar Reiter die Lehmstraße dahergetrabt, und die sahen so stolz und hochmütig drein wie die geflügelten Jäger, die sie auf Fäusten trugen. Die Vögel haben keine andere Wahl, als ihrer Natur zu gehorchen, sann Keril, und man hat sie auch bloß zur Lust dieses hohen Herrn gefangen. Das ganze Land ringsum, alle seine Besucher waren seinen Launen auf Gedeih und Verderb ausgeliefert. Da hielt der Trupp am Dorfrand, und einer der Berittenen stieg ab und verschwand in der Schmiede.

Nun begann sie ihr Werk ... einen Riemen hier, eine Schnalle dort. Sie war zwar noch nie geritten, hatte aber schon recht oft in Pferdeställen übernachtet ... Um zu begreifen, wie ein Sattel hält, muss man sich nur etwas konzentrieren! Die Haare standen ihr knisternd zu Berg, als sie versuchte, ihre Kraft einfach so zu bündeln – ohne auch nur ein einziges Blatt des Baumes, unter dem sie lauerte, beben zu lassen. Hatte sie es so langsam gemacht, dass niemand es bemerkt hatte? Also, sein Pferd hatte bestimmt etwas gespürt: Sie sah doch, dass es den Kopf drehte und die Muskeln anspannte.

So richtete sie ihre Gedanken auf einen Apfelbaum unweit der Reiterschar und ließ eine Astladung roter Äpfel auf die Erde prasseln. Da stieg der Hengst, halb vor Schreck und halb vor Eilfertigkeit, dass der Herr samt Sattel durch die Luft flog und mit Knirschen und Krachen aufschlug. Aber das war nicht der schönste Laut, der an ihr Ohr drang. Nein, der Laut, der ihr Herz und Leib wärmte, war das Gekicher, das nun erklang. Die gesamte Dorfstraße entlang hüstelten die Leute plötzlich und wandten sich, die Hand vor dem Mund, ab und ließen, sobald sie außer Sicht waren, sich sicher wussten, gar das eine oder andere unterdrückte Lachen heraus. Der Hengst aber tat einen wohl gezielten Tritt und preschte davon, jagte seinen Träumen von freundlichen Stuten und grünerem Gras hinterher.

Und der Herr, aus Schürfwunden blutend, wälzte sich im Staub und versuchte sich aufzurichten, fuchtelte dazu mit dem Arm, dass es den über ihm mit den Schwingen schlagenden Falken an der Fußfessel niederriss ... Da warf Keril wieder ihren Zauber aus, löste die Haube, die diese scharfen Augen bedeckte, und löste die grausam straff zugezogene Fessel. Breite Schwingen hoben und senkten sich machtvoll. Und Keril langte, in einem auch für sie erstaunlichen Kraftausbruch, nach dem letzten Band, dem unsichtbaren, geistigen, das diesen Vogel noch an seinen Herrn fesselte. Jäh war es zerrissen, und da stieg der Falke schon mit wildem, durchdringendem Schrei in die Lüfte. Flieg fort, sei frei, dachte sie, und wenn du ihn je wieder siehst, hacke ihm die Augen aus!

Sie fühlte sich so zwiespältig, die nächsten Tage da auf der Straße: so himmelhoch jauchzend mitunter, so zu Tode betrübt und dann von Weinkrämpfen gebeutelt. Ihre kleine Rache hatte ihr zwar eine rechte Befriedigung verschafft, das Geschehene jedoch nicht ungeschehen machen können. Außerdem begann ihre Magie verrückt zu spielen – entzog sich hin und wieder ihrem Griff, brach dann plötzlich mit unerwarteter Kraft und Macht hervor. Sie fühlte sich körperlich ganz verändert, von einer neuen Energie erfüllt, die ihren eigenen Weg ging ... Was sie an ihre frühe Jugend erinnerte, wo sie nie gewusst hatte, wie ihr geschah oder was zu tun sei, und es doch zu gern gewusst hätte. Ihr launischer Zauber würzte ihre Aufführungen wohl – aber sie musste das Problem lösen, das spürte sie genau, und musste sich wieder in den Griff bekommen.

Erst beim Mondwechsel ging ihr auf, dass etwas geschehen war. Der Mond verdunkelte sich, und sie hatte ihm kein Blut zu opfern! Da lag sie, in irgendeiner Herberge am Weg, auf ihrem schmalen Bett und erstarrte vor Schrecken, als sie erkannte, was genau der Herr der unvergesslichen Burg ihr angetan hatte! Der Mann hatte sie geschwängert. Aber sie wollte sein Kind nicht. Es sollte nicht noch etwas in dieser Welt existieren, das seinen Stempel trüge ...

Sie wischte sich die Tränen ab, die ihr die Dachsparren über ihr verschwimmen ließen, Tränen heißen Zorns vor allem – und kehrte dann ihre Gedanken nach innen, auf diesen Fremdkörper in ihr, und da wusste sie, was sie tun konnte. So ein kleiner Zauber würde das neue Leben in ihr ablösen und diesen Knoten lösen, der sich in ihrer Seele festgesetzt hatte. Dann würde sie dem Mond doch noch ihren Tribut entrichten können.

Leise, monoton summend rieb sie sich in einer Kreisbewegung den Unterleib. Etwas da drinnen war zu lösen. Gelänge es ihr diesmal, ihre Magien richtig zu konzentrieren, könnte sie es ein für alle Mal fließen lassen – sich dessen entledigen, was sie nicht brauchte, und diesen Schmerz in ihrem Leben hinter sich bringen. Und der Zauber formte sich und tastete sich in ihren Bauch hinab, suchte den Eindringling. Die Hitze dabei war so groß, verzehrend, peinigend wie nie zuvor. So schloss Keril die Augen und stieß ihren Gedanken weiter voran.

Etwas trieb ihn zurück. Und da machte er kehrt – so jäh, dass es ihr den Atem verschlug – und flutete ihr ins Herz hinein. Keril spürte, wie die Angst entschwand und Wut und Scham mit sich nahm, das Schuldgefühl auch, Gram und Verzweiflung. Der Gefühlswirrwarr aus jener fürchterlichen Nacht löste sich so schlagartig wie ein Holzstau in einem Fluss und ließ sie geläutert und geheilt, wieder heil und ganz, zurück.

Mehr als ganz. Sie hatte nun Gesellschaft – von einem Wesen, das weder allein sein noch sie allein lassen wollte und eben noch nicht bereit war abzugehen. Mein Kind, dachte Keril und spreizte die kreisende Hand beschützend über ihrem Fleische. Ja. Meins. Im Nordland namens Nathlan, das wusste sie, zählte nur die Abstammung mütterlicherseits. Die Menschen lebten da gemeinschaftlich in Häusern voller Schwestern und Brüder und Tanten, Onkel und Ältester. Das wäre ein guter Platz, um ein Kind großzuziehen, dachte Keril. Sie hatte die Leute raunen gehört, dass man in Nathlan weder Heirat noch Ehe kenne. Und hatte auch erzählen gehört, die besten Magier kämen von dort oder würden doch zumindest dort ausgebildet, in diesem Land, wo der Zauber so dicht fiel wie der Schnee. Diesem Lande, wo man sich eine Lehrstelle mit Talent und Können verdiente und nicht mit Geld erkaufte.

Ruhig lag sie da, ihr Leib hatte endlich Ruhe gefunden, ihr Atem ging tief und gemach, ihr Gesumme wurde zum Wiegenlied. Sie fühlte, wie ihr Geist sich erhob, nach Norden flog, über Land schwebte, durch das sie, auf der Suche nach einer neuen Heimat, bald zu Fuß wandern würde. Ein Zauber, eine Straße, ein Leben ... das war nur ein Anfang. Sie hatte noch so viel zu lernen, um eines Tages selbst auch zu lehren. Und als sie einschlief, wand sich ihr ein Faden der Liebe ums Herz – ihr erster und machtvollster Bindezauber.

SUSAN HANNIFORD CROWLEY

Zu dieser Story wurde Susan durch einen Besuch bei irischen Verwandten inspiriert. Für sie war Irland »ein wundervoller Ort zum Schlafen und Träumen« – und da hat sie sich auch die Gestalt der »Druidin Fiona« geträumt. Derlei Dinge passieren mir immer in Schottland. Ich mag England sehr, bin mir aber stets bewusst, dort in einem fremden Land zu sein. Wenn ich aber die Grenze zu Schottland hinter mir habe, weiß ich, dass ich zu Hause bin.
Susan Crowley hat in meiner Anthologie Spells of Wonder *die Erzählung »Ladyknight« veröffentlicht und deren Heldin dann in »Flötchen« in Band IX der* Magischen Geschichten *wieder zu Wort und Tat kommen lassen. Derzeit schreibt sie einen Roman über diese Ritterin mit den vielen Namen, und ich freue mich schon sehr darauf. – MZB*

SUSAN HANNIFORD CROWLEY

Cecropia

»Sieh! Eine Motte!«, rief der Dienstjunge und langte nach dem Nachtfalter, um ihn totzuschlagen.

»Nein!«, sagte Fiona und hielt seine Hand fest. »Das ist doch ein Freund. Lass uns jetzt allein.«

Der Bursche tat, als ob er den Raum verließe, schloss lärmend die Tür, verbarg sich dann aber hinter einem großen Gobelin. Kalt und feucht war die Wand in seinem Rücken, und die Kälte kroch in sein heuchlerisches Herz ... Mit Augen wie schwarze Perlen beobachtete er Fiona nun durch einen Riss im Tuch.

»Komm, Cecropia, mein Freund«, sprach da die hoch gewachsene, anmutige Druidin und breitete die Arme aus, wie um ein geliebtes Wesen zu herzen ... und die weiten Ärmel ihrer purpurnen Robe wogten wie zwei mächtige Schwingen. »Komm, offenbare mir das Geheimnis, das du im Nachtwind erfahren hast.«

Der Riesenseidenspinner flatterte zu ihrem Finger und ließ sich darauf nieder. Und die Druidin beugte sich über dieses Wesen mit den samtbraunen Flügeln, und nun verschmolzen Falter und Dame in einem innigen Kuss.

Da bekam der Bube in seinem Versteck vor Staunen große Augen und zitterte an seinem ganzen kleinen Leib.

Plötzlich löste sich die Motte, flatterte auf und ab, durchs Bogenfenster hinaus und war im Nu in der Nacht verschwunden. Und die Dame stützte sich, von Schwäche überkommen, auf den Fenstersims. All ihre Hoffnungen ruhten nun auf diesen zwei kräftigen braunen Flügeln.

Die Nacht war freudlos, so ohne die üblichen Nachtlieder. Aber die hoch dort oben funkelnden Sterne mahnten sie, stark zu bleiben. Drunten im Burghof, da richteten Zimmerleute im Schein einiger Fackeln ein grobes Gerüst. Wieder hob sie den Blick zum hohen

Himmel und dann zum Horizont. Cecropia hatte sich durch das heillose Licht da unten nicht von seiner Bahn ablenken lassen. Er war wirklich fortgeflogen, dessen war sie gewiss.
Sie trat vom Fenster in die Turmstube zurück, die ihr Kerker war, und setzte sich in den einsamen Lehnstuhl am Kamin. Das Torffeuer, das da brannte, war klein, aber so hell von einer Freude, die ihr mehr als nur die Füße wärmte. Da huschte ein Schatten über den Boden. Der Spion hinter seinem Wandteppich erzitterte: Ein winziges Tier hielt zu Füßen der Druidin. Und diese nahm es in die hohle Hand und setzte es auf den roh gezimmerten Tisch an ihrer Seite. Und die lustig flackernden Flammen gaben dem Winzling den Schatten eines Riesen.
»Das ist lieb von dir, mich in meiner letzten Stunde noch zu besuchen«, begrüßte Fiona das Kleine.
Ein Mäuslein, durch ihr freundliches Lächeln ermutigt, trug einen Brosamen herbei und legte ihn ihr zu Füßen. Nun rollte Fiona eine Träne über die Wange. »Dein Mitgefühl rührt mich tief, meine kleine Freundin«, dankte sie und aß den Krumen, hätte sie sonst doch das Gesetz der Gastfreundschaft, das ja nicht nur dem Menschen heilig ist, verletzt.
Und in einer Ecke ihrer Turmstube öffnete ein aus dem Schlaf erwachendes Tier die goldenen Augen und gähnte und streckte, reckte sich, kam quer durch den Raum herstolziert und blieb dann, höflich schnurrend, vor ihr stehen. Fiona beugte sich nieder, nahm den dunkel und hell, wie mit Schatten und Licht gestreiften Kater auf und in den Schoß. Und der musterte mit goldenen Augen die langschwänzige Maus, gähnte aber bloß. Er hatte ohne Wort noch Blick sofort verstanden, dass Fiona ihre schützende Hand über sie hielt, damit ihr niemand etwas zuleide tue. So legte er der Dame seine großen grauen Pfoten um den Hals und schnurrte dazu.
Da lächelte Fiona und sprach: »Diese letzten Momente mit dir sind mir sehr kostbar.« Und der Kater rieb die pelzige Wange an ihrem Gesicht.
Plötzlich verdunkelten wirbelnde Schwingen das Fenster – und eine Eule schoss, jäh wie zum Stoß, herunter und landete, nur Zentimeter von der Maus entfernt, auf dem Tisch. Die Druidin

lachte und streckte ihr den Arm hin. Und die Eule hüpfte auf diesen menschlichen Aufsitz. Der Junge hinter seinem Gobelin aber beugte sich vor, um ja alles mitzubekommen.
»Wer?«, fragte die Eule.
»Oh, wir wissen doch, wer, meine Freundin. Die Frage ist ja, warum hat er Ursache, mich zu hassen?«
Die Dame und die Eule bedachten der je anderen Fassung und Haltung. »Ich bin froh, dass du mich besuchen gekommen bist. Deine Stimme hat mir in meinen einsamen Nächten immer großen Trost gegeben.«
Die Eule schuhte, zirpte Fiona zärtlich an. Und die turtelte zurück. Nase und Schnabel rieben sie liebevoll gegeneinander und schlossen in einem geteilten, doch für Worte zu heiligen Wunsch die Augen ... Der Junge in seinem Versteck bekam einen weichen Blick und wollte, er hätte auch eine Eule gekannt.
Da flog die Tür mit Donnerhall auf, dass alle Tiere durch die Stube stoben und sich in finstere Winkel flüchteten. Auf der Schwelle stand ein Ritter, fest und unerschütterlich wie ein Baum. Hell glänzte sein erzener Harnisch, der Brust und Herz beschützte, im Schein des Feuers. Seine Augen aber lagen im Schatten des Helms.
»Hohe Frau, du musst deinem Glauben abschwören!«, rief er.
Fiona erhob sich und trat ihm entgegen ... Von einem Dachsparren starrte die Eule herab. Die Maus, die sah aus ihrem sicheren Loch zu. Und der Kater funkelte ihn aus der dunkelsten Ecke der Stube drohend an. Der Junge hinter dem Wandteppich aber bebte und zitterte vor Furcht.
»Das kann ich nicht. Ich bin, woran ich glaube.«
Mit einem Schritt voran riss er sich den Helm ab. »So versteh mich doch, Fiona. Sie werden dich töten!«
»Sie können meinen Leib töten, mich nicht, Aidian«, rief die Druidin und ging zu ihm, nahm ihn an den Händen und schenkte ihm ein liebliches Lächeln. Da seufzte der Bursche in seinem Versteck. Denn ihr Lächeln war ja schöner als die Sichel des Mondes, die einem silbernen Kelche gleicht.
»Wirst du mein Henker sein?«

»Nein, mein Liebes, Liebste du, nie im Leben! Bitte, Fiona, schwöre du deinem Tun und Treiben ab und bekehre dich. Dann können wir heiraten!«
Die Druidin küsste ihn.
»Lebe wohl, Aidian«, hauchte sie und wandte sich von ihm ab. Und dem Ritter traten Tränen in die Augen.
»Birgit und ihr Gefolge sind konvertiert. Conaran Gulban und die Armee Prinz Brennans aber sind dem Schwert überantwortet worden. Die Kirche hat Conaran zum Ketzer erklärt. Denn sein Wort habe im Herzen des Prinzen die Kriegsfackel entzündet. Mit seiner Hexerei habe er ihn dazu bewegt, seinen heiligen Eid zu brechen.«
Fiona kniete vor ihrem Fenster nieder. »Conaran«, erwiderte sie, »weilt jetzt im Land der Wahrheit. Ich freue mich über die Geburt meines Bruders im Jenseits.« Damit hob sie ihren Blick zu den Sternen.
»Sie haben alle seine Bücher verbrannt, Fiona.«
Die Druidin rührte und regte sich nicht und sagte kein Wort.
Die hatten Eires Erbe und Geschichte und Hoffnung verbrannt!
»Du hast versagt, Aidian«, hörte sie eine ihr allzu bekannte tiefe Stimme sagen … und hatte doch keine Schritte von der Treppe vernommen!
Sie drehte sich um, ihrem wahren Gegner die Stirn zu bieten. Ein Hüne von einem Mönch, die Kapuze der kohlschwarzen Kutte tief ins Gesicht gezogen, stand da, von Soldaten flankiert.
»Ich habe dir einen Gefallen getan, Aidian. Nun ist die Zeit gekommen, dafür zu zahlen«, begann der Mönch.
»Mein Herr?«
»Nimm dein Schwert und töte diese Hexe«, befahl der schwarze Mönch.
»Ich sehe keine Hexe. Nur jemand, der die Wahrheit kündet«, sagte Aidian und lächelte die Druidin an. Da trat ein Soldat hinter ihn und stach ihn in den Rücken.
Schock und Staunen wurden zu Schmerz, als Aidian begriff, dass er den falschen Weg der Verteidigung genommen … Er hatte sein Geburtsrecht vergessen gehabt und wollte es nun wiederhaben, brauchte es so dringend. Er wollte die Wahrheit wissen. Das wollte

auch der vor Grauen bebende Junge hinter dem Gobelin. Er sah die Druidin jetzt mit anderen Augen und bat sie stumm um Nachsicht und Verzeihung ...

Fiona aber fing Aidian in ihren Armen auf, ließ ihn behutsam zu Boden gleiten.

»Vergib mir, Herrin. Ich wollte zum Ort der Wahrheit. Komme ich dorthin?«, röchelte Aidian mit brechender Stimme.

»Bestimmt. Oh, du Kind Irlands, das wirst du!«, sprach sie.

Da sah er ihr heiter, als ob er schon das Jenseits erblicke, in die Augen. Und starb.

»Schnell, schafft ihn weg, ehe sie Hexenwerk an ihm verüben kann«, rief der Mönch, und einige Soldaten nahmen den Toten auf. »Hütet euch, ihr in die Augen zu sehen ... sie ist eine Verführerin und würde euch ebenso verhexen wie Aidian! Geht, die Leiche vor der Mauer zu verbrennen!«

Ängstlich beeilten die Soldaten sich, die Order auszuführen, und so blieben der Mönch und die Druidin bald allein zurück. Der Mönch enthüllte sein Gesicht aber noch immer nicht, und so starrte sie unverwandt ins Dunkel seiner Kapuze.

»Wenn der Morgen graut, erlischt dein Lebenslicht für immer. Deine Welt stirbt und vergeht, Fiona von Beare. Du bist die letzte Druidin in Eire. Von dir bleibt nichts, was bezeugte, dass es dich je gegeben hat. Du wirst vergessen sein«, sprach der Mönch in Schwarz.

»Warum verbirgst du dein Gesicht? Schämst du dich? Oder hast du Angst?«, fragte Fiona.

Daraufhin schlug er sie, dass sie durchs Zimmer und gegen die Wand flog. »Bereite dich zum Sterben vor, es tagt bald«, rief er und ging, schloss sie in die Einsamkeit ihres Kerkers ein.

Da kam der Kater an ihre Seite geeilt und drückte ihr, laut schnurrend, tausend Küsschen auf die Wange.

»Wenigstens du wirst mich nicht vergessen«, seufzte sie.

Der Kopf drehte sich ihr vor Qual, als sie sich aufrappelte. Nur mit Mühe schaffte sie es zu ihrem Kaminstuhl. Aber jetzt hörte sie ein Kinderweinen. Und sie humpelte zu dem Gobelin, kniete sich nieder und hob das schwere Gewebe an.

»Warum weinst du, Kind?«
»Der Ritter. Er war so tapfer, und nun ist er tot«, rief und schluchzte der Junge, am ganzen Leibe bebend.
»Ach«, erwiderte die Druidin. »Hör, Kind, niemand stirbt für immer. Wir alle werden ja im Land der Wahrheit oder in einem anderen Leib wieder geboren. Wir legen doch nur unsere äußere Hülle ab. Was du siehst, ist wie ein irdenes Gefäß. Wir sind in seinem Inneren, und wir sind für immer und ewig innen.«
Da streckte er die Arme nach ihr aus, und sie herzte ihn mit Wärme und ließ ihn sich ausweinen.
»Ich hasse sie. Ich werde alle Mönche hassen!«, schluchzte er zornig.
»Nein, Kind. Hasse nicht alle um der Vergehen eines Einzigen willen! Der Hass ist der Tod der Liebe. Es gibt bestimmt auch gute Mönche. Sie sind nur heute nicht da«, erwiderte sie.
Nach einer kleinen Weile löste er sich aus ihren Armen, trat etwas zurück und sah ihr ins Gesicht. Oh, wie schön sie war, viel schöner als jede Prinzessin! Und er blickte ihr in die Augen und sah den blauen Sommerhimmel Eires darin, die Tage und Zeiten der Sonne und des Glücks ... Ihr liebes Lächeln zu sehen, war ihm der schönste, beste Trost.
»Wie heißt du, Junge?«, fragte sie jetzt.
»Cormac«, sagte er.
»Das ist ein starker Name. Wenn du erst ein Mann bist, musst du zum Berg der Könige gehen, droben bei Dublin. Ja, du musst nach Tara.«
»Was soll ich dort, Herrin?«
»Wenn du erst ein Mann bist, wirst du es wissen«, sagte sie. »Komm, jetzt setzen wir uns zusammen ans Feuer.« Damit nahm sie einen kleinen Hocker und stellte ihn zu ihrem Lehnstuhl. Und dann sahen sie und der Junge einander an.
»Sagst du mir denn nun, warum du dich hinter dem Wandteppich versteckt hattest?«, fragte sie.
Da blickte er beschämt zu Boden, sah ihr dann aber wieder in die Augen.
»Die Soldaten drunten sagten, d-du s-seist eine b-böse Hexe und

b-beschwörst hier oben aus dem Nichts Dämonen. D-dass sie zu dir k-kommen«, stammelte er, »w-weil du sie behext!«
Fiona lachte so herzlich und herzhaft, dass es von den Wänden widerhallte.
»Und hast du das dann hier gesehen?«, fragte sie endlich.
»Oh nein, Herrin. Es ist nichts Böses an dir. Die Tiere der Erde kommen zu dir, weil sie dich lieben.«
Mit Tränen in den Augen musterte Fiona den Jungen.
»Wo sind deine Eltern, Cormac?«
»Sie sind tot, Herrin.«
Sie nickte nachdenklich, langte dann in den Ärmel, zog einen Beutel an einem langen Riemen heraus, hing ihn dem Jungen um den Hals und stopfte ihn ihm ins grob genähte Hemd.
»Den schenke ich dir. Er enthält mein Buch. Und wenn du erst lesen kannst, wirst du daraus die Rezepte aller Arzneien und alle meine Lebenslieder lernen! Das heißt, eins will ich dir jetzt schon sagen:

›Auf dem Weg zum Riesendamm,
Vorbei am Born Cil Mara,
Tu ich den Schritt zum Mann
Dort auf dem Berg von Tara.‹

Sing das jetzt!«
Und der Bursche wiederholte den Vers, dass es eine Art hatte, ganz ohne Fehl und Tadel und mit einer Stimme so rein und so klar wie die einer Hirtenflöte.

»›Ich will der Wahrheit Harnisch tragen,
Und nie ein falsches Urteil geben,
Will um mich der Liebe Mantel schlagen
Und ganz in seiner Wärme leben.‹

Sing den und den Ersten, beide zusammen.«
Wieder sang der Junge. Und Fiona gefiel sein heller Kopf und Sinn. Dann rezitierte sie ihm den letzten Vers:

»›Meine Hand führe das Schwert von Licht,
Und das Recht, es leuchte mir,
Wenn ich für Eire kämpfe
Wider die Verräter hier.‹«

Jetzt sang der Junge alle Strophen zusammen. Und er sang sie immer und immer wieder, bis Fiona ihm einzuhalten gebot.

»Das ist nun dein Lied«, sagte sie. »Ob du diesen Weg gehst, entscheidest du allein. Dieses, dein Lied kannst du singen, wenn du allein bist. Es wird dir Kraft geben, und du wirst dich daran erfreuen können.«

»Ich will dir auch etwas geben«, erwiderte er und zog einen kleinen Dolch aus dem Gürtel. »Hier!«

»Das kann ich nicht«, sagte sie.

»Aber warum, Herrin?«

»So Leid es mir tut, ich muss das zurückweisen. Ich habe drei Eide getan: Erstens, meine Götter zu ehren ... Und ihrer gibt es so viele, dass ich die ganze Zeit zu tun habe«, sagte sie und lachte, und der Junge fiel in ihr Lachen ein: Mit ihrem Sinn für Humor hatte sie für einen Moment die Feierlichkeit der Situation durchbrochen ... Aber sie wurde sogleich wieder ernst.

»Zweitens und drittens: Ich muss mich bei all meinen Taten in dieser Welt als tapfer erweisen und darf niemandem ein Leid oder Böses tun. Nicht einmal meinem Feinde. Nicht einmal zum Schutz meines Lebens.«

Da brach er wieder in Tränen aus. Betroffen kniete sie sich zu ihm.

»Dann, Herrin, nimm mein Herz mit dir«, seufzte er und küsste sie auf die Wange.

»Es wird mir eine Ehre sein, es allezeit bei mir zu wissen. Aber jetzt versprich mir bitte, sobald ich fort bin, diesen Ort zu fliehen!«

»Das verspreche ich, Herrin!«

Da schlug die Eule mit den Flügeln und flog zum Bogenfenster in den Morgen hinaus, der über die östlichen Berge strömte. Denn schwere Schritte kamen die Treppe zur Turmstube herauf.

»Schnell, versteck dich. Und kein Laut!«
»Ich werde dich niemals vergessen, Herrin, mein ganzes Leben nicht!«, flüsterte Cormac noch und verbarg sich wieder hinter dem Gobelin.
Da flog die schwere Eichentür auf, und der Mönch in Schwarz stürzte herein.
»Frau, jetzt widersage und schwöre ab, deinen bösen Wegen und Weisen«, rief er mit einem Hass, der selbst die Soldaten, die ihm auf dem Fuße folgten, schaudern ließ.
»Ich habe nichts Böses getan. Aber ich weiß es zu erkennen, wenn es so vor mir steht!«, versetzte die Druidin so ironisch wie belustigt. Fest und gerade wie eine Eiche stand sie da, und ihre Stimme war wie die Musik des Baches, der durchs Tal springt und plätschert.
»Bindet ihr die Hände, damit sie sie nicht gegen uns erheben kann! Und schafft sie dann hinab!«
Da fesselten die Schergen ihr die Hände fest und stramm mit einem groben Strick und zerrten sie wie ein sich sträubendes Tier an der Leine die Stufen hinab. Und der Mönch, der jetzt allein in der von der Frühsonne erhellten Stube zurückblieb, sah sich rasch um, spähte in jede Ecke und jeden Winkel, dass ihm ja nichts entgehe – der Kater hinterm Wassereimer machte sich schon ganz klein … Und als der schwarze Bruder vor den Gobelin trat, um dessen feinen Stich zu bewundern, dabei den klaffenden Riss bemerkte, hielt Cormac den Atem an und schloss vor Furcht, entdeckt zu werden, die Augen …
Aber da ließ ein Lärmen im Hof den Schwarzen forteilen – und der Junge kam, recht blass, aber doch erleichtert, aus seinem Versteck hervor.
»Komm, Katze«, drängte er. »Man darf uns hier nicht finden.«
Und als der Kater ihm auf den Arm sprang, stürzte er mit ihm die Treppe hinab, mischte sich gleich unter das Gesinde, das sich nun im Hof versammelte, und ließ das Tier in der Menge, wo es bestimmt unbemerkt bliebe, wieder laufen. Einen Moment später schon sah er es zum Burgtor hinausschlüpfen – den Weg würde er wohl auch, und zwar bald, nehmen, das war ihm klar.

Den Lärm im Hof hatte das Pferd gemacht, das die Druidin in den Tod karren sollte: So gescheut hatte es, dass der schwere Wagen, vor den man es gespannt hatte, gleich umgestürzt war.

»Sei's drum!«, rief der Mönch in Schwarz. »Dann geht die Hexe eben zu Fuß – oder wir schleppen sie hin!«

So ging Fiona mit den Soldaten. Und ein Stallbursche spannte das Pferd aus und führte es fort. Da sah Cormac noch, dass es den Kopf drehte, um der Druidin nachzublicken. Oh, das Pferd liebt sie also auch, dachte er darauf.

Als die Wächter die Gefangene bis zur Mitte des Hofs geführt hatten, gebot der Mönch ihnen Halt und kletterte allein aufs Gerüst. Sein Gesicht lag trotz des schon vollen Sonnenlichts noch im Dunkeln.

»Fiona von Beare wird heute für ihre Verbrechen der Hexerei, der Verführung sowie der Ketzerei zum Tode durch Enthauptung verurteilt. Frau, was hast du dazu zu sagen?«

»Ich bin Fiona von Beare, eine Druidin, und diene bloß Eire. Rede und Antwort stehe ich nur euch«, sprach die Gefangene und musterte die versammelten Mägde und Knechte, Bäuerinnen und Bauern, und sie sah ihren ängstlichen Mienen an, dass ihr keiner von ihnen beistehen würde. »Heute möchte ich euch ein Geschenk machen. Als die neue Kirche kam, saht ihr das Böse nicht, das da in ihrem Schatten Einzug hielt. Hütet euch vor dem Übel!

Und gegen das Böse, das jene Invasoren mitbrachten, bestimme ich euch einen neuen Hochkönig zu Tara. Und während ich noch spreche, tritt er bereits seine Reise an. Es wird eine lange und harte Fahrt werden, aber jeder Stein auf seinem Pfad und jede Biegung seiner Straße wird ihn weiser machen … Er wird ein großer Krieger werden und Teile eures Eire wiedergewinnen. Aber nicht alle.

Darum muss auch ich eine Reise antreten. Ich will einen neuen Namen annehmen und gen Westen reisen. Denn der Schatten, der über Eire liegt, wird währen, wird Hass, Tyrannei und Hunger bringen. Ich gehe in ein Land jenseits des Westlichen Meers, um für die Kindeskinder der Kinder Eires einen Ort zum Leben zu bereiten. Wo sie Wahrheit, Gerechtigkeit und die Freiheit des Glaubens finden werden.

Euch steht es frei, von mir zu glauben, was ihr wollt … Ich fühle für euch heute nichts als Liebe.«
»Du bist verflucht!«, wütete der Mönch. »Ich werde deinen Kopf von der Mauer baumeln lassen! Jeder soll wissen, was hier einer Druidin blüht. Komm, Hexe, der Scharfrichter bittet dich zum Totentanz!«, rief er, und sein verurteilender Zeigefinger glich einer Klaue.
Die Soldaten stießen Fiona zur Treppe des Blutgerüstes. Doch da heulten alle Hunde im Hof, rissen sich los und fielen die Schergen an, die die Druidin hielten.
Die sah ihre Chance und lief los – Richtung offenes Tor. Und alles rannte, aus Angst um sie, aus Angst um sich selbst. Da nickte der Schwarze Mann einem hoch auf der Mauer platzierten Bogenschützen zu. Der ließ einen Pfeil schwirren. Und dessen tödliche Spitze bohrte sich ihr zwischen die Schulterblätter – dass sie nach vorne fiel, die Hände noch gefesselt, und mit den Fingern den freien Boden vor dem Tor berührte … Und der Wind, voller Mitgefühl, blies ihr die faltenreiche, purpurne Robe wie ein Leichentuch über den Kopf.
Wutentbrannt drängte sich der Schwarze durch die Menge, bis er vor ihrer Leiche stand.
»Ihren Kopf will ich dennoch!«, brüllte er.
Aber da er an ihrer Robe zog, fand er nichts. Nichts. Nichts als Stoff, einen Pfeil und leere Fesseln … Die Druidin aber war verschwunden.
Da schrie der Mönch und schrie, wie nur ein Dämon, dem eine Seele entgeht, schreien mag. Und alles rannte, lief, um sich vor seinem Zorn, seinem Wüten in Sicherheit zu bringen. Und er kickte das Gewand umher, aber das war und blieb leer.
Dann befahl er den Soldaten, es zu nehmen und zu verbrennen. Und Cormac nutzte die Gelegenheit, reihte sich unter sie ein und kam so unbemerkt durchs Tor. Er folgte ihnen auf dem Weg die Straße hinunter und ab davon, ins Lee der Burg, wo schon ein Scheiterhaufen mit dem Leichnam des armen Ritters stand. Traurig musterte Cormac ihn: Er war so grau und matt wie der Flusston, den die Töpfer benutzten! So nahm er das Gewand der Drui-

din und trug es hinauf. Aber als er es ausbreitete, fand er in dessen Falten eine Motte, die sich zu befreien suchte.
»Was tust du da, Junge?«, rief einer der Soldaten.
»Nichts«, sagte der Junge.
»Dann steig rasch herab, sonst brennst du auch!«, lachte der Soldat.
Und Cormac nahm die Motte in seine Faust und machte, dass er hinunterkam.
»Was hast du da in der Hand, Bursche?«, herrschte ein Wächter ihn an und packte ihn derb am Arm. »Zeig her!«
Und Cormac öffnete die Faust, wies ihm die flatternde Motte und sagte: »Ich will mit ihr spielen, bis sie stirbt!«
Lachend stieß der Kerl ihn weiter und setzte mit der Fackel den Scheiterhaufen in Brand. Lachend brummte der Junge da bei sich: »Wir sterben nie wirklich!«
Und er faltete die Finger um den Falter und marschierte los. So marschierte er, bis er den beißenden Geruch verbrennenden Fleischs hinter sich gelassen hatte. Von einem Hügel aus sah er dann aber, dass das Feuer noch immer lohte. Da marschierte er weiter, bis er nur mehr, ganz in der Ferne, den schwarzen Rauch sah. Und er marschierte nach Norden weiter, bis er von einem Hügel in allen Richtungen nur noch Himmel sah – Himmel so leuchtend blau wie das Auge der Druidin.
Das Gesicht westwärts gewandt, öffnete er die Hand und fand, dass der Falter erstarkt war: Zwei dunkelbraune, rot und weiß geränderte Flügel entfaltete er, auf deren jedem eine an ihr Lächeln erinnernde Mondsichel prangte.
»Du hast gesagt, du wolltest einen neuen Namen annehmen und gen Westen reisen. Hier, o Herrin, trennen sich unsere Wege, muss ich doch meine Reise nach Tara antreten. Ich werde deine Liebe in meinem Herzen bewahren«, sprach er, und als er die Hand auf die Brust legte, spürte er den Beutel unter seinem Hemd.
Er hob die Motte hoch in die Luft und flüsterte: »Lebe wohl, Frau Cecropia!«
Da stieg die Motte geradewegs in den Himmel auf. Augenblicke

später aber, da eine enorme Wolke aus winzigen Mottenflügeln die Sonne verdunkelte, wurde der helle Mittag zur schwarzen Mitternacht. Und erst als sie über dem Westmeer verschwunden war, erstrahlte der Sonne Ball wieder in vollem Glanz, Eires Antlitz zu wärmen …
Die wieder geborene Hoffnung war auf den Flügeln einer Motte davongeflogen.

JESSIE D. EAKER

Das ist Jessies sechster Titel in den Magischen Geschichten*; die anderen sind in den Bänden VI und VII, IX und XI und XIV erschienen. Eines nicht sehr fernen Tages dürfte er genügend zusammenhaben, um daraus ein Buch zu machen … Misty Lackey hat das mit ihren Geschichten von Tarma und Kethry getan und dann sogar Romane über sie geschrieben.*
Wie meine Familie, geht auch seine mit Namen unkonventionell um. Bei uns ist »Marion« ein weiblicher Vorname und »Leslie« ein männlicher. Bei ihnen ist »Jessie« ein männlicher … Und sie sprechen ihren Nachnamen wie »acre« aus (die Bezeichnung für ein amerikanisches Flächenmaß, so viel wie ein »Morgen«). Jessie D. Eaker räumt ein, dass dies »zu geschlechtlicher und phonetischer Konfusion« führe, meint aber, dass er eh wohl von allgemeinem Chaos verfolgt werde … Er wohnt mit seiner Frau und ihren ungewöhnlich hellen, begabten Kindern in Richmond, Virginia, und sagt, das Leben habe es mit ihm letzthin recht gut gemeint: »Nun, der Automechaniker hat mir meinen Minivan repariert, ohne dafür mein Sparkonto ganz zu plündern, meine Holzameisen sind glücklich vertrieben, und die Katze meiner Tochter toleriert mich noch immer.«
– MZB

JESSIE D. EAKER

Das ewige Leben

Alles, was sie wollte, war Unsterblichkeit.

Auf der Gras bewachsenen Spitze des hohen Kliffs hockend, warf Tymin den Kopf zurück und trank die Sonne, die ihr Gesicht badete, und die salzige Gischt, die ihr die Lippen netzte, und gab sich dem Tosen der Brandung hin, das ihr durch Mark und Bein ging. Seufzend schüttelte sie ihre kurzen grauen Locken aus, zog die Knie an die Brust ... Es hätte ihr nicht besser gehen können, als hier und jetzt: so ihren Pflichten entkommen, auf diesen Fels, der aufs Meer hinaussah, auf ihre einzige wahre Liebe! Sie erlaubte sich, sich auf den Teppich aus frischem Grün zu legen, mit ihrem Rücken die tauenden Spuren bitterer Winterkälte zu spüren – und das Versprechen des Neubeginns. Ach, sie freute sich so ihres Lebens ... und wollte, dass es nie aufhörte.

Sicher war sie nicht die Erste, die sich das wünschte – mehr als diese Hand voll Jahre zu leben, die die Göttinnenmutter uns zumisst, zu sehen, was hundert, und nicht nur eine oder zwei, Generationen später kommt! Und lang genug zu leben, um genau diesen Berg da zu feinen Sandkörnern verwittern zu sehen. Und sie, Frau Tymin von Porters Burg, Kriegerin von Rang und von Namen und Dame von Reichtum und Macht, gebot sicher über die Mittel, das zu erreichen, ob nun durch Magie oder ... Tücke. Sie seufzte. Aber etwas so heiß Gewünschtes war nicht leicht zu haben. Ja, die meisten Zeitgenossen hielten es für völlig unmöglich, die von der Göttinnenmutter selbst gemachte Ordnung infrage zu stellen. Aber sie hatte einen Weg gefunden, und es war schon fast Zeit ...

Plötzlich fiel ein kalter Schatten über sie. Reflexe – trotz ihres mittleren Alters blitzesschnell – brachten sie auf die Beine, und ihr Dolch, so abgenützt, aber noch immer tödlich, sprang ihr in die Hand. Doch die Überraschung raubte ihr den Atem:

Vor ihr stand eine alte Frau, bucklig und gebeugt. Sie trug eine Robe mit einer Kapuze, die ihr Gesicht in weiten Tiefen verbarg. Mit der Linken stützte sie sich auf einen knotigen, vom Gebrauch polierten Stock, der schier so knorrig wie ihre Hände war. Ihr Anblick war wohl grauslich genug, um einen zu erschrecken. Aber Tymin sah diese Frau nicht zum ersten Mal – ja, sie hatte sie erwartet …

»Es ist Zeit«, flüsterte die Alte so leise, dass Tymin es bei dem Brandungslärm schwer verstand. »Der Handel, den wir vor zwanzig Lenzen geschlossen, muss vollbracht werden.«

Tymin leckte sich die Lippen. »Ich habe alles so getan, wie du mich hießest.«

Die Kapuzenfrau nickte bedächtig. »Ja, du hast wohl getan. Du hast deinen Teil erfüllt, und jetzt bin ich dran.« Damit griff sie unter ihre Robe und zog daraus langsam ein Schwert hervor. Tymin verfolgte mit angehaltenem Atem, wie diese Waffe allmählich in voller Länge zum Vorschein kam. Ihr Heft zierte ein fein gearbeiteter Drache, dessen aufgerissenes Maul zum Handschutz und dessen Zunge zur gleißenden, scharfen Klinge wurde. Die Alte hob sie, mit gen Himmel gerichteter Spitze, empor, und warf sie sodann, für ihr Alter verblüffend schnell, Tymin zu.

Diese fing sie mühelos auf und wunderte sich bloß darüber, wie sie ihr in die Hand glitt, wie leicht und wie ausgewogen sie war. Wahrlich ein Meisterstück! »Hat sie auch einen Namen?«, fragte sie.

Da nickte die alte Frau erneut. »›Unsterblichkeit‹«, raunte sie.

Tymin schüttelte bewundernd den Kopf. Doch dann runzelte sie die Stirn und maß die Alte mit misstrauischem Blick. »Das ist wirklich eine edle Klinge, aber so ein Stahl war nicht Teil unseres Handels. Ich will ewig leben.«

Wieder senkte sich der Kopf unter der Kapuze. »Das sollst du auch. Nimm dafür derjenigen, die du dazu bestimmt hast, mit dieser Klinge das Leben.«

Tymin nickte und begriff. »Lyvia.«

»Deine Tochter«, bestätigte die Alte. »Komm kurz vor Anbruch des dritten Tages von heute an wieder her und röte den Stahl im Herzblut deiner Tochter. Erhebe die Klinge und sprich mir nach:

›O Himmel, o See, o Land, ihr, mit Kräften ohnegleichen begabt, o nehmt mein Opfer an! Erfüllt mir dafür meine Bitte um ewiges Leben.‹« Die alte Frau hielt inne, schloss dann mit erhobener Stimme: »Wenn die ersten Sonnenstrahlen die Klinge treffen, wirst du erhört.«

Schweigend musterten die beiden einander. Tymin fragte sich, ob die Alte sie wohl für schlecht hielte, weil sie für ihren Lebenshunger ihre Tochter opfern wollte. Ja, Lyvia war nicht von ihrem Fleisch und Blut, sondern adoptiert, aber doch ein bewundernswürdiges Wesen …

Tymin hob seufzend das Schwert. »Das kommt mir recht einfach vor!«

»Sei dir da nicht so sicher«, sagte die Alte kopfschüttelnd. »Es wird ein schwieriger Gang, und es steht dir immer noch jemand im Weg.«

»Jemand?«

»Jemand«, wiederholte die alte Frau.

»Nun bin ich so weit gekommen«, fauchte Tymin, »da wird mich niemand mehr aufhalten!«

Die Alte nickte erneut, bedächtig, gemach. »Sei dir da nicht so sicher …«

»Herrin!«, hörte da Tymin es von fern rufen, und als sie herumfuhr, sah sie jemanden herbeirennen.

Doch als sie sich wieder umdrehte, war das Weib verschwunden – und nichts deutete darauf hin, dass es überhaupt da gewesen wäre. Also trat sie an den Abgrund und suchte die Felspartie zu ihren Füßen mit den Augen ab. Es gab wohl einen Pfad, der zum Meer hinabführte, aber er war so steil, dass nur Bergziegen ihn gehen konnten, und der Strand war ein schmaler Felsstreifen, der nur bei Ebbe freikam.

»Frau Tymin!«, rief die Person, die da angerannt kam, und sprang über eine Erhebung und über Büsche und Sträucher, geradewegs auf sie zu … Es war das junge Mädchen, mit dem ihre Tochter sich angefreundet hatte.

Da kehrte Tymin dem Abgrund den Rücken, ging ihr entgegen und rief: »Was willst du?«

»Sie haben sie geraubt!«, keuchte das Mädchen wie von Furien gejagt. »Sie ...« Da strauchelte sie in ihrer Hast und stürzte. Tymin fluchte und fiel in Laufschritt, bekam die Kleine, die trotz Nasenbluten wieder aufsprang, auch zu fassen und hielt die Keuchende, Schwankende fest und aufrecht.
»Sie haben sie entführt ... ein paar Kerle ...«
»Wen entführt, Herzchen!«
»Deine Tochter ... Lyvia!«
Tymin verkrampfte sich vor Schrecken der Magen. Nicht Lyvia. Die Alte hatte gesagt, es sei Zeit!
»Wer hat sie entführt?«, rief sie und schüttelte sie wild.
»Julius und seine Leute. Und er hieß mich, dir zu sagen ...«, schluchzte die Kleine und schlug die Augen nieder. »Herrin, das sind jetzt seine Worte. Ich würde nie ...«
»Sag es einfach, verdammt! Genau, wie er es gesagt hat.«
Die Kleine sah ihr zaudernd ins Gesicht. »Er sagte: ›Sag der Hündin, dass sie schon lange genug gelebt hat und dass ich ihr Geheimnis kenne. Und dass ihre Tochter sterben muss.‹«
Tymin bekam Augen so kalt wie Stahl. »Aber er hat sie nicht getötet, ja?!« Das war eher eine Feststellung als eine Frage gewesen.
»Nein, Herrin«, hauchte die Unglücksbotin und schüttelte den Kopf. »Er hat sie vor sich übers Pferd geworfen und ist mit ihr zu seinem Schlupfwinkel in den Bergen geritten.«
Tymin ließ einen langen Seufzer hören. »Was bedeutet, dass er sie wirklich nicht will ... Er will mich. Und er weiß, dass ich hinter ihr her muss!«

Geschützt durch ein Gestrüpp und das Dunkel der Nacht, spähte Tymin das improvisierte Lager der Entführer aus, das nun ein hohes Feuer erhellte. Jetzt lächelte sie bei sich. Die waren nicht so schlau, wie sie meinten ... und leicht zu verfolgen gewesen. Julius' Bande hatte sich in zwei Gruppen geteilt – eine große, die die Landstraße nahm, und eine kleinere, die ins Gebirge ritt. Sie war der gefolgt, da eines von deren Tieren schwerer beladen schien ... Bei einer weniger frischen Spur und einer größeren Verfolger-

schar, unter einem weniger erfahrenen Führer gar, wäre jenes Indiz vielleicht übersehen worden. Aber Tymin war sogleich aufgebrochen ... und allein. Damit würden sie zuallerletzt rechnen.
Zwei Männer lagerten da am Feuer, und ein dritter hielt ein wenig abseits Wache. Julius war zu Tymins Überraschung nicht dabei. Doch nach dem entspannten Gespräch der Männer zu schließen, war das offenbar nur Teil eines umfassenderen Plans: Die Tochter entführen, die Mutter töten, das Land an sich reißen. Vielleicht traf Julius sich derweil mit seinen Verbündeten zur Vorbereitung ihrer Truppen auf die Endphase. Er als ihr Neffe hatte ihr die Adoption Lyvias nie verziehen – schließlich war er der Erste in der Erbfolge gewesen.
Jetzt beugte sie sich, einen Hauch nur, vor und musterte scharf die Gestalt, die da, mit vor dem Leib gefesselten Händen und einer dunklen Kapuze über dem Kopf, auf einem Baumstamm saß. Wie aufrecht und aufmerksam sich diese Gefangene trotz ihrer Fessel hielt! Keinen Ton gab Lyvia von sich, verströmte aber eine ruhige Kraft. Wenn einer im Lager umherging, kehrte sie das Gesicht nach ihm – und drehte es, sobald er stehen blieb, blitzschnell zum Feuer zurück, wie um sich zu orientieren ... Da hob Tymin begreifend die Brauen: Sie stellt fest, wo ihre Bewacher jeweils sind, für den Fall, dass sich ihr die Chance zur Flucht böte. Nach den fast unmerklichen Bewegungen ihrer Schultern war klar, dass sie versuchte, sich unauffällig der Fesseln zu entledigen. Da musste Tymin einfach lächeln. Ihre Tochter hatte Schneid – das war nicht zu leugnen. Schon als Kind hatte sie den gehabt. Sie erinnerte sich, wie sie eines Tages, bei einem Blick in die Burgschule, die damals sieben, acht Lenze zählende Lyvia vor der Lehrerin, die sie eben für irgendeinen unbedeutenden Verstoß bestraft hatte, auf ihrem Stuhl sitzen gesehen hatte – zwar mit zitternder Unterlippe, aber mit Augen voller Feuer und mit hoch erhobenem Kopf. Und genau so war es jetzt.
Ja, ihr schien, dass sie den Hals noch mehr reckte und die Schultern noch mehr straffte. Und dann, ihr sträubten sich die Nackenhaare, drehte sie den verhüllten Kopf langsam herum, bis sie genau zu ihr hinzustarren schien. Göttin! Sie weiß, dass ich hier bin. Jetzt

drehte sie den Kopf schnell wieder zum Lagerfeuer hin. Die Kleine hat wohl einen Anflug der selten gewordenen, aber für eine Kriegerin eindeutig nützlichen Gabe ... Tymins Bewunderung für ihre Tochter stieg noch um einen Hauch.

Einer der Wächter stand auf, trat an das Gebüsch am Rand des Platzes, um sich zu erleichtern. Das war die Chance, auf die Tymin gewartet hatte! Lautlos bezog sie hinter dem vereinzelten Mann Position. Und lautlos fiel er zu Boden.

So ging sie, unweit des ausgeschalteten Gegners, wiederum in Deckung. Und nicht lange, da begannen seine beiden Kameraden denn auch, wie sie erwartet hatte, ihn zu vermissen und nach ihm zu rufen. »Vos!«, rief einer. »Wenn das jetzt wieder einer deiner Späße ist, schneide ich dir höchstpersönlich ein Ohr ab!«

Aber er bekam keine Antwort.

Tymin verfolgte hoch gespannt, wie die beiden Kerle die Köpfe zusammensteckten und sich leise berieten. Nun kam es darauf an, was die als Nächstes unternähmen. Blieben sie beisammen ... könnte es schwierig werden.

Einer von ihnen griff sich einen kräftig wirkenden Bogen und einen Köcher, platzierte sich vor die Gefangene, legte einen Pfeil auf und spannte die Sehne. Der andere zog sein Schwert und ging auf das Gebüsch zu, in dem ihr Kumpan verschwunden war.

Tymin erwog ihre Chancen. Der Schütze war zwar ein Problem, aber keine wirklich ernste Gefahr. Besser, sie wartete einen geeigneteren Moment ab ... Er konnte seinen Bogen schließlich nicht die ganze Nacht gespannt halten.

Da sprang Lyvia dem Bogenschützen jäh ins Kreuz, sodass er sein Gleichgewicht verlor, der Pfeil ihm entfuhr und ungefährlich in die Büsche zischte. Tymin handelte sofort – tauschte, die von Lyvia gestiftete Verwirrung nutzend, Schwert gegen Dolch und attackierte den Wächter da im Gebüsch. Aber der Mann war auf der Hut, und es wurden einige Hiebe gewechselt, bevor er zu Boden ging.

Tymin machte sofort kehrt und jagte auf die Lichtung zurück. Mit ihrem Kriegerinnenblick hatte sie die Lage rasch erfasst: Lyvia lag auf dem Boden, mit noch gefesselten Händen, aber mit irgendwie verrutschter Kapuze. Blut sickerte ihr aus dem Mundwinkel … und sie schüttelte wie benommen den Kopf. Der verbliebene Wächter stand drohend da, einen neuen Pfeil schussbereit, und hob ihn nun in ihre Richtung. Aus langjähriger Erfahrung wusste sie, dass sie nicht nahe genug an ihm dran war, um sich auf ihn zu werfen. In dem Moment, da er schoss, sprang sie beiseite. Und sie hörte den Pfeil vorübersurren, eine Handbreit von ihrem Kopf entfernt. Hechtrolle, Hocke, und sie setzte zum Sprung an. Gelassen, mit geübter Hand zog der Mann seinen letzten Pfeil und legte ihn auf. Dem würde sie wohl nicht mehr ausweichen können. Sie sah ihren Tod schon in seinen Augen.

Da blickte Lyvia auf und trat, trotz Benommenheit, nach ihm, traf sein Knie genau. Der Pfeil wurde abgelenkt, doch nicht genug: Schmerz schoss Tymin durch die linke Schulter, aus der plötzlich ein gefiederter Schaft ragte. Durch Schmerztränen stierend, zog sie ihren Dolch und mühte sich, sich zum Wurf aufzurichten …

Da fiel der Mann auf die Seite – Lyvias Tritt war wohl doch kraftvoll gewesen! – und hielt sich, stöhnend, schreiend das Knie. Als er dann Tymin herantaumelnd kommen sah, rappelte er sich hastig auf … wäre schier wieder gestürzt, weil ihm das Bein den Dienst versagte, machte dann voller Panik kehrt und floh, mit seinem Bogen als Behelfskrücke, ins Gebüsch.

So schnell wie möglich humpelte Tymin denn zu Lyvia, kniete sich nieder, um ihr die Fesseln durchzuschneiden.

»Mutter!«, rief Lyvia. »Du bist ja verwundet, und deine Bluse ist ganz feucht von Blut! Lass mich ihn herausziehen und dich verbinden!«

Tymin schüttelte den Kopf. »Nicht jetzt. Wir müssen schnell fort. Unser Freund könnte ja mit Verstärkung zurückkehren.«

»Ich glaube nicht, dass du damit weit kommst«, sagte Lyvia und verzog den Mund.

Tymin fühlte sich wie benommen. Der Schmerz schien weit weg. »Du könntest Recht haben, aber wir haben keine andere Wahl. Folge mir.«

Sie machte einen Schritt, taumelte aber. Lyvia fing sie auf und fragte: »Wo sind die Pferde?«

Sie deutete unsicher in eine Richtung, ihr Blickfeld verengte sich auf einen einzigen Punkt. »Etwa eine halbe Meile in diese Richtung, im Windschatten eines Hügels«, hörte sie sich dumpf sagen. Dann spürte sie, wie jemand sie an ihrem heilen, unversehrten Arm nahm, ihr aufhalf. Sie fühlte ihre Sinne schwinden und musste andauernd daran denken, wie ungerecht das war; wie sie kurz vor ihrem Ziel war … und wie jetzt alles falsch laufe.

Sie wachte etappenweise auf. Erst wurde sie sich der sanften Wärme einer Wolldecke bewusst, dann hörte sie das ungeduldige Stampfen eines Pferdes, sah ein honigmildes Licht durch ihre Lider und spürte endlich harten Boden unter sich …

… und ihren Kopf in jemandes Schoß liegen.

Sie blinzelte, öffnete mühsam die Augen – und starrte in das Gesicht ihrer Tochter, so eine Handbreit über dem ihren, und ihr Haar fiel über sie, streichelte ihr Stirn und Wangen wie traut, tröstend. Einen Moment lang rätselte sie über Lyvias ausdruckslose Miene, bis ihr aufging, dass diese ja schlief. Nun musste sie doch ein bisschen lächeln. Aber ihr Kopf lag gut in ihrem Schoß. Die Kleine hatte offenbar über den Schlaf ihrer Mutter wachen wollen – aber dann war die Wächterin auf ihrem Posten eingeschlafen. Die Gefangenschaft hatte sie wohl sehr mitgenommen … Also, sie war wirklich bewundernswert tapfer!

Tymin seufzte. Sie durfte solche Gefühle nicht zulassen, das würde ihr nur alles schwerer machen. Nicht umsonst hatte sie sich über die Jahre bemüht, Abstand zu wahren, indem sie sie von einer Gouvernante erziehen ließ und allgemein möglichst wenig Umgang mit ihr pflegte. Die mysteriöse Alte hatte ihr vor langem gesagt, dass sie für diesen Handel eine Tochter, eine eigene oder eine an Kindes statt angenommene, brauche. Der Grund dafür war einfach: Per Magie würde sie die Leben ihrer Tochter und all ihrer ungeborenen Nachkommen für ihre Unsterblichkeit hingeben. Sicher, sie könnte auch weiterhin getötet werden, bliebe jedoch körperlich ewig jung und würde nie altern.

Und da ihr der Gedanke, von einem Mann berührt zu werden, so unerträglich war, hatte sie sich entschieden, ein Waisenkind zu

adoptieren. Sie versuchte sich zu erinnern, was an Lyvia sie dazu bewegt hatte, sie unter allen anderen auszuwählen – und kam auch hier wieder darauf: Tapferkeit. Denn sie hatte, statt den Blick abzuwenden oder zu weinen, nur so unverwandt und ohne mit der Wimper zu zucken zu ihr aufgeschaut. Sicher nicht älter als vier, fünf Lenze war sie damals gewesen. Und hatte doch auf die Frage nach ihrem Alter, nach einem Moment des Überlegens, erwidert, das gehe sie nichts an ... Da hatte sie so lachen müssen, dass es sie schier zerriss, und bei sich gedacht: Die ist recht, die werde ich nie mögen.
Im Bewusstsein, dass die Kleine kein langes Leben haben würde, hatte sie ihr dann ein Leben in Luxus bieten, ja, alles, aber auch alles geben wollen, was sie sich wünschte. Aber das Kind war von Natur aus bescheiden gewesen und hatte nur eins gewollt: Zu lernen und etwas zu beherrschen. Zuerst das Reiten, dann die Jagd mit Pfeil und Bogen, endlich den Kampf mit Schwert und Schild. So hatte sie sich, leider, statt des verzogenen Görs, das sie gewollt hatte, eine hübsche und entschlossene Kriegerin herangezogen. Eine junge Frau, auf die jede andere Mutter stolz gewesen wäre. Wenn sie sie doch nur nicht töten müsste! Natürlich wusste Lyvia nichts von ihrem Plan ... ihrem Handel.
Da blinzelte Lyvia, öffnete die Augen und richtete sich mit einem Ruck auf ... schamrot, weil sie beim Schlafen ertappt worden war.
»Guten Morgen, Mutter. Ich fürchtete schon, du würdest nie mehr aufwachen. Du hast viel Blut verloren.«
»Mich tötet man nicht so leicht«, sagte Tymin stirnrunzelnd, »ich gedenke ewig zu leben, weißt du.«
»Ja, wenn du so die Pfeile auf dich ziehst?«, erwiderte Lyvia lächelnd.
Tymin blickte sich fragend um. Nun, da Lyvias Haar ihr nicht mehr die Sicht nahm, sah sie, dass sie ganz von Fels umgeben war.
»Wo hast du diese Höhle gefunden?«
Da schmunzelte Lyvia und sah stolz in die Runde. »Der junge Herr Grey hat sie mir vor nicht allzu langer Zeit gezeigt.«
»Mit diesem Schuft warst du ganz allein unterwegs?«, staunte Tymin mit großen Augen.

»Aber ja«, sagte Lyvia, sachlich nickend. »Wir machten unter einem Baum da draußen ein schönes Picknick, und dann hat er mir diese Höhle gezeigt. Er ist wirklich hübsch!«
»Du meinst, du hast dich von ihm streicheln lassen?«
»Nur streicheln«, erwiderte Lyvia mit träumerischem Lächeln, »auch wenn er sicher mehr im Sinn hatte als ich. Aber es hat doch Spaß gemacht!«
»Du magst ihn?«, fragte Tymin verdutzt.
Lyvia nickte. »Ja, aber er weiß wohl noch nicht richtig, wie mit mir umgehen. Ich entspreche ja nicht gerade seinem Bild von einer Dame. Aber eines Tages ... wer weiß?!«
Tymin versuchte, ihren Schock abzuschütteln. Natürlich dachte die Arme, ein normales Leben, das einen Mann und vielleicht auch Kinder einschloss, vor sich zu haben. Die meisten jungen Leute dachten ja an solche Dinge.
Plötzlich bedrückt, versuchte sie sich aufzurichten ... aber Lyvia legte ihr bremsend die Hand auf die Brust. »Aber nein, du musst dich ausruhen. Ich hole uns ein wenig Reisebrot für unsere leeren Mägen.«
Tymin öffnete schon den Mund, um zu widersprechen – doch die Schwäche, die sie empfand, gab Lyvia Recht. »Gut denn. Eine kleine Weile. Und bring mir auch etwas Wasser. Mir ist, als ob ich jetzt den Ozean austrinken könnte!«
»Ja, Mutter ...«, erwiderte Lyvia und hielt dann unsicher inne, als ob sie nach Worten suchte. »Danke, dass du hinter mir her kamst«, sagte sie endlich. »Ich war mir nicht sicher, ob du das tun würdest.«
Tymin zuckte mit den Achseln, fuhr aber prompt vor Schmerzen zusammen.
Doch Lyvia war noch nicht fertig. »Du warst so mutig hier. Ich hoffe, dass ich eines Tages ... so gut bin wie du«, sagte sie, lächelte zu ihr herab, hob ihr behutsam den Kopf an und stand auf. Und sie strahlte Tymin so an, dass diese ganz fest die Augen schloss, um diesen Blick nicht mehr sehen zu müssen. Lyvia glaubt sicher, vor Schmerzen, dachte sie, dabei ist bloß die Bewunderung in ihren Augen zu viel für mich ... Ja, sie hatte nicht

Mutter werden wollen, hatte diese Tochter nicht einmal mögen wollen. Und sie wollte auch kein Ungeheuer sein ... Sie wollte einfach ewig leben.
Auf Tymins Drängen zogen sie weiter. Die vereinbarte Stunde war beinahe da. Lyvia wunderte sich darüber, dass sie auf der Felsnadel knapp vor der Burg noch einmal nächtigten, stellte aber keine Fragen. Fast zum Bedauern Tymins.
Tymin übernahm die Wache, setzte sich ins weiche Gras, legte sich ›Unsterblichkeit‹ auf den Schoß und polierte es sorgsam und liebevoll. Sie lauschte der Brandung des Meeres, fühlte die liebliche Frühlingsbrise und sah dem Mond zu, der da gemach über den Himmel schlenderte. Es war so schön. Sie konnte es nicht hinter sich lassen. Sie würde es nicht hinter lassen!
So erhob sie sich, als der erste Lichtschimmer den Horizont wärmte, und weckte Lyvia. »Komm, Tochter. Es ist Zeit, dass ich dir etwas zeige.«
Lyvia blinzelte sie schläfrig an. »Es ist kalt.«
Das erinnerte Tymin jäh an die Zeit, da eine weitaus jüngere Lyvia frühmorgens in ihr Bett gekommen war und sie mit ihren kalten Füßen geweckt hatte. »Was willst du denn hier?«, hatte sie sie dann gefragt.
Lyvias Antwort war immer gewesen: »Es ist kalt.«
Also sah sie nun ihre Tochter traurig an und sagte: »Ja, es ist kalt. Aber du musst mitkommen.«
Und Lyvia nickte und stand auf.
Sie kletterten eine kurze Steigung hoch, bis sie am Rand des Kliffs standen. Da sah die Tochter die Mutter recht verdutzt an.
»Knie vor mir nieder, Lyvia. Es ist Zeit.«
»Was hast du ...?«
»Schweig!«, befahl Tymin. »Tu einfach, was ich sage!«
Da zuckte Lyvia die Achseln und tat, was die Mutter verlangt hatte.
»Leg die Hände auf den Rücken!«
Wieder gehorchte die Tochter.
Tymin hob ihr Schwert und sah aufs Meer hinaus. Es war jetzt nur noch eine Frage der Zeit. Unwillkürlich registrierte sie noch, dass

Ebbe war und ein schmaler Streifen Strand zwischen Kliff und Wasser freigekommen war.

Sie sah Lyvia an und hob ›Unsterblichkeit‹, bis es auf ihr Herz zielte. Und Lyvia blickte mit einem Gemisch aus Furcht und Erstaunen in den Augen auf. Denselben Ausdruck hatte sie als Kind gezeigt, als Tymin sie dieser Gouvernante übergeben hatte. Warum?, schien sie zu fragen. Ich verstehe das nicht.

Weil deine Mutter für dein Leben die Unsterblichkeit erhält.

Nun zitterte in der Erde zu ihren Füßen plötzlich ein Pfeil. Und da sie herumfuhr, sah sie eine Schar Männer näher rücken. Wie verfluchte sie sich selbst dafür, dass sie nicht auf der Hut gewesen war! Da kamen etwa acht Krieger, darunter ein Reiter. Sie reckte das Kinn. Es war Julius!

»Tötet sie beide!«, gellte sein Befehl.

»Mutter!«, schrie Lyvia panisch und sprang auf. »Wir sind verloren! Außer deinem Schwert sind alle unsere Waffen bei den Pferden!«

Tymin blickte zum Horizont, der sich bereits rot färbte, und sah, dass die Sonne sich anschickte, übers Meer zu lugen. Sie musste jetzt nur Lyvia das Schwert ins Herz stoßen, dann die blutige Klinge ins Sonnenlicht halten – und sich nie wieder übers Altern Sorgen machen. Aber sie musste es auf der Stelle tun!

Da fiel ihr ein, was die Alte gesagt hatte: »… es steht dir immer noch jemand im Weg.«

Sie hatte gemeint, das sei Julius. Aber nun ging ihr auf, dass dem nicht so war.

Sie selbst war das.

Sie brachte es einfach nicht fertig.

Da kniete der einzige Bogenschütze der Bande nieder und spannte den Bogen zum Schuss. Sie wusste mit ihrem geübten Auge genau, wo sein Pfeil landen würde. So stieß sie Lyvia beiseite, sodass sie sich jäh voneinander schieden. Es verfehlte der tödliche Pfeil knapp sein Ziel, flog zwischen ihnen beiden hindurch.

Seufzend erwog Tymin die Lage, in der sie sich befanden. Und eine tiefe Traurigkeit stieg in ihr auf. Sie hatte solche Situationen schon viele Male gesehen und wusste genau: Wenn sie alle beide

zu fliehen versuchten, käme keine davon. Eine von ihnen müsste die Stellung halten und der anderen den Rücken decken. Erstaunlich rasch hatte sie ihre Entscheidung gefasst:
»Lyvia!«, schrie sie. »Nimm den Pfad da seitlich am Kliff zum Strand hinab und dann gen Süden zur Burg. Es ist steil, aber du kannst es schaffen!«
»Was ist mit dir?«
»Ich werde sie hier so lange wie möglich aufhalten«, rief da Tymin, das Gesicht ihr zugewandt.
Rasch tat Lyvia einen Schritt auf sie zu. »Ich verlasse dich nicht!«
»Oh doch, das wirst du!«, erwiderte Tymin, traurig lächelnd. »Denke immer daran, dass ich ewig leben will! Erzähle deinen Kindern und auch Kindeskindern meine Geschichte. Lass mich in ihren Herzen fortleben! Das ist mein letzter Wunsch!«
Da traf sie plötzlich ein Pfeil in den Rücken, und sie ging in die Knie. Als aber Lyvia ihr beispringen wollte, hob sie, wie zum Hieb, das Schwert ›Unsterblichkeit‹ und rief: »So geh jetzt! Es bleibt keine Zeit mehr!«
Mit tief bewegtem Gesicht und mit Tränen in den Augen sah ihre Tochter sie an – tat dann jedoch, wie ihr geheißen, und stieg den steilen Pfad den Hang hinab.
Da erhob sich Tymin mit grimmiger Entschlossenheit und wandte sich nun, um den Angreifern entgegenzutreten. Ihr Rücken war nass von Blut. Sie griff nach hinten, brach den Schaft des Pfeils ab, der ihr im Kreuz stak, und schleuderte ihn zu Boden, schwang dann ›Unsterblichkeit‹ und hob zu singen an: »O Himmel, o See, o Land, ihr, mit Kräften ohnegleichen begabt ...«
Der erste der Feinde warf sich auf sie. Sie parierte seinen Hieb und stieß ihm ihre Klinge, geschwinder, als er es für möglich gehalten hätte, ins Herz. Und als sie sie herauszog, begann diese von einem hellblauen Licht zu erglühen.
»... o nehmt mein Opfer an ...«
Schon war der Nächste über ihr, doch Parade, Parade, und der Mann ging zu Boden. Jetzt erglühte ihr Schwert heller schon, und die übrigen Feinde zögerten. Nur Julius nicht: Er sprang vom

Pferd und ging auf sie los. Er wagte einen beidhändigen Hieb, den sie aber mühelos abwehrte. Hell lachte sie da über seine Bestürzung, schlug ihm mit einem Hieb das Schwert aus der Hand und durchbohrte ihn glatt. Und als die anderen ihre Klinge immer noch heller glühen sahen, machten sie kehrt und rannten davon. Schneller wohl, als sie gekommen waren.

Da drehte Tymin sich zum Meer, erhob ›Unsterblichkeit‹ grüßend zum Horizont und rief der aufgehenden Sonne zu: »Erfüllt mir dafür meine Bitte ... um ewiges Leben!«

In diesem Moment stieg die Sonne über den Horizont und traf mit ihren Strahlen sie und ihre Klinge ... ›Unsterblichkeit‹ begann sogleich tief zu summen und heller als die Sonne zu glühen. Da stieß Tymin ihren Schlachtruf aus, genoss es noch einmal, den Wind im Gesicht und die Gischt auf den Lippen zu spüren, und dachte: Es wäre gut gewesen, ewig zu leben. Aber es ist noch besser, ewig in guter Erinnerung zu bleiben.

Und als das Leuchten vergangen war, war nichts mehr zu sehen als eine steinerne Säule in Form einer Frau, die etwas, was wohl ein Schwert darstellen könnte, hoch erhoben hielt. Mit ihren ausgestreckten Armen schien sie ihr Los willkommen zu heißen – ihr Los, in alle Ewigkeit aufs Meer hinauszublicken und die Macht und die Kraft des Kliffs zu fühlen.

SARAH LYONS

Auch hier haben wir eine Fechterin, die nicht aus »Jirel von Joiry« oder ihren vielen Imitatorinnen recycelt wurde. Sarah schreibt mir, sie habe mit dem Geschichtenerzählen begonnen, als sie ihre erste Barbie-Puppe bekam. Damit ist sie nun der zweite mir neuerdings bekannt gewordene Fall eines Mädchens, das seine Barbie kreativ nutzte, statt sich auf deren Frisur und Kleidung zu konzentrieren ... dass Barbie so inspirierend sein kann, war mir wirklich neu. Natürlich hatte ich ja auch keine, als ich klein war, und vielleicht habe ich etwas versäumt.

Sarah ist eben erst nach Dallas gezogen, um sich eine eigene Wohnung zu suchen und endlich ihren Kater aus dem Haus ihrer Eltern zu sich zu holen, »bevor er das in einem neurotischen Anfall dem Erdboden gleich macht«.

Sie hat Französisch und Russisch studiert und spricht beide Sprachen fließend. Sie malt und zeichnet auch, wenn sie beim Schreiben nicht weiterkommt, und zwar meistens Wald oder die Figuren aus ihren Geschichten. – MZB

SARAH LYONS

Der Amboss der Königin

Ich stand knöcheltief im heißen Sand und wartete. Mein Knie zuckte, dort wo meine letzte Gegnerin bis in den Knochen gehauen hatte. Die Tunika war an drei Stellen so zerfetzt, dass meine blutige, striemenbedeckte Haut der rohen, sandigen Hitze des Windes ausgesetzt war. Die erste Wunde zog sich über meinen Rücken, den ein Peitschenhieb von der rechten Schulter bis zur linken Seite zerfetzt hatte; die zweite, oberflächlichere, umspannte mir die linke Brust; und eine dritte, ein ziemlich tiefer Einstich, pulsierte schmerzhaft an meiner rechten Hüfte. Blut befleckte meine Tunika, zog ihr trübes, dumpfes Oliv ins Braune … Ich fühlte förmlich, wie mein linkes Auge anschwoll, und wusste, dass es schon vor dem Ende der nächsten Runde schwarz und blau wäre. Die Kopfhaut pochte, hatte doch meine dritte Gegnerin versucht, mir den Zopf abzureißen. Und der Schweiß rann mir vom geschundenen Skalp die Stirn hinab und in die Augen.

Das war der »Amboss der Königin«, eine Reihe von Duellen, die sicherstellen sollte, dass nur die stärkste Frau Herrscherin werden würde. Nur die Verzweifeltsten oder Arrogantesten wagten den Versuch. Ich zählte zu den Ersteren. Ja, ich musste unbedingt siegen.

Fiebernd vor Angst und Blutdurst, wartete ich auf den Schlag der Glocke, der die folgende Runde einläutete. Ich kämpfte gegen zwei verschiedene Impulse an – zu fliehen und im nahen Kloster Zuflucht zu suchen; oder, lauthals protestierend, in die Menge zu rasen, die diesem Wettkampf beiwohnte, und auch noch die letzte Zuschauerin und Offizielle zu erschlagen, da sie sich an diesem Schauspiel ergötzte. Ich bremste mich aus schierer Notwendigkeit, schwankte aber doch von der Mühe und Anstrengung, die mich das kostete. Die Offiziellen kamen auf ihrem Weg zur

Schiedsrichterloge an mir vorüber. Ich grinste sie so hungrig an, dass eine vor mir zurückschrak und ihre Kolleginnen anstieß ... Hoffentlich habe ich sie alle zu Tode erschreckt, dachte ich grimmig.

Endlich ertönte die Glocke. Die Kehle schnürte sich mir zu, und mein Herz raste. Neue Kräfte strömten in meine ermüdeten Muskeln, ich stürmte hinaus in die Mitte der Arena, stampfte mit gewaltigen Schritten durch den Sand und schrie. Wahnsinn drückte gegen meine Augäpfel, bettelte darum, herausgelassen zu werden. Jäh drehte ich mich um, um meiner Gegnerin die Stirn zu bieten.

Die um einen Kopf größere Frau fuhr etwas zusammen, als sie den Anflug von Irrsinn in meinen Augen sah, wich aber nicht vom Fleck. Sie hatte ja ebenso viele Frauen wie ich getötet, um so weit zu kommen, und sie hatte einen Größenvorteil. Da beklagte der Feigling in mir voreilig ihren Tod und auch den Kummer, den er über die ihr Nahestehenden bringen würde. Und meine irre Hälfte erhoffte, erwartete und feierte ihn. Ich grinste meine Gegnerin an, richtete den begehrlichen Blick auf meine künftige Trophäe: Ihren grünen Ohrring, der über ihre Kaste, Sippe und Zunft Auskunft gab. Und ich leckte mir die Lippen, fühlte das Schmuckstück schon in meiner Hand, ließ mich beim nächsten Glockenschlag in Kampfstellung fallen.

Meine schmerzenden Muskeln ächzten vor Spannung, derweil ich sie bändigte, um meine namenlose Gegnerin genau zu mustern. Sie nahm keine Kampfhaltung ein, nein, sie sah mich bloß an, und ihre blauen Augen waren wie Eis. Meine grünen hingegen, die lohten, als ich mich jetzt auf diese Frau warf.

Sie wich mir geschickt aus – und da ließ ich meine Peitsche knallen und traf sie unterm Auge.

Wutschnaubend stürzte sie sich auf mich, unterlief irgendwie meine Deckung, packte dann – die Handgelenke zur Verstärkung gekreuzt – meine Tunika. Ich fühlte, wie sie sich sammelte, um mich zu Boden zu werfen, und packte sie an der ihren und machte mich bereit. Da übernahm die Irre in mir, und ich ließ meine Gegnerin den Wurf einleiten und ließ die Peitsche los ... Schon flog ich über ihre Schulter und spürte, wie ich rücklings den Grund berührte: Aber darauf gefasst, überstand ich den atemberaubenden Aufschlag schadlos und nutzte noch ihren Schwung, um sie über meinen Kopf zu schleudern, sodass sie hart aufschlug und für einen Augenblick ganz benommen war.

Das war alles, was ich benötigte. Ich folgte ihr nach, noch immer ihren Schwung nutzend, und landete rittlings auf ihrer Brust, vollendete ihren Todesgriff und würgte sie mit ihrer Halskette. Die schon ermüdeten Muskeln meiner Schultern und Hände protestierten gegen die neue Anstrengung, als ich den Griff zu festigen suchte. Und meine Gegnerin zerkratzte mir die Hände, trommelte mit den Hacken auf den Boden und bäumte sich, um mich abzuwerfen; aber ich hatte die Knie weit genug gespreizt, um meine Balance zu bewahren. Bald erlahmte ihre Gegenwehr und erstarb dann gänzlich. Ich wartete ab, bis sie erschlaffte, an ihrem Hals kein Puls mehr zu spüren war, ehe ich sie losließ, riss ihr dann ihren Clanring vom Ohr und hob ihn als Beweis meines Sieges triumphierend hoch. Nun sah ich auf meine Gegnerin hinab.

Die kalten blauen Augen starrten in den heißen blauen Himmel – leer, so leer. Mir hob sich der Magen.

Die Heroldin erklärte mich zur Siegerin in dieser Runde und schloss, dass nun die Kämpfe in meiner Abteilung beendet seien und am Morgen darauf die Elemente-Runde für alle Abteilungen begänne. Die Menge johlte, krakeelte. Ich brach zusammen und schlug der Länge lang in den Sand.

Als ich erwachte, lag ich bäuchlings auf einem Steinbett im Kloster – eine der Priesterinnen nähte mir die Rückenwunden; die vorne waren wohl bereits versorgt. Und als ich die Augen öffnete, sah ich meine Schwester in ihrem Krankenkittel und Rollstuhl, und sie beobachtete die Ärztin bei ihrer Arbeit. Ich verbiss mir einen ärgerlichen Aufschrei, starrte nur, von der feuchten, kalten Luft erschaudernd, stumm auf den harten Steinboden, sah mich trotzig in dem Raum um, in dem ich mich befand, und versuchte, meine Wut über das unverantwortliche Verhalten Nayalas zu verdrängen.

Ich lag auf dem mittleren einer ganzen Reihe leerer Betten. Und fragte mich, warum man mich allein mit meiner Schwester in einen Raum gelegt hatte, und blickte mich in dem spärlich erhellten Saal um. An den Wänden und Säulen brannte die eine oder andere karge Fackel, und über die kahlen Mauern zuckten riesige Schatten. Nur eine Flucht Fenster mit geschlossenen Läden, eine massive Holztür und dicke Marmorsäulen, die eine hohe Decke trugen, unterbrachen die Gleichförmigkeit dieser großen Kammer. Sie erinnerte mich an den Kerker, der mich im Falle meiner Niederlage erwartete. Ich erschauerte.

Da schloss ich die Augen und betete zur Großen Göttin, bat um Schutz für Nayala und um den Sieg für mich. Dann riss ich die Augen wieder auf und sah meine Schwester, die sich hier doch versteckt halten sollte, böse an. Sie erwiderte meinen Blick nur stumm, mit unbewegtem und blassem Gesicht und Fieber glänzenden blauen Augen. Nun verband die Priesterin mich und ging dann, den Kopf tief geneigt und die Hände an die Schenkel gelegt, rückwärts hinaus. Ihr Verhalten und Nayalas Anwesenheit, die füllten mir den Magen mit einem Eisklumpen. Wussten sie, was ich war? Ich drehte mich auf die Seite und fragte: »Was suchst du hier? Willst du umgebracht werden?«

»Ich wusste nicht, was hier vorging, bis man dich bewusstlos hier hereinbrachte«, sagte Nayala und schob ihren Rollstuhl näher. »Alles so weit in Ordnung?«

»Ich weiß nicht. Ich habe eine Menge Blut verloren, auch ein paar Schläge zu viel auf den Kopf bekommen. Aber es wird wohl gehen. Muss. Ich nähme nur dies eine Mal gerne ein Luftbad. Die scheinen offenbar sehr zu helfen.«

Sie nahm meine Hand. »Doch, ja, aber dir als Einziger nicht. Ich wüsste übrigens gern, wie du eine Rezeptorin wurdest?«

Da setzte ich mich auf, umklammerte ihre Hand. »Schschtt, du Idiotin, du! Möchtest du, dass man mich umbringt? Du weißt doch, dass es gegen Leute wie mich Gesetze gibt! Es haben doch alle Angst, ich würde ihnen das Leben oder sonst was aussaugen!«

»Du tust mir weh!«, jammerte sie, riss ihre Hand los und rieb sie vorsichtig. »Das erfahren sie nur, wenn du es ihnen auf die Nase bindest oder sonst wie durchdrehst. Es belauscht uns niemand! Für Lauscher an der Wand sind wir mitten im Saal zu weit weg, und einen Elementargeist als Spitzel hättest du ja längst ausgemacht! Aber du bist die Idiotin, die uns in die Lage gebracht hat!«

Leider hatte sie Recht. Ich war in dieses Thronfolgeturnier eingestiegen, um von der Assassinenzunft und ihrer Meisterin – die unsere Tante war – loszukommen. Die warfen mir nämlich vor, meine letzte Mission verpatzt zu haben. Dabei hatte ich ja, als handgreiflichen Beweis für ihren Tod, den Siegelring meiner kaiserlichen Zielperson gebracht. Aber die Zunft, die meinte, sie sei noch recht lebendig und sei, eine Woche nach meinem Rapport, bei einem Staatsanlass gesehen worden ... und das ohne auch nur ein Würgemal am Hals. Und weil ich im Ruf stand, bestenfalls eine zartbesaitete Meuchelmörderin zu sein, nahm man nun an, ich hätte gelogen und diesen Ring nur gestohlen. Und setzte daraufhin ein Kopfgeld auf mich aus.

Ich hatte ja gelogen und meiner Tante erzählt, ich hätte die Kaiserin von Ornaman mit meiner Drahtschlinge zu erdrosseln versucht. In Wirklichkeit aber hatte ich ihr die Magien, mit denen sie sich zu verteidigen trachtete, ausgesaugt, bis sie mir tot zu sein schien. Und hatte sie so liegen lassen, ihr nicht die Kehle durchgeschnitten, weil ich gelernt hatte, es sei immer sicherer, so einen Tod als zufällig erscheinen zu lassen.

Ich hatte mich geirrt. Aber ich konnte nun nicht einmal mehr zurück, um meine Arbeit zu Ende zu bringen. Denn meine Tante hatte für mich die Grenzen schließen lassen.

Und jetzt durchkämmte jede Assassine und Kopfgeldjägerin des ganzen verdammten Königreichs das Gebirge nach mir! Nur gut, dass ich offenbar mehr Talent besaß, Mörderinnen zu entgehen, als dazu, selbst eine zu sein.

»Du bist hier sicher, oder? Du hast nichts zu befürchten. Du hast hier ein ganzes Haus voller Frauen, die geschworen haben, dich zu beschützen und sich um dich zu kümmern«, knurrte ich und wandte mich von ihr ab, starrte, auf dem Rücken liegend, zur Decke empor.

Nayala sah mich wütend an und hustete krampfhaft. »Meinst du nicht, dass es mich wurmt, auf dich angewiesen zu sein? Dass ich mich schrecklich fühle, weil meine kleine Schwester für mich sorgen muss? Die Göttin weiß, dass ich jede Nacht darum bete, gesund zu werden ... damit ich dir nicht mehr zur Last falle und mir selbst helfen kann. Wenn ich nicht krank wäre, wer weiß, wären wir vielleicht nicht in dieser Lage!«
»O Nayala, bitte, ich habe einfach Angst, das ist alles! Ich wollte nicht gehässig sein ...«
»Es ist wohl besser, wenn ich gehe«, sprach sie und drehte, ohne eine Antwort abzuwarten, langsam ihren Rollstuhl herum und rollte ihn mühsam zur Tür. Sie musste dagegen klopfen, um hinauszukommen, und das schwere Ding fiel mit hohlem Krachen hinter ihr zu. Ich betete zur Göttin, mir Nayalas Vergebung zu sichern und sie zu heilen, damit sie dann für sich selbst sorgen könnte. Denn es wäre niemand mehr dafür da, wenn ich wieder versagte.
Ein Geräusch ließ mich auffahren und erstarren. Und ich vernahm aus dem Dunkel, das diese schwachen Fackeln nicht erhellten, eine Stimme, die sprach: »Nita, dies ist die einzige Warnung an dich: Du hast die Meisterin enttäuscht. Stelle dich, und sie wird deiner Schwester nichts antun. Es wird für sie dann gesorgt.«
»Und wenn ich das nicht tue?«, fragte ich und bemühte mich, die Stimme zu identifizieren.
»Dann sterbt ihr beide.«
»Und warum hast du mich noch nicht getötet und dir das Leben leichter gemacht? Es winkt eine große Belohnung, weißt du!«, reizte ich. Nichts. Keine Antwort. Ich selbst schwieg still und erwartete die Würgeschlinge um den Hals. Dann setzte ich mich auf, drehte mich in die Richtung, aus der das Geflüster gekommen war.
Da zeigte der Assassine sich mir kurz – ehe dann die Fackeln von einem mysteriösen Luftzug erloschen. Und Sekunden später schon fühlte ich seine Hand an meinem Hals, seine Lippen auf den meinen. Ich erwiderte seinen Kuss. Es war schon so lange her, dass ich ihn zuletzt geküsst hatte. Dann öffnete ich die Augen. Im

schwachen Licht, das durch das einzige halb offene Fenster einfiel, sah ich ihn, sah ich seinen Blondschopf vom Schein der Sterne erglänzen. Der Leibsklave meiner Tante und ihr bester Killer. Und mein Liebster. Ich fasste nach ihm, um ihn zu berühren. Da hielt er meine Hände fest, neigte seinen Mund zu meinem Ohr.

»Nita, Liebe, schlage das Angebot deiner Tante aus! Sie wird Nayala nicht am Leben lassen. Sie weiß über uns Bescheid ...« Ich erstarrte. »Sie denkt, Nayala teile unser Geheimnis, und das, obwohl sie doch die meiste Zeit nicht mal ihren eigenen Namen weiß! Und sie wird sie auf jeden Fall töten, schon aus Wut über deinen ›Verrat‹, und wird es dann ›Mitleid‹ nennen. Mit mir spielt sie jetzt nur. Auch mich wird sie bald töten. Sie hat mich geschickt, dich umzubringen, zur Strafe und als Probe für meine Ergebenheit. Sie foppt mich mit falschen Hoffnungen.« Mir stockte der Atem. Jetzt sah er mich an. »Du weißt, ich kann nicht davonlaufen ... Wo in ganz Rheinia oder sonst wo sollte ich hin? Man würde mich erbitterter jagen als eine abtrünnige Assassine, nämlich als entlaufenen Mann. Ich wäre vogelfrei. Jede könnte mich töten. So bleibt wenigstens einer von uns am Leben!«

»Elario, nein ...« Göttin, nein!

»Versprich mir, dass du am Leben bleibst. Los!« Ich versprach es. Da kicherte er leise. »Du greifst also wirklich danach, ja? Die Krone der verdammten Königin!«

»Ja, es ist der einzige Weg.«

»Ja, oder?« Für diesmal geschlagen, lehnte er den Kopf kurz an meine Schulter. Dann setzte er sich auf und blickte mir direkt in die Augen. »Ich wünsche dir den Sieg. Aber ich muss dir jetzt das eine sagen: Wenn du siegst ... kann ich nicht länger bei dir bleiben. Ich kann nicht der Frau gehören, die ich liebe. Wenn du siegst, verlasse ich dich und gehe zu den Rebellen in die Berge. Wenn du unterliegst, wird Alhana mich töten. So oder so werden wir geschieden.«

»Elario, du kommst frei, wenn ich siege«, widersprach ich ganz verzweifelt.

Da legte er mir beide Hände auf die Schultern. »Nicht einmal die Königin kann einem Mann die Freiheit geben, das weißt du doch

... es ist das Gesetz der Göttin selbst. Und vor allem die Königin muss ihm gehorchen.«

»Ich liebe dich. Und ich verspreche, dass ich auch noch den allerletzten Mann befreien werde, um dich wiederzubekommen«, gelobte ich, nahm sein Kinn in beide Hände und küsste ihn auf den Mund.

Er lächelte mich an und schüttelte traurig den Kopf. »Möge die Göttin dir gnädig sein!«, sagte er und drückte mir etwas in die Hand – und war verschwunden. Und die Fackeln brannten erneut. Ich aber kämpfte bei dem Gedanken, ihn nie mehr im Leben wieder zu sehen, mit den Tränen.

Wie konnte sie nur! Ich wusste genau, dass sie ihn nach seiner Rückkehr, sobald er meinen Verbleib sowie die Unmöglichkeit, mich im Kloster legal zu töten, dargelegt hatte, nicht mehr aus den Augen ließe. Die Zunft würde vor Gericht gestellt, zu einer Geldstrafe verurteilt, der Mörder und meine Tante, die Meisterin, für dieses Vergehen exekutiert. Sie würde Elario quälen, wie die Katze die Maus, bis er sie anflehte, ihn zu töten, oder bis er sich selbst umbrächte. Ich wusste auch, womit sie ihn peinigen würde. Mit mir. Ich bemühte mich, den Gedanken an eine Zukunft ohne ihn zu verdrängen, und rappelte mich hoch. Aber da stürzte schon eine Priesterin herein, um mich daran zu hindern. Ich stieß sie beiseite, denn mein Kummer verlangte nach Bewegung. Sie bedeutete mir, liegen zu bleiben. Ich ignorierte sie. So zog sie aus ihrer umfänglichen Robe ein Seil und gab mir zu verstehen, notfalls bände sie mich ans Bett. Ich resignierte und fragte mich nur, ob denn alle überlebenden Duellantinnen so behandelt würden. Nein, dachte ich, die anderen bekommen wahrscheinlich Luftbäder.

Als sie sicher war, dass ich liegen bleiben würde, ging sie wieder, wobei sie sich genauso seltsam hinausbewegte wie die andere Priesterin. So öffnete ich schließlich meine Hand, um nachzusehen, was Elario mir gegeben hatte: seinen Ohrring! Der Verschluss, zur Befestigung am Ohrläppchen, trug den schwarzen Onyx des Sklaven. Davon ging eine fast ganz mit roten Perlen besetzte dünne Kette zu einem rot-blau emaillierten Clip hinauf, mit dem man ihn weiter oben am Ohr festmachte. Abgesehen von dem Stein und der Anzahl der Perlen, glich er dem meinen aufs Haar. Ich befestigte ihn am anderen Ohr, ohne Rücksicht darauf, dass mich jetzt alle Welt für verheiratet hielte – ja, ein Teil von mir erhoffte das sogar.

So lag ich auf dem Steinbett in all meinem Gram, die Tränen quollen mir aus den Augenwinkeln, und die Lider fielen mir vor Müdigkeit zu. Elarios einzige Hoffnung auf ein Überleben ruhte nun auch auf mir, meinem Sieg ... Aber wenn ich siegte, verlöre ich ihn für immer und ewig. Wenn ich unterlag, müsste er sterben – und Nayala auch. Aber bei diesem Kampf ging es auch um meine Zukunft. Ich wollte nicht sterben, weder durch diesen Amboss noch durch die Hand meiner Tante. Für wen immer ich sonst noch kämpfen musste, zuförderst hatte ich doch mich zu retten.

Sonnenschein strömte durchs Flügelfenster und weckte mich. Ich hatte die Nacht fast bewusstlos vor Erschöpfung und Schmerzen auf dieser kalten Steinplatte zugebracht. Nun beim Aufwachen war der Wundschmerz kaum minder, die Müdigkeit aber beinahe vergangen. Heute war Endkampf um die Krone ... der Test der Elemente. Meine Hoffnung, ihn zu überleben, war gleich null, aber mein Vertrauen in die Göttin und auch meine Verzweiflung groß. Beide zusammen müssen mich so halb irre gemacht haben, wie man es sein muss, um auch nur zu versuchen, an dem Amboss teilzunehmen. Irgendwann in der Nacht hatte ich beschlossen, diesen Kampf um jeden Preis für mich zu entscheiden ... Über die Elemente hatte ich ja wenig Gewalt. Mein einziger Schutz war, dass diese Magie mir nichts anhaben konnte, wenn sie von einer Frau angewandt wurde. Kälte ließ mich nicht erschauern und Hitze nicht vergehen; wenn es regnete, so regnete es auf alles und alle anderen, aber nicht auf mich; Feuer kitzelte mich bloß, und über jedem künstlichen Erdbeben schwebte ich eine Handbreit. Ich war verloren; ich hatte nichts als mein Gottvertrauen, und die Göttin wusste, dass das alles war, was ich brauchte.

Da ich nicht mit den Elementen selbst, sondern nur über ihre Absorption töten konnte, würde ich bestimmt disqualifiziert – und wie Nayala und Elario zur roten Perle am Ohrring einer Assessinin meiner Tante werden. Also bat ich die Göttin, mir zu helfen, dass ich mich beherrschte und mich nicht verriet. Dann zog ich mir meine mitgenommene Tunika über den Kopf und betete, dass ich, wenn nicht mit Gewalt und Macht, wenigstens mit Schläue und Tücke siegen könnte und dass Verzweiflung und Intelligenz obsiegten ...

Man führte mich, mit einer Kapuze überm Kopf, zur Arena. Als ich sie betrat, fühlte ich den Sand in meine Sandalen rinnen und ich hörte das Tosen von abertausend Frauenstimmen ... Für mich hatte der Sand keine Temperatur – aber meine Begleiter, die hüpften, nach dem Gezerre an meinen Armen zu schließen, von einem Fuß auf den anderen, so unerträglich war ihnen der magisch erhitzte feine Sand. Da ließ mein Geist, mit Planen zu beschäftigt, mein Talent unbeaufsichtigt, sodass ich die Temperatur des Sandes annahm. Und ich wurde nun so heiß, dass meine Begleiter mich losließen, da sie sich die Hände an mir verbrannten. Sie nahmen mir die Kapuze ab und musterten mich – da mir die Hitze noch immer nichts anhatte – mit scharfen Blicken von sichtlichem Argwohn. Also begann ich auch zu hüpfen, und der kalte Schweiß, in den ich kam, gab mir die Zeit, meine Gabe wieder in den Griff zu bekommen. Das half mir bei der Vorspiegelung, der Sand sei auch für mich zu heiß ... Sie ließen mich vor der Schiedsrichterloge wieder los, und so verbeugte ich mich; die Hände an den Schenkeln, wie es sich ziemt. Und ich betete, dass sie mir die erhöhte Temperatur und die Glut, die sich doch manchmal in Phasen der Empfänglichkeit um mich bildete, nicht ansähen.

Als ich mich aufrichtete, sah ich dann, aus dem Augenwinkel, meine Gegnerin. Unmöglich! Meine Tante ... Wollte die Göttin mich verhöhnen und meine Niederlage garantieren oder meinen Sieg sichern, indem sie mir genau die Gegnerin gab, die ich brauchte, um Elario, Nayala und mich zu retten? Nun riss ein Ruf mein Auge zur Tribüne knapp über der Richterloge, wo gut sichtbar die Heroldin stand. Um sich der Menge verständlich zu machen, musste sie gemeinhin die Luft beeinflussen ... Ich war, zum Glück, nahe genug, um sie auch so zu verstehen, zum Glück für sie, sage ich, denn ich hätte anderenfalls so viel von ihrer Energie aufgesogen, dass die arme Frau einen ganzen Monat stumm gewesen wäre. So standen ich und meine Gegnerin denn in Habacht und lauschten ihren Worten.

»Ein unerhörtes Ereignis, hoch edle Frauen! Es sind nur zwei Bewerberinnen um die Krone übrig. Alle anderen haben sie mit eiserner Hand eliminiert! Auf zum letzten Kampf im Amboss der Königin! Eure neue Königin wird jetzt und hier geschmiedet!« Ihre Stimme hallte erhaben vom hohen Rund der Arena wider – was ihrem Schlusssatz eine bombastische Emphase verlieh. Und mit der theatralischen Betonung, die sie ihm mit einem weiten Schwung ihres Capes verlieh, brandete das Geschrei der Menge noch recht gewaltig auf. Da kündete die Glocke mit mächtigem Schlag unseren Kampf an. Mir brach vollends der Schweiß aus.

Man kehrte uns einander zu. Ich sah den Ausdruck von Staunen über ihre harten Züge huschen. Als man uns gewaltsam in die Mitte des Rings brachte, übermannten mich einen Moment lang Wut und Hass und mein Blick verschwamm. Ich fasste ihren Ohrring ins Auge: An ihrem Ohrläppchen glitzerte derselbe nachtblaue Clanstein wie an meinem. Zweifel trübte meinen Hass – konnte ich denn eine Blutsverwandte töten? Ja! Wenn sie mich töten kann, sagte ich mir.

Derweil Alhana und ich einander musterten, fuhr die Heroldin fort: »Die zwei Kämpferinnen werden auf den Berg der Königin gebracht, jede mit genügend Trinkwasser für eine Woche. Dort haben sie eine Woche Zeit, den Amboss der Königin zu finden. Diejenige, die durch Ungemach, Mühe und Kampf getempert und durch Kraft, Gesundheit und Mut geschmiedet, als Erste zurückkehrt, wird unsere neue Königin sein!« Damit warf sie die Hände in die Höhe, wie um für den Wettkampf selbst Ruhm zu erheischen.

»Welch schönes Schmuckstück ... Wer ist der Glückliche? Ein Jammer, dass du deine Flitterwochen nicht mehr wirst genießen können. Warum gibst du denn nicht gleich auf? Dein hübscher kleiner Gefährte wird dich schrecklich vermissen«, spottete Alhana. Aber ich, vor Blutdurst unfähig zu sprechen, grinste sie nur höhnisch an.

Von zwei jungen Assistentinnen erhielten wir Wassersäcke für unsere Reise. Und ringsum scharten sich Priesterinnen, hoben an, einstimmig zu summen, und ich sah den Sand und die Arena rund um mich wogen und zerfallen. Das Einzige, was fest und ganz blieb, war meine Tante mit ihrem Raubvogelgesicht. Also heftete ich, mangels anderer fester Punkte, meinen Blick auf sie.
Als die Szenerie sich wieder stabilisierte, sah ich, dass wir auf dem Berg waren. Aber kaum hatten wir wieder festen Boden unter uns, hieb mir meine Tante in den Magen und nahm einen Stein, um mich zu erschlagen. Doch ich ahnte, was sie vorhatte, und rammte ihr den Kopf in den Bauch, sodass ihr der Wackerstein entfiel. Und dann schlug ich sie mit einem Hieb bewusstlos. Sie zu töten vermochte ich noch nicht. Fieberhaft überlegte ich. Wo war nur dieser Amboss? Wo war er bloß? Ich ging in mich und ortete den Kern meiner Kraft. Den zog es, seiner Empfänglichkeit wegen, wie einen Magneten zum Zentrum des Berges hin. Schnell, ich muss eine Höhle finden, die Richtige ... Der Klang fallenden Gerölls hinter mir sagte mir, dass meine Tante mächtig aufholte!
Zwei Meilen weiter fand ich eine Höhle. Mein Magnetstein von Kraft und Macht zog mich hinein. Fluchend folgte meine Tante mir. Tiefe Finsternis umgab mich. »Wenn du mich nun tötest, findest du den Amboss nie!«, keuchte ich da. »Du bist nicht so stark wie ich.« Sie erwiderte nichts darauf, griff mich aber auch nicht an.
Wir folgten dem Gang tief in den Berg. Ich hörte ihr Keuchen hinter mir, als wir dort beide auf unser Ziel zujagten. Ich unterdrückte den Impuls, sie im Dunkel zu suchen und mit bloßen Händen zu töten. Da traf mich ein großer Stein schwer an der Schulter. Dann noch einer und noch einer. Alhana bewarf mich mit Steinen, setzte die Erde gegen mich ein, während wir nun dahinliefen. Stalagmiten brachen vor mir aus dem Boden, mussten übersprungen, überstiegen werden. Aber da sie mich nicht direkt mit ihrem Zauber berührte, konnte ich ihn auch nicht aufsaugen und sie nicht aufhalten. Nun übermannte mich die Wut, und ich drehte mich um, sie zu greifen.
Sie warf sich so auf mich, dass ihr Schwung uns beide von den Fü-

ßen riss. In Hass umschlungen, vereint, rollten wir den Gang entlang und versuchten noch, einander zu erwürgen. Nach Atem ringend, flüsterte sie mir zu, was sie Elario angetan hatte, was sie mit ihm machen würde, wenn ich erst tot wäre.
Ich versuchte mich aufzuraffen, ihre Hände von meinem Hals zu lösen. Ich dachte an Nayala und das, was ihr blühte, wenn ich unterläge. Ich dachte an Elario. Tot! Und während wir so in eine riesige, hallende Höhle rollten, gelang es mir, ihre Finger loszureißen. Aber sie bekam mich an einem Handgelenk zu fassen, und ich stieß gegen einen Fels, dass ich mir glatt eine Rippe brach. Fort und fort glitt sie und zerrte an mir. Ihr Schwung riss mich von dem Fels, dass ich einige Schichten Haut daran ließ, und plötzlich war sie weg, und die Last an meinem Arm wuchs exponentiell. Ich streckte die andere Hand aus, bekam einen Felsen zu fassen und hielt mich krampfhaft daran fest.
»Lass los, Alhana! Du bringst uns beide um!«, schrie ich durch zusammengebissene Zähne. Meine Schulter brannte wie Feuer, und mein Handgelenk, das spürte ich, löste sich unter ihrem Gewicht nun in seine einzelnen Knochen auf. Ich stützte mich besser ab und beugte mich über den Rand ... eben weit genug, um sie zu sehen. Augen von derselben Farbe wie meine sahen, von Furcht geweitet, zu mir auf.
»Ich kann nicht mehr lange«, keuchte sie.
»Wenn ich dich rette, tötest du mich!« Ich legte die Beine um den Felsen, um mich zu sichern, und streckte ihr auch die andere Hand hin.
»Ja, sicher!«, erwiderte sie, schloss die Augen und legte den Kopf zurück, rührte die Lippen im stummen Gebet zur Großen Göttin. Tief unter ihr sah ich einen See von flüssiger Lava, der alles mit grellem roten Schein erhellte. Seltsamerweise spürte ich weder die Hitze noch die Luftströmungen, die doch gemeinhin über derlei Erscheinungen walten und herrschen. In der Mitte jenes Sees aber erhob sich ein Plateau aus bloßem, glühendem Fels.
Da rief ich mir in Erinnerung, was die Frau mir schon alles angetan hatte und noch antun wollte. Sie hatte mir den Mann genommen, den ich liebte. Sie würde meine einzige Schwester töten. Und

sie wollte mich tot sehen. Ich schloss die Hand um den Ring an ihrem Ohr, öffnete dann die andere Hand und ließ die Hexe los. Starr von ihrem Schrei und schuldbewusst, sah ich sie fallen ... Und sie verbrannte in den heißen vulkanischen Gasen, weit über dem Spiegel des Sees. Stumm rollte ich mich auf den Rücken und starrte zur Höhlendecke hoch und umklammerte ihren Ohrring dabei fest. Mit der anderen Hand hielt ich mir den Brustkorb, die arg lädierte Rippe. Ich fühlte, dass meine Wunden wieder zu bluten begonnen hatten, weil die Nähte gerissen waren. Da weinte ich, dass die Tränen mir über die Wangen und in die Haare und Ohren rannen. »Mutter«, hauchte ich.

Als ich mich ausgeweint hatte, fragte ich mich, ob es jetzt noch der Mühe wert sei, meine Suche zu Ende zu bringen. Mit Alhanas Tod waren meine größten Probleme behoben. Aber ich verlöre Elario doch. Und was ich mir geschworen hatte, würde nicht einfach hinfällig werden ... Da erglühte die Höhle in hellerem Rot, und ich setzte mich auf, um nach der Quelle des Lichts zu schauen. Auf dem Fels im See sah ich eine Gestalt stehen. Plötzlich hatte ich einen staubtrockenen Mund und presste die Stirn auf den harten Boden und flüsterte nur: »Göttin!«

Und eine volle, tönende Frauenstimme antwortete mir:

»Ja, Kind, du hast gut daran getan, zum Amboss zu kommen. Der Preis für die Tötung eines Blutsverwandten ist hoch, aber du hast schon bezahlt. Komm, mein Kind. Du wirst zu der Königin geschmiedet, die Rheinia braucht ... eine, die ohne irdische Bindungen ist und die die zwei Hämmer zu meinem Amboss führen kann. Jede Königin vor dir war eine Empfängerin, wie du das nennst, und jede nach dir wird eine sein. So erhebe dich und nimm dein Schicksal an!«

Als ich gehorchte, verschwand die Gestalt. Ich erreichte die Insel über eine von der Illusion bis dahin verborgene Brücke, stieg hinauf und legte mich nieder. Nun traf mich der erste Hammerschlag.

Mein Körper brannte. Ich sah meine Tante in den Tod stürzen, spürte die Hitze der Flammen im Gesicht, als ob ich mit ihr gefallen wäre.

Ich fühlte mich leicht und körperlos. Flog über und durch einen Raum und blies die Fackeln aus, da zwei Liebende einander in einem Kloster trafen.
Ich war hart wie Erz und unerbittlich. Ich schmeckte Sand im Mund, als ich meine Gegnerin langsam erwürgte. Und sie wurde eins mit der Erde unter mir.
Ich fühlte mich fließend, grenzenlos, drückte meine Puppe an mich. Ein sanftes Schaukeln wiegte mich in den Schlaf.
Ich trieb, schaukelte in einer endlosen See, als das Schiff, auf dem ich eingeschlafen war, in die Tiefe sank.
Ich fühlte mich stark und leicht. Ich sah wie ein Hengstfohlen geboren wurde, wie mein Vater es mit kundigen Händen aus dem warmen Leib der Stute holte. Es stand sofort auf unsicheren Beinen da.
Nun kamen die Bilder schneller. Bilder aus den Phasen meines Lebens, unter der Dominanz je eines der Elemente. Sie wirbelten um mich, hoben mich empor, rüttelten mich, einige sanft und andere grob. Verblüfft folgte ich ihnen, und sie trugen mich fort und durch eine Spirale, die mich vors Angesicht ... der Göttin brachte. Wir musterten einander stumm. Ich widerstand dem Impuls, mich vor ihr niederzuwerfen, stand kerzengerade und erhobenen Hauptes vor ihr. Die kreisenden Bilder sagten mir, was bestätigt zu bekommen ich nie erwartet hatte: Dies war mein Schicksal. Die Göttin erhob sich von ihrem Thron zu ihrer vollen Intensität, und schon zog es mich mit Macht zu ihr hin. »Du hast es geschafft!«
Wieder schlug der Hammer. Ich fiel. Lang und schnell stürzte ich zur Erde und fuhr in meinen Leib hinein. Recht benommen lag ich da und atmete nur. Irgendwie waren meine Wunden geheilt und wie weggeblasen ... Als ich meine Seite abtastete, fühlte ich keinen Schmerz mehr. Lächelnd lüftete ich die Verbände und siehe da: nicht einmal Narben waren mir geblieben.
Nun legte ich den Kopf zurück und inhalierte frohlockend die Essenz der Höhle. Ich war nicht mehr bloß Empfängerin, nein, ich barg, dem Amboss der Königin sei's gedankt, nun auch die Quelle in mir. Und ich fühlte mich, dank der verschwisterten

Kräfte, wie jede Königin zuvor, dem Universum verbunden. Alle Elemente, Feuer, Erde, Luft, Wasser und Leben, zirkulierten, mit meinem Blut verschwistert, in meinen Adern. Mein Herz schlug mit dem Puls des Universums, mein Geist war mit den Sternen vereint.
Von dem Plateau aus sah ich mein Reich vor mir ausgebreitet ... und über mir in einem weiten Panorama auch. Ich sah die wolkige Sternschliere über den Himmel gespannt, die wir Muttermilch nennen. All die Sternbilder standen vor mir: der Panther, die Kobra, Äva – die erste Frau, die Hand der Göttin. Der helle Mond schwamm in der Muttermilch wie eine riesige Perle, von Diamanten umgeben wie in einem göttlichen Collier ... Er erhellte alles mit seinem Licht: den Hof rund um den Palast, die Palastdächer, die Zwei Türme, die Hauptstadt darum sowie die angrenzende Wüste.
Und die Wüste wurde zum Spiegelbild der Muttermilch, mit den Bergen ringsum gleich den Sternen am Firmament ... Ich schloss meine Augen, vermählte mich mit den Elementen und spürte den Umlauf des Planeten um die Sonne und den Lauf der Sonne rund um die Galaxie und den Flug der Galaxie durch das Universum. Dann schwand die Vision langsam wieder. Ich erhob mich, warf die Arme hoch und rief: »Volk von Rheinia, du hast eine neue Königin!« Und irgendwo, in jener Höhle fern der Arena, hörte ich Hochrufe.
Wieder, wie zuvor, änderte sich die Szenerie rings um mich. Sie verzerrte und verbog sich, bis die Höhle verschwand und ich mich in der Arena wieder fand. Ich stieg auf die Tribüne und wiederholte meine Proklamation. Stumm, wie es des Landes Brauch war, knieten alle auf den Rängen zugleich nieder, und die Heroldin sprach, neben mir kniend, den Treueid vor. Als ich dann über das Menschenmeer blickte, übermannte es mich. Mein Volk, meine Untertanen! Und ich weinte stumm, da man mir die Eiserne Krone aufs zerzauste Haar setzte und den Königlichen Mantel um die Schultern legte ... Die hatten mich einen hohen Preis gekostet! Die letzten Strahlen der untergehenden Sonne trafen mich ins Gesicht, als mein Volk sich nun erhob und in Hochrufe

ausbrach. Ich hob die Faust zum Zeichen des Sieges, und der Ohrring meiner Tante baumelte dabei zwischen meinen Fingern hervor.
»Lasst die Feier beginnen!«, rief ich.

DOROTHY J. HEYDT

In dieser neuesten Story über ihre Heldin Cynthia kombiniert Dorothy griechische mit jüdischer Kultur – eine überaus interessante Mischung.
Dorothy hat noch immer: einen Mann, zwei erwachsene Kinder, drei Katzen, eine unbekannte Zahl von PCs und einen Garten. Sie spielt bei der ›Gesellschaft für Kreativen Anachronismus‹ Theater, arbeitet ab und an für die University of California in Berkeley und hat, ehrlich, fest vor, bald ihr Wohnzimmer aufzuräumen. – MZB

Die sieche Rose

O Rose, du siechst:
Der unsichtbare Wurm,
Der fliegt bei der Nacht
Im heulenden Sturm,

Entdeckte dein Bett
Karmesinroten Glücks,
Seine nacht-dunkle Lust
Zehrt dich auf hinterrücks.

William Blake *

Die Laufplanke knarrte unter dem Gewicht der letzten Fracht, die an Bord ging – einer großen, viereckigen Wäschetruhe, die so viel wie ein erwachsener Mann zu wiegen schien. Die Träger legten eine Verschnaufpause ein, als sie sie an Deck hatten. Als sie aber dann den Platz mittschiffs ansteuerten, wo sich die anderen Truhen, Ballen und Tonnen stapelten, trat ihnen eine Frau in den Weg:

»Nein, nein ... Die kommt hinein. Die mit dem roten Tau darum geht in die Kabine. Wir packen sie selber aus.«

Die Frau war etwa fünfzig, eisengraue Haarsträhnen witschten ihr aus der Haube; ihr Gewand wies sie als eine höherrangige Dienerin in einem großen Hause aus. Die Träger schafften die Truhe in die Kajüte im Achterkastell, wo ihr Eintreten zwei Zofen aufschreien, kichern und sich das Gesicht bedecken ließen, stellten sie mit einem Bumms ab ... und waren schon wieder draußen.

* aus: Blake, W., Gedichte, übertragen von Alexander von Bernus und Walter Schmiele, Heidelberg: Schneider 1958.

Die alte Frau schloss rasch die Tür hinter ihnen und verriegelte sie fest. Eine jüdische Braut aus guter Familie, die reiste so wohl behütet wie eine hochwohlgeborene Hellenin! »Nun, da wären wir«, sagte sie, löste das Seil und klappte den Deckel auf. »Die Luft ist rein, Cynthia. Du kannst herauskommen.«

Da erhob sich in der Truhe eine Frau, entfaltete seufzend die Gelenke und stieg vorsichtig über die Kante. »Ah, Luft. Wie herrlich!«, sagte sie und streckte die langen Arme und Beine, so gut es in der niedrigen Kabine gehen mochte. »Die Träger setzten mich einmal ab, um über die Vorzüge zweier Tanzmädchen zu diskutieren, und ich dachte schon, ich käme nie mehr vom Kai.« Sie holte wieder tief Luft und sah sich um. Die Rückwand hatte, jedweden Obergöttern sei Dank!, ein Fenster, dessen Läden sie aber besser erst nach dem Auslaufen öffneten. Die Kabine war eben groß genug, um, Seite an Seite und Kopfteil an Kopfteil, den vier Matten Platz zu bieten, die da, sauber aufgerollt, unter der einzigen Koje lagen ... aber zum Glück schienen die anderen Frauen ja sehr freundlich. »Bethaniah, ich freue mich, dich zu sehen. Könnte ich denn einen Schluck Wasser haben?«

»Aber gewiss«, sprach die alte Frau, holte einen Krug und goss einen Becher voll ein, derweil der Neuankömmling einen reich bestickten Sack aus der Truhe nahm, sich bückte und ein wenig stöhnend die Holzkiste hob, auf der sie gehockt hatte.

Da zog die Hausherrin, ein Fräulein von dreizehn Jahren und von lieblicher Erscheinung, den Schleier vom Gesicht und trat vor, um sie zu begrüßen.«

»Willkommen in unserer kleinen Kabine. Ich hoffe, du fühlst dich hier wohl.«

»Danke, gnädiges Fräulein. Ich hoffe, dass ich nicht zu viele Umstände mache.«

»O bitte, nenne mich doch Sarah! Und darf ich Cynthia zu dir sagen? Eine gute Freundin von Onkel Ezra ist doch auch meine Freundin. Nein, du machst uns keine Umstände, es ist ja noch Platz für eine Matratze, und wir haben genügend Proviant für alle. Sag, wollte dir in Alexandria wirklich alle Welt ans Leben?«

»Nun, nicht alle, nur die Isis-Priester, aber davon gibt es viele«, sprach Cynthia und gab ihnen eine Kurzversion ihrer Geschichte, die denn alle interessanten Details über rachsüchtige Göttinnen und deren heimtückische Abgesandte ausließ ... Ezra hatte sie davor gewarnt, derlei Dinge vor den Dienerinnen zu erwähnen, und Bethaniah hatte das ja alles schon gehört.

»... und Ezra sagte: ›Du hast dir in Alexandria viele Feinde gemacht. Ich werde dich wohl aus der Stadt schmuggeln müssen.‹ Und da bin ich nun!«

»Und herzlich willkommen dazu!«, sprach Sarah. »Weißt du denn schon, wo du in Joppe unterkommst? Du bist doch Hebamme und Ärztin, hat Onkel Ezra erzählt. Da dürfte man im Haus meines Bräutigams bestimmt Verwendung für dich haben! Und mit etwas Glück kann ich übers Jahr ja auch deine Dienste gebrauchen!«, hauchte sie und errötete. Sie hatte eine Haut wie ein reifer Pfirsich, seidiges braunes Haar und diese blauen Augen ihres Onkels Ezra – das lag wohl im Blut. »Simons Familie lebt ja hauptsächlich in Jerusalem, aber wir werden auf dem Landgut in Galiläa, weiter im Norden, wohnen.«

Da klopfte es. Die Zofen schrien wieder auf, Sarah zog ihren Schleier vors Gesicht, und Cynthia stellte sich rasch an die Abseite der Tür, bevor Bethaniah öffnete ... Wer da klopfte, konnte ein Freund sein, aber auch ein Isisanbeter, der einen letzten Versuch wagte ... oder, auf diesem punischen Schiff, ein Anhänger Tinnits, was ja ebenso bedrohlich wäre.

Während Bethaniah den Riegel zurückschob, dachte Cynthia für einen Moment: Vielleicht wäre alles einfacher, wenn ich mich fangen ließe. Aber dann: Nein, wenn ich sterbe, ist niemand mehr da, der sich an Komi erinnert. Auch ein Versprechen, das man sich selbst gegeben hat, ist ein Versprechen!

»Ich wusste doch, dass ich es irgendwo hatte!«, sagte der Mann in der Tür in einem Koine-Griechisch mit schwerem punischem Akzent. »Dieses Päckchen gab man uns in Joppe, im Haus von Judah ben Nahum, mit auf den Weg hierher. Das ist doch der Schwiegervater in spe des jungen Fräuleins, oder? Es ist für sie.«

Bethaniah nahm es entgegen, schloss die Tür gleich wieder und öffnete den in Leinen geschlagenen Packen. Ein langes Kleid aus feinem Linnen war darin ... herrlich anzusehen, mit den Stickereien am Hals, den Säumen und den Blumen, Vögeln und anderem Getier: Applikationen aus verschiedenfarbigem Stoff, zur besseren Detailwiedergabe fein bestickt. Von weitem sah das, was da um den Ausschnitt lief, wie ein Kranz von Blumen aus, von nahem jedoch wie ein Reigen von tanzenden Figuren. Sarah musterte es mit strahlenden Augen. »Ist das für mich?«

»Ich sehe sonst keine Braut hier in der Kajüte«, erwiderte Bethaniah lächelnd.

»Dann ziehe ich es auf der Stelle an!«

»Du solltest es lieber bei der Ankunft in Joppe tragen, wenn dich deine neue Familie am Kai empfängt.«

»Bis dahin ist es ja noch eine Woche! Ich will es aber jetzt gleich tragen.«

»Warum wartest du damit nicht wenigstens, bis wir auf See sind und alle sich eingerichtet haben? Du willst doch nicht, dass es schmutzig wird, oder?«

Sarah setzte sich ein wenig schmollend mit dem Kleid im Schoß hin und fuhr mit dem Zeigefinger verzückt die lustigen Vögelchen und die strahlende Rose nach, die auf dem Oberteil prangten.

Wie Bethaniah dann, als sie erst auf See waren, dem Kapitän beibrachte, dass er einen Passagier mehr als ausgemacht habe, und wie viel von Ezra ben Yaakovs Silber dabei den Besitzer wechselte, das erfuhr Cynthia nie. Ihr leerer Leinenkorb kam nach mittschiffs zu den sonstigen Körben, die mit koscherem Proviant und der Aussteuer der Braut gefüllt waren. Sie konnte sich frei auf dem Schiff bewegen, die engen Laufgänge entlang, und den Schlammgeruch des Deltas riechen, an dessen Seeseite sie gemach entlangsegelten. Und warf dann dem in der Ferne schon verschwindenden Alexandria noch einen verächtlichen Blick hinterher.

Als sie in die Kajüte zurückkam, fand sie Sarah in ihrem schönen neuen Kleid! Es passte ihr um den Hals wie angegossen und fiel in anmutigen, keuschen Falten um ihren jungen Leib. Von den Ver-

zierungen, wie auch von ihr selbst, wäre bei dem Schleier, den sie bei der Ankunft trüge, wohl nicht viel zu sehen. Aber ihrem Bräutigam böte sie damit in der Brautnacht einen ganz herrlichen Anblick! Nun tanzte sie in der kleinen Kabine umher, dass die Schmetterlinge auf ihren Ärmeln nur so flatterten, und übte die Verbeugung, die sie vor ihren neuen Schwiegereltern machen würde, und das Lächeln, das sie ihrem Bräutigam schenken würde, wenn er ihren Schleier lüftete. Da kicherten die Dienerinnen, und Bethaniah und Cynthia sahen ihr verständnisvoll zu – sie waren ja auch einmal Braut gewesen.
Am Abend aber, als man in einer kleinen Bucht ankerte, damit die Mannschaft sich an Land ihr Abendessen kochen könne, war Sarah sehr still – und bei Einbruch der Nacht ganz heiß vor Fieber.
»Zu viel der Aufregung«, brummte Bethaniah, entkleidete sie und legte sie ins Bett. Cynthia prüfte ihre Augen, ihre Zunge und fühlte ihr die Stirn, schickte dann Bethania mit einem Bündel Kräuter an Land, damit sie ihr einen Tee koche. Sarah trank ihn brav wie ein gutes Kind, schlief auch rasch ein, und am nächsten Morgen schien es ihr schon viel besser zu gehen.
Sie hatten einen Gutteil des zweiten Tages günstigen Wind, und so segelten sie zügig an den Sandstränden, Palmen- oder Weidenhainen und winzigen Fischereihäfen vorbei. Sarah stand eine Weile am Kabinenfensterchen und blickte hinaus, bis sie endlich des ewig gleichen Landschaftsfrieses müde wurde und darum bat, ihr Kleid wieder anprobieren zu dürfen. Bethaniah schlug es ihr aber ab und brachte sie dazu, all die Körbe und Kisten in der Kabine durchzugehen und die Bücher und Bahnen hauchzarter Gaze, die Parfümfläschchen aus Alabaster und den Schmuck, die Teil ihrer Mitgift bildeten, zu ordnen, all die schönen Finger- und Ohrringe und diese wunderbaren Halsketten aus Gold, Silber und Lapislazuli … Das beschäftigte sie den halben Tag. Bis es Zeit zum Abendessen wurde, hatte sie sich aber schon wieder in ihr Kleid geschmeichelt …
Mit Ringen und Halsketten angetan, tanzten sie nun mitten in der winzigen Kajüte, und ihre Gefährtinnen, die in den vier Ecken saßen, klatschten dazu im Takt in die Hände und lobten jeden beson-

ders gelungenen Schritt mit hellen Schreien. Bald lösten sich ihr die ersten weichen Strähnen aus den straffen Zöpfen und lockten sich ihr an Stirn und Wangen, ihr Gesicht rötete sich, und ihre Augen glänzten und leuchteten. Cynthia und Bethaniah wechselten Blicke. Lass sie tanzen, solange sie es noch kann, sagten die Blicke. Denn übers Jahr, wenn alles gut ginge, würden ihre Schwägerinnen für sie tanzen, derweil sie ihr erstes Kind zur Welt brächte. Ein Jammer, ein so junges Mädchen zu verheiraten – aber Cynthia selbst hatte ja sehr spät geheiratet und dann, nach dem Tod ihres Mannes, ihr einziges Kind tot zur Welt gebracht ... Vielleicht war es ja so herum doch besser!

Bei Einbruch der Nacht hatte Sarah schon wieder Fieber, und sie schlief unruhig, schrie und schrak aus vagen Albträumen auf.

Beim Morgenlicht schlug Cynthia ihr die Bettdecke zurück, um sie genauer anzusehen: Sie hatte am Rücken und auf der Brust einen Ausschlag ... mit einem besonders hässlichen, nässenden Fleck über dem linken Schulterblatt. Da machte sie ihr einen Umschlag, gab ihr einen anderen Absud zu trinken und sprach: »Bleib im Bett, bis du dich besser fühlst!«

»Ich will mein neues Kleid tragen!«

»Aber doch nicht im Bett, du wirst es nur verknittern!«, rief Cynthia, lenkte aber sogleich ein, als die Kleine da, wie ein Kind vor dem Weinen, das Gesicht verzog: »Schau, ich hänge es hier an den Haken an der Wand, dann kannst du es ansehen!« Da schloss Sarah die Augen, drehte sich auf die Seite, legte ihre kleine Hand auf den Saum des Kleides und schlief wieder ein.

Cynthia ging aufs Deck hinaus, wo sie etwas mehr Platz hatte. Eine frische Brise füllte die Segel, die an den Schoten zerrte und zog – so als ob sie das langsame Schiff hinter sich lassen und auf und davon fliegen wollte, was sie auch durchaus hätte tun können. Cynthia hatte schon ein-, zweimal mit Booten zu tun gehabt und wusste also, dass sie so gerissen waren wie junge Pferde ...

Der Kapitän stand, mit erhobenem Kopf und die Augen zum Himmel gerichtet, am Bug. Ein schwarzbärtiger Matrose saß am Ruder, die Hand darüber gelegt, um das Schiff so auf Kurs zu halten.

Der Rest der Mannschaft war nirgends zu sehen – der war wohl unter Deck und schlief eine Nachtwache aus.
Cynthia wählte einen Packen … Datteln, vielleicht, ganz in Rupfen eingeschlagen … als Sitzplatz, streckte beide Beine von sich und versuchte nachzudenken.
Nach einer Weile gesellte sich Bethaniah zu ihr, setzte sich auf den Sack zu ihrer Rechten und fragte: »Was hat sie nur?«
»Ich weiß es noch nicht. Wenn da nicht dieser Ausschlag wäre … würde ich auf ›seekrank‹ tippen. Aber so frage ich mich, ob es nicht etwas Seelisches ist. Vielleicht ist es ja bloß die Aufregung und die natürliche Ruhelosigkeit eines jungen, lebhaften, etwas verzogenen Mädchens, das den ganzen Tag in eine enge Kabine eingesperrt ist. Aber vielleicht macht sie der Abschied von Familie und Heim doch trauriger, als es den Anschein hat. Hat sie diese Heirat denn gewollt?«
»Nach meinem Eindruck sehr«, erwiderte Bethaniah. »Aber wer sieht einem anderen schon bis ins Herz hinein? Also, sie hat beim Abschied von daheim und von den Freundinnen und Freunden ihrer Kindheit ein paar Tränen geweint. Aber ihre Mutter ist ja schon lange tot, und ihr Vater ist ein kalter Mensch. Ich habe sie großgezogen, und ich komme auch mit ihr. Rachel und Hannah sind mit ihr aufgewachsen. Und ihr Bräutigam hat ihr ein Bild von sich gesandt, auf dem er so schön aussieht, dass sie sich auf der Stelle in ihn verliebt hat. Bislang, soweit ich es sehe, brennt sie wirklich so sehr auf ihre Hochzeit, wie es den Anschein hat.«
»Vielleicht ist sie seekrank«, meinte Cynthia achselzuckend. »Wir könnten sie ja verschleiert auch an Land bringen, wenn wir das nächste Mal zum Kochen oder Wasserholen anlegen.«
Sie machten an diesem Abend einen Versuch, wobei Cynthia und Rachel mit Sarah ein Stück den Kiesstrand auf und ab gingen, während Bethaniah und Hannah die Kabine hüteten. Da sammelten sie schöne Muscheln, erwiderten den Gesang der Vögel, die in einem Olivenbaum auf dem Kliff über ihnen saßen, und rührten abwechselnd das Pökelfleisch um, das sie sich zum Abendessen kochten. (Cynthia fand zwar, dass es aus dem großen Topf, in dem die Meeresfrüchte für die Mannschaft kochten, weitaus besser

roch, verlor aber kein Wort darüber, da derlei Speise ja für ihre Gefährtinnen tabu war.) Sarah schien sich viel besser zu fühlen, als sie sie zu Bett brachten ... aber am nächsten Morgen fieberte sie schon wieder. Sie hatte in der Nacht das Leinenkleid von der Wand genommen und es gleich einer Decke über sich gebreitet, obwohl es doch in der Kabine warm genug war – und nun lag sie zusammengerollt und fröstelnd darunter.

Da erhob Cynthia sich wortlos, rollte ihre Matratze zusammen und holte aus dem bestickten Sack, der da am Wandhaken hing, das Etui, das Onkel Ezra ihr gegeben hatte – eine Schatulle, die aus einem bauchigen Schildkrötenpanzer gefertigt und mit glänzenden Bronzescharnieren versehen war ... Auch ein Schloss von Bronze war daran – und so zog Cynthia ein Schlüsselchen, das sie an einem Halsband trug, hervor und schloss damit das Schildpattbehältnis auf. Behutsam nahm sie das halbe Dutzend uralter, schon brüchiger Schriftrollen aus Pergament heraus und legte sie sacht auf die Bettrolle. Aber all das ohne ein Wort! Und dann nahm sie das Kleid, das Bethania derweil vom Bett genommen und säuberlich gefaltet hatte, legte es in den Schildkrötenpanzer und schloss es weg.

»Sobald wir zu Mittag anlegen, braue ich ihr noch so einen Trank«, sagte sie sodann. »Und bis dahin, ihr Mädchen, lasst sie schlafen und bindet das Fenster auf, damit sie frische Luft bekommt. Ich könnte selbst wohl welche gebrauchen! Und fasst mir die Schriftrollen nicht an!« Und damit hob sie das Schildpattbehältnis auf und ging aufs Deck hinaus. Bethaniah folgte ihr.

Sie nahmen auf den zwei Dattelsäcken Platz. Cynthia öffnete den Schildkrötenpanzer wieder. »Du glaubst, mit ihrem Kleid stimmt etwas nicht«, sagte Bethaniah schließlich, und das war keine Frage.

»Medea sandte ihrer Rivalin einst ein giftgetränktes Kleid«, murmelte Cynthia, roch am feinen Leinen des Oberteils, fuhr vorsichtig mit der Zungenspitze darüber und versuchte es dann, weil sie nichts Bemerkenswertes fand, mit den winzigen Flecken bunten Tuchs am Ausschnitt. »Ich schmecke nur Indigo und Krapprot und was man sonst da erwartet. Und Nessos, der Kentaur, von Herakles' Hand tödlich verwundet, bat die Frau des Helden, das Hemd ihres Gatten in sein Blut zu tauchen, und sie tat es, die dumme Gans, und das brachte ihn um.« Nun leckte sie an einem anderen, aus dunkelgelbem Stoff genähten Blütenblatt. »Hmmm. Safran. Das ist jedenfalls nicht giftig. Weiß man von jemandem, der gegen diese Hochzeit wäre? Einer Maid, die den jungen Shimon ja vielleicht selbst gern hätte? Oder, was auf dasselbe hinausliefe ... ihrer Familie? Nein, aber die wohnen ja alle in Jerusalem, nicht wahr, und wären dir also unbekannt.«

»Ich kenne nicht viele von ihnen«, erwiderte Bethaniah. »Der Herr Judah ben Nahum hat zwei Söhne. Der ältere ist bereits verheiratet und hat selbst Söhne und wird den Besitz seines Vaters in Jerusalem und Umgebung bekommen. Der jüngere, eben dieser Shimon, erhält seine Ländereien in Galiläa, droben im Norden. Dann sind da noch einige Töchter, und eine ist mit Sarahs Vetter verheiratet und wohnt in Alexandria. Sie sagt, der junge Mann sei so schön, wie das Bild ihn darstelle, und gutartig, wenn auch ein bisschen verzogen, und gäbe bei guter Führung wohl einen anständigen Ehemann ab. Er ist fünfzehn, glaube ich. Nein, ich weiß wirklich nicht, wer sich dieser Heirat widersetzt oder den Jüngling für sich selbst gewollt haben könnte.«

»Halt am besten die Augen auf, wenn du nach Jerusalem kommst ... so erfährst du vielleicht etwas. Schauen wir mal!« Damit hob sie das Gewand, das auf ihrem Schoß lag, am farbenfrohen Halsteil hoch. »Was ist hier vorn? Das da, mit dieser großen Rose in der Mitte, das linke Schulterblatt wäre demnach etwa hier ...«

»Wo sie diese offene Stelle am Rücken hat ...«

»Ja, und sieh, dort ist es: Da hat sie das Leinen genässt ...«, murmelte Cynthia – die Verfärbung auf der linken Seite des Tuchs war etwa so groß wie der Nagel ihres kleinen Fingers. Sie rieb den Fleck leicht mit der Fingerspitze, hob ihn hoch und führte ihn vorsichtig über ihre Unterlippe. »Da ist doch etwas! Ein Haar oder eine Borste.«

»Das ist mir auch schon manchmal passiert«, sagte Bethaniah. »Man näht ein loses Haar in einen Saum mit ein, ohne es zu merken, bis man das Stück anzieht und es einen juckt. So lass mich

mal sehen!« Sie hielt die Stelle dicht vors linke Auge. »Ja, es ist ein Haar, ein kurzes Stück, das aus der linken Stoffseite sticht.« Sie versuchte, es mit den Fingerspitzen zu fassen. »Zu kurz, man bekommt es nicht zu packen ...«
»Nein, nimm ja nicht die Zähne dazu! Bleib, wo du bist, und rühre dich nicht!«, zischte Cynthia und eilte in die Kabine, wo Sarah in leichtem Schlaf lag und die Zofen noch flüsternd beisammensaßen, und holte sich von ganz oben in ihrer Kiste ihren Beutel mit Nähzeug – Garn und feine Knochennadeln, ein scharfes Messerchen – und stürzte wieder hinaus ...
Auf dem Rücken, über der linken Schulter, prangte ein Strauß blauer Blumen, kurzstielig wie für Kinderhand und aus einem einzigen Stück blauen Tuchs gefertigt, auf dem die einzelnen Blüten mit feinem weißem Faden umrissen waren ... Als Cynthia nun die Stiche auftrennte, mit denen er angenäht war, bemerkte sie, dass nicht die gesamte Stickerei in Weiß ausgeführt war: Da war eine hellgrüne Naht, die sich, wie ein Wurm oder eine kleine Schlange, zwischen jeweils zwei Blüten wellte ... Und als sie den letzten Stich durchtrennt und den blauen Flicken gelöst hatte, da sah sie, dass jemand eine Locke fahlen Haars auf die Unterseite genäht hatte – drei, vier lange Strähnen, um den Finger aufgerollt und fein, von rechts unsichtbar, an Ort und Stelle geheftet! Da trennte sie mit der Messerspitze die paar Stiche auf, löste das Haar mit dem Daumennagel und hob es gegen die Sonne – es leuchtete wie eitel Silber.
»Was seufzt du so?«, fragte Bethaniah.
»In meinem Beutel da ist ein Schächtelchen«, sagte Cynthia. »Öffne es bitte und leere es aus.« Sie las jedes Fitzelchen des Fadens, den sie zerschnitten hatte, von ihrem Schoß und jagte sogar einem leuchtend weißen Endchen das halbe Deck hinterher, bis sie es hatte, und rollte sie alle zu einem krausen Bällchen zusammen. »Ja, danke. Diese Nadeln kannst du in den Wollknäuel stecken.« Damit nahm sie die Schachtel und schloss Haar und Fadenkugel sorgsam darin ein. »Sehen wir weiter!«
Jetzt nahm sie sich einen Vogel vor, der fast ganz aus einem Stück roten Tuchs gemacht war und eine winzige Glasperle als Auge

hatte, dazu aber einen erhobenen Flügel aus einem extra Stück Stoff, das sauber ans Oberteil genäht war. Sie schnitt erst den kleinen Leib los und trennte dann, als sie darunter nichts fand, die Naht auf, die den Flügel damit verband. Und sah darunter einen aus schwarzem Faden gestickten Pfeil, der ins Herz des Vogels zielte – die Pfeilspitze war ein kleiner Dorn, den Stiche so fein wie Augenwimpern hielten.

»Aber was ist denn das? Was bedeutet all das, sag?«, fragte Bethaniah.

»Wer immer dieses Kleid genäht hat, will, dass Sarah stirbt«, sprach Cynthia. »Ich könnte zu erraten versuchen, wer, aber nicht, warum … Vielleicht eine Dienerin im Haus, die Shimon heimlich liebt. Oder eine Freundin einer seiner Schwestern. Oder, wer weiß!, vielleicht seine Schwägerin. Es sind schon seltsamere und schlimmere Dinge passiert. Aber wer immer sie ist, sie hat ihren Hass mit jedem Stich in dies Kleid genäht und giftige Marken ihrer Bosheit darin verborgen. Wir werden unter jedem Tier, jeder Blume hier einen Schadzauber finden, dessen bin ich mir ganz sicher!«

»Du sagst ›sie‹«, bemerkte darauf Bethaniah. »Nun, natürlich hätte kein Mann das nähen können. Aber nähen lassen schon!«

»Wenn einer denn darauf käme!«, wandte Cynthia ein. »Was weiß ein Mann schon von solcher Handarbeit? Derlei kauft er sich, oder bekommt es von seiner Frau oder Mutter gemacht, und er zieht es an und trägt es einfach. Er denkt keinen Moment an all die Zeit, die in jedes einzelne Stück einging, Stich um Stich, diese Stunden, wo die Gedanken der fleißigen Näherin müßig gehen und sich dem zuwenden, was sie liebt oder hasst, und sie dann ihre Liebe, ihren Hass in jede Naht einnäht …«

Ein plötzliches Keuchen und Atemholen ließ die beiden Frauen aufsehen: Hannah, die unbemerkt aus der Kabine getreten war, stand vor ihnen, die Hände auf den Mund gepresst.

»Was ist?«, fragte Cynthia bestürzt.

Und Bethaniah fiel ein: »Geht es Sarah schlechter?«

»Ich weiß nicht. Wir bekommen sie nicht wach. Wovon habt ihr geredet? Ist das Kleid verhext?«

»Warte eine Minute«, sagte Cynthia, legte das Gewand wieder zusammen, packte es samt der Schachtel voll böser Fitzelchen in den Schildkrötenpanzer und klemmte sich diesen nun unter den Arm.

Als sie hineingingen, fanden sie Sarah reglos und still vor, aber so atmend, als ob sie einen Blutstau in der Brust habe. Bethaniah richtete sie so weit auf, dass sie ein wenig Wasser schlucken konnte, brachte sie aber nicht dazu, die Augen zu öffnen. Da wies Cynthia bloß wortlos mit dem Daumen auf die Kajütentür und ging hinaus, und Bethaniah und die Zofen folgten ihr.

Der Matrose am Achtersteven pfiff beim Anblick der Mädchen gleich munter durch die Zähne. Aber Bethaniah warf ihm einen so kalten Blick zu, dass er jäh verstummte und den Blick gen Himmel hob.

Jetzt zeigte Cynthia den Mägden, was sie gefunden hatte, und offenbarte ihnen ihre Vermutungen. »Und das ist, denke ich, die Ursache ihrer Erkrankung. Eine unsichtbare Armee blinden Hasses greift Sarah an, und wir werden diesen Krieg, wie die Generäle sagen würden, an zwei Fronten führen. Nein, an drei, da ich auch die Heilkräuter und Tränklein nutze, die mir zu Gebote stehen. Doch bezweifle ich, dass sie viel helfen können, solange der böse Zauber nicht gebrochen ist. Ich werde einmal in meinen alten Schriften nachsehen, vielleicht finde ich da einen brauchbaren Hinweis ... Was ist los?«

Bethaniah war bleich geworden. »Das ist Hexerei«, flüsterte sie. »Es ist uns verboten ...«

»Ihr sollt das auch nicht machen, ich tu es«, sagte Cynthia. »Ihr drei werdet jetzt dieses Kleid auseinander nehmen, jede Naht auftrennen, jedes Fitzelchen Faden aufheben ... Und du, Bethaniah, hältst dir jede Figur, jede Applikation, dann vor deine kurzsichtigen Augen, bis du entdeckst, was damit nicht stimmt. Dann nimmst du dir einen neuen Faden und nähst alles wieder zusammen. Nimm dazu meine Nadeln, die, die in diesem Wollknäuel stecken, sie sind neu, ich habe sie letzte Woche in Alexandria gekauft.«

»Gut, aber warum?«

»Ich weiß nicht, ob das hier gemacht wurde oder nicht, aber den alten Geschichten nach kann man ein Kleid auch verhexen, indem man es mit einer Nadel näht, mit der ein Leichentuch gefertigt wurde. Wir sollten also kein Risiko eingehen!«

»Könnten wir das Ding denn nicht einfach verbrennen?«

»Doch, aber das möchte ich als letzte Möglichkeit aufheben. Wenn es einmal verbrannt ist, lässt sich das nicht rückgängig machen. Und was, wenn das Feuer dem Zauber Gestalt gäbe, wie das Brotblech dem Teig, das Königssiegel dem Ton?

Ich kenne aber einen Zauber, mit dem man einen Fluch gegen seinen Urheber wendet. Und ich könnte ja einen Versuch damit wagen, sobald wir all die Schadzauber aus dem Kleid entfernt haben. Aber vorher, vermute ich, brächte das nicht viel. Die übrigen Stoffe würden nur wieder ihre schädliche Wirkung auf sie ausüben. Wir müssen auch das kleinste Fitzelchen daraus holen.«

»Wie man vor Passah das Haus von jedem Krumen Sauerteigbrot säubern muss«, sagte Bethaniah. »Ihr versteht, was ich meine, ihr beiden? Von jedem Krumen!« Da strahlten die Dienerinnen, als ob sie aus dem Lateinischen übersetzt hätte, und machten sich mit so großer Sorgfalt und Aufmerksamkeit über das Gewand her, dass Cynthia Hoffnung zu schöpfen begann.

Den ganzen Tag bis zur Abenddämmerung waren sie damit befasst: Bethaniah und die Zofen damit, das Kleid zu zerlegen, Cynthia damit, die Schriftrollen durchzulesen. Sie entdeckte nichts Nützliches, die drei jedoch haufenweise Schädliches – gestickte Pfeile, Dolche, Waffen aller Art, dazu Krumen von Kräutern, die nicht zu identifizieren, aber ganz zweifellos giftig waren. Da war auch das Bild eines Fisches, munter und mit schimmernden Schuppen, und darunter ein anderes, von dem die jüdischen Frauen gleich den Blick abwandten: Es stellte, wie sie erzählten, den punischen Fischgott Dagon dar – einen alten Feind und Widersacher des Gottes Abrahams.

Und da war ein Korb randvoll mit Obst – Weintrauben, rosige Äpfel und pralle Melonen. Darunter waren Tiere dargestellt: eine Krabbe, ein Schwein, ein Kaninchen. Bethaniah musste ihr erklären, dass das nach mosaischem Gesetz allesamt »unreine« Tiere waren und jeder fromme Jude lieber sterben würde, als wissentlich von deren Fleisch zu essen …

So waren sie fast fertig geworden, ehe das Licht zu schwach zum Arbeiten wurde. Und sie falteten alle Teile säuberlich, vergewisserten sich, dass auch wirklich jedes Fädchen in dem Schächtelchen verstaut war, und schlossen dann alles für die Nacht in den Schildkrötenpanzer ein. Dann kochten sie sich am Strand in ihrem kleinen Kochtopf etwas Suppe, und es gelang Bethaniah auch, Sarah etwas davon einzuflößen. Anschließend breiteten sie ihre Matten auf dem Kajütenboden aus, Seite an Seite und Kopfteil an Kopfteil, und Cynthia schlief darüber ein, dass sie auf Bethaniahs unterdrücktes Schluchzen lauschte.

In den frühen Stunden vor Morgengrauen, der Zeit, in der die Menschen die Wahrheit träumen sollen, sah Cynthia in großer Dunkelheit einen kleinen Lichtkreis und darin zwei Hände bei der Arbeit, beim Anpassen, Wenden und Nähen. Aber der Faden, der alles hielt, sah nur aus wie ein Faden, war, wie Cynthia wohl wusste, in Wirklichkeit eine Schlange. Die Nadel war ihr Giftzahn, und daraus troff der schiere Tod. Es waren Schierling und Schwarzer Nachtschatten unter den Nähten, aber nicht auf Leinen geheftet, sondern auf samtene, junge Haut … Da griff Cynthia nach der Nadel, dem Schlangenzahn, und schnappte sie sich. Und die Hände erhoben sich, um sie sich wieder zu holen, derweil der Faden wütend die Luft peitschte. Cynthia wollte zurückweichen, aber da hatte sich ihr der Faden schon um die Knöchel geschlungen und hielt ihre Beine in grausamem Griff. Der Faden war vergiftet, sodass ihre Haut und ihr Fleisch wie Feuer brannten. Die Hände schnappten nach ihr und fuhren zurück – da sah Cynthia für eine Weile die geöffnete Rechte in der Luft schweben, den Handteller von der eigenen Nadel durchbohrt … Dann erwachte sie langsam, merkte, dass sie einen Krampf im Bein hatte, aber erst noch die langen Momente des Schmerzes durchmachen musste, bis ihr Leib wach genug wäre, um sich zu bewegen, und dass sie nichts anderes tun konnte, als es eben zu ertragen.

Als sie endlich ganz wach war und sich aufsetzen, ihre Zehen fassen und das Bein gegen den Krampf strecken konnte, drang schon das erste bleiche Licht der Morgendämmerung durch die Läden. Aber bis sie aufstehen, es auslaufen konnte, waren es noch Stunden, und so legte sie sich wieder hin und rieb die schmerzende Stelle gegen die Kniescheibe des anderen Beins – lag zwischen Schlafen und Wachen, bis der Tag anbrach. Aber in dieser Zeit kam ihr eine Idee.

»Wir gehen einen Schritt weiter«, sagte sie den anderen, als es hell war. »Wir holen nicht nur das Schädliche heraus, wir nähen etwas Eigenes dafür ein.«

»Zauber jeder Art sind uns untersagt!«

»Keine Zauberei!« (Ein Königreich für eine beredte Zunge … die Gabe, Menschen dazu zu bewegen, in den Hades zu fahren und sich für die Fähre dorthin anzustellen!) »Gegenmittel! Schau, irgendjemand, der Sarah hasst, hat ihr eine Locke von sich eingenäht, um ihr zu schaden. Also werden die, die sie lieben, Haar von sich einnähen, um ihr Gutes zu bringen. Wir entfernen die giftigen Kräuter und ersetzen sie durch heilsame. Wo besagte Person Bilder unreiner Tiere anbrachte, näht ihr Bilder von reinen Tieren an. Oh, was sind überhaupt ›reine‹ Tiere? Rinder, nehme ich an, Schafe …«

»Ziegen. Hühner. Die meisten Vögel reiner Lebensgewohnheiten. Fische mit Flossen und Schuppen …«

»Oh ja, und den Fisch, der euch so aufbrachte, den mit dem punischen Gott darin, also, den schlitzt ihr auf und steckt ihm dafür ein Bild eures Gottes in den Bauch.«

»Das Gesicht des Gottes Abrahams hat noch niemand gesehen, und wenn, dürfte er kein Bild davon machen.«

»Gut, gut. So werden wir uns etwas anderes einfallen lassen. Wir haben bis zur Ankunft in Joppe ja noch ganze drei Tage!«

»Zwei, genau gesagt«, warf Bethaniah ein. »Morgen ist Sabbat … und am Sabbat dürfen wir nicht arbeiten.«

Nicht einmal, um Sarahs Leben zu retten? hatte Cynthia schon auf der Zunge, verschluckte es aber … Ezra ben Yaakov hatte ihr schon genug Geschichten über fromme Juden erzählt, die lieber gestorben waren, als den heiligen Tag durch Arbeit zu entweihen. Bethaniah hatte es so eingerichtet, dass das Essen für Sabbat noch heute, vor Anbruch der Nacht, gekocht würde. Falls nötig, nähme sie also selbst die Nadel in die Hand – auch wenn sie sich da anstellte, als ob sie Austern vom Fels pieke.

So wurde das Kleid zerlegt und wieder eins: Mit neuen Nadeln und sauberem Faden genäht. Heilkräuter aus Cynthias Vorräten nahmen den Platz der giftigen ein: Tausendgüldenkraut gegen das Fieber, Baldrian gegen die Schmerzen, Wilder Lattich als Schlafbringer, Waid als Blutstiller; sogar, in der Hoffnung, dass sie einmal gebraucht würden, Veilchen, die bei der Geburt helfen, und Melde, die die Milch einschießen lässt. Nun tummelten sich Schafe, Ziegen, glattfiedrige Vögel unter dem Fruchtkorb, und unter dem Fisch prangten statt des punischen Gottes nun vier kantige hebräische Buchstaben, die Cynthia mit großer Mühe aus einer von Sarahs Schriften kopiert hatte.

In der großen Rose vorn hatten sie, als sie sie Blütenblatt für Blütenblatt zerlegten, kleine Würmer und Käfer entdeckt sowie ein Bündel Blätter, das Cynthia als die des Fingerhuts erkannte: Medizin für ein schwaches Herz – aber Gift für ein gesundes. Da zerbrachen sie sich den Kopf, was sie an dessen Stelle setzen sollten, bis Cynthia rief: »Oh, klar, manchmal ist die Sache selbst das beste Symbol!« Also füllten sie sie mit getrockneten Rosenblütenblättern, die immer noch, nach Monaten oder Jahren in einem Krug, lieblich dufteten.

Bethaniah und Rachel hatten einige Locken von sich unter die Flicken genäht – und selbst Cynthia hatte eine Strähne ihres schwarzen Haares beigesteuert, die Enden sorgsam angeheftet, damit sie nicht piekſten. Den kleinen grünen Wurm hatten sie aus den blauen Blumen gepflückt, die anderen Schädlichkeiten abgeschnitten und alles mit dem übrigen Zeug in der kleinen Schachtel verstaut … Für den flüchtigen Blick sah das Kleid gänzlich unverändert aus, als sie nun die letzte Naht verknoteten und das fertige Werk Sarah überlegten, die in ihrer Koje schlief. Sie lächelte und strich mit den Fingern über den Stoff, erwachte aber nicht. Sie hatte Ringe um die Augen und eine trockene Haut.

Da ging Cynthia, die Schachtel in der Hand, wieder aufs Deck hinaus. Sie hatte bei der Näherei nicht viel geholfen: Darin war sie nicht eben eine Meisterin, und sie hatte auch genug damit zu tun gehabt, ihre zerbröselnden Zauberbücher durchzulesen. Sie hatte dort Praktisches und Unverständliches gefunden und mancherlei, was sie, wenn nicht jetzt, so später vielleicht anwenden könnte, aber gar nichts, was ihr in der derzeitigen schwierigen Lage von Nutzen hätte sein können. (Es sei denn der Vorschlag, verhexte Kleider zu entzaubern, indem man sie in Milch wusch und winters zum Trocknen hinaushing, bis sie gefroren. Aber ihr standen weder Milch noch Frost zur Verfügung – und sie hatte auch noch nie von einer Gegend gehört, wo man beides zugleich haben konnte!)

Aber ich sollte diese Texte lieber weiter studieren und aus ihnen lernen, als bis zur nächsten Krise zu warten, dachte sie bei sich. Ja, ich werde diese Sachen lernen, damit ich sie weiß, wenn ich sie brauche.

Jetzt aber war sie ganz auf sich gestellt mit der Schachtel voller Fädchen und Fragmente und dieser armen Sarah in ihrem Fiebertraum und musste sehen, wie sie mit ihnen zurechtkam.

Die Nacht war hereingebrochen, die kleinen Abendbrisen waren längst erstorben. Die Luft war so ruhig und still, und alles schmachtete in der nicht weichen wollenden Hitze des Tages. Die Matrosen, die drüben am Strand um ihr Kochfeuer hockten, waren verstummt. Kein Vogel rief, keine Fledermaus schrie. Sogar die kleinen Wellen gaben keinen Laut von sich, als sie sich im Sand des Strandes brachen. Das ganze All schien den Atem anzuhalten und auf das zu warten, was sie unternähme.

Das letzte Mal hatte ihr Zauber einen großen Sturm geweckt, vielmehr: Zurückgeholt und gegen seinen Urheber gewandt. So hoffte sie eben, dass der Anker ihres Bootes gut ausgebracht sei, öffnete rasch die mit Flusen und Fetzen tierischen und pflanzlichen Materials schier randvolle Schachtel und sprach die fünf Worte.

Einen Moment lang geschah nichts ... Dann erhob sich in ihrem Rücken eine warme Brise, groß, sanft, voller weicher Laute: die Schreie der Nachtvögel und das Rascheln der Zweige, das Klatschen der Wellen, das sanfte Ächzen des Schiffes selbst. Und der Wind hob die Flusen und Fetzen empor, nahm sie fort nach Norden, die Uferlinie entlang. (Als Cynthia den Morgen darauf das Deck absuchte, fand sie kein Fitzelchen mehr davon ...) Die Luft roch süßlich und trocknete ihr den klebrigen Schweiß vom Gesicht. Und als sie hineinging, um nach Sarah zu sehen, empfing die sie mit Augen so strahlend wie der Morgenhimmel und einem »Ich habe Hunger!«.

Am Sabbat ruhten sie alle – außer Cynthia, die ab und an zum Strand ruderte, um frische Arzneien zu brauen. Sarah erholte sich rasch und zog ihr Kleid wiederholt an, ohne irgendeine Malaise zu zeigen. Als sie am achten Tag in Joppe einliefen, war sie so quicklebendig wie eh und je und tanzte vor lauter Aufregung, als sie darauf warteten, dass ihr Boot anlege und festmache und die Laufplanke gelegt werde.

Am Kai, da stand ein kleines Empfangskomitee – alle in feinen Gewändern, Junge wie Alte, ein junger Mann in weißer Tunika mit Goldborte, der seinen Hals reckte, um über die Köpfe der anderen zu sehen, und zwei verhängte Sänften. Zwei? Eine für Sarah, natürlich, um sie ins Haus ihres Schwiegervaters zu bringen, fort von den Blicken der Menge ...

Die Planke hatte ihren Platz gefunden, die kleine Prozession ging an Land: Bethaniah mit Sarah, die zwei Zofen hinterher – Cynthia etwas zurück, unsicher, welcher Empfang ihr zuteil würde. Und ein Herr mit seidenem Kopftuch nahm die Hand des Jünglings, legte Sarahs Hand hinein, führte das Paar jetzt zur nächsten Sänfte und zog deren Vorhänge zurück.

Eine alte Frau lag darin. Ihr weißes Haar glänzte im hellen Sonnenlicht wie Silber, ihre linke Hand zupfte an der Decke, die Rechte lag starr und krumm wie ein verdorrtes Blatt – die Frau war, das sah Cynthia selbst aus ihrer Entfernung, von einem Schlag halbseitig gelähmt. Nun drehte sie mühsam den Kopf, um ihren Sohn anzusehen. Und Cynthia wich in die Menge zurück, um nicht von diesen getrübten Augen entdeckt zu werden.

Bethaniah stand, das Gesicht von Tränen des Glückes nass, auf der Seite und sprach, als Cynthia ihren Blick zu der Sänfte lenkte: »Ja, ich sehe es wohl. ›Meine Feinde gruben eine Grube für mich und fielen selbst hinein!‹«

Sarah aber hob ihren Schleier und beugte sich in die Sänfte, um die welke Wange zu küssen. Wer weiß, vielleicht würde diese alte Harpyie die Kleine in ihr Herz schließen wie alle Welt?
Also machte Cynthia zum Schiff kehrt und zog eine Börse aus dem Gürtel, um sich eine Passage nach Athen zu erfeilschen.

HEATHER ROSE JONES

Eine Frage bei der Verwandlung ist oft: Wenn man Tiergestalt annimmt, ist man dann noch man selbst?
Heather hat bis vergangenes Jahr für Marion Zimmer Bradley's Fantasy Magazine *gearbeitet und uns dann verlassen, um ihre Graduate School abzuschließen. Es freut mich sehr, dass sie dabei immer noch die Zeit findet, so wundervolle Storys wie diese zu schreiben. – MZB*

HEATHER ROSE JONES

Unter die Haut

Als ich nach meiner Balgsängerinnenlehre aufbrach, die Welt kennen zu lernen, ließ meine Lehrerin Laaki mich geloben, mir alles, was ich sähe und unternähme, gut zu merken, damit ich ihr bei meiner Rückkehr davon berichten könnte. Ich war mir damals nicht sicher, ob ich zurückkehren würde. Und ich bin mir heute nicht sicher, ob ich ihr alle meine Geschichten erzählen werde. Aber ich habe sie mir alle gut gemerkt.

Eysla und ich hatten die letzte Stadt schon zwei Tage hinter uns und zogen von den grünen Feldern und Wiesen am Fluss den buschbestandenen Hang hinauf. Als wir nun das sanft gewellte Hochplateau erreichten, fiel sie erst in einen leichten Trab und bald in einen langsamen Galopp. Sie brauste liebend gern so dahin, und ich fand inzwischen auch schon Gefallen daran. Bei mir zu Hause hatte man ja keine Pferde. Warum einen Teil unserer Vorräte an so ein dummes Tier verfüttern, wenn einen die eigene Balggestalt ebenso schnell dahintragen kann? Aber Eysla hatte mir angeboten, sie zu reiten – und ich hatte es mit der Zeit auch gelernt, obschon mit einiger Mühe, da ich ja keinen Sattel und all die anderen Hilfsmittel hatte, die man bei einem richtigen Pferd benutzt hätte. Aber das wäre auch zu weit gegangen …
Unsere Straße – soweit man das jetzt noch so nennen konnte – zog sich durchs hohe Gras und zwischen vereinzelten Büschen zum fernen Gebirge hin. Wir hatten in der Ferne Rehe grasen und über uns Gänse fliegen gesehen, und so erschrak ich nur kurz, als da knapp vor Eyslas Hufen ein Rebhuhn aus dem Gras aufflog. Sie aber machte einen Satz beiseite und preschte los, als ob es um ihr Leben ginge. Und ich schlang die Beine um sie, klammerte mich an ihren Hals, schrie ihren Namen. Aber sie zuckte nicht einmal

mit den fest angelegten Ohren – als ob sie mich nicht hörte. Ich schrie erneut. Ich fühlte, wie ich abrutschte, sah den Boden an mir vorbeirasen, verwischt, verschwommen nur. In dem Moment, als ich fiel, sang ich mir meinen Katzenbalg um. Auf meinen Füßen zu landen, wäre kein großer Vorteil gewesen, aber ich rollte mich leicht ab, als ich im Gebüsch landete, taumelte noch weiter und hielt dann, atemlos, ein Stück abseits der Piste. In der Klarheit dieses Augenblicks, da hörte ich noch in der Ferne Eyslas Hufschlag verklingen.

Ich muss ohnmächtig geworden sein – denn das Nächste, was ich mitbekam, war Eyslas Ruf: »Ashóli! Ashóli …« und die Wärme ihrer Hand, die mir übers Fell fuhr. Als ich blinzelte, sah ich sie, mit Tränen in den Augen, über mir kauern. Doch ich hatte anscheinend nichts abbekommen. Ich prüfte zuerst noch meinen Katzenleib, warf dann meinen Balg ab und ließ mir von ihr aufhelfen.

»Was ist passiert?«, fragte ich, bemüht, nicht vorwurfsvoll zu klingen.

Sie blickte zu Boden. »Das wollte ich dich eben fragen. Ich war so außer mir … Das Erste, was ich wieder mitbekam, war, dass du nicht mehr auf meinem Rücken warst.«

Da nahm ich sie an den Schultern und zwang sie, mich anzusehen. »Was meinst du mit ›außer mir‹?«

Sie zupfte an ihrem grauen Pferdefell, das sie wie ein Cape trug – und das in jener Nacht, da sie panisch ins Licht von Laakis Feuer gestürzt gekommen war, noch einer Stute gehört hatte. »Wie gesagt: Wenn ich Sunna werde, bin ich nicht mehr ich selbst«, murmelte sie und beeilte sich hinzufügen: »Ich weiß, ich sollte das nicht! Aber es ist so gut, einfach sie zu sein, mit nichts anderem als den Gedanken und den Sorgen eines Pferdes!«

Ich seufzte tief. Eben davor hatte Laaki mich gewarnt: Wenn ich für Außenseiter, jemand, der nicht in Kaltaoven geboren war, ein Balglied machte, ginge ich Risiken ein, von denen ich keine Vorstellung hätte. Sie nun so beiläufig von etwas so Monströsem sprechen zu hören …

»Eysla«, begann ich so sanft und geduldig wie möglich. »Du

›wirst‹ nicht Sunna. Deine Stute ist tot. Auch wenn du ihr Fell trägst, bist du nie etwas anderes als du selbst. Es hat ein Körpergedächtnis, sodass du die Gangarten eines Pferdes nicht neu lernen musst, aber das ist auch alles. Wenn du dein Menschsein in diesem Leib aufgibst …«, da berührte ich ihre Wange, damit sie mir in die Augen blicke, »… nennt man das Wahnsinn … Es ist nicht weniger Wahnsinn, wenn du das unter einem Balg tust. Ist dir meine Gesellschaft so zuwider, dass du diese Fluchtmöglichkeit brauchst?«

»Ashóli, nein!«, schrie sie sogleich. »Es tut mir Leid. Aber ich glaube, du irrst dich. Sunna ist in und ist bei mir. Ich kann sie fühlen.«

Ich ließ es durchgehen. Sie war so schnell zerknirscht, aber auch so seltsam in ihrem Denken. Vielleicht bezeichnete sie mit »Sunna« ja nur dieses Körpergedächtnis. Vielleicht müsste sie einfach noch andere Bälge tragen, um den Unterschied zu begreifen. Ich sah mich suchend um. »Wo hast du denn unsere Sachen gelassen?«

Da sah auch sie sich um und lachte dann. »Ich ließ sie dort, wo ich kehrt machte. Als ich merkte, dass ich dich abgeworfen hatte, verwandelte ich mich zurück, ohne zu überlegen … Und als ich mein Fell wieder umlegte, brachte ich, so ohne deine Hilfe, das Gepäck nicht unter. Ich werde wohl nie begreifen, wie du bei der Verwandlung etwas in den Balg nehmen kannst.«

Ich lächelte bloß und verbiss es mir, darauf hinzuweisen, dass sie das schließlich mit ihrer Kleidung ja auch schaffte. Wie unangenehm, wenn wir unter unseren Bälgen nackt sein müssten!

Als wir unser Zeug wieder aufgenommen hatten, fiel mir auf, dass ich doch etwas hinkte, und da bestand Eysla darauf, dass wir an diesem Tag nur noch bis zum nächsten Bach ziehen und dort unser Lager aufschlagen würden – mochten es bis zur Dämmerung auch noch ein paar Stunden hin sein. Sie schnitt am Bachufer gleich mehrere Weidenruten, um daraus unseren kleinen Wetterschutz zu bauen, und machte sich dann daran, etwas zu essen. Ich legte mir mein Katzenfell über und ging, trotz zunehmender Steifheit,

mir mein Nachtmahl suchen. Eysla aß ja billiger in Menschen- als in Pferdegestalt, aber ich konnte mich, als Katze, aus dem Land ernähren.
Als ich dann, satt und zufrieden, aber noch stärker hinkend, zurück war, streckte ich mich, ohne meinen Balg abzulegen, neben dem Feuerchen aus, das sie entfacht hatte. Und als sie herüberlangte und mir mit der Hand den Rücken entlang strich, schloss ich so halb die Augen und schnurrte aufmunternd. Aber etwas verdarb mir den Genuss … Als ich meine eigene Gestalt wieder annahm, zog Eysla jäh ihre Hand zurück und errötete heftig. Mir war das wie ein Schlag ins Gesicht! »Ich bin ich, ob mit oder ohne Balg! Ich bin nicht deine Schoßkatze!«, fauchte ich und wandte mich irgendeiner Arbeit zu, da ich es nicht wagte, noch mehr zu sagen.
»Entschuldige«, begann da Eysla. »Aber ich wollte nicht …«
»Ich weiß, was du nicht wolltest«, schnitt ich ihr das Wort ab. Was so wehtat, war ja doch, dass ich wollte, dass sie es wollte.
Während wir alles für die Nacht bereitmachten, war zwischen uns ein langes, leeres Schweigen. Es war Eysla, die es brach – mit der ungefährlicheren Bemerkung: »Du solltest dich ein paar Tage lang ausruhen … um sicher zu sein, dass das nur Prellungen sind und nichts Schlimmeres.«
Natürlich hatte sie Recht, aber ich hörte noch etwas anderes aus ihren Worten und sagte: »Ich dachte, es sei jetzt nicht mehr weit bis zum Hof deiner Familie. Du sagtest doch, noch ein Tag …«
Sie nickte.
Mir war klar, wohin das führte. »Du wirst doch nicht wollen, dass wir da eine Pause einlegen! Nur hin und dann wieder weg, hast du gesagt … das sei alles, was du wolltest. Du wirst doch nicht etwa drei, vier Tage in deinem Pferdefell leben wollen, derweil wir dort verweilen.«
»Wenn ich muss. Es wäre besser für dich.«
»Und für dich? Kannst du das tun, ohne dich zu verraten? Für sie bist du tot, das weißt du doch! Als ich mich dazu bereit fand, da stellte ich mir eine Art Stippvisite vor, ja, etwas wie die Aufwartung einer Hausiererin. Aber nicht …«

»Der Unfall war meine Schuld«, schnitt sie mir das Wort ab. »Lass mich das gutmachen.«
Darauf gab es keine Antwort. Ich zweifelte ja nicht an ihrem guten Willen, nein, nur an ihrer Fähigkeit.

Ohne Eyslas sicheres Auge wäre ich an dem Ort vorbeigeritten – Bäume gab es hier auf der Hochebene kaum, Felsen und Torf aber umso mehr. So wirkten die Bauten, die den Hof ihrer Familie abgaben, auf den ersten Blick auch nur wie Hügel. Wir hatten bereits seit einiger Zeit verstreute Pferde- und Schafherden gesehen, aber keine Menschenseele zu Gesicht bekommen. Eysla versicherte mir aber, dass man in dem Geviert aus Torfwällen, in das wir jetzt einzogen, längst von unserem Kommen wisse. Die Anlage beherbergte auch nicht nur eine Familie, sondern, ganz wie mein Heimatdorf, einen vielköpfigen Clan. Und schon kamen sie auch zahlreich, uns zu begrüßen: Wie Kaninchen aus ihrem Bau, so kamen sie aus ihren niedrigen Erdhäusern.
»Ich habe Waren feilzubieten«, sagte ich ihnen in der Sprache, in der Eysla und ich anfangs verkehrt hatten. Inzwischen, da ich ihr Kaltaoven und sie mir dafür ihre Sprache beigebracht hatte, waren wir ja bei einem Mischmasch gelandet, der weder die eine noch die andere war. Aber hier hielt ich mich am besten an die Händlersprache und ließ so gar nicht erst die Frage aufkommen, wie und wo ich die andere gelernt hatte.
So ließ ich unsere Taschen zu den wartenden Händen hinunter, wir konnten sie ja schlecht wie sonst tragen, und ließ mich dann selbst hinabgleiten …, zuckte aber beim Auftreten mehr als nur etwas zusammen. Da bemerkte ich, dass Eysla mit einer Intensität um sich starrte, die bei einem Pferd eigenartig wirken musste. So legte ich ihr die Hand auf die Nüstern, um ihre Aufmerksamkeit zu gewinnen, und flüsterte: »Ni'adorna! Nicht so menschlich!« Und sie schnaubte und versuchte brav, nicht so interessiert dreinzuschauen, als ich nun den Packen mit unserer Hausiererware öffnete und alles zur Besichtigung ausbreitete.
Dieser Teil war keine Verstellung – wir mussten uns auf unseren Reisen ja doch irgendwie unseren Lebensunterhalt verdienen. An-

gefangen hatten wir einst mit einer Ladung an Schmuck und Schnitzereien und … was sonst mein Clan so an Handelswaren herstellte. Davon war auch noch etwas übrig, aber nur als Teil einer breiten Palette von Gütern. Das Schwierigste, das hatte ich gelernt, war zu erahnen, was die Leute im nächsten Ort kaufen wollten – und nicht einfach danach zu gehen, was sie dort verkaufen wollten.

Wäre das Teil unseres ursprünglichen Plans gewesen, hätte ich die Leute zum Aussuchen und zum Kaufen gedrängt, aber so trat ich zurück und ließ sie gaffen. Und ich rief mir Eyslas Schilderungen in Erinnerung, um zu sehen, ob ich jemanden von ihren nächsten Verwandten erkennen könnte. Die meisten waren – wie sie – zierlich gebaut und von recht dunklem Typ. Einen Verwandten Eyslas hätte ich bestimmt erkannt, aber ansonsten hätte ich den einen nicht vom anderen unterscheiden können. Dann kam einer zum Tor herein, auf einem kleinen Rappen und mit einer Hand voll Hunde an den Hacken … Sowohl nach Eyslas Beschreibung wie nach dem Verhalten der Leute rings um mich herum wusste ich gleich, dass er der älteste Bruder sein musste, der schon früh die Verantwortung für seinen Clan aufgebürdet bekommen hatte.

Er lud mich zum Abendessen ein – das war nur Höflichkeit. So brachte ich meinen Sturz zur Sprache und mein Ruhebedürfnis, bot ihm Bezahlung an für Kost und Logis. Wir feilschten eine Zeit lang, bis die Gebote der Gastfreundschaft ebenso wie die der Sparsamkeit befriedigt waren. Da winkte er zwei Jungen, meine Sachen hineinzuschaffen, und einem anderen, mein Pferd zu übernehmen. Es war nicht leicht, ihn davon zu überzeugen, dass es bei den anderen Pferden draußen auf den Hügeln gut aufgehoben wäre. Aber schließlich gab er achselzuckend nach. Eysla hatte ja, um den Anschein zu wahren, darauf bestanden, wenigstens einen improvisierten Halfter zu tragen – aber den nahm ich ihr jetzt ab, drehte ihr dann den Kopf Richtung Tor und schickte sie mit einem Klaps auf die Schulter los.

Da meinte Toral, ihr Bruder, der das sehr aufmerksam und mit einem nachdenklichen Lächeln verfolgt hatte: »Dass so ein gut erzogenes Tier dich abgeworfen hat!«

So wenig einladend die Torfbehausungen von außen wirkten, so sauber, ja, elegant waren sie innen. Das Essen war einfach, aber zufriedenstellend. Ich erhielt für die Nacht einen Raum ganz allein für mich. Leider hatte er kein Fenster, und ich bedauerte es sehr, nicht noch vor dem Schlafen hinaussteigen und mit Eysla sprechen zu können.

Ich schlief lange und fest. Und so ohne Tageslicht wusste ich nicht, dass es schon Morgen war, als ich aufwachte. Ich wusste nur, nach dem Wiehern, das ich vernahm, dass irgendwo draußen ein Pferd panische Angst hatte. Dann erkannte ich in diesem Wiehern Eyslas Balgstimme! Da riss ich die Tür auf und rannte Richtung Hof, dass die Kinder, die beim Frühstück saßen, jäh auseinander stoben. Und da sah ich: Toral und ein paar andere Männer, die mit Lassos eine sich bäumende, wild bockende, um Hilfe wiehernde graue Stute niederzuzwingen suchten.

»Schluss!«, rief ich und zog erst den einen, dann den anderen weg. Und Eysla riss sich los und wirbelte herum, während die Lassos noch am Hals hingen. Ich sah in ihren panischen Augen nicht mehr die Spur von einer Frau, von einem Menschen. Da ich nicht wagte, sie bei ihrem Namen zu rufen, schrie ich auf Kaltaoven: »Schwester, wach auf! Ich bin hier!« Da fuhr sie wieder herum, mit mehr Vernunft im Blick, und stand schwer atmend da, ihre Flanken, die hoben und senkten sich. Ich drängte mich zu ihr durch, riss ihr zornig die Seile vom Hals und schrie die Männer an: »Ist das eure Gastfreundschaft? Benehmt ihr euch so zu einem Gast?«

Da kam Toral hinzu und half mir, das letzte Seil abzunehmen. »Ich wollte ihr nichts, als ich sie hereinholte. Sie hat ja sonst nicht so panisch auf ein Lasso reagiert!«

Es brauchte einen Moment, bis ich verstand. Dann versuchte ich, mich dumm zu stellen. »Was meinst du damit?«

»Ich kenne diese Stute. Ich habe sie selbst zugeritten und meiner Schwester zur Hochzeit geschenkt. Wie bist du denn zu dem Tier gekommen?«

Ich suchte krampfhaft nach einer plausiblen Antwort. Aber er schien das nicht zu registrieren.

Er fuhr vielmehr fort: »Wenn ich gewusst hätte, dass Gorliv sie losschlagen wollte, hätte ich ihn bei seinem Besuch gebeten, mir seinen Preis für sie zu nennen.« Nun drehte er sich zu mir um, als ob er sich erst jetzt an meine Anwesenheit erinnerte. »Meine Schwester ist tot, sie ist so jung gestorben! Ihr Mann konnte die Tränen nicht halten, als er mir das sagte. Und ich hatte da nicht das Herz, ihre Mitgift von ihm zurückzufordern, aber den Teil hätte ich wohl verlangt, wenn ich es gewusst hätte.«

»Wie ist sie gestorben?«, fragte ich unschuldig und neugierig zu erfahren, was für eine Geschichte der angeblich trauernde Gorliv ihm aufgetischt hatte.

»Bei der Niederkunft, sie und das Kind …«

Ich fühlte, wie Eysla sich unter meiner Hand bewegte – aber noch ehe ich »Nein!«, schreien konnte, war sie schon aus ihrem Pferdefell geschlüpft und protestierte heftig: »Das ist eine Lüge!«

Toral wurde blass. Ich hörte jemanden über den Hof schreien. Ich betete zu den Göttern meines Volkes, dass von dort etwas käme.

»Das ist eine Lüge!«, wiederholte Eysla. »Nur das Baby starb, aber Gorliv gab mir die Schuld: Ich hätte es verhext! Er hat mich aus dem Haus gejagt und wollte weder ruhen noch rasten, solange er mich nicht getötet hätte!«

Für einen Moment dachte ich, Toral würde vor ihr niederknien – irgendwie wirkte er so, obwohl er aufrecht dastand. »Geist meiner Schwester«, flüsterte er, »weshalb sagst du mir das? Bist du gekommen, Rache für deinen Tod zu fordern?«

Eysla war sprachlos. Dann lachte sie und brach damit den Bann: »Toral, ich bin kein Geist! Er hat mich nicht umgebracht, er glaubte nur, er hätte es. Ich bin es!« Doch als sie die Hand nach ihm ausstreckte, fuhr er zurück, sodass sie mit zitternder Stimme wiederholte: »Toral, ich bin es!«

Doch er schüttelte den Kopf und erwiderte: »Du kamst als graues Pferd zu mir … und so kommt der Tod. Sage mir also, was du willst, oder lasse mich und meine Familie in Frieden. Bitte, wenn denn irgendetwas von Eysla in dir steckt: Lasse uns in Frieden!«

»Ich wollte euch alle wieder sehen«, sprach sie sanft. »Ich wollte sehen, dass es euch gut geht …«

Und dann kam ein Schrei der reinen Freude, der diese Worte der Angst und Pein übertönte, und ein kleines Mädchen kam quer über den Hof geschossen! Toral versuchte noch, es aufzuhalten, aber es war nicht zu halten und warf sich Eysla in die Arme und krähte: »Eysla! Eysla!«

Eysla drückte die Kleine fest an sich und blickte an ihr vorbei zu Toral und fragte: »Siehst du? Ich bin kein Geist, meine Berührung bringt nicht den Tod.«

Da streckte er die Hand aus, berührte ihre Wange, fuhr dann über den Fellumhang – und zog die Finger so jäh zurück, als ob er sie verbrannt hätte. Die schreckerfüllte Ehrfurcht war etwas Gewöhnlicherem gewichen: »Aber Gorliv hatte Recht: Du kannst hexen!«

Sie setzte das Kind ab. »Da noch nicht … Als er mich dessen beschuldigte, da konnte ich es noch nicht. Das Balglied war Ashólis Geschenk, und das kam erst später.«

Für mich hatte niemand mehr Augen gehabt, seit sie in ihrer eigenen Haut vor ihnen stand. Aber nun richteten sich alle Blicke auf mich:

»Du hast meine Schwester verhext«, schrie Toral. Und wenn in seinem Gesicht ihr gegenüber Liebe und Furcht im Widerstreit gelegen hatten, so war jetzt von einem solchen Kampf nichts mehr zu sehen.

Und was konnte man dazu sagen? In gewissem Sinn hatte er ja Recht. Doch irgendwie schien mir ein ›Sie wollte es ja‹ eine schwache Verteidigung. Also rief ich, in Kaltaoven, Eysla zu: »Wir müssen verschwinden!«

Aber kaum hatte ich das gesagt, als Toral mich packte, mir mit der Hand den Mund schloss und fauchte: »Keine Hexereien mehr!«

Leider beherrschte ich es noch nicht, mich, so wie Laaki, zu verwandeln, ohne mein Balglied laut herzusagen … Ich konnte es wohl ab und an, aber offenbar nie, wenn ich es am meisten brauchte. Also kämpfte ich gegen Torals Griff an und hoffte, dass Eysla mir zu Hilfe käme. Aber sie schien erstarrt. Dafür bekam aber Toral jetzt Hilfe: Es kamen doch einige Männer, die das Ganze verfolgt hatten, mit Seilen und Lumpen herbei und banden und

knebelten mich. Wenigstens nahmen sie mir meinen Fellumhang nicht ab – vielleicht, weil sie nicht genug davon verstanden, vielleicht aber auch, weil sie mich für genügend gebändigt hielten. Jedenfalls schleiften sie mich nun in die Haupthalle des größten Erdhauses hier, scheuchten die Leute, die da arbeiteten, beiseite und warfen mich in einen Sessel. Und dann setzte Toral mir, vor Eyslas Augen, sein Messer an die Kehle und löste meinen Knebel.
»Keine fremdartigen Laute, keine Lügen, keine Hexerei mehr«, warnte er mich.
Ich versuchte zu nicken, ohne mich selbst zu schneiden.
»Kannst du diesen Fluch von meiner Schwester nehmen?«, fragte er.
»Das ist kein Fluch«, erwiderte ich mit belegter Stimme. Ich fühlte, wie er die Hand fester ums Heft des Messers schloss. »Und keine Lüge!«, versicherte ich hastig. »Sie beherrscht es selbst ... ich gab ihr nur die Mittel dazu.«
»Das ist wahr«, bekräftigte Eysla. Würde er auf sie hören? »Ich bat sie, Sunnas Fell für mich zu besprechen, damit ich es tragen könnte. Mir hat sie nie etwas getan!«
»Wie erklärst du dir dann den Vorfall im Hof? Warst du noch Herrin deiner selbst? Das war nicht meine Schwester, sondern ein wildes Tier! Eysla, was ist aus dir geworden?«
Sie schüttelte betrübt den Kopf. »Das bin immer noch ich!«
Da sah er uns an, erst sie, dann mich. Ein Murmeln ging um – zu dumpf die Laute und zu fremd für mich, als dass ich ihnen hätte folgen können. Dann nickte Toral einem der Männer zu, mich wieder zu knebeln, und nahm dann wieder das Messer von meiner Kehle. Fordernd hielt er Eysla die Hand hin: »Gib mir das Hexenfell!«
Sie zog es nur fester um sich. »Warum?«
»Ich will es verbrennen, dann bist du frei und erlöst davon. Ich lasse nicht zu, dass du dieses Hexenwerk herbringst!«
»Nein!«, rief Eysla. Doch das klang mehr nach einem Flehen als nach einer Weigerung.
Da legte er verdutzt den Kopf schief und fragte: »Eysla, warum bist du nach Hause gekommen?«

»Ich wollte euch wieder sehen, sehen, dass alles wohlauf ist«, erwiderte sie, aber ich hörte ihre Stimme dabei zittern.
Nach einer ganzen Weile … öffnete Toral ihr die Arme. Und sie warf sich hinein, und die Tränen rannen ihr übers Gesicht, wenn ihr auch nicht ein Schluchzer über die Lippen kam.
»Willst du bleiben?«, fragte er. »Keine Heirat, kein Gorliv, alles so, wie es einmal war?«
»Ich … ich weiß nicht«, antwortete sie.
»Bleib. Bleib wenigstens eine Weile … du brauchst das jetzt nicht. Du brauchst jetzt überhaupt nichts zu entscheiden.«
Und während er zu ihr sprach, zog er ihr langsam den Umhang von den Schultern und nahm ihn auf, legte ihn sich über den Arm, vor ihren Augen, in Reichweite ihrer Hand. Erst als sie nickte, drehte er sich um und brachte ihn aus dem Raum. Das war meisterhaft – kein Wunder, dass er so gut erzogene Pferde hatte.
Als er mit leeren Händen zurückkam, trat er zu mir, um sich mit mir zu befassen. Eysla stand mir jetzt fest zur Seite – doch wie lang das anhalten würde, wusste ich natürlich nicht. Sie nahm ihm das Versprechen ab, mir nichts zuleide zu tun. Aber gehen lassen, das wollte er mich auch nicht – nicht, ehe sie sich entschieden hätte. So brachte man mich in die Kammer zurück, in der ich geschlafen hatte … verriegelte aber diesmal die Tür hinter mir.

Allein in meinem Raum, konzentrierte ich mich ganz auf mein Balglied, und nach dem dritten oder vierten Versuch schaffte ich es, meinen Balg über- und meine Bande abzustreifen. Was eine Frau hält, ist nur ihre Unentschlossenheit! Aber da war immer noch die Kammer – ohne ein Fenster, durch das ich mich hätte quetschen können, oder Freiraum unter der Tür, der für etwas anderes als eine Maus gereicht hätte, oder irgendeine Art von Versteck.
Eine Maus. Vielleicht war das ja einen Versuch wert! Eyslas Familie hielt ihr Haus peinlich sauber, aber eine Küche ohne eine Maus irgendwo, das gibt es einfach nicht. Laaki hatte mich gelehrt, Tiere zu rufen. Es war eine Fähigkeit, die sie nicht gern nutzte – aber wenn es einen Zeitpunkt gab, der es rechtfertigte, dann der! So

wechselte ich noch einmal meinen Balg und fiepte – leise, dass nur der Appell, nicht der Laut durch die Tür drang. Minuten später kam schon eine daher und quetschte sich durch den Spalt, schnüffelte nach Fressbarem. Behutsam, um sie nicht zu erschrecken, stimmte ich denn mein Balglied an. Und dann schlug ich zu.

Es war schon seltsam, das Todeslied für Schädlinge zu singen – und sei es auch nur einen Vers pro forma –, aber ohne das wäre es noch seltsamer gewesen. Und weil man mir mein Messer genommen hatte, musste ich das Biest auch noch mit Nägeln und Zähnen häuten. Dann folgte noch die mühsame Suche nach einem Balglied für eine Maus. Es war nicht leicht, eins zu finden, aber die Furcht schärft den Verstand, und Laaki hatte immer gesagt, ich sei fixer als die meisten. Wenn ich normal einen Mäusebalg hätte tragen wollen – was für eine Idee! –, hätte ich genügend Felle für einen ganzen Umhang zusammengebracht. Aber für diesen Zweck reichte ein Einziges. Das Schwierigste dabei war, mein Katzenfell darunter zu nehmen.

All das hatte mehrere Stunden in Anspruch genommen, und ich streckte gerade die Nase unter der Tür durch, um zu prüfen, ob die Luft rein sei, als sich rasche Schritte näherten und mit ihnen das Geklapper von Geschirr und Essensgeruch. Kaum war ich in die finsterste Ecke meiner Kammer geflüchtet, als die Tür auch schon sperrangelweit aufflog. Dann ein Keuchen, ein Schrei – Krug und Teller krachten auf den Boden, und die Tür knallte wieder zu. Da huschte ich flugs darunter weg und machte mich auf die Suche nach Eysla. Aber das Haus, das war voller Gelaufe und Geschrei, und meine Glieder taten mir auch in Mausgestalt noch so weh, dass ich langsam machen musste. So schien es mir am Ende denn sicherer, mir eine dunkle Ecke zu suchen und dort die Nacht abzuwarten.

Im Schutz der Dunkelheit kletterte ich als Katze schließlich auf die Rasendächer, horchte an Türen und Fenstern nach irgendeinem Hinweis auf Eyslas Verbleib. Endlich vernahm ich mit gespitzten Ohren aus einem schmalen, vergitterten Fenster, tief unterm Dachvorsprung ihr Atemgeräusch – und auch einen Schluchzer dann und wann. Sie war allein. Die Tür gegenüber dem Fenster war geschlossen – und wohl auch verriegelt. Ich hatte solche Mühe, mich durch das Gitter zu zwängen, dass ich schloss, jede Größe über der einer Katze sei in Not und Krise recht unpraktisch. Als ich auf den Boden plumpste, sah Eysla auf und legte auch gleich warnend den Finger auf die Lippen, als ich den Katzenbalg abwarf ... Ich blickte zur Tür, und da nickte sie. So beugte ich mich über sie und flüsterte: »Sag nur ein Wort, und ich gehe.«

Sie schüttelte den Kopf und hielt mich fest – nun erst wurde mir offenbar, wie sehr ich mich vor ihrer Antwort gefürchtet hatte. Und sie erwiderte flüsternd: »Ich will mein Fell.«

Ich zeigte zum Fenster. Sie nickte mit fragendem Blick. Das Problem war jetzt: Wovor hätte sie weniger Angst – davor, in eine Maus verwandelt zu werden, oder davor, unter mein Fell kommen zu müssen? Vor Ersterem, dachte ich. Aber als ich das pfenniggroße Pelzchen herausholte, musste sie doch ein Lachen unterdrücken. Doch ich legte es ihr auf den Kopf und sprach die Worte des Balglieds. Und als sie verwandelt war, hob ich sie durchs Gitter, nahm Katzengestalt an und folgte ihr also nach. Als ich sie mit meinen Schnurrhaaren berührte, spürte ich, wie sie vor Furcht am ganzen Leib zitterte. Gehe nicht aus dir ... bleibe du, dachte ich. Wenn je die körperlichen Instinkte mit Geist und Seele im Widerstreit lagen, dann da! Ich nahm sie also sanft beim Genick und sprang mit ihr aufs Dach hinauf, vom Dach zum Wall und vom Wall aus dem Geviert und ins freie Feld hinaus.

Als ich uns in sicherem Abstand glaubte, setzte ich sie ins Gras und gab uns beiden unsere richtige Gestalt wieder. Und sie nahm meine Hand und hielt sie fest, als ob es ums Leben ginge. »Ashóli, bist du verletzt? Hat er ...«

Ich drückte ihre Hand. »Oh, mir geht es gut. Weißt du, wo er dein Fell hingetan hat? Mit ein wenig Glück können wir heute Nacht noch weg sein.«

»Ashóli, warte«, versetzte Eysla. Sie schien mit irgendetwas zu ringen. »Ich will nicht fort. Ich will nur mein Fell.«

Da entzog ich ihr meine Hand. »Wozu? Damit er es dir wieder wegnehmen kann? Er braucht nur die Hand auszustrecken, und schon gibst du ihm, was er verlangt.«

»Ich dachte, er würde dich sonst töten.«
Ich verfolgte diesen Gedanken weiter. »Du meinst, es wäre anders, wenn ich nicht hier wäre?«
»Vielleicht. Ich weiß es nicht. Aber ich möchte dich ja auch nicht verlieren.«
Jetzt war ich drauf und dran, die Geduld zu verlieren. »Nun entschließe dich! Du kannst eine Kaltaoven sein oder deine Familie haben. Aber nicht beides. Du musst wählen.«
»Du musst diese Wahl nicht treffen«, versetzte sie bitter.
Mir schien, sie stellte sich dumm. »Willst du, dass ich dir zu deinem Balg verhelfe, oder willst du, dass ich jetzt gehe und nie zurückkehre?«
»Ashóli, du darfst nicht ...«
»Was darf ich nicht?«
Ihr Gesicht verschloss sich wie mit Läden. »Ashóli, hilfst du mir, mein Fell zurückzuholen?«
Wieder ein Gefühl der Erleichterung, aber ungewisser jetzt. Ich nickte.
Da kauerte sie sich nieder, scharrte ein Stück Erde frei und ritzte im Schein des Mondes eine Art Plan darauf. »Toral muss es in seinem Zimmer haben. Das wäre hier.« Damit ritzte sie den Grundriss des Haupthauses ein. »In der Truhe neben seinem Bett bewahrt er Wertsachen auf. Dort könnte es also sein.«
»Abgeschlossen?«
»Normalerweise nicht, aber heute Nacht ... wer weiß? Er weiß ja nicht, womit er rechnen muss.«
»Hat die Kammer Fenster ... und sei es ein vergittertes, wie deine?«
Sie dachte kurz nach. »Ja, ich glaube schon. Es liegt an der Außenwand, wenigstens das. Und das wäre hier.«
»Dann gehen wir genauso hinein, wie wir herauskamen«, sagte ich und hielt das Mausfell hoch.
»Aber noch eins ...«, erwiderte Eysla zögernd.
Ich musterte wieder ihre Karte, fragte mich, wo das Problem denn läge. »Ja?«
»Muss ich denn in deinem Maul mitkommen?«

Ich lachte. »Jetzt weißt du auch, warum wir nicht jeden Balg besingen! Es wäre übel, wenn man aus Versehen seinesgleichen verschluckte. Nein, es gibt schon eine andere Möglichkeit.« Damit erklärte ich ihr, dass ich sie in meinem Balg mitnehmen könnte: Sie passiv, ohne Sinneswahrnehmungen noch dem Willen sich zu bewegen, nur mit meinem Geist zur Gesellschaft.
Ich muss sagen, die Vorstellung erschütterte sie etwas – aber dann entschied sie sich doch für diesen Weg (»Lieber das als das andere!«). Ich fühlte ihre anfängliche Angst genau, aber als ich zu ihr sprach, ihr einen Anker, einen Halt im Leeren gab, kam Ruhe über sie, Ruhe und Gelassenheit. Und als ich durchs hohe Gras zum Hof zurückschlich, versuchte ich, ihr so viel von meinen Sinneseindrücken einzugeben, dass sie abgelenkt wäre.
Genau so ist es, sagte sie bald.
Was?
Wenn Sunna ihr Fell mit mir teilt ... wird mir genau so. Nur dass dann mehr von mir und weniger von ihr da ist. Dabei ist sie nur ein Tier, mit dem Verstand eines Tieres. Sie spricht zu mir nur in der Art eines Pferdes, aber sie spricht.
Darüber dachte ich den Rest meines Parcours nach. War es nur das, dass sie die Dinge so sah? Oder war das Balgtragen für sie doch etwas anderes als für mich oder die, die es mich gelehrt hatte?

Da war ein Fenster, richtig verglast, nicht bloß vergittert. Der Riegel war auf der Innenseite, jedoch, welch ein Wunder, nicht herumgedreht, nur geschlossen. Da hakte ich ein paar Krallen in den Rahmen, zog ihn heraus – überzeugt, dass sogar menschliche Ohren das Geräusch, das ich dabei machte, hören mussten. Aber es war niemand in der Kammer. Zu schön, um wahr zu sein, schien mir das. Wir schlüpften hinein, entledigten uns alle beide des Katzenfells. Der Umhang lag in der Truhe, die wirklich unverschlossen war. Als Eysla sich ihn um die Schultern warf, ging sichtlich ein Freudenschauder durch sie hindurch: Sie war eine Kaltaoven, ganz ohne Zweifel! Und ich trat zu ihr, um sie wieder unters Katzenfell zu nehmen – da öffnete sich die Tür.
Toral, denn der war es, musterte uns eine Weile scharf, aber so gar

nicht erstaunt. »Ich ließ das Haus rundum überwachen. Keine Ameise käme herein, ohne dass ich davon erführe! Also, Eysla, da habe ich wohl meine Antwort, ja?«
»Nein, die hast du nicht«, begann sie unverblümt.
Ich vergeudete keine Zeit mit dem Versuch zu klären, was sie gemeint hatte, sondern warf den Umhang ohne Warnung über sie und sprang dann durchs offene Fenster, ehe er uns aufhalten konnte. Hinter mir erklang ein Schrei. Er wurde aber von dem in mir übertönt: Ashóli, lass mich heraus! – und das war kein Schrei der Panik und Platzangst, sondern des wütenden Zorns. Seine Kraft warf mich fast um, und so entließ ich, taumelnd, uns beide aus dem Balg, nur um dieser Wut zu entgehen.
Schon umringten Torals Männer uns. Er selbst war den langen Weg ums Haus gekommen und näherte sich nun. »Warum?«, fragte er, als er in einiger Entfernung anhielt und seinen Männern bedeutete, dasselbe zu tun. »Ihr hättet schlicht das Weite suchen können ... warum?«
»Wie kannst du es wagen!«, rief sie mit flammendem Blick, mit demselben Zorn wie bei mir. »Wie kannst du es wagen, mir mit deinem ›Nun entscheide dich!‹ mein Leben zu rauben! Tag oder Nacht, Milch oder Wasser, Rot oder Blau, meine Familie oder meinen Balg! Verstehst du? Sie sind beide ein Teil von mir. Ich kann mich nicht einfach ›entscheiden‹, eines aufzugeben. Du kannst mir mein Fell stehlen, es vernichten, aber es wird weiter ein Teil von mir sein. Und du«, damit wandte sie sich an mich, »für dich ist alles so simpel, wenn alle Balgträger deinem Clan angehören und wenn alle Mitglieder deines Clans Balgträger sind. Aber ich spreche deine Sprache, singe deine Lieder und trage dein Geschenk und werde doch nie eine von euch. Du kannst mir nichts bieten, was mir meine Familie ersetzen würde.«
Nichts?, dachte ich. Du hast ja noch nicht alles erwogen, was ich dir angeboten habe.
Nun wandte sie sich an uns beide: »Nein, ich akzeptiere eure Alternativen nicht ... ich wähle keine von beiden. Ich will nicht fortgehen und wieder ›tot‹ werden. Und ich verzichte nicht auf meinen Balg. Lass mir eine andere Wahl!«

Nun waltete da eine lange, schwere Stille. Nicht eigentlich Stille, denn aus den Häusern ringsum, aus denen man uns aus jedem Fenster, jeder Luke und jeder Tür beobachtete, kam ein dumpfes Rumoren und Gemurmel. Da beschloss ich, als Erste zu antworten, um zu beweisen ... ich war mir nicht sicher, was.
»Eysla?«, begann ich, und sie drehte sich zögernd zu mir her. »Eysla, ich war dir ... fürchte ich ... etwas weniger als eine Lehrerin, aber ... hoffentlich ... etwas mehr als eine Freundin. Wenn du meinst, ich könnte dich noch mehr lehren, würde ich diese Chance gern nutzen. Und dich als Freundin zu verlieren, bräche mir das Herz. Aber ich kann nicht unter Menschen leben, die mich hassen und fürchten. Das ist nicht deine Entscheidung, sondern meine.«
Sie drehte sich zu ihrem Bruder um.
Und der breitete hilflos die Arme. »Ich wollte immer nur das Beste für dich! Wo hättest du denn andere Alternativen haben können?«
Sie schüttelte den Kopf. »Welche Wahl hatte ich bei Gorliv? Ihn nicht zu heiraten und auf deinen nächsten Kandidaten zu warten? Welche Wahl hatte ich, als er mich bezichtigte, mein Kind getötet zu haben? Aufzugeben und zu sterben? Lass mir diesmal eine bessere Wahl!«
»Eysla, das betrifft ja nicht nur mich. Ich muss dabei an die ganze Familie denken.«
»Du warst ja bisher so frei, für sie zu sprechen«, sagte sie mit unverändert steinernem Gesicht. »Warum zögerst du nun?«
Er blickte im zuckenden Schein der Fackeln gehetzt um sich – jetzt wirkte er wie ein Tier in der Falle. »Was erwartest du von mir? Dass ich dir sage, komm und geh, wie es dir beliebt und in welcher Gestalt und welcher Gesellschaft auch immer? Ich bin für diesen Ort und diese Menschen verantwortlich ... und darf sie nicht dir oder irgendjemand sonst überlassen.«
»Traust du mir so wenig?«, fragte sie, das Gesicht vielleicht etwas weicher – oder gaukelte das Licht mir das vor? »Nein, das erwarte ich nicht. Nur, dass du mir eine Wahl lässt, mit der wir beide leben können.«

Toral sammelte sich und verschränkte die Arme. »Höre mein Angebot: Du magst hier leben, unter meiner Herrschaft und an meinem Tisch, aber du gibst die Hexerei auf. Oder du siehst nach dir selbst und kommst, wie jede andere Verwandte, zu Besuch, wie es dir beliebt, aber nur in deiner natürlichen Gestalt.« Mit einem Blick zu mir fügte er hinzu: »Und das gilt auch für deine Gefährtin. Geht das als Angebot?«

»Für den Moment«, erwiderte sie, drehte sich zu mir um und nahm mich bei der Hand. Da bemerkte ich, dass ich zitterte ... aus Erleichterung oder wegen der körperlichen Schmerzen, die ich den ganzen Tag verdrängt hatte? Ich weiß es nicht, aber auch Eysla fühlte es, und sie sagte zu Toral: »Und weil wir beide ja zurzeit unsere eigene Gestalt haben, sind wir doch wohl willkommen, oder nicht?«

»Eysla, nein«, sagte ich sacht. »Ich möchte nicht ...«

»Schschtt!«, fiel sie mir ins Wort, »du bist ja nicht in der Verfassung, heute Nacht weiterzuziehen ... Vielleicht morgen noch nicht einmal. Also, Bruder?«

Er schien nicht glücklich darüber, willigte aber schließlich achselzuckend ein und wies aufs Haus zurück.

»Ich habe nur eine Bitte«, sagte ich zu Eysla und flüsterte ihr ins Ohr.

Der Mond schien hell durchs Fenster der Kammer, die man uns gegeben hatte. Ein großes Fenster. Eines, das sich öffnen ließ. Ich gähnte und sagte: »Vielleicht sind ein paar Tage hier ja gar nicht so verkehrt.«

Aber da wir uns in dem großen Wandbett aneinander kuschelten, um uns gegenseitig zu wärmen, fasste Eysla mich am Genick und erwiderte: »Aber nicht zu viele! Ich fange schon an, deinen Balg zu vermissen!«

CATH MCBRIDE

Hier geht es um eine Frage, die Drachengeschichten ja selten ansprechen: Wie fühlt sich das Opfer des Drachen? Cath sagt, das sei ihr erster belletristischer Text, sonst habe sie nur haufenweise »öde Regierungsberichte« publiziert.
Cath hat das vergangene Jahrzehnt im Auftrag der kanadischen Regierung gearbeitet, Projekte wie die Einrichtung des Nunavut-Territoriums in der Ostarktis betreut. Sie wohnt in den Northwest Territories, und das mit einer Katze, die »den Flug nach Norden noch nicht vergessen oder verziehen« hat, und einem Hund namens Rabe. Früher sei sie geritten, aber Pferde lebten ja nicht gern nördlich der Baumgrenze, und wie man einem Rentier Zaumzeug anlege, das wisse sie … noch … nicht. – MZB

CATH MCBRIDE

Ein letzter Drache, ein letztes Mal

Prinzessin Glydia seufzte, blies sich die ergrauten Strähnen aus den Augen und wand sich, um bequemer stehen zu können. Ihre Nase juckte schrecklich, doch sie konnte nichts dagegen tun – dazu saß das Seil, das sie an den Pfahl vor der Drachenhöhle band, viel zu stramm.

Also wirklich, das war doch zu lächerlich – eine Prinzessin mittleren Alters, die darauf wartete, von ihrem eigenen Sohn aus den Klauen eines Drachen befreit zu werden ... Das Ganze war so klischeehaft, dass niemand im ganzen Land sich mehr so recht darum scherte. Selbst die jungen Männer murrten schon, was sie an Geld und Zeit verschwendeten, wenn sie da hügelan stürmten, um eine Prinzessin zu retten, die auch ihre Mutter hätte sein können ... vor allem, wo doch keine der örtlichen jungen Schönheiten zur Hand war, ihre heldenhaften Taten zu bewundern.

Aber Tradition war Tradition, und die gebot, dass jeder Ritter, Herzog und Prinz des Königreichs eine Prinzessin aus der Gewalt eines Drachen zu befreien hatte – sozusagen als »Übergangsritus«, oder einfacher gesagt: Um ein Mann zu werden. Was kümmerte es da, dass die Ritter, Herzöge und Prinzen in anderen Königreichen auch ohne den Kampf gegen einen Drachen zu Männern werden konnten. Was kümmerte es da, dass sie und ihre Schwester – die letzten Prinzessinnen des Königreichs – nur Söhne geboren hatten. Die Tradition verlangte eben eine Prinzessin, und damit schied ihre Schwester aus, die inzwischen Königin geworden war.

So stand Glydia nun, mit juckender Nase, die grauen Haare in den Augen, an einen Pfahl gebunden und wünschte sich viel mehr, vor diesem Brauch bewahrt zu werden – als vor dem Drachen. Das ist hier der letzte Drache, schwor sie sich. Das ist das letzte Mal, dass ich mich als sein Köder so gefesselt in die Sonnenglut stellen lasse, wie ein Spanferkel am Spieß! Das ist das letzte Mal, dass ich die Demütigung, mir nicht einmal die Nase kratzen zu können, auf mich nehme!

»Lass mich dir helfen!«

Glydia spürte, wie sie behutsam, Knoten um Knoten, von ihrem Pfahl losgebunden wurde.

»Kein Grund, es unbequem zu haben, während wir auf das Ende dieser Sache warten!«

Glydia kratzte sich erleichtert die Nase, ordnete ihr langes graues Haar, damit es ihr nicht mehr in die Augen hing, und drehte sich dann zu der Drachin um, die da hinter ihr stand. »Danke, alte Freundin. Verzeih, dass ich dir das zumute, aber du weißt ja, wie das ist.«

Kzorn schnaubte, dass ihr der Rauch aus den Nüstern trat. »Wir sind ja beide Opfer unserer Traditionen. Eure jungen Männer müssen Prinzessinnen retten und unsere jungen Drachen gegen Prinzen kämpfen, bevor sie jeweils ihren Platz in der Welt einnehmen können. Wir können nicht gegen diese Tradition an, aber wir können es uns wenigstens bequem machen, wenn unsere Söhne gegeneinander kämpfen.«

Glydia lächelte ihrer Freundin zu und setzte sich behutsam auf die Rasenbank am Höhleneingang. Ihre Gelenke waren steif von der morgenlangen Steherei in Fesseln an diesem Pfahl. Wirklich, sie wurde langsam zu alt für derlei Unsinn.

Als sie einmal saß, lud sie die Drachin ein, sich zu ihr zu gesellen. »Von hier aus haben wir eine bessere Sicht auf das Duell unserer Sprösslinge!«

Kzorn hatte sich kaum gesetzt, ihren langen Schweif anmutig um Glydis' ausgebreitete Röcke gelegt, als sich etwas unterhalb von ihnen eine vorwurfsvolle Stimme vernehmen ließ:

»Mutter! Du machst aber auch alles falsch! Du solltest doch am Pfahl bleiben, bis ich komme und dich losbinde!«

»Mach dir nichts draus, Robert«, rief Glydis zu ihrem Jungen hinab, der sich da in voller Rüstung den Hang heraufkämpfte. »Auf deinen Kampf kommt es an, nicht darauf, dass ich dort in Fesseln am Pfahl stehe. Wirklich, genau betrachtet müsste ich eigentlich überhaupt nicht hier sein.«

Da klomm er weiter den Hang hinauf und maulte dabei über seine blöde, schwere Rüstung, den blöden, steilen Hügel und seine blöde Mutter, die sich einfach nicht wie eine blöde richtige Prinzessin verhalte. Als er endlich bei ihnen oben angelangt war, ließ er sein Raunzen sein, stellte sich vor den Eingang der Höhle und rief die traditionelle Herausforderung: »Komm heraus, Drache. Ich kämpfe für die Ehre der schönen Prinzessin Glydia. Lass sie sofort frei oder du stirbst durch mein Schwert!«

Da erscholl aus der Höhle ein Gebrüll, das den Boden erbeben und eine Geröllawine abgehen ließ. Robert fasste seine Klinge fester, und schon stürzte ein junger grüner Drache ins helle Sonnenlicht heraus: Eine schöne, kämpferische Figur, die nur leider durch die Rauchwolke, die er dazu ausstieß, ein wenig verhunzt wurde.

»Er ist zu deiner Rechten, Sohn«, rief Kzorn, die Augen hoch über dem Rauch. »Pass auf, wohin du fauchst, sonst nebelst du ihn ein!«

»Und versuch, auf seiner Linken zu bleiben!«, fügte Glydia an, als Robert zum ersten Stoß, zur ersten Attacke die Waffe hob. »Er zieht bei Abwärtshieben etwas nach rechts und macht so seine Deckung auf!«

Robert senkte sein Schwert, hob sein Visier und funkelte die Frau an, die da von der Rasenbank aus Ratschläge gab: »Echt, Mutter, du solltest doch auf meiner Seite sein!«

»Liebster, ein kleiner Rat hat noch keinem geschadet,« rief Glydia ungerührt. »Und pass auf, hüte dich vor seinen Klauen! Ich kann dir dieses Jahr keine neue Rüstung zahlen, wo doch dein Bruder so fix aus seiner herauswächst, wie man sie ihm nur anpassen kann!«

Der junge Drache rollte bereits ungeduldig die Augen. »Wenn ihr Damen zu Ende kämt ... wir müssen noch einen wichtigen Kampf über die Bühne bringen!«

Kzorn winkte ihrem Sohn zu. »Kümmere dich nicht um uns, mein Liebling. Tu einfach so, als ob wir gar nicht da wären, und fahr fort mit deinem Kampf.«

»Fangen wir wieder an?«, fragte Robert seinen Gegner und hob, auf das Nicken des jungen Drachen, sein Schwert und ging auf ihn los.
Und die beiden Damen auf dem Hügel verfolgten interessiert den Fortgang des Treffens.
»Dein Sohn ist recht gut«, sagte Glydia zu ihrer Gefährtin.
»Doch, er hat zwar nicht die Finesse seines Vaters, aber er kommt zurecht«, erwiderte die Drachin da stolz. »Dennoch, dein Sohn wird wohl den Sieg davontragen!«
»Hättest du nicht Lust, darauf eine Kleinigkeit zu wetten? Ich setze einen jungen Ochsen darauf, dass dein Sohn meinen zwingt, sich zu ergeben.«
Da grinste Kzorn aber so, dass ihre spitzen Zähne im Schein der Nachmittagssonne nur so blitzten. »Doch, sehr. Ich habe zwei Goldkronen, die sagen, Jungrobert sei der bessere Kämpfer!«
Da schlugen sie ein und waren dann wieder ganz Auge für den Kampf, kommentierten untereinander ruhig all diese Attacken, Ausweichmanöver und Paraden, die die zwei Kämpfer zeigten, und schrien ihnen gelegentlich auch aufmunternd zu.
Als der Kampf seinem Ende zuging, meinte Glydia froh: »Weißt du, von hier oben ist die Sicht ja wirklich viel besser. Ich habe diese Veranstaltung nie so genießen können, wenn ich da unten war, so an den Pfahl gebunden.«
»Hmm. Da hast du Recht! Als mein ältester Sohn diesen Kampf hatte, hielt ich mich an Tradition und Brauch und blieb in der Höhle. Und er stieß so viel Rauch aus, dass ich kaum etwas gesehen habe. Wir hätten das wirklich schon lange so machen sollen!«
Glydia nickte beifällig. »Nur so kann man den Kampf genießen und …« Ein Schrei von da unten hatte sie unterbrochen. »Nun sieh dir das an! Ich hab dir's ja gesagt: Dein Sohn gewinnt …, er hat Robert festgenagelt und hockt auf seinen Beinen.«
Kzorn erhob sich und bot Glydia höflich eine Kralle, um ihr aufzuhelfen. »Sehr schön. Dann gehe ich mal, die zwei Kronen holen. Die kleine Wette hat dem Tag doch etwas Pep gegeben.«
»Nicht schlecht, Kinder«, rief sie den Hang hinab, während Glydia

sich etwas Gras vom Kleid bürstete. »Sehr unterhaltsam, wenn auch eure Technik noch etwas grob ist. Aber mit mehr Praxis könntet ihr beides eines Tages eine schöne Schau machen.«
Bei diesem Wort sah Glydia jäh auf. »Das ist es! Warum keine Show daraus machen, was? Die Jungs hier maulen, seit wir dem Sieger keine Prinzessin mehr verehren können, sie übten und sie kämpften für nichts und wieder nichts. Aber wenn wir das Ganze in die Arena dort drunten verlegen und zum jährlichen Wettkampf machen, hätten sie Grund genug, dabei zu bleiben.«
Nachdenklich verfolgte die Drachin, wie ihr Sohn dem jungen Prinzen auf die Füße half – und beide bereits die Feinheiten des Kampfes erörterten. »Da könntest du nicht Unrecht haben. Ich weiß, dass die Jugend das gemeinhin als Zeitverschwendung ansieht. Aber wenn wir einen Preis aus Gold aussetzen, könnte das ihr Interesse wieder wecken. Und so ein paar Wetten nebenher würden auch noch Publikum anlocken. Ja, wen gehen wir zuerst an, deinen König oder meinen?«
»Oh, Roberts Onkel wird ein offenes Ohr dafür haben. Er fand es ja gar nicht gut, als er mich zu meiner Zeit an den Pfahl binden musste, und ist über den Mangel an Prinzessinnen, ganz allgemein, recht besorgt. Beginnen wir also bei ihm.«
Glydia grinste übers ganze Gesicht, als sie sich mit ihrer Freundin zu ihren Söhnen gesellte. Sie konnte die Tradition nicht bekämpfen, aber vielleicht ja in andere Wege leiten … Wenn ihr das gelänge, wäre dies das letzte Mal gewesen, dass hier eine Prinzessin einem Drachen als Köder gedient hatte.

DEVON MONK

Devon erzählt, diese Story basiere auf einem lebhaften Traum ihrer Schwester – und sie danke ihr sehr dafür, dass sie ihn mit ihr (und indirekt mit uns allen) teile.
Sie beschreibt sich selbst als das »Alphaweibchen in einem Vier-Generationen-Haushalt«. (Unser Alphaweibchen sagt: »Das klingt nach viel schwerer Arbeit!«) Und sie möge ihren Hund, erzählt sie weiter, aber ihre Lieblingshaustiere seien immer die Eidechsen gewesen. Sie zählt auch zu den AutorInnen, die erst in Marion Zimmer Bradley's Fantasy Magazine *und dann in den* Magischen Geschichten *vertreten waren. – MZB*

DEVON MONK

Unter ihren Fittichen

Er weinte wieder. Molie fühlte, wie seine Tränen das grobe Tuch ihrer Robe nässten. Sie wusste, mochte er auch, langsam und schwer atmend, ins Kaminfeuer starren: Thälin der Große weinte. Sie glättete ihm mit knochiger, gebrechlicher Hand das ungebärdige Haar, ließ ihn, wie so oft schon, den Kopf auf ihre Knie betten.

Dutzende von Jahren waren seit dem Tag ins Land gegangen, da sie ihn mit der Liebe einer Mutter und den Prinzipien einer Magierin zu sich geholt hatte. Sie war keine junge Zauberin voller magischer Kräfte mehr, aber ihre Visionen, das wusste sie, waren noch immer wahr. An diesem Abend, noch vor Einbruch der Nacht, würde Thälin sterben.

»Dein Met, Thälin«, sagte sie sanft.

»Warum?«, fragte er. Sie wartete noch, wusste sie doch, dass er nicht vom Trinken sprach. »Seit zehn Jahren kämpfen wir nun schon gegeneinander. Ist denn in dieser Welt nicht Platz für alle? Habgier und Misstrauen, die haben nur die Erde mit Blut getränkt.«

»Das Töten hat auch viele Leben gerettet«, versetzte Molie. »Würdest du dein Volk schutzlos lassen, dem Tod anheim?«

Thälin überlegte für einen Moment, ehe er ruhig erwiderte: »Nein. Aber: Was gegeben ist, muss genommen werden.«

»Du zitierst aus den Prinzipien?«, fragte Molie, ein kleines, stolzes Lächeln auf den Lippen. Er war ein eifriger Student der magischen Künste gewesen, hatte aber immer auch den Sinn für Höheres gehabt. »Glaubst du wirklich, diese Wesen würden gerne unter uns wandeln, Thälin?«

»Vielleicht. Wenn sie mit unserer Lebensart vertraut wären«, meinte er und drehte leicht den Kopf. »Vielleicht, wenn wir uns mit der ihrigen vertraut machen wollten.«

Molie hörte aus seiner Stimme das Sehnen eines Kindes heraus – eines Kindes, das da, mit ausgebreiteten Armen und gen Himmel gerichteten Augen, durch die Wiesen und Felder gelaufen war. Für einen Moment wünschte sie sich, sie hätte ihm diese Tage der Kindheit wiedergeben können.
Ein Klopfen an der Tür riss sie aus ihren Gedanken.
Thälin erhob sich, anmutig sogar in der Rüstung. Er kehrte Molie in ihrem Stuhl den Rücken und wischte sich, während er seine widerspenstigen Haare zurückstrich, mit dem Handrücken verstohlen die Augen aus.
»Herein«, rief er dann.
Die Tür ging auf, und auf der Schwelle stand Bauer Nagil, in schlichtem Braun. »Da ist wieder eins«, meldete er, verlegen mit den staubigen Stiefeln scharrend. »Größer. Es ist in der Halbmondwiese gelandet.«
Thälin nickte: »Ich kümmere mich darum.«
Aber Molie sah, wie seine Schultern sich strafften und sein Rücken sich versteifte, als ob sein ganzer Leib seine Worte Lügen strafte.
Nagil nickte und entfernte sich.
Thälin drehte sich um: »Auf, unsere Ehre gegen diese Monster verteidigen!«, sagte er, hob seinen Helm auf und klemmte ihn unter den Arm. In der Tür machte er noch kehrt und schenkte ihr ein weiches Lächeln.
Und in seinen Augen sah sie den Schmerz des Kindes.
Sie wartete, bis sie Thälin weit genug weg wusste, holte dann ihren besten Umhang aus der Truhe beim Kamin, legte ihn sich um die dünnen Schultern und machte sich auf den Weg, ihm nach.
Sie dachte nicht daran, die Hände in den Schoß zu legen und zuzusehen, wie Thälin aus diesem Leben glitte.
Sie fand ihn schon tief im Kampf auf der Halbmondwiese. Ein scharlachrotes Gerinnsel zog sich ihm den Arm hinab, aber er stand noch wie eine Eiche.
Sein Gegner war ein massiges Monster, muskelbepackt und mit schrecklichen Reißzähnen. Schwarze Adern pulsierten zwischen den grünen Schuppen, die seinen Leib bedeckten. Es wand sich

und schlug schnell wie eine Schlange zu und verdunkelte mit seinen Schwingen die sinkende Sonne.
Molie lehnte sich schwer atmend an einen aufrecht stehenden Stein. Die Kreatur war riesig, bewegte sich aber, als ob sie darum kämpfte, am Boden zu bleiben, als ob jede Bewegung sie schier unwiderstehlich himmelwärts höbe.
Molie war noch nie zuvor einem dieser Wesen so nahe gewesen.
Die Sonne berührte bereits den Wald und übergoss den Himmel mit Feuer.
Molie reckte sich und presste Kraft in ihre Knochen. Sie musste es erreichen, ehe die Sonne unterging.
Plötzlich war die Luft grabeskalt. Ein Nebel stieg vom Boden auf und brachte den Geruch weingetränkter Blumen mit. Er wallte über die Wiese, wurde zur Nebelwand, die Molie die Sicht auf das Monster nahm, nicht aber die auf Thälin.
Sie zögerte. Der Geschmack von Magie füllte ihren Mund, aber sie hatte sie nicht gerufen und war nicht kräftig genug, sie zu gebrauchen. Sie sah zu Thälin hin. Sein Atem ging stoßweise, wölkte ihm vor dem Mund, und seine Haltung wirkte müde.
Die Erde erzitterte, wie von einem wilden Herzschlag. Molie fiel auf die Knie, die Kehle wie zugeschnürt.
Dann waren die Schmerzen in ihrem Leib verschwunden. Ihr Haar fiel nun honigbraun auf ihre Robe, und die Hände, die sie zu ihrem Gesicht erhob, waren weich und jung. Aber wenn sie mit einmal jünger war, wie stand es dann um Thälin?
Sie blickte auf. Anstelle des Kriegers in seiner Rüstung stand dort ein kleiner Junge, der nicht älter als drei Jahre war. Das Kind stand schreckensstarr, starrte auf die Nebelwand vor sich – die Augen, Thälins Augen, vor Angst geweitet.
Da durchbrach mit ohrenbetäubendem Plopp, das noch vom Walde widerhallte, eine mannsgroße Klaue die graue Wand.
Molie sprang auf die Beine und rannte den Hügel hinab. Schon stieß die Kreatur eine riesige Pfote durch den Nebel, große, mit Schuppen bedeckte Muskeln rissen ihn weiter auf.
Sie konnte hören, wie die Dämme zwischen Vergangenheit und Gegenwart, zwischen Magie und Realität ächzten und brachen.

Furcht spornte sie an, und beflügelte ihre Schritte.
Der Nebel dehnte und verdünnte sich und ließ Molie mehr von diesem Wesen sehen. Seine enorme Schnauze schob sich vor. Schuppige Lippen entblößten riesige Reihen eisiger Hauer, die nach den Schwaden schnappten und stießen.
Gleich wäre es über dem Jungen, und dann wäre Thälin tot.
Jetzt und für immer.
Molie rannte.
Die lange Nase, die gefurchte Stirn und, schließlich, diese himmelgrauen Augen kamen durch. Schnaufend, sodass der Speichel zu Boden troff, zwängte es den anderen Fuß durch die Öffnung.
Da war Molie an Thälins Seite und legte ihm schützend die Arme um die schmalen Schultern.
»Frieden!«, schrie sie, mit voller junger Stimme.
Das Wesen starrte mit seinen Schlitzaugen auf sie herab.
»Lass Frieden sein«, bat Molie. »Er ist ja noch ein Junge.«
»Der einmal ein Mann sein wird und mich töten wird, Magierin.«
Die Stimme des Wesens war in ihr wie Wind und Erdbeben, wie Rauch und Sturm.
Sie riss erstaunt die Augen auf: Das Monster sprach ja mit der inneren Sprache der Magie!
»Ich gebe dir mein Wort«, sagte sie, »dass der Junge nie zum Manne heranwachsen wird. Du wirst nicht von seiner Hand sterben. Lass also Frieden sein zwischen unseren Völkern.«
»Frieden?«, ließ sich die mächtige Stimme vernehmen. »Und mit welcher Garantie?«
Molie strich Thälin ein letztes Mal über das widerspenstige Haar.
»Seinem Leben«, erwiderte sie.
»Abgemacht«, brüllte das Monster.
Und es fuhr herab, das Maul weit aufgerissen.
Was gegeben ist, muss genommen werden.
Molie rief die Magie, trug sie in ihren Knochen und Muskeln, in ihrem jungen Fleisch, lenkte sie mit der sicheren Hand einer alten, erfahrenen Magierin.
Das Ungeheuer scheute, riss den Kopf hoch und blinzelte mit den riesigen Augen.

Im selben Augenblick erschauerte der Knabe.
»Mutter?«, ertönte die winderfüllte Stimme in ihr. Sie legte dem Jungen die Hand auf die Schulter und blickte auf, in die Augen dieser … nein, in die Thälins!
»Fliege, Thälin. Lerne ihre Lebensweise«, sagte sie. »Lehre sie die unsere.«
Freudetrunken sah sie ihren Sohn sich in die Lüfte erheben, ein wunderschönes Wesen, das sich mit enormen Flügeln höher und höher schwang.
Dann seufzte sie und kniete sich vor den erstaunten Jungen. »Wir gehen es langsam an«, sagte sie zu seinem seltsamen Geist, »aber ich glaube, du wirst dieses Leben auch mögen.«
Und sie strich ihm das Haar zurück, nahm ihn an der Hand und ging mit ihm nach Hause.

VERA NAZARIAN

Da haben wir eine Story mit einer recht ungewöhnlichen Sicht des Todes. Es ist Veras siebte in den Magischen Geschichten *– ihre erste war vor vielen Jahren in Band II. Vor kurzem hat sie einen Titel für die Anthologie* Dimensions of Madness *geschrieben … und das Manuskript ihres ersten Romans macht nun die Verlagsrunde. – MZB*

VERA NAZARIAN

Schillernde Sense

Der Tod, erzählt man sich in den Ländern der Kompassrose, sei ein Chamäleon. Aber das ist nicht wahr. Denn er ist geradeheraus und offen, und so war er und wird er immer sein.
Das Einzige, was an ihm schillernd ist, ist seine Sense …

Der Mann rannte.
Ich sah ihn an der krummen Gasse, als ich bei meiner nächtlichen Runde zu Mitternacht das Kupferbecken schlug.
Er war in tiefes Indigo gehüllt, verschwommen sein Umriss, ein von Mond und Tempo erzeugter metallischer Schein. Und er war so teuflisch schnell wie der Schemen, der ihm auf den Fersen folgte. Die zwei liefen immer im selben Abstand, und keiner von ihnen schien mir von menschlicher Natur. Erst hetzten sie übers Pflaster der Gasse genau vor mir, dann waren sie, wie zwei Staubteufel, plötzlich auf den Dächern und jagten, kaum die Schindeln berührend und leichter als Katzen, dort droben von einem Haus zum anderen.
Einen Herzschlag später waren sie verschwunden.
Und das war es dann.
Nein, ich trinke nie auf meiner Runde. Ich schwöre euch, ich habe die beiden da wirklich gesehen – und sie waren niemand anderes als Frau Tod und der Dieb, der ihre Sense gestohlen hatte.
Der Teufel hole euch, wenn ihr mir nicht glaubt. Fragt alle anderen Nachtwächter in dieser großen Stadt, denn die beiden sind hier ein recht gängiger Anblick.

In der namenlosen Kneipe der Belta Digh mit dem bunten Dach aus lasierten Zedernholzschindeln und den zwei fremdartigen Zeichen auf dem Türschild, da saßen die Leute beisammen und

tranken und erzählten einander dumme Geschichten. Zumindest erschien es Belta ziemlich blöde, was man sich da so erzählte, wenn etliche Humpen ihres üblichen Gebräus die Runde gemacht hatten.
Belta Digh war eine hünenhafte Frau mittleren Alters – einst eine Fremde in dieser Stadt, heute eine ihrer Institutionen. Was würden diese Toren denn auch ohne Beltas Kneipe und ihre starken Biere tun? Und welche andere Wirtin, welcher andere Wirt hätte auch das Herz, geschweige denn die Muskeln, einen nach durchzechter Nacht eigenhändig nach Hause zu schleifen?
»Ich sah letzte Nacht Frau Tod, sie jagte dem Dieb nach …«, sagte eine kräftige Wächterin, die dort nach Sonnenuntergang hereinschneite.
»Und was gibt es Neues?«, erwiderte Belta, die beredt eine dunkle Braue hob und dabei fortfuhr, hinter der Theke Reihen frisch gespülter Bierkrüge aufzustellen.
»Was ich nicht kapiere … wieso legt sich überhaupt jemand mit Frau Tod an?«, fragte jemand.
»Vielleicht, weil er nicht ganz dicht ist?«, warf Belta ein.
»Aber noch komischer ist ja, dass Frau Tod ihn nicht ein für alle Mal erledigt!«
»Aha!«, meldete sich Belta wieder. »Aber der Dieb hat ja die Sense. Das gibt ihm einen Teil von Frau Tods Macht und stets so viel Vorsprung, dass sie ihn nicht fassen kann … Das habe ich zumindest so gehört.«
»Das hast du gehört? Und wer hat dir das gesagt, Frau Digh?«, riefen sie da alle durcheinander.
»Oh, Frau Tod selbst. Glaubt es oder lasst es: Aber sie kommt gelegentlich auch diese Schänke besuchen.«

Seert rannte.
Das Dunkel der Nacht schoss vorüber, dass die Sterne nur so aus ihren himmlischen Fassungen flogen und der Wind, den er beiderseits entfachte, die Wolkendecke aufreißen ließ.
All die Zeit dieses Zischen der Luft ringsum, und das All in rasender Umdrehung …

Und all die Zeit dieser nicht abzuschüttelnde Schatten, nur fünfzehn Meter hinter ihm.
Frau Tod.
Er kannte jetzt ihren Geruch, erkannte ihn wieder, ganz wie ein Jagdhund. Und doch lief und lief er vor ihr davon ... in den Händen eine feine schmale Sichel aus silbernem Metall – einem unbekannten Metall, um die Wahrheit zu sagen. Er hatte nicht die Zeit gefunden, langsamer zu laufen und einen Blick auf das unfasslich vollkommene Ding in seiner Hand zu werfen, auf diese rasiermesserscharfe Schneide, dünn wie Reispapier, und das Blatt gleich Rosenblütenblättern ... Trügerisch.
Er hatte den Schritt nicht für einen Moment verlangsamt seit jenem Tag, oder seit jener Nacht, da er an ihrem Sterbebett gekauert und darauf gewartet hatte, den sanften Hauch dieses Schattens zu spüren und Frau Tod nahen zu sehen. Dann, als sie sich über das bleiche, süße Gesicht der Sterbenden gebeugt hatte, war er mit irrem Schrei auf sie losgegangen und hatte das fast schon an den so weichen, zarten Hals gesetzte sichelförmige Blatt festgehalten ... Hatte es vom Stiel gerissen, hatte sich dabei in die Finger geschnitten, dass es nur so blutete.
Aber warum war er da nicht schon gestorben? Vielleicht, weil er das Geheimnis und dessen tiefere Wahrheit ergründet hatte.
Diese Sense war nicht für ihn gefertigt. Und konnte ihn also nicht töten.
Aber sie hatte ihn, wie alles Scharfe, die Haut Schneidende, bluten gemacht – doch was da sanft aus seinen Adern strömte, war, anders als er erwartet hatte, fahl und farblos gewesen: Denn dass er die Sense berührt hatte, das hatte ihn gänzlich verändert. So hatte er, für einen Moment, verdutzt auf seine kaum befleckten Finger gestarrt, sich wie irrsinnig gefragt, ob ihn denn schon immer Vapor statt Blut durchströmt habe ...
Oh nein, erinnerte er sich. Es war nur Apathie, der Versuch Frau Tods, ihn in diesem Moment der Insolenz zu lähmen. Und der Gedanke an sein Blut ließ ihn an ihren Namen denken, den Namen der Frau, die im Sterben gelegen hatte und jetzt nicht mehr sterben würde.

Ahiroon hieß sie, was ursprünglich »Blut« bedeutete.
Und jetzt war er ihretwegen auf der Flucht, auf ewig und für alle Zeit.

»Eines kühlen Abends«, sagte Belta Digh, »kam so eine große fremde Person in meine Schänke.«
»Und wer war er?«
»Kein Er. Eine Frau. Sie war so groß wie ich, aber dünn. Ich hatte kein einziges Mal Gelegenheit, ihre Augen zu sehen ... nur ihre silbern glänzende Haut. Nun, Frau Tod habe ja keine Augen, heißt es doch. Aber sie trinkt wohl gern einen Humpen ... oder auch zwei.«
Und als ihre Zuhörer ihr lärmend beigepflichtet hatten, fuhr sie mit ihrer Geschichte fort:
Die Fremde war anscheinend nur für einen Moment eingetreten, um einen Humpen zu trinken und darauf wieder zu gehen. Aber etwas Behagliches an Beltas Haus, und die vorgerückte Stunde, und erst recht der bittere Geschmack ihres Gebräus hatten sie bleiben und endlich auch ihr unglaubliches Bekenntnis von sich geben lassen.
Das sei Frau Tod gewesen. Ihr habe einer eine gewisse Sense entwendet. Ein junger Mann, wahnsinnig vor Trauer und einem Übermaß an Liebe für eine sterbende junge Frau ... habe sie ihr genommen. Und die junge Frau würde jetzt, der Natur der Sache wegen, nie sterben und Frau Tod diesen jungen Mann nie einholen – auch wenn sie ihn bis ans Ende der Welt jagte.
Da scharten sich die Zuhörer mit Ausrufen der Furcht und Verwunderung enger um Belta Digh, um ihrer hypnotischen Stimme zu lauschen.
»Die Ärmste ...«, seufzte jemand.
Aber da gab ihm jemand eine Ohrfeige.
»Nichts da!«, rief Belta. »Wir Ärmsten! Wehe uns allen! Denn mag Frau Tod auch noch so viele Sensen haben, eine für jede und jeden von uns, kann uns doch nur die für uns bestimmte unser seliges Ende bringen. Wir alle müssen auch künftig sterben, daran hat sich nichts geändert. Aber solange die Sense jener jungen Frau

fehlt, verzögert sich für alle die letzte Stunde und Rechenschaft. So hat es mir jedenfalls Frau Tod gesagt.«

»Seert! Bleib stehen. Seert ... Lass mich mit dir reden!«
Er hörte die Rufe von Frau Tod nun ständig in seinem Kopf, ja, erkannte schon das Timbre ihrer Stimme wieder.
Aber er hörte nicht darauf, lief nur mit weit ausgreifenden, unermüdlichen Beinen weiter, wobei er kaum die Erde berührte.
Wie viel Zeit schon vergangen war, das wusste er nicht. Und es war ihm auch, ehrlich gesagt, nicht mehr wichtig. Er fühlte schon überhaupt nichts mehr, weder seinen Puls noch seine Atemzüge!
Es zählte nur noch die matt schillernde, rasiermesserscharfe Sichel aus einem ihm unbekannten Metall, die er fest in den Händen hielt ...
Die und die Gewissheit, dass Ahiroon nun ewig leben würde, für alle Zeit.
»Seert!«
Sein ewiger Schatten war dicht hinter ihm. Ja, er konnte den flatternden Umhang sehen, der wie Sturmwolken, die über den Himmel jagen, im Wind schlugen und stiegen.
Er drehte den Kopf nach hinten und lachte keck, den Mund in den Wind geöffnet, er lachte Frau Tod aus. Da!
»Seert. Du, dessen Name in der alten Sprache ›warmes, treues Herz‹ bedeutet ...«
Und Frau Tod fuhr mit sanfter Stimme fort, ihn zu bitten und zu bitten.
»Weißt du denn nicht, dass du nun auch nicht mehr sterben kannst? Aber auch nicht leben. Nur immer vor mir davonlaufen ...«
Seert ignorierte sie, ließ die Arme fliegen, vor und zurück, und die Welt ringsum verwischte sich ihm in seinem schnellen Lauf.
»Auch sie wird nicht wirklich leben, diese Frau, die du liebst ...«, raunte Frau Tod. »Ihre Zeit war gekommen, so zerrüttet wie ihr Leib von der Krankheit war. Gib ihr Frieden, Seert! Ihr beide täuscht euch nur selbst und schiebt das Unvermeidbare nur hinaus!«

»Schweig, schwarze Hexe!«, rief er. »Keines deiner Worte wird mich je umstimmen. Ich renne so, bis die Welt rings um mich untergeht! Wenn es das braucht, um meiner Ahiroon das Leben zu erkaufen!«
Als Antwort darauf stöhnte Frau Tod nur traurig auf und rief wieder seinen Namen.

Irgendwo in dem Teil der Stadt, wo Gold nicht rar war, ging ein Schlafzimmerfenster auf, sodass milde Nachtluft hereinfloss und orangener Kerzenschein wie ein Lichtkegel auf die Gasse fiel.
Da kam Frau Tod leise in dieses Zimmer und beugte sich der bleichen, abgezehrten jungen Frau über die Schulter, die mit allerlei Kissen im Rücken im Bett saß und in einem dicken alten Buch las.
»Ahiroon ...«, flüsterte Frau Tod.
»Was, schon wieder, jämmerliche Hexe!«, erwiderte die blasse, junge Frau mit fester, lebhafter Stimme und fuhr fort zu lesen.
»Sieh mich wenigstens an, Ahiroon«, sprach Frau Tod traurig.
Da legte die junge Frau ihren Folianten hin und blickte ungeduldig auf. »Und was jetzt?«
Frau Tod seufzte und musterte sie eingehend. »Du bist sehr dünn und blass, Ahiroon. Haut und Knochen! Isst du wenigstens?«
»Und was geht dich das an?«, fauchte die junge Frau, hob dann eine höchst knochige Hand und zog Frau Tod mit erstaunlicher Kraft an den Haaren.
»Da!«, rief Ahiroon. »Wie gefällt dir das, hässliche Hexe, du? Ist dir klar, dass ich dir antun kann, was ich will, du aber mir nie mehr etwas anhaben kannst? Wie gefällt dir das, dass jetzt der Spieß einmal herumgedreht ist? Oh, und hättest du gern eine Tasse Tee?«
»Ja, gern, danke dir«, erwiderte Frau Tod und setzte sich zu Ahiroon ans Bett, die nach einer Dienerin läutete. »Aber das ist alles nur eine Illusion, das muss dir klar sein. Deine Kraft ist nicht real. Dein armer kranker Leib ist nur in der Zeit fixiert, das ist alles, und du wirst nie wieder gesund werden.«
»Hmmm!«, schnaubte Ahiroon.

»Möchtest du die Ewigkeit in diesem Bett verbringen und all die Zeit nur Bücher lesen?«, fuhr Frau Tod fort. »Ewig sehen, wie Sonnenuntergänge sich mit Morgendämmerungen und Nachmittagen abwechseln, bis du dich dann vor Langeweile verzehrst? Deine Wangen werden nie wieder rosig und deine Augen, so schön sie auch sein mögen, immer glasig bleiben. Deine Hände, die nun auf der Decke liegen, werden immer leicht zittern, wenn du die Seiten umdrehst. Und du wirst ohne fremde Hilfe nie mehr auch nur ein paar Schritte gehen können. Ist es das wert, so zu leben?«
»Ich werde die Zeit haben, eine Million wundervoller Bücher zu lesen«, versetzte Ahiroon, mit dem Anflug eines Lächelns. »Mehr, als je ein menschliches Wesen gelesen hat oder lesen wird. Aber ich, ich werde sie alle lesen!«
»Und was dann? Wenn das letzte Buch geschrieben und gelesen ist und die Welt zu Ende geht, was machst du dann mit deiner Existenz?«
Da trat die Dienerin mit einer Kanne duftenden Tees ein, und Ahiroon schenkte ihrer unwillkommenen Besucherin eigenhändig eine Tasse voll ein.
Frau Tod trank einen Schluck, strich sich dann eine Locke so dunkel wie ein Schatten aus der fahlen, großen Stirn und sprach: »Aber, Ahiroon, tut es dir denn nicht um Seert Leid? Er hat doch aus Liebe zu dir eigentlich sein Leben aufgegeben! Auch jetzt flieht er ja noch mit deiner Sense in der Hand vor einer Manifestation von mir. Er hat sie mir geraubt, um dir das Leben zu retten … aber er und du, ihr findet nie zusammen, du und er …«
Da stellte Ahiroon abrupt ihre Tasse ab und starrte Frau Tod mit einer Insistenz an, die ihre glasigen Augen wieder recht funkeln ließ.
»Noch einmal bitte ich dich, es dir zu überlegen«, ließ Frau Tod sich vernehmen.
»Niemals!«, rief Ahiroon mit mehr Wut und Feuer, als Frau Tod ihr zugetraut hätte.
»Hab doch wenigstens Mitleid mit ihm, den du liebst und der, aus Liebe zu dir, nicht einhalten kann noch will!«
Aber da hob Ahiroon zu lachen an: ein schreckliches Lachen – das

Pfeifen eines belebten Leichnams. »Ich, ihn lieben? Ich? Ich habe nie gesagt, ich wolle mit ihm sein, nicht für einen Moment will ich das!«, rief die junge Frau mit wildem Lachen. »Ich will nur leben, aber er, dieser Tor, der ein Nein nicht als Antwort nehmen will, will mich lieben! Eine gute Lösung, nicht? Soll er mich doch lieben und in alle Ewigkeit vor dir fliehen! Verstehst du nicht, alte Hexe, dass ich einfach frei sein will? Von ihm befreit, von dir befreit! Nicht geliebt, sondern frei will ich sein, mir selbst gehören!«
Frau Tod starrte in plötzlichem ruhigen Begreifen die junge Frau an. Starrte auf ihre flammenden glasigen Augen, ihre so zitternden hohlen Wangen, ihr dünnes Haar …
»Sehr schön …«, hauchte Frau Tod und war gleich darauf verschwunden.
Und Ahiroon, deren Name »Blut« bedeutet, blieb hysterisch lachend und ihr Buch vergessend so weiß und blutlos wie das Laken, auf dem sie lag, zurück.

»Was für eine grässliche junge Frau, diese Ahiroon«, riefen ein paar der Zecher, als Belta eine neue Runde ausschenkte und dafür kassierte.
»Und was für ein edler, loyaler junger Mann, dieser Seert! Aber sein Name steht ja auch für ›Herz‹!«
»Ja, nun …«, murmelte Belta Digh. »Aber ich an eurer Stelle würde mit meinem Urteil noch warten.«
»Und was geschah dann, Frau Digh?«
Und da erzählte Belta ihnen den Rest ihrer Geschichte:
»Was dann geschah? Nun, Frau Tod war durch diese Wendung der Dinge so verstört, dass sie wieder in meine Schänke kam. Und ich gab ihr natürlich einen Rat. Ganz einfach, sagte ich der Silberhäutigen. Du musst nur ein für alle Mal aufhören, diesen Dieb zu jagen.«

Seert lief durch die glühend heiße goldene Wüste. Direkt vor ihm schwamm die Sonnenscheibe wie eine große Aprikose in dem flüssigen Honig, der hier der Himmel war. Und unter seinen Fußsohlen waberte die Luft über dem heißen, weißen Sand.

Bildete er sich das bloß ein oder war der Schatten, der ihm ja allzeit auf den Fersen gewesen war, wirklich irgendwo hinter ihm in den wirbelnden Wogen der weißen Dünen verschwunden?
Und was war aus den Rufen geworden? In seinem Kopf herrschte nun Stille. Und das Flüstern, das war zum Summen des Windes geworden ...
Seert flog über den Sand, ohne eine Spur zu hinterlassen, so leicht ... leichter als jeder Skorpion mit seinen huschenden Beinchen. Er lief immer weiter auf die Sonnenscheibe zu und blickte sich nur einmal um.
Und sah merkwürdigerweise nichts.
Ein Trick, dachte er, diese tückische Hexe spielt Verstecken mit mir! Und wenn ich ihr den Gefallen täte?
Und so ließ er denn zum ersten Mal sein rasendes Herz, seine wirbelnden Gliedmaßen ihren Rhythmus ändern. Und als er nach einer Weile seinen Schritt verlangsamte, hatte ihn die Erde plötzlich wieder. Wie ein Schock war das ...
Die Hitze der Wüste überfiel ihn. Seine Fußsohlen sanken nun wieder in den Sand ein und hinterließen Abdrücke. So ging er taumelnd noch eine Zeit, und dann blieb er vollends stehen, und der Schweiß rann ihm die feuchte Haut hinab.
Er setzte sich in den Halbschatten einer Wanderdüne und starrte auf das Ding in seinen Händen.
Die metallene Klaue da, die das Sensenblatt war, blitzte im Licht der gleißenden Sonne wie ein Rasiermesser. Und als er blinzelte, ein-, zweimal, da schillerte und blinzelte sie zurück, ja sie zwinkerte ihm wie Perlmutt zu.

Honigwogen des Sonnenuntergangs vor dem Fenster draußen ...
Ahiroon legte das Buch der Rätsel und alten Mysterien hin und hob den matten Blick zu dem, der in ihr Schlafzimmer trat. »Du!«, staunte sie.
Seert stand stumm vor ihr, die Augen gespenstisch, das ganze Betragen nicht viel anders als das der alten Hexe.
»Ich muss mich wohl bei dir bedanken«, fuhr sie fort, »Idiot, der du bist. Du hast mir kostbare Zeit erkauft!«

»Ahiroon …«, flüsterte er, mit einer Stimme so heiß wie die Wüste. »Ich glaube, ich habe gewonnen … Weißt du, ich habe sie abgehängt. Für dich, Ahiroon!«
Sie sah ihn ausdruckslos und eigenartig an. »Wo ist es?«
»Das Sensenblatt? Ich habe es bei mir. Ich werde es auf ewig für dich hüten!«
»Gib es mir.«
»Was?«
»Ich sagte: Gib es mir!«
Da starrte er sie in jähem grässlichen Kummer an: »Aber …«, stammelte er, »wenn du es anfasst, stirbst du, Liebste!«
»Nichts dergleichen werde ich! Und ich bin auch nicht deine Liebste! Jetzt gib es mir.«
»Aber …«
»Wenn dir wirklich an mir liegt, dann tu das auf der Stelle, Seert! Das ist das Einzige, um das ich dich je gebeten habe!«
Er sah sie an, mit Tränen in den Augenwinkeln, und murmelte: »Ich tat einen Blick in das Sensenblatt, und da erschien mir alles so klar. Ich dachte, wenn ich zurückkehrte, empfändest du anders für mich, nach allem, was ich für dich getan habe, nach allem, was geschehen ist. Ich habe Frau Tod besiegt, Frau Tod selbst! Und wozu?«
»Gute Frage«, höhnte die ausgezehrte junge Frau.
Er musterte wieder die fahle, schillernde Sichel in seiner Hand und dann ihre glasigen Augen.
»Nimm sie!«, sagt er, während das Irisieren ihn durchdrang. »So nimm sie und sei verflucht!«
Und er reichte ihr das schillernde Ding und legte es ihr genau in den Schoß. Da lag es nun, ein Farbenspiel auf der fahlen Baumwolldecke, bei dem alten Buch mit dem zerfledderten Rücken. Und er machte auf dem Absatz kehrt und wollte hinaus …
»Danke, Seert«, rief sie ihm mit samtweicher Stimme nach. »Vielleicht liebst du mich ja wirklich. Das werde ich nicht vergessen.«
Hoffnung wallte in ihm auf, ganz wie ein Wasserschwall. Und er machte kehrt, mit feurigen Augen, wollte etwas sagen, sie noch einmal anflehen …

Aber sie hob die dünne, knochige Hand, gebot ihm mit einer eindeutigen, wenn auch schwächlichen Geste Einhalt. »Nein, nicht wieder. Geh, gutes Herz. Geh in deinen wohlverdienten Frieden ein.«
Und er wusste, dass es so sein sollte, endlich.

»Ist das alles?«, fragte ein gründlich betrunkener Krämer und hickste laut. »So ist sie am Ende doch gestorben, Fr ... hick ... Frau Digh?«
»Aber, aber ... Ich glaube, gute Leute, ich erzähle euch den Rest der Geschichte ein andermal«, sagte Belta ob all dieser glasigen Blicke und stinkenden Rülpser rings um sie. »Es ist schon spät, und ich werde jetzt schließen. Ins Bett mit euch allen!«
»Oh, du musst uns das vollends sagen, Frau Digh ...«, grölten die Betrunkenen und machten ein unglaubliches Geschrei.
»Schluss! Fort jetzt mit euch!«, brüllte Belta dazwischen und schlug mit aller Macht die kleine kupferne Feierabendglocke, die neben der Theke hing.
Und das war es dann.

Jeder hier kannte den Klang der Glocke und die mächtige Altstimme ihrer Eignerin. Und in knapp fünf Minuten war die Trinkstube leer. Zum Glück musste diese Nacht niemand nach Hause getragen werden ...
Belta half noch so einem leicht torkelnden Mann, dem letzten dieser armen Idioten, zur Tür und schloss sie dann gut hinter ihm ab.
Dann blies sie die Kerzen am Fenster aus, ließ nur die paar an der Theke brennen, und machte sich daran, die schmutzigen Krüge wegzuräumen und die Schankstube zu putzen.
Da rührte sich etwas in der Ecke.
Belta fuhr herum, die Schürze bespritzt, einen Spüllumpen in der Hand ... und stieß dann, als sie sah, wer das war, einen Seufzer der Erleichterung aus.
»Ach, du bist es nur, Frau Tod! Du hast mich aber für einen Moment erschreckt! Ich hätte dir doch fast eine gescheuert! Dachte,

das wäre der alte Saufbold von Givas, der sich hier oft zur Schließenszeit versteckt. Oder schlimmer, die junge Frau sei schon hier ...«
»Noch nicht«, ließ sich eine Stimme wie staubige Spinnweben vernehmen. »Ich bin es nur.«
»Gut«, sagte Belta und gab Frau Tod ihren Putzlappen. »Dann fang schon mal an zu schrubben. Damit vergeht dir die Zeit schneller.«
»Ich mache mir Sorgen«, raunte die Schwarze, nahm den Lappen mit ihren silbernen, wohl zitternden Fingern und krempelte die nachtschwarzen Ärmel auf, dass ihre bleichen Handgelenke, Arme und Ellbogen sichtbar wurden.
»Hmmmhh! Besser nicht, ich kümmere mich darum, keine Sorge«, sagte Belta und machte sich ernstlich ans Putzen.
Als die Schänke wieder blitzblank waren, klopfte es an die Tür.
Sie erstarrten beide zugleich.
Totenstille. Nur das Zischen der golden flackernden Kerzen war noch zu hören.
»Du weißt, dass ich nicht lügen kann?«, raunte Frau Tod. »Das konnte ich noch nie.«
»Aber ich! Jetzt geh und setz dich still in die Ecke«, sagte Belta.
Und ging öffnen.
Ahiroon, fahl und taumelnd wie ein Geist, trat langsam ein. Ihre Augen brannten mit höllischer Kraft, und in den Händen hielt sie ein Sensenblatt aus einem unbekannten silbrigen Metall.
»Bist du Frau Belta Digh?«, fragte sie mit einer erstaunlich kräftigen Stimme voll der Erregung. »Ich bin gekommen, mit Frau Tod einen Handel zu machen. Ist die elende Hexe noch hier?«
»Komm herein, Mädchen«, sagte Belta und zeigte ihr übliches festes Lächeln. »Ja, sie ist hier. Da drüben am Tisch. Aber kümmere dich nicht um sie, das machen wir miteinander ab.«
»Ja? Dann schenk mir doch einen Humpen ein. Ich kann nämlich auch nicht mehr betrunken werden!«
Als die Krüge gefüllt waren und sie an entgegengesetzten Enden des Tischs Platz genommen hatten, räusperte Belta sich und hob an:

»So«, sagte sie. »Ihr beide, Frau Tod und du, liebe Ahiroon, befindet euch offenbar in einem Dilemma. Und ich wurde von beiden Parteien um Vermittlung gebeten ... der Bitte komme ich auch gern nach.«
»Fahr fort. Sag der Hexe, dass ich das Sensenblatt habe, hier in meinen Händen«, sagte die junge Frau, ohne die Gestalt in jener Ecke nur eines Blickes zu würdigen. »Und dass ich sein Geheimnis kenne: In ihren Händen wird es mein Leben beenden, in meinen aber, wenn sie mir auf den Leib rückt, ihres. Das ist auch der wahre Grund, warum sie so verzweifelt versucht, es wiederzuerlangen!«
»Oh, bitte, du kannst auch direkt mit mir reden, weißt du«, sagte da Frau Tod und faltete die knochigen silbernen Finger vor sich.
»Schweig!«, fauchte Ahiroon. »Ich ziehe es vor, via Belta zu verhandeln.«
Silberne Finger trommelten auf den Tisch.
Belta Digh lehnte sich entspannt in ihren Sessel zurück und nahm einen kräftigen Schluck aus ihrem Krug. Sie ließ ihren Blick von der einen zur anderen wandern und wieder zurück. Und dann nahm sie, während Frau Tod und das Mädchen in nervösem, gespanntem Schweigen warteten, noch einen tiefen Zug.
»Genau genommen«, begann sie jetzt, »hat Frau Tod ... pardon ... kein Leben, das man beenden kann. Aber doch so etwas wie eine Existenz, einverstanden?«
Frau Tod nickte, Ahiroon aber schnaubte ungeduldig.
»So schlage ich einen Handel vor, einen Normvertrag zwischen euch beiden. Damit sie ihre nötige Arbeit bei uns allen ... früher oder später, ja ... fortsetzen kann und du, Ahiroon, weiterleben kannst, bis du alt und grau bist, ein gut Stück mehr noch als ich jetzt.«
»Was?«, fauchte Frau Tod. »Du hast mir nicht gesagt, dass das dazugehören sollte!«
»Aber du hast versprochen, ich könnte sie mir mit der Sense einmal vornehmen!«, versetzte Ahiroon wütend. »Ich würde sie liebend gern am Kragen packen und ihr ein, zwei Sensenhiebe ver-

setzen, ehe ich nur irgendetwas zustimme. Du hast es mir versprochen!«

»Aber, aber«, erwiderte Belta. »Beruhigt euch, ihr beiden, sonst kriegt ihr eins hinter die Ohren ... oder packt euch aus meiner Schänke und einigt euch selbst!«

Da war es im Handumdrehen still.

»Aber«, fuhr sie da fort und beugte sich über den Tisch, »ihr habt beide etwas an euch, wovon nur ich weiß. Frau Tod kann, entgegen allgemeiner Ansicht, nicht lügen. So kann sie auch keine falschen Versprechungen machen. Und du, Ahiroon, mein stolzes, starkes Mädchen, kannst auch nicht lügen ... deshalb bist du ja auch mit Seert immer ehrlich gewesen, bis zum bitteren Ende. Jetzt, da ihr das beide voneinander wisst, könnt ihr auch ohne Gefahr der anderen Zusagen glauben. Wenn ihr euch gleich euer Wort gegeben habt, wird Ahiroon mir das Sensenblatt aushändigen und ich werde es dir, Frau Tod, dann weiterreichen ... Danach werdet ihr zwei euch für wenigstens vierzig Jahre nicht mehr sehen! Und dann, Frau Tod, kannst du doch noch zu ihr kommen, aber so sanft und so sacht, dass sie die silberne Schneide weder kommen sieht noch an ihrem Halse spürt ...«

Damit lehnte sie sich wieder zurück und hob ihren Krug.

Nach einem langen Schweigen ergriff Frau Tod das Wort: »Ich schwöre«, sprach sie, »dich in Ruhe zu lassen, Ahiroon, bis du fünfhundert Bücher gelesen hast.«

»Ich lese schnell«, erwiderte Ahiroon und sah ihr kühn ins Gesicht.

»Solltest du da nicht dein Tempo mäßigen, dir die Zeit für lange Spaziergänge im Garten nehmen oder für Spiel und Spaß an Frühlingsnachmittagen?«, schlug Belta vor. »Das gäbe deinen Wangen Farbe. Und ließe dir, außerdem, zumindest ein Buch pro Monat!«

»Tausend!«, sagte Ahiroon.

»Du handelst hart. Aber abgemacht«, sagte Frau Tod sanft.

»Gut denn. Auch ich schwöre, dir nichts zu tun, alte Hexe, und mein Sensenblatt in deine Obhut zu geben.«

Und nach diesen Worten holte Ahiroon tief Luft und reichte Belta Digh die schillernde gebogene Klinge.

Von einer zur anderen blickend, nahm die das Sensenblatt.
Jetzt ist er da, dachte sie, der Augenblick der Wahrheit. Gleich wissen wir genau, ob Frau Tod lügt. Und es ist ja gut, das zu wissen.
Wie ein kühler Regenbogen lag dieses Blatt auf ihrem großen Handteller.
Da holte sie tief Luft, sandte den fast vergessenen Göttern ihrer fernen Heimat ein Stoßgebet, streckte die Hand aus und legte Frau Tod die schillernde Sichel sachte in die silbernen Finger.
Ein greller Blitz.
Der Seufzer eines Schattens ...
Die Kerzen flackerten und erloschen, Dunkel strömte ein.
Ahiroon stieß einen spitzen Schrei aus. Und Belta fühlte, wie ihr das Herz absackte und dann einen wilden Satz in ihrer mächtigen Brust machte.
Stille.
Nach Minuten des Schläfengehämmers und Atemanhaltens rührte Belta sich schließlich. Sie erhob sich, fand eine Kerze, nur nach Gefühl, und zündete sie an, nur nach Gefühl.
Frau Tod war fort.
Doch ... ein lauter Hicks ... Ahiroon, bleich wie Pergament, aber grinsend und seelenruhig an ihrem Humpen nippend, die war dafür jetzt so betrunken, so sterblich und so frei wie alle Gäste Beltas.

Auf meinen Wächterrunden sehe ich diese beiden Schemen, Frau Tod und den Dieb, nun nicht mehr durch die mitternächtliche Stadt jagen.
Oh, seufze ich, denn ich vermisse sie in der schwarz samtenen Stunde. Und ich muss in Belta Dighs Gasthaus nun eine weniger gute Geschichte erzählen ...
Es heißt, das habe endlich doch einen richtigen Namen. Oder wenigstens hat Belta ihn eines Nachts bekannt gemacht ... zur allgemeinen Belustigung der feuchtfröhlichen Runde.
»Tsaveh Dahnem« heiße es, so lauteten die zwei fremdartigen Zeichen auf dem Schild über der Tür. Und was bedeuten sie? Ich glaube, sie bedeuten: »Ich nehme deine Schmerzen fort.«

Und das tut sie, unsere Belta Digh. Sie kann sich um all das kümmern, unsere Probleme lösen, während sie dir einen Humpen einschenkt und dich einen Dummkopf nennt.
Tja, und selbst Frau Tod weiß das.
Wenigstens ist doch anzunehmen, dass sie Beltas Muttersprache kann, alle Sprachen eigentlich, ganz so, wie sie auch unsere letzte Stunde kennt. Sicher kannte sie die Bedeutung dieser Glyphen schon bei ihrem ersten, dringlichen Besuch in Belta Dighs Schänke.

DIANA L. PAXSON

Hier nun wieder eine von Dianas wundervollen, auf nordischen Sagen basierenden Storys. Ja, einer der Vorteile ausgiebiger Recherchen für einen Roman ist doch, dass da meist noch genug Stoff für ein paar Kurzgeschichten abfällt.
Diana Paxson ist Teil jenes »literarischen Haushalts« namens Greyhaven, den sie und mein Bruder Paul mit ihren jeweiligen Ehepartnern bilden. Pauls Frau ist Literaturagentin, und die übrigen drei schreiben. Diana hat bereits über vier Dutzend Kurzgeschichten und fünfzehn Romane veröffentlicht. Zu ihren neuesten Titeln gehören The Wolf and the Raven *sowie* Dragons of the Rhine *– die ersten beiden einer Trilogie – und* Shield Between the Worlds *sowie* Sword of Fire, Sword of Shadow, *die Adrienne Martine-Barnes zur Koautorin hatten, und der zweite bzw. der dritte Band ihrer Chronik des irischen Helden Fionn MacCumhal sind. – MZB*

DIANA L. PAXSON

Schnee im Frühling

Bera fühlte einen eisigen Hauch auf ihrer Wange. Sie blickte auf. Als sie morgens von Bjornsted aufgebrochen waren, war der Himmel klar gewesen. Jetzt senkte er ein opakes Weiß auf sie, und die ersten Schneeflocken fielen. Aber es war nicht die Kälte, die sie erschaudern ließ. Sie war ja bei jedem Wetter unterwegs gewesen in diesen dreizehn Jahren, seit sie das Haus ihres Vaters verlassen hatte, um Groa der Völva zu folgen und bei ihr die Kunst des Hellsehens zu erlernen, dank derer man zwischen den Welten wandeln und für andere Menschen Visionen erfahren kann ... Aber die Stürme, die sie auf dieser Reise überfielen, legten mehr als nur eine natürliche Hartnäckigkeit an den Tag, so als ob da irgendein Bewusstsein diese wilden Böen sandte, die ihnen ins Gesicht peitschten ...

Sie hatte Groa auf dieser Fahrt auf ihre Initiation ansprechen wollen. Aber diese hockte bloß, in sich zurückgezogen, auf dem Wagensitz neben ihr, ganz in ihren dicken Umhang gehüllt und zusehends mit Schnee bedeckt, sodass sie bald nicht mehr wie ein Mensch, sondern wie ein Baumstumpf oder Findling aussah. Aber ein Stein hustet ja nicht ... Bera gefiel dieser Husten überhaupt nicht und auch nicht, dass ihre Lehrerin ihn so zu unterdrücken versuchte.

»Wir sind bis zur Nacht nicht in Lade«, rief sie und erhob die Stimme über den Sturm. »Aber ich sehe Rauch, da hinter den Bäumen. Wir sollten von der Straße und im nächsten Bauernhof Schutz suchen.«

Haki, der vorausritt, zügelte sein Ross. Er war offenbar auch dafür, wartete als Höriger jedoch die Entscheidung der Völva ab. Quietschend rollte ihr Karren weiter. Bera rieb sich den Schnee von den Wimpern, um besser sehen zu können, und spähte nach

vorn. Wenn das so weiterging, erübrigte sich ihre Frage, denn in tiefem Schnee kam ihr Wagen nicht voran.
»Groa! Was sollen wir tun?«, begann sie wieder, und die weise Frau murmelte etwas in die Falten ihres Umhangs. »Ich nehme das als Zustimmung ...«, rief Bera und schwang die Zügel, um ihr Zugpferd anzutreiben. Das ist ungerecht, dachte sie ganz aufgebracht. Wenn sie unter Menschen waren, fiel Groa immer aller Ruhm, alle Ehre zu, aber hier auf der Straße hatte sie die Verantwortung zu tragen.
»Haki, siehst du schon die Abzweigung zum Hof?«
»Ja, ich glaube ... gleich nach den Kiefern. Thor beschütze uns, ist das kalt!«, erwiderte er. »Wer hätte so spät im Jahr noch so einen Sturm erwartet!«
Bera nickte. Denn Sumarmál, an dem man das Ende des Winters feierte und den Göttern Opfer brachte, war eben vorüber. In Bjornsted, wo sie als Ehrengäste daran teilgenommen hatten, hatten die Wiesen doch schon von den ersten Blumen gestrahlt. Aber nun lag das junge grüne Gras unter einer weißen Schneedecke.
Haki zeigte auf etwas voraus, und da sah sie die Torpfosten mit den geschnitzten glotzäugigen Schutzwichteln. Durch die wabernden weißen Schwaden konnte sie nur eben die Hütten des Hofs ausmachen, zweistöckige Blockhäuser, damit sie über den Schnee ragten, und halb den Hang hoch gelegen waren. Nun musste sie sich darauf verlassen, dass ihr braves Ross sie aus allen Wagengleisen zöge – sah sie doch vor lauter Schnee schon die Landstraße nicht mehr.
»Reite voraus. Sag ihnen, dass wir kommen. Bitte die Bäuerin, Wasser heiß zu machen. Groa braucht etwas für ihren Husten!«

Der Bauer war nach Lade geritten, um mit Jarl Sigurd und dem König weiterzufeiern, und war noch nicht wieder zurück. Aber sein Weib Ragnhild, eine Frau in mittleren Jahren, war mehr als glücklich, sie aufnehmen zu können.
»Sicher haben die Götter euch zu uns geführt«, rief sie über die Schulter, als sie emsig hin und her eilte, um ihnen noch mehr Decken zu holen, »denn viele unserer Nachbarn hängen ja inzwi-

schen dem Weißen Christus an und würden eine Priesterin der alten Art nicht willkommen heißen ... obwohl doch selbst ein Christ bei so einem unnatürlichen Sturm die Zauber gegen den Jotnar flüstern muss!«

»Hast du irgendwelche Nachrichten von deinem Mann?«, fragte Groa. »Das Frühlingsfest fällt in die Zeit, da die Christen den Tod ihres Gottes feiern. Und letztes Jahr, beim Fest der Winternächte, da hat König Hakon geschworen, nichts von den Speisen zu essen, die man unseren Göttern opfere. Die freien Bauern zwangen ihn aber, den Dampf der Suppe vom Pferdeopfer zu segnen. Wenn er sich zu Sumarmál jetzt wieder geweigert haben sollte, ist Thor vielleicht zornig und hat uns deshalb diesen Sturm gesandt ...«

Doch Ragnhild schüttelte den Kopf. »Wir haben nichts von ihm gehört. Hakon ist ein guter König ... mag er auch ein Christ sein. Er gab uns gerechte Gesetze und sucht die Menschen mit der Kraft der Überzeugung zu seinem Glauben zu bekehren, und nicht mit dem Schwert.«

»Das ist wahr«, pflichtete Groa ihr bei. »Er folgt dem Weißen Christus, weil er an ihn glaubt, nicht, wie einst sein Vater Harald Schönhaar, um die Könige der Südländer zu Verbündeten zu bekommen und ihre Art von Herrschaft durchzusetzen.«

»Jarl Sigurd ist ein großer Opferer, nicht?«, fragte Bera mit einem Seitenblick auf Groa, die einst mit diesem mehr als nur Freundschaft verbunden hatte. »Und er wird schon für den König tun, was ihm sein Gewissen zu tun gebietet.«

Groa lächelte sacht. »Er ist ein weiser Mann. Beim Julfest, als unser König das Zeichen des Kreuzes über dem Blutkelch schlug, hat er den Bauern gesagt, das sei das Hammerzeichen Thors ...«

Bera reichte ihr den Becher mit heißem Bier, in das sie die Hustenkräuter gerührt hatte. Und die Völva verzog zwar das Gesicht, als sie es kostete, trank es aber aus und hörte dann, zu Beras Erleichterung, auf zu frösteln. Als sie bald darauf einnickte, kletterte Bera zu ihr ins Wandbett und war im Nu neben ihr eingeschlafen.

Am Morgen schien Groa wieder viel kräftiger. Aber der Himmel wirkte noch immer sehr bedrohlich – und Bera war ihre Furcht

noch zu gegenwärtig, als dass sie weitergezogen wäre, ehe sie sicher sein konnte, dass das Wetter wie auch die Völva wieder ganz in Ordnung war. Ragnhild hatte ihre Gäste in der Halle gelassen und war mit ihren Mägden im Webhaus bei der Arbeit.
So allein mit ihrer Lehrerin, musste Bera wieder an die Frage denken, die sie ihr hatte stellen wollen. Unsicher musterte sie die schon bejahrte Frau: Der Schein der glühenden Kohlen verlieh ihren Wangen Farbe, aber die Fieberröte war gewichen und ihr Blick wieder klar; sie wirkte erschöpft ... aber das war ja auch nur normal.
»Wenn wir dann nach Lade kommen«, begann Bera unvermittelt, »was wirst du da tun? Du warst krank, und du weißt, wie viel Kraft man braucht, die inneren Welten zu bereisen. Ich bin nun fast achtundzwanzig! Seit meinem fünfzehnten Lebensjahr diene ich dir. Ragnhild ist nur wenige Jahre älter als ich, und ihre Kinder sind schon bald erwachsen. Meinst du nicht, es sei Zeit, dass ich einen Teil der Last trage? Warum nicht meine Initiation vollenden und mich dann in der Seidh-Hjallr sitzen lassen, vor allen Leuten?«
»Ich kann nicht ...«, murmelte Groa mit wieder geschlossenen Augen. Sie sah plötzlich so alt aus.
»Weshalb nicht?«, rief Bera aus. »Du hast mich reisen lassen, als wir in kleineren Ortschaften waren ... du weißt, dass ich das kann. Vertraust du dir selbst als Lehrerin nicht?«
»Ich habe dich alles gelehrt, was ich kann«, sagte die Völva noch immer mit geschlossenen Augen. »Aber ich, ich kann dich nicht initiieren.«
»Was soll das bedeuten? Ist da jemand, dem du Rechenschaft schuldig bist? Das hast du mir nie gesagt ...«
»Ich habe dir oft gesagt ...«, kam die langsame Antwort, »... dass ich den Göttern verantwortlich bin. Sie müssen sagen, ob du bereit bist ... sie müssen dich zur Völva machen. Es wird geschehen, sobald du bereit bist. Du wirst sehen.«
»Das ist doch verrückt!«, schrie Bera, sprang auf und schritt so hastig vor dem Kamin auf und ab, dass der Luftzug, den sie dabei erzeugte, kleine Flammen aus der Glut entfachte. »Ein Schwert-

macher fertigt sein Meisterstück, um seine Fertigkeit zu demonstrieren. Einen Krieger schickt man in die Schlacht. Ein Kapitän fährt als Maat, bis er genügend verdient hat, um sich sein eigenes Schiff zu kaufen. Lass mich selbst beweisen ... lass mich Visionen für die Menschen suchen. Du weißt, dass ich das kann!«

»Du magst in der Seidh-Hjallr sitzen, aber das macht dich ja nicht zur Völva«, gab Groa fest zurück. Sie hatte die Augen offen, und die wirkten schwarz und leer in dem verdunkelten Raum. »Das ist nicht nur eine Frage von Talent und Geschick. Ich bestreite nicht, dass du alles gelernt hast, was ich dich lehren kann. Aber ich kann dich nicht zur Völva erklären ... ich kann nur deine Initiation bestätigen, wenn sie vollzogen ist.«

»Ich verstehe dich nicht!«, rief Bera und fuhr herum, um ihr ins Gesicht zu sehen.

»Eben deshalb bist du noch keine Völva«, gab Groa ruhig zur Antwort, seufzte sodann und zog ihren Umhang fester um sich. »Ich bin müde. Ich werde jetzt schlafen.«

Feigling! dachte Bera, als sie ihr half, sich hinzulegen. Du willst dich nicht mit mir streiten und flüchtest dich darum in den Schlaf. Hätte die Völva sie angegriffen, so hätte sie zurückschlagen können. Aber diese Vorspiegelung von Schwäche lähmte sie. Es war empörend, aber sie konnte nichts tun, als hinauszustürmen und den Hof auf und ab zu schreiten und zum verhangenen Himmel hoch zu starren.

An diesem Abend, als die Hofbewohner um das Feuer versammelt waren, gab Groa sich sprühend, unterhielt alle Welt mit Geschichten über ihre Reisen, verblüffte mit Schilderungen merkwürdiger Wunder. Aber Bera, die missmutig hinter ihr saß, erschien ihre Ausgelassenheit gezwungen und die Rötung ihrer Wangen nicht nur dem Feuerschein geschuldet. Und später dann in der Nacht, da sie sich ins Wandbett zurückgezogen hatten, spürte sie, dass Groa vor Fieber glühte.

Morgens hustete sie wieder, und beim Atmen blubberte es ihr in der Brust. Da ging auch noch ihr Kräutervorrat zur Neige! Sie führten ja auf ihren Reisen nur genug für Notfälle mit. Bera war immer davon ausgegangen, dass sie bei einer ernsten Erkrankung irgendwo Zuflucht suchten, wo sie dann auch ihren Arzneibeutel wieder auffüllen könnten. Aber der Winter hatte auch Ragnhilds Vorräte erschöpft.

»Es tut mir Leid«, sagte die Bäuerin und runzelte bekümmert die Stirn. »Ich habe nur noch etwas Schwarzwurz und Alant … So kurz vor dem Frühjahr dachte ich, wir kämen damit aus, bis wir wieder neue sammeln könnten.«

»Ich verstehe«, sagte Bera und versuchte, dieses beklemmende Gefühl in der Magengrube zu unterdrücken. »Wo suchst du sie denn normalerweise?«

»Droben auf dem Hügel … dort, siehst du den großen runden Felsblock, der da aus dem Boden ragt? Das ist der Alffelsen, und knapp dahinter liegt ein Auwäldchen. Am Bach dort wächst Beifuß, und in der Wiese am anderen Ufer solltest du Kamille und Schafgarbe finden. Die dürften natürlich erst sprießen und noch nicht blühen, aber die Blätter taugen auch bereits. Und die Rinde und die Blätter der Birke findest du überall«, sprach die Bäuerin und fügte, zum Himmel zeigend, hinzu: »Und sieh doch … es klart auf!«

»Thor sei Dank!«, seufzte Bera und nickte. »Wenn du mir einen Korb leihst, mache ich mich gleich auf. Und gib der Völva um Mittvormittag den restlichen Tee zu trinken.«

Damit hing sie sich ihren Umhang über den einen Arm und den Korb über den anderen und machte sich auf den Weg.

Nicht lange, da brachte die Anstrengung in der frischen Luft ihren Kreislauf in Schwung und ihre Stimmung wieder ins Lot. Ihr wurde bewusst, wie selten sie Zeit für sich allein hatte. Bevor sie sich Groa angeschlossen hatte, hatte sie das halbe Leben mit Kühe hüten verbracht … Als Lehrling der Völva war sie zwar auf ihren Reisen auch immer im Freien gewesen, aber außer bei irgendwelchen Botengängen, die Groa ihrer steifen Gelenke wegen nicht mehr übernehmen konnte, nie mehr allein. Aber allmählich, wie sie so ausschritt, spürte sie, wie ihr leichter wurde. All die Probleme, die sie beschwert hatten, kamen ihr plötzlich nicht mehr so wichtig vor. Wenn sie bei Leuten waren, schienen Statusfragen so bedeutend – aber hier draußen, wo das Flüstern des Windes in den

Bäumen und das Plappern des Wasserfalls die einzige Rede waren, war es ohne Bedeutung, welchen Rang ihr die Menschen gaben. Meinte Groa das mit der Bemerkung, fragte sie sich plötzlich, der Titel einer Völva fiele ihr erst zu, wenn das ganz ohne Bedeutung wäre? Einen Augenblick lang verstand sie das fast. Aber dann musste sie an all die Generationen ihrer Ahnen denken, die um Ruhm und Ehre im Gedenken der Menschen gekämpft hatten, und da wurde sie wieder ganz wütend auf die Völva.

»Sie hat mir versprochen, mich auszubilden …«, murrte sie. »Wenn sie nur eine Magd wollte, dann schuldet sie mir jetzt zehn Jahre Lohn!«

Nun zwängte sie sich durch einen Bestand junger Kiefern und sog noch kurz, aber genießerisch deren Harzgeruch ein, bevor sie sich auf den Weg hügelab machte. Sie hatte schon einiges an Birkenrinde gesammelt und auch einige der zarten, soeben erst entrollten Blätter. Ob am Bachufer schon Beifuß wuchs? Den halben Tag lang suchte sie das Auwäldchen ab, fand aber nur ein paar kleine Pflänzchen, die sie ihren Birkenblättern hinzufügen konnte.

Als sie auf die Wiese hinauskam, fröstelte sie plötzlich so, dass sie ihr Cape ausschüttelte und es sich überwarf. Der Himmel war, wie ein Blick zeigte, so tief und weiß von Wolken. Sie würde sich beeilen müssen …

Überall lagen noch Flecken von Schnee vom Vortag. Bera ging die Lichtung langsam ab, immer auf der Suche nach frischem Grün. Es gab junge Pflänzchen zuhauf, aber kaum Kamille mit ihren farnartigen Blättern und, so weit sie sehen konnte, keinerlei Schafgarbe. Und sie suchte noch immer, als das Schneetreiben einsetzte.

Die ersten Schneeflocken, die das Gras berührten, schmolzen, aber was dann kam, blieb haften, bis bald jeder Halm in Weiß gehüllt war. Da war Bera schon auf dem Rückweg zu dem Fels, der ihre Orientierungsmarke und so groß wie eine Hütte war. Als sie ihn schließlich erreichte, war die Luft bereits ein einziger weißer Wirbel. Sie sah nur noch die Spitze des Steins, die über ihr ragte, und den dunklen Wald dahinter, aber nichts mehr vom Rest der Welt.

Nun biss sie sich konsterniert auf die Lippe. Sie wusste wohl, in welcher Richtung, von dem Fels aus, das Gehöft lag – aber wenn sie den aus den Augen verlöre, verlöre sie auch leicht die Orientierung. Besser, sie blieb, wo sie war: Dieser Blizzard wäre bald vorüber, und dann könnte sie weiter, oder es kämen die Leute vom Hof diesen Weg auf der Suche nach ihr herauf.
Aber wenn sie hier bleiben wollte, musste sie irgendwo Schutz finden! So suchte sie sich, mehr nach Gefühl als nach Sicht, ihren Weg rund um den enormen Felsblock. Er war noch größer, als sie gedacht hatte. Bestimmt lebte in ihm irgendein Alf. Mit steifen Lippen versprach sie ihm ein Opfer für den Fall, dass er ihr zu Hilfe käme.
Im nächsten Moment brach sie durch scheinbar festen Boden und wäre um ein Haar gestürzt. Halb hockend, auf beide Hände gestützt, musterte sie, was wie ein Teil des Steins gewirkt hatte, und sah, dass es ein umgestürzter Stamm war, der gegen den Felsen lehnte. Sie fegte den Schnee sorgfältig beiseite. Nun konnte sie unter sich eine Höhlung ausmachen – das verlockendste Schlupfloch, das sie je gesehen hatte. Und so kratzte sie noch mehr Schnee weg, bis die Öffnung so groß war, dass sie sich hindurchzwängen konnte.
Glücklich darunter, sah sie, dass der Stamm ihr nur teilweise Schutz bot. Die Höhle war von der anderen Seite offen. Aber hinter sich gewahrte sie eine niedrige Öffnung … Eine Höhle im Fels! Eine Trollhöhle? Oder der Eingang zur Alfhalle? In diesem Augenblick wäre ihr beides recht gewesen.
Aber bei näherem Hinsehen sah sie, dass hier scharfe Krallen die Erde fortgekratzt hatten, und als sie sich auf Hände und Knie niedergelassen hatte und in die Höhle spähte, nahm sie einen kräftigen Bärengeruch wahr. Eine alte Witterung – die Bären hatten ja schon, im Glauben, der Frühling sei gekommen, allesamt ihre Höhlen verlassen. Der, der da drin überwintert hatte, wünschte sich nun bestimmt, er hätte sein Lager nicht aufgegeben! Nun, im Moment schien ihr ein Winterschlaf eine ausgezeichnete Idee. So zog sie schnell ihre Röcke hoch und begann hineinzukriechen.
Zum Glück, dachte sie, als das kühle Höhlendunkel sie umgab,

setzen bei denen im Winterschlaf ja einige Körperfunktionen aus! Und als ihre suchenden Finger die Vertiefung fanden, in der der Petz gelegen hatte, stießen sie auch nur auf einige Haarbälle – und auf sonst nichts. Dankbar schmiegte sie sich in das für sie wohl geräumige Bärenbett, und nicht lange, da spürte sie, wie ihr rasender Herzschlag sich beruhigte.
Der Marsch im Schnee war doch anstrengender gewesen, als sie gedacht hatte. So überkam der Schlaf sie schon, als sie noch versuchte, sich an ihre anderen Frühlingsstürme zu erinnern, um zu schätzen, wie lange dieser dauern könnte. Und dann wusste sie für einige Zeit nichts mehr von sich.

Als Bera fröstelnd erwachte, war rings um sie große Stille. Ein paar grässliche Momente lang konnte sie den Höhlenausgang nicht ausmachen, aber dann fand sie ihn mit tastenden Fingern und kroch hinaus. Aber vor sich sah sie kein Licht, sondern nur etwas weniger Dunkelheit. Und als sie die Hand ausstreckte, griff sie in etwas Kaltes und Feuchtes, der Höhlenausgang war zugeschneit.
Sie zwang sich, Ruhe zu bewahren. Es musste Nacht sein, doch sie hätte nicht zu sagen vermocht, ob es weiterhin schneite. Wenn sie jetzt durch den Schnee bräche, wäre sie vielleicht nicht besser dran als zuvor – vielleicht sogar schlechter, da sie dann vom Schnee ganz nass wäre. Besser also, sie ginge wieder schlafen und wartete so den Morgen ab ... Dieser Sturm konnte ja nicht ewig dauern, es sei denn, es wäre, von ihnen unbemerkt, schon zum Ragnrök gekommen und nun der Winter der Welt angebrochen.
Sie nutzte aber die Gelegenheit, sich zu erleichtern und ein wenig Schnee zu essen. Das ist ja nicht so schlimm, tröstete sie sich dann, als sie wieder in ihre Höhle zurückkroch. Sie war nur ein wenig unter der Erde und nicht weit vom Hof, und nicht so wie damals, als sie und der junge Runenmeister sich tief drunten in den von Zwergen gehauenen Höhlen verirrt hatten. Sie hatte Schnee gegen den Durst und käme ein paar Tage lang gut ohne Essen aus. Ja, wäre es nicht so kalt gewesen, hätte sie sich wohl kaum in Gefahr befunden.

Aber die ständige Kälte zehrte an ihren Kräften und begann, als sie bei Tagesanbruch den Schnee nicht mehr durchbrechen konnte, auch ihren Willen zu schwächen. Es war doch nur ein Frühlingssturm, sie war ja nicht für den langen Winter hier eingesperrt. Aber er konnte sie doch das Leben kosten, wenn er sie zu lange hier festhielte. Wie erstaunt der Bär wäre, dachte sie mit bitterer Ironie, an seinem Schlafplatz ihren Leichnam vorzufinden, wenn er im nächsten Herbst zurückkäme. Würde er da ihre Knochen abnagen oder sie in ihrem einsamen Grab in Ruhe und Frieden lassen?

Wenn ich nicht ausbrechen kann, muss ich das auswarten, sagte sie sich. Und das am besten, indem ich wie diese Bären einen Winterschlaf halte. Von Groa kannte sie die Technik tiefster Trance – also nicht bloß die des aktiveren Zustands, in dem man auf Reisen geht, sondern die willentlicher Verlangsamung aller physischen Prozesse zum freien Flug des Geistes. Sie hatte sie sogar schon selbst praktiziert und dazu eine ganze Nacht auf dem uralten Grabhügel einer Völva verbracht. Doch an Visionen, so sie denn welche gehabt haben sollte, konnte sie sich nicht erinnern.

Sie legte sich also wieder hin, zog den Umhang fest um sich und schloss beide Augen. »Brúnbjorn, alter Freund«, flüsterte sie so zu dem Braunbären, der ihr Totem und Verbündeter war, »hast du mich denn zu dieser Höhle geführt? Bitte, wache du über mich und wecke mich, wenn es Zeit ist, und bringe mich hier hinaus!« Da atmete sie tief ein und langsam wieder aus. »Und wacht auch ihr über mich, all ihr heiligen Götter«, fügte sie in stummem Gebet hinzu.

Ein und aus, ein und aus strömte die Luft, durchströmte ihre Lungen – der heilige Ond, der Atem, der Leben ist, den Gott Odin dem Menschen gibt. Immer langsamer atmete sie, bis ihre Brust sich kaum noch hob und senkte. Groa, sann sie, vergib mir, dass ich dich allein lasse. Ihr Streit tags zuvor schien ihr nun recht kindisch, und sie konnte nur noch an die Liebe und Fürsorglichkeit der Meisterin denken. Welche Ironie des Schicksals, wenn der Tod uns beide zur selben Zeit hinnähme, dachte sie dumpf, die Völva durch das Feuer des Fiebers und mich durch die Kälte … Die beiden Gegensätze, aus denen die Welten erschaffen wurden, Eis und Feuer … Groa, so

lass mich dir etwas von meiner Kälte abgeben und wärme mich mit deiner Fieberhitze, damit wir beide weiterleben!
Bei dem Gedanken ging ihr Atem rascher, aber sie zwang sich, wieder langsamer zu atmen. Zieh Kraft aus der Erde … sink in ihre dunklen Arme … werde ruhig … ruhig …
Langsamer ging ihr Atem und langsamer ihr Denken. Ihr Bewusstsein schrumpfte zum ruhenden Punkt, der alles war, was von ihrer Identität blieb. Und still, sacht wie die Schneeflocken, die draußen immer noch fielen, driftete ihr Geist dahin.

Im Dunkel rührte sich etwas. Bera hörte ein dumpfes Grunzen, das Geräusch von etwas, das an Stein streifte. Und es wurde wärmer und enger um sie, so als ob etwas das Gros des Raums um sie okkupierte. Etwas wuffte in ihrer Nähe, und da wollte sie sich wegdrehen – und merkte, dass sie sich nicht bewegen konnte.
Das ist ein Albtraum, dachte sie. Der Bär ist in seine Höhle zurückgekehrt und will mich jetzt fressen! Und doch, obwohl die Vernunft ihr gebot, vor Entsetzen aufzuschreien, empfand sie keine Furcht. Selbst als sich ein mächtiges Gebiss um ihr Bein schloss und sie daran aus der Höhle zog, empfand sie nur eine Art distanziertes Interesse daran. Aber sie wehrte sich nicht. Wenn es ein Traum war, hätte er ihr vielleicht etwas zu sagen. Und wenn es Wirklichkeit war … sie war noch immer ganz hilflos, und diese merkwürdige Gespaltenheit könnte ihr vielleicht die Schmerzen ersparen.
Spitze, grobe Steine rissen ihr den Rücken auf, als sie sich von dem Bären widerstandslos fortzerren ließ. Aber es schien ihr nichts auszumachen. Verstörender war, dass es nun ringsum lichter wurde und sie sich in einer anderen, größeren Höhle wieder sah. Besaß die, in der sie Schutz gesucht hatte, denn noch einen anderen Ausgang? Aber die Luft hier drin stand so still … und der Alffels war ja sicher nicht groß genug, um eine Höhle dieser Ausmaße zu enthalten.
Und es war warm. Das machte fast alles andere wett, auch die Tatsache, dass sie ganz von Bären umringt war.
Bera hatte gehofft, Brúnbjorn habe sie hergezerrt – doch es war

ein riesiger Bär mit rotem Fell, den sie noch nie in ihrem Leben gesehen hatte. Er schleifte sie bis in die Mitte der Höhle, auf eine glatte Steinplatte. Dann erst entließ er ihr Bein aus seinen gewaltigen Kiefern und richtete sich zu seiner ganzen Größe auf und grunzte.
Aber noch ehe sie darüber Erleichterung empfinden konnte, drangen die anderen Bären schon auf sie ein.
Einer riss ihr mit scharfen Krallen die Kleider vom Leib. Sie fühlte den Druck, als einer von ihnen ihr ein Stück Fleisch aus dem Schenkel biss. Blut floss. Sie empfand keinen Schmerz, fühlte sich aber zunehmend wirr im Kopf, als nun die übrigen Bären sich an ihr gütlich taten.
Als sie tiefer zu beißen begannen, war ihr, als ob sie wen sagen höre, sie sollten ihr die Knochen ja nicht knacken ... aber sie konnte ihn nicht sehen, da ihr einer mit gewandter Pfote die Augen herausgeholt hatte.
Ich bin Bera, dachte sie vage, und nun bin ich die Bären ... Und in der Tat: Je mehr von ihr in deren Bäuchen verschwand, desto mehr verteilte sich ihr Bewusstsein auf sie, und jetzt sah sie auch schon durch die Augen des Bären, der die ihren verspeist hatte.
Was in der Mitte der Höhle lag, waren nur noch ihre Reste. Blutige Gliedmaßen lagen umher, und die Bären leisteten gute Arbeit bei der Säuberung ihrer Gebeine. Bera hatte noch nie die Schönheit von Knochen wahrgenommen – so elegant an Form und Funktion, jeder haargenau nach seiner Aufgabe gebildet. Besonders ihr Schädel, von dem ein kleiner Braunbär nun die letzte Faser leckte, war ein Wunder von einer Beinskulptur.
Grunzend und schnaubend vollendeten die Bären ihr Werk. Und als nur noch die blanken Knochen übrig waren, kam der große rote Bär herübergetapst und machte sich daran, sie allesamt wieder zusammenzusetzen.
Aber dabei, so kam es ihr vor, schien er sich zu verwandeln: Er bekam einen geraden Rücken, längere Beine und Hände statt Pfoten. Er war zwar immer noch behaart, aber durch sein Fell schimmerte jetzt blasse Haut. Halblaut vor sich hin summend, sammelte er die Knochen in den Lederschurz, den er plötzlich umhatte, und trug

sie, nachdem er jeden einzeln registriert hatte, nach nebenan in eine andere Höhle, in deren Mitte auf einer aus Steinen aufgeführten Esse schon rot die Holzkohlen glühten. Daneben waren ein Blasebalg und ein Amboss zu sehen, und an der Wand all die übrigen Werkzeuge eines Schmieds.
Einige der Bären waren ihm nachgekommen, hockten nun da und sahen ihm zu, wie er ihre Knochen auf die Glut warf. Als dann der Bärenschmied mit kraftvollen Armen den Blasebalg betätigte, flackerten die Kohlen orangerot und verbrannten die letzten Fleischfäserchen, die noch an den Knochen hafteten, zischend und Funken sprühend zu Asche. Aber er fachte die Glut weiter und weiter an, bis sie so heiß wurde, dass Bera schon dachte, auch ihre Knochen würden sogleich darin verbrennen. Aber sie behielten, obschon sie nun ihrerseits, wie von einem inneren Licht erhellt, zu glühen begannen, ihre Form und Gestalt ...
»Das Feuer läutert und stählt«, sagte der Bärenschmied. Sein rotes Fell wurde zum feuerroten Haar und Bart, und nur seine Augen behielten das tiefe Erdbraun der Bärenlichter. Und nun holte er mit einer Zange flugs einen Oberschenkelknochen aus der Esse und bearbeitete ihn mit einem kurzstieligen Hammer, dass es klang wie das schönste Glockenspiel. »Diese Knochen haben einen Kern von Feuer und werden nie erkalten ... Härter als Eisen, werden sie nie brechen ...«
Einen nach dem anderen holte er so ihre Knochen aus der Glut und fügte sie mit musikalisch präzisen Hammerschlägen wieder zusammen, bis ihr gesamtes Skelett, weiß und schimmernd, vor ihm lag. Was Bera in diesem Moment verblüffte, war, wie sehr es doch dem einer Bärin ähnelte.
Wir sind wirklich miteinander verwandt, dachte sie, und es ist nur gerecht, dass meinesgleichen mich verzehre ...
Zum Schluss setzte er ihr den runden weißen Schädel auf, und als er ihn mit geschickten Hammerschlägen befestigt hatte, konnte sie aus dessen leeren Augenhöhlen sehen.
Da steckte der Bärenschmied seinen Hammer in den Gürtel, hob das Skelett mit seinen kräftigen Armen auf und trug es durch einen engen gewundenen Gang aus der Höhle ins Freie hinaus.

Was sie da als Erstes sah, waren Wolken, die über den Himmel jagten. Es war so dunkel – kurz vor Mitternacht, den Sternen nach, die sie sah. Schneeschleier wirbelten noch immer von den fliegenden Wolken herab, und außer dem glatten Alffels war alles weiß von Schnee. Ihr Skelett klapperte und klang, als er es auf den Stein legte, aber ihr war noch immer warm, als ob sie Feuer statt Mark in den Knochen gehabt hätte.

Und der Schmied, in Reithosen nun statt mit Schurz, aber die behaarte Brust noch nackt, richtete sich auf und reckte sich und streckte die Arme gen Himmel, und als er das Gesicht zum Firmament hob und lachte, flog sein Flammenhaar im Wind.

Wie ein Echo kam ein Donner aus den Wolken … Hätte sie eine Stimme besessen, hätte sie dem Schmied nun einen Namen geben können … aber so konnte sie nur in ehrfürchtigem Schweigen zusehen, wie er den Hammer schwang, einmal, zweimal, dreimal – und beim dritten Mal fuhr ein Blitz vom Himmel herab, fuhr ihr wie ein Speer in dieses leere Gerippe, das ihr Brustkorb war. Und die Knochen sprangen und klangen, als die Kraft wie ein strahlendes Netzwerk durch sie flammte. Und einen Moment später pulsierte schon ein Leib von Lohe um das feste Gerüst aus festem Bein und Knochen.

Und sodann, den Hammer immer noch gen Himmel erhoben, begann dieses Wesen, das die Menschen Thor nennen, zu singen. Den Mut des Wildschweins besang er, da sah sie den Geist des Ebers auf sich zu fliegen, und das Strahlengeflecht in ihrer Brust wurde Herz. Die Weisheit des Raben besang er, und da bildeten sich in ihrem Schädel die Gehirnlappen. Die Kraft des Bären kam in sein Lied, und da wuchsen an ihren Knochen die festen Muskeln. Vom Adler bekam sie neue Augen und vom Rotwild ein schärferes Gehör, die Verdauung vom Elch und die Lungen vom Pferd. Auch weniger greifbare Gaben kamen ihr von den Tieren … die Ausdauer vom grauen Wolf und von der wilden Gans den Orientierungssinn. Und als er fertig war, lag ein Neues, ein neu geschaffenes Wesen zu seinen Füßen, vollkommen in jeder Einzelheit, aber noch so reglos wie ein Bild.

Er ging langsam um sie herum, betrachtete sie stirnrunzelnd, wie

um sich zu vergewissern, dass er nichts vergessen hatte. Dann kniete er sich neben sie und legte ihr die Hand auf die Brust.
»Lodhurr, erfülle dieses Fleisch mit Leben, mit Kraft, Elan, Gesundheit und Gefühl ...« Und für einen Moment stand da eine andere Gestalt neben ihm, und Kraft schoss durch seine Hand, und ihr Herz begann zu schlagen, langsam und gleichmäßig.
»Hamingja, komm, hüte diese Hülle vor Harm und Weh ...«, rief er, und nun sah sie denn plötzlich Brúnbjorn vor sich, ihren Verbündeten. Der große Braunbär trat über sie, ließ sich auf sie nieder und verschwand dann, als er ihr neu geschaffenes Fleisch berührte. Und dem flüchtigen Druck folgte das Gefühl größerer Größe ... als ob ihr Leib sich nun über die Grenzen ihrer Haut ausdehnte.
»Huginn und Muninn, bringt Verstand und Gedächtnis ...«, rief er. Da kamen aus dem Dunkel zwei dunklere Gestalten: Raben. Schwarze Federn streiften ihre Schläfen, und plötzlich war sie keine distanzierte Beobachterin mehr, sondern sie selbst – und mehr als sie selbst, sie war sich des Geschehens mit allen Kräften ihres Gehirns bewusst.
Thor lächelte und legte ihr die Finger auf die Kehle.
»O Odin, bring deinen heiligen Odem, das Feuer zu entfachen, den Geist zu erfüllen!« Und bei diesen Worten erhob sich ein starker Wind um sie, öffnete ihr die Lippen, füllte ihr die Lungen und erfüllte jede Faser ihres Körpers mit einem Hauch von Ekstase.
Als es vorbei war, holte Bera tief Luft, öffnete die Augen und setzte sich auf. Die Wolken waren im Schwinden, und der Vollmond ließ den Schnee aufleuchten. Aber selbst bei diesem silbernen Licht barg Thors Haar eine Spur von Feuer.
»Wie fühlst du dich?«, fragte der Gott. Bera wusste, dass er zu seinen Feinden schrecklich sein konnte, und auch, dass alles, was er tat, selbst in der Schlacht, nur der Verteidigung des Lebens diente, und so vergaß sie, sich zu fürchten.
»Wie die Wolke, die sich ausregnen will, wie das neue Feuer, zu lebendig fast, aber ohne Zweck noch Ziel!« Und ihre Augen füllten sich mit Tränen, als sie die Liebe in dem Blick sah, den er ihr schenkte. Hatten vielleicht manche aus ihrem Volk sich nur des-

halb der neuen Religion zugewandt, weil sie die Liebe ihrer alten Götter vergessen oder nie zu sehen gewagt hatten?

»Da ist noch etwas, was ich dir schenken will ...«, erwiderte Thor. »Du bist meine Tochter, hast du das nicht gewusst? Denn du bist Bera, und ich heiße auch Björn der Bär. Aber du musst diese Verwandtschaft annehmen, wenn ich dir helfen soll, und dann bist du auch Thrudhmär, meine Machtmaid. Willst du das annehmen? Willst du meinen Schlag entgegennehmen?«

Was für ein Moment, mit dem Fragen anzufangen! dachte sie, nickte aber.

»Hönir«, flüsterte er, »hörst du mich? Gottgeist, eile herbei. Dieses Kind fordere ich ... jetzt!«

Ihr blieb nur ein Augenblick, um Angst zu haben, als der Hammer in Thors riesiger Hand sich hob. Dann kam er schon auf ihren Kopf herab! Die Hellen aller Welten explodierten darin, als er ihn traf, und dann wusste sie von nichts mehr.

Als Bera wieder die Augen öffnete, lag sie auf dem Boden der stockdunklen Höhle. Sie war nackt, fühlte aber ihre Kleider rings um sich verstreut. Doch ihr war, obwohl die Luft doch sehr kühl war, schön warm. Aber sie war hungrig, so hungrig, als ob sie tagelang nichts gegessen hätte, und das stimmte wohl, was immer sonst ihr geschehen oder nicht geschehen war.

Ihr tat die Schädeldecke ein bisschen weh ... und beim Reiben kitzelte es da. Ansonsten fühlte sie sich so stark und vital wie schon lange nicht mehr.

»Thor, ich danke dir ... sei das, woran ich mich zu erinnern glaube, nun Wirklichkeit gewesen oder nicht!«

Da kam, so deutlich, wie direkt neben ihr gesprochen, seine Antwort: »Es war so wirklich, wie ich es bin ...«

»Hilfst du mir dann auch, hier herauszukommen?«

»Der Sturm ist vorbei, aber die Öffnung, durch die du kamst, ist immer noch von Schnee blockiert. Nimm also den Gang zur Spitze des Felsens.«

Bera suchte im Dunkel ihre Kleider zusammen und zog sich an. Dann nahm sie ihren Korb und begann, systematisch die Höhle ringsum abzutasten. Ein kühler Luftzug verriet ihr dann, dass sie den gesuchten Gang gefunden hatte. Er war sehr eng, aber sie war sehr viel dünner als zu der Zeit, da sie hereingekommen war – und bald schon wurde der schwache Schein vor ihr zu einem Rund von Himmelblau und hellem Tageslicht. Und als sie den Kopf hinausstreckte, sah sie den langen Hang und den Wald ringsum wie in ihrer Vision und auch die dicht gescharten Häuser und Hütten des Hofs.

»Neun Nächte warst du fort!«, rief Ragnhild, als Bera ihren Korb abstellte. »Wir glaubten schon, du seiest tot, und die Völva würde sterben. Ich wusste nicht, was tun!«

Groa lag jetzt in einem Schlaf, aus dem niemand sie zu holen vermochte. Wasser blubberte ihr bei jedem mühsamen Atemzuge in den Lungen. Bera musste ein Gefühl der Panik unterdrücken. Den Tee konnte sie vergessen, da die Völva ihn ja nicht mehr trinken konnte. Aber sie hatte nicht vor, jetzt die Hände in den Schoß zu legen und zuzusehen, wie ihre Lehrerin starb – nicht nach dem, was sie durchgemacht hatte.

»Vergisst du so schnell, Thrudhmär?«, erklang die Stimme des Gottes in ihr. »Bitte mich um Hilfe, und ich sage dir, was du zu tun hast …«

Sie schloss für einen Moment die Augen. Und als sie sie wieder öffnete, sah sie, dass Ragnhild sie neugierig musterte.

»Habt ihr einen Hammer?«

»In der Schmiede … meine ich.«

»Hol ihn, und bring ihn mir in die Halle!«

Bis Ragnhild mit dem Hammer zurückkam, hatten Haki und Bera die Völva aus dem Kastenbett gehoben und sie, in Hakis Armen halb aufgerichtet, an die Feuerstelle gesetzt, damit sie nicht an dem eigenen Blutwasser erstickte.

»Thor, der du den Sonnenschein bringst und die Stürme bannst … jetzt ist die Stunde, deine Macht zu zeigen«, flüsterte sie und kauerte sich neben die Sterbende und hob den Hammer.

»Ihr Wasserwichte, die ihr die Menschen krank macht, so seid bei Mjolnirs Macht gebannt! Im Namen Thors!«, schrie sie und schwang den Hammer mit aller Kraft gegen Groas linke Brust, riss ihn aber im letzten Moment mit einer Anstrengung zurück, die ihre Unterarmmuskeln sich so wölben ließ, dass ihre Kraft sich in die Kranke fortpflanzte, während der Hammer selbst kaum ihr Hemd streifte.

Kaum einen Atemzug später wiederholte sie die Operation auf der anderen Seite und schlug nun nach den Fieberdämonen, die Groas Stirn glühen ließen. Als sie sich endlich zurücklehnte und den Hammer von ihrer, plötzlich, kraftlosen Hand baumeln ließ, zitterte sie am ganzen Leib und der Schweiß rann auch ihr von der Stirn.

»Brau den Tee ...«, sagte sie zu Ragnhild, die sie mit großen Augen anstarrte, »ihn braucht es, um die Kur zu vollenden«, und zu Haki: »Bring sie jetzt wieder ins Bett und decke sie warm zu!«

Es wurde eine lange und bange Nacht. Bera wusste nur, dass sie getan hatte, was sie hatte tun müssen, ohne jedoch völlig zu verstehen, warum. Aber als dann der Morgen kam, atmete Groa schon leichter, und zu Mittag war sie wach und wollte essen. Am dritten Tage, als klar war, dass sie wieder genesen würde, schilderte Bera ihr alles, was in jener Bärenhöhle geschehen war.

»Willst du noch immer, dass ich dich initiiere?«, fragte Groa, als sie ihre Geschichte zu Ende erzählt hatte.

Bera starrte sie an und begriff jetzt erst, was ihr in den letzten Tagen geschehen war.

»Nicht mehr ...«, erwiderte sie staunend. »Nein, es ist schon vollbracht. Wie auch immer du oder sonst wer mich nennt: Ich weiß, wer ich bin ...«

»Genau«, versetzte ihre Lehrerin. »Und diese Krankheit jetzt hat mich gelehrt, dass die Tage des Reisens, die Tage auf der Straße für mich vorüber sind. Jarl Sigurd hat mir einst ein Zuhause angeboten. Wenn wir nach Lade kommen, werde ich sein Angebot annehmen. Haki und dieser Wagen sind dein, Bera. Du bist von nun an die Völva!«

LYNN MORGAN ROSSER

Wieweit genau können Wahrsager ein Menschenschicksal beeinflussen? Hier eine Geschichte dazu, die einem bekannten Thema eine überraschende Wendung gibt.
Lynn und ihr Mann sind beide Musiker, und sie haben bislang zwar weder Kinder noch Haustiere, planen aber, sich beides zuzulegen. »Eide« ist Lynns erste Publikation, aber, so sagt sie, sie gehe »noch mit mindestens vier Romanen und etlichen Kurzgeschichten schwanger«. Bestens, wir wünschen ihnen eine glückliche Geburt! – MZB

LYNN MORGAN ROSSER

Eide

»Du bist vereidigte Wahrsagerin, Hexe, sagt man jedenfalls. Ich habe aber einen Eidstein dabei und hoffe, dich nicht zu kränken, wenn ich dich bitte, mir darauf Wahrhaftigkeit und auch Verschwiegenheit zu schwören«, sagte er, und aus seiner Stimme klang der Hochmut dessen, der gewohnt ist, Befehle zu erteilen und dabei keinem Widerspruch zu begegnen.

Sie wies ihm ihre unverkennbare Tätowierung auf dem rechten Handrücken und erwiderte: »Ja, ich bin eine auf die Wahrheit Vereidigte und muss denn laut Zunftregel all diese Angelegenheiten vertraulich behandeln. Das weißt du ja gut, denn sonst hätte ich weder mein Auskommen damit noch einen Ruf, würdig, deine Aufmerksamkeit auf mich zu lenken, und trüge auch nicht dies Zeichen meiner Zunft auf der Hand.« Nun kniff sie die grünen Augen zusammen und musterte ihn mit dem zweiten Gesicht, das Teil ihrer Kunst und ihres Metiers war. Und da sah sie über seinem Kopf eine goldene Krone schweben: Das sichere Zeichen dafür, dass er den Thron von Algon bestiege und dass dies sein Schicksal war, gleichgültig, was er selbst an Entscheidungen träfe. »Jedoch«, fuhr sie, nach dieser allerkleinsten Pause, fort: »dein Eidstein macht mir keine Angst. Also schwöre ich darauf!« Wieso ihm dies abschlagen, wenn der Ehrlichkeitseid ihrer Zunft sie doch im Nu zu Asche verwandelte, so sie auch nur im Geringsten dagegen verstieße?

Sie lächelte geduldig, entblößte eben so weit die Zähne, dass er sich bemüßigt sah, sich steif zu verbeugen, bevor er sich zu ihr an den Tisch setzte – denn einer aus ihrer Zunft den schuldigen Respekt verweigert zu haben, hatte schon manchem mächtigen Mann ein böses Ende beschert. Die Unaufrichtigkeit seiner Geste ignorierend, nahm sie den irisierenden Opal aus dem Beutelchen, das er ihr reichte, und nahm ihn fest in die rechte Hand. Und als sie ihren Eid leistete, spürte sie, wie ihr ein scharfes Kribbeln den Arm hochkroch und ihr das Herz umschloss, bis der Zauber ganz vollendet war.

»So«, sagte sie mit dem leicht spöttischen Ton, der die Augen intelligenter Gegenüber argwöhnisch funkeln macht, »du willst also deine Zukunft wissen?« Der schwarzbärtige Prinz, der wie ein gemeiner Soldat ganz in schwarzes Leder gehüllt war, nickte knapp und warf die schwere Börse, die ihren Lohn enthielt, auf den Tisch. Und als sie ihm die Kränkung antat, die Börse zu öffnen und das Gold zu prüfen, ehe sie sie, den Effekt dieses weiteren Affronts genau kalkulierend, in einer Schatulle wegschloss, flackerten seine Augen, und er begann, sich nervös in den dunklen Ecken des Raums umzusehen. »Das Morgen hängt von den Entscheidungen ab, die du heute triffst«, raunte sie und maß ihn mit dem verwirrenden Blick hungriger Katzen. »Du musst mir sagen, was dein Ziel ist und welchen Weg du dorthin einschlagen willst.«

Da antwortete er ihr im Flüsterton, aus Furcht, dass auch aus ihren zauberversiegelten Wänden noch ein verräterisches Wort entwiche: »Den Thron von Algon«, wisperte er und beugte sich unsteten Blicks näher zu ihr. »Ich habe einige Pläne ... zum Sturz des Königs ... die seinen vorzeitigen Tod beinhalten.« Damit lehnte er sich zurück, verschränkte die Arme, zog mit seinen großen Händen unruhig an seinen Lederärmeln und ließ die Augen hin und her huschen, um ihrem festen, harten Blick auszuweichen.

»So werde ich auf diesem Pfad in deine Zukunft sehen, Bruder des Königs«, knurrte sie da, mit einem Sarkasmus, der diesem Titel etwas Profanes und Verräterisches gab ... Und er zuckte zusammen, als ob man ihm mit einem sehr spitzen Dolch in den Hals gestochen hätte.

Sie goss den Kräuterabsud in ihre Wahrsageschale und wartete, dass er einen Spiegel ausbildete ... Das magische Nass wurde so schwarz wie Tinte, und da seufzte sie gleich und strich sich eine Strähne ihres goldenen Haares hinters Ohr. »Die Zukunft birgt deinen Tod! Ich rate dir ab davon!«, sagte sie dann mit Unheil verkündender Stimme und beobachtete, wie seine ärgsten Ängste in seinen Augen aufwallten wie siedendes Öl und endlos widerhallende Schreie. »Würdest du in Kenntnis dessen einen anderen Weg wählen?«, fragte sie da und sah, wie die Spannung aus seinen Händen schwand.

»Ja. Ich hatte gedacht, des Königs General zu werden und mit meinem Schwerte Ruhm und Macht zu erlangen, für ihn die Welt zu erobern und sie ihm zu Füßen zu legen ... Wäre denn diesem Vorhaben Erfolg beschieden?«

Sie schenkte ihm ein schneidendes Lächeln, wusste sie doch so gut wie er, dass er nur darauf aus war, sich Land zu erobern, für den Fall, dass sein Bruder eines Tages ... das Zeitliche segnete. »Lass mich sehen«, erwiderte sie nun, rührte das Nass in dem Kelch mit dem Finger um und begann, auf seinen Begehr konzentriert, das Verfahren wieder von vorn. Und da wurde es rot wie Blut. Tiefe Stille kehrte ein in der kleinen Kammer, während der Sand, der die Zeit seines Besuches maß, langsam durch ihr Stundenglas rann ... Als ihre Vision vergangen war, blinzelte sie und sah ihm dann geradewegs in die Augen. »Du wirst auch bei diesem Unternehmen keinen Erfolg haben. Auch dieser Weg führt in den Tod. Ich rate dir daher, einen anderen zu nehmen.«

Die Brauen gerunzelt vor Verdruss, rückte er ruhelos hin und her. »Nun denn, Hexe ...«, sprach er mit unüberhörbarem Hohn, »welche Zukunft schlägst du mir denn vor? Enden all die Wege im Verderben? Gibt es keinen, der zu meinem Glück führt?«

Sie lächelte darauf und starrte, nachdem sie noch einmal in der Schale gerührt hatte, minutenlang in den Absud, derweil der Prinz schon vor Ungeduld ein böses Gesicht zog. Nun nahm die Flüssigkeit einen goldenen Schimmer an. Da schenkte sie ihm einen viel freundlicheren Blick und sagte schlicht: »Geh heim. Sei gut zu Frau und Kind, zu deiner ganzen Familie. Lerne die Äcker mit deinen eigenen Händen bestellen, damit du das Leben der Bauern, die ihrem König dienen, kennen lernst. Und lerne auch das der Händler, Handwerker und Gastwirte kennen. Lerne das Volk kennen, als ob es dein eigen Fleisch und Blut wäre. Und lerne seine Sorgen und Nöte kennen. Und ziehe dein Schwert nur, um

Land und Hof zu schützen, um dein Leben oder das anderer gegen Übergriffe oder im Krieg zu verteidigen. Diene der Krone in Treue. Suche dem gemeinen Wohl zu dienen, vor dem nur des Adels … Gib den Armen im Königreich Arbeit oder wenigstens Brot, wenn denn keine Arbeit zur Hand ist … Tust du all das, ist das Glück dein, und auch der Thron von Algon für viele und gedeihliche Jahre.«
»Ist dies der Weg zum Thron?«, fragte er, ungläubigen Blicks und in hochnäsigem höfischen Akzent, der seinem Abscheu über ihren Vorschlag Ausdruck verlieh.
»Du zweifelst an mir?«, gab sie zurück und hob herausfordernd die Brauen.
Da lehnte er sich zurück, und auf seinem Gesicht malten sich abwechselnd die heftigsten Gefühle: Wut und Furcht, Hoffnung und Scham. Endlich erwiderte er in fast kindlicher Art, kaum die Worte hervorbringend: »Ich … weiß nicht, wie …« Dabei war sein Gesicht – für einen Augenblick der arroganten Maske bar, in all seiner schmerzlichen, grässlichen Verletzlichkeit – ein einziges Flehen um Führung und Hilfe.
Sie lächelte beruhigend, so froh, dass endlich etwas Licht in dieses Grab gefallen war, in das er sein Herz gefasst hatte. »Es gibt einen Weg. Du musst nur den Mut haben, ihn zu gehen. Nimm den Eidstein«, sprach sie und wies auf den Opal, der da auf dem Tisch schimmerte, »und schwöre darauf, alles zu tun, was ich gesagt habe … und das Glück ist dein. Und solltest du von deinem Weg abweichen, wird er dich sehr nachdrücklich daran erinnern!« Ja, der Stein da würde ihn einmal mit einem scharfen Herzstechen warnen und ihm dann, wenn er fortführe, sein Wort zu brechen, einen grausigen Tod bescheren.
Da nahm er den Stein in seine Rechte und musterte ihn voller Furcht. »Bist du sicher … dass ich den Thron bekomme?«
Sie nickte gemach und hieß ihn, ihr den Eid, der ihn bände, Wort für Wort nachzusprechen. Er tat es, und da sah sie den Zauber in sein Herz dringen … Als es vollbracht war, gab er einen tiefen Seufzer von sich und straffte die Schultern, als ob eine große Last von ihm genommen wäre.

Schon im Begriff, ihr Häuschen wieder zu verlassen, warf er ihr noch einen Beutel Gold auf den Tisch. »Das da ist ein Bonus für deine Arbeit, weise Frau. Ich kam als Verräter und gehe als König … ich wäre nie auf den Weg gekommen, den du mir aufgezeigt hast«, sprach er. »Zudem«, fügte er mit einem etwas scheuen Lächeln hinzu, »wenn ich erst König bin, werde ich auch eine Beraterin brauchen. Betrachte das als Vorschuss auf dein Gehalt in dieser Position!« Und sie erwiderte sein Lächeln und nickte gnädig, war sie doch über die Ereignisse dieses Abends und ihr höchstpersönliches Glück gleichfalls sehr erfreut.

»Mögest du Frieden finden!«, sprach sie hoheitsvoll, recht im Bewusstsein, einen prophetischen Segen zu sprechen.

Da nahm er mit tiefer Verbeugung, die Hand auf dem Herz, von ihr Abschied, ihr so den Respekt erweisend, den er ihr zuvor verweigert hatte … Und sie schloss mit einem Wink ihrer Hand die Tür hinter ihm.

»O Prinz«, wisperte sie mit einem Seufzer der Erleichterung, als sie sein Pferd in die mondlose Nacht hineintraben hörte, »wie gut, dass jede Zukunft mit dem Tod endet und dein Erfolg nicht nach deinen Maßstäben gemessen wurde.«

Damit drehte sie ihr Stundenglas wieder um – und wartete auf das Klopfen ihres nächsten heimlichen Besuchers, der, wie ja alle, auf der Suche nach dem Weg zu seinem eigenen Herzen zu ihr käme.

Da haben wir nun eine interessante Mischung aus Wetter- und Fruchtbarkeitszauber. Das ist das dritte Jahr, dass Carol mir etwas für die Magischen Geschichten *angeboten hat – also ist wohl doch etwas an der Redensart, dass der dritte Anlauf gelinge. Jedenfalls ist es ein Beweis dafür, dass Ausdauer sich lohnt.*
Carol ist dabei, den PHD in Ernährungswissenschaft zu machen – einem interdisziplinären Fach, das wohl Mikrobiologie, Chemie, Ingenieurwesen und Ernährungskunde, soweit sie sich auf die Nahrungsmittelproduktion und Ernährungssicherheit beziehen, vereinigt. Für mich wäre all das zu hoch, aber ich bin froh, dass sie das studiert: Denn ich esse gern und finde es daher beruhigend zu wissen, dass es da jemanden gibt, der über die Sicherheit meiner Ernährung wacht. – MZB

CAROL TOMPKINS

Etwas Kostbares

Schwaden dichten Nebels lagen über dem See, still und ruhig, trotz des Südostwindes, der den Wald ringsum zauste. Und die paar winzigen Nebelfäden, die gen Himmel aufstiegen, erfasste der Wind und zerstreute sie fast so rasch, wie sie sich gebildet hatten. Schlanke Bäume säumten den See und wölbten ihre Zweige über das Wasser. Und eines der wenigen verbliebenen Blätter, strahlend in herbstlichem Gelb, löste sich unter dem steten Zerren der Böen und fiel in phantastischer Spirale, bis der Nebel darunter es verschluckte.

Ich stand am Ufer des Sees. Und wartete. Hoch droben, in den Baumkronen verborgen, scharten sich die Wirlinge. Ihre roten Augen blitzten durch den Nebel herunter, und ihr Gezwitscher schwirrte wie unverständliches Geflüster durch die Luft. Nun kam einer von ihnen auf einem gebogenen Ast herabgekrochen, setzte sich ein paar Fuß von mir und musterte mich, den Kopf schief gelegt. Ich versuchte, den unverwandten Blick seiner roten Augen zu ignorieren – aber es stiegen Erinnerungen an alte Geschichten in mir auf. Die Wirlinge, sagten sie, seien die Augen und Ohren jenes alten Von, der das Herz des Waldes sei. Aber diese Wirlinge rückten nicht mehr näher. Sie sahen bloß zu, wie ich aus den Tiefen des Sees die Loän rief. Die hatten meinen Bruder, und ich gedachte, ihn zurückzuholen ... Oh, die Loän ließen sich nicht lange bitten. Sie stiegen mit Wehgeschrei aus den Wassern und schwebten über dem Spiegel des Sees. Sie wirkten so ätherisch, wie aus Wolken geformt. Zwei der mir am nächsten schwebenden Loän kamen auf mich zu. Ihre magische Aura war dick und gewunden, und ich musste blinzeln, um in deren Strängen nicht gefangen zu werden. Und mir blieb jetzt nicht die Zeit, sie zu erkunden.

Ich wich zurück, um von einem nahen Rithibusch ein Zweiglein zu brechen, und steckte es, wie einen Talisman, ins Kopfloch meiner Weste. Grams hatte gesagt, das bringe Glück – und ich hätte in dieser Situation Schlimmeres tun können, als alter Weisheit zu folgen!

Da streckte der größere der zwei Loän die Hand aus, um mein Haar zu berühren. »Du bist gekommen«, zischte er heiser und wickelte eine Locke um den knochenweißen Finger. »Du siehst aus wie deine Mutter. Da hat sie gestanden, siebzehn Jahre ist es her, und hat mit mir gehandelt.«

Ich schlug seine erstaunlich feste Hand weg und fuhr zurück, dass mir der Rithizweig noch ins Wasser fiel. »Ich bin wegen meinem Bruder hier.«

Da zog er eine grässliche Fratze und rief: »Deine Mutter hat mich hereingelegt. Du bist die, um die der Handel ging. Eine Sterbliche als Braut für Wiru, meinen Sohn. Wir halfen ihr, die einfallenden Tornen zurückzuwerfen, und sie, sie hat uns betrogen!«

Ich hatte meine Mutter nicht kennen gelernt – und Grams hatte bis zu jener Nacht, da mein Bruder Ronen entführt wurde, nur selten von ihr gesprochen. In der Nacht hatte sie mich Platz nehmen lassen und mir von ihrem Pakt erzählt. Als einst die Tornen – da war ich noch nicht auf der Welt – in unser Land einfielen, da ging sie, wohl wissend, dass sie sie nicht aus eigener Kraft zurückschlagen könnte, zu den Loän und bat um Hilfe. Die versprachen sie ihr auch – jedoch um einen hohen, schrecklichen Preis: ihre Erstgeborene. Alle meine Ahninnen mütterlicherseits, die Zauberinnen gewesen waren, hatten ja Töchter geboren, und Tikon, der Anführer dieser Loän, wollte eine starke Braut für seinen Sohn. Denn ihr Geschlecht starb langsam aus, brachte es doch immer seltener Mädchen hervor. Aber da hatte meine Mutter, zu aller Überraschung, Zwillinge geboren – und Ronen, mein Bruder, kam einige Minuten vor mir auf die Welt.

Meine Mutter starb bei unserer Geburt, und Grams verbarg uns mit ihrer Magie vor den Loän. Aber irgendwann fanden sie Ronen. Er war nicht der, den sie wollten – aber sie wollten auch nicht auf ihren Anspruch verzichten.

»Gebt mir Ronen wieder. Er kann euch nicht von Nutzen sein. Lasst ihn frei!«, bettelte ich. Mein Zwillingsbruder war meine andere Hälfte – als Kinder waren wir unzertrennlich gewesen, und ihn verloren zu haben, das fraß an meinem Herzen.
Mit einem schlauen Glitzern in den Augen sah Tikon mich von der Seite an und fragte: »Wirst du seinen Platz einnehmen?«
Ich zögerte. Darum, mich an meines Bruders statt anzubieten, war ich gekommen – aber nun, vor der konkreten Aussicht, bei den Loän zu leben und einer solchen Kreatur Frau zu sein und Kinder zu gebären, fühlte ich meinen Vorsatz schwinden.
»Ich schlage einen Kampf vor. Gewinne ich, so verzichtet ihr auf alle Ansprüche auf mich und meinen Bruder«, rief ich und fuhr dann, nach kurzer Pause, hastig fort: »Und gewinnst du, heirate ich deinen Sohn. Aber mein Bruder geht des ungeachtet frei aus. Ihr braucht ihn nicht.«
»Was für ein Kampf? Ich glaube nicht ... dass du einen fairen auswählst!«, erwiderte er, verschränkte die Arme und starrte mich störrisch an.
»Ich lege die Regeln fest und bin Schiedsrichter«, schallte es da aus dem Wald, und ein Riese mit der aufrechten Haltung eines Menschen, aber dem Fell des Tieres trat aus dem Forst, und auf seinen Schultern, da hockten zwei Flügel schlagende, Zähne bleckende Wirlinge. Ich starrte ihn entgeistert an: Das musste Von selbst sein! Und die Loän wichen hastig zurück und zischten aufgeregt untereinander.
»Komm her, Tikon!«, rief Von aus und winkte dann mir zu. »Und du, Mayta, komm auch her ... Ich habe ein Interesse an diesem Streit. Die Loän sind aus meinem Wald, und ihr Verschwinden würde ein Vakuum schaffen und Leid über viele Arten bringen. Ich möchte verhindern, dass sie aussterben, auch wenn das die Infusion frischen Blutes einer Sterblichen erfordert«, sagte er, kreuzte die Arme und sah auf mich herab. »Aber du sollst trotzdem eine Chance erhalten. Befreie sie von dem Fluch der Unfruchtbarkeit. Du hast zwei Tage Zeit dazu. So du es nicht schaffst, kommst du zurück, dich den Loän anzuschließen ...«
Da kam der andere, kleinere Loän, der herbeigeschwebt war, um

Vons Worten zu lauschen, plötzlich näher und streckte seine missgestalteten Arme nach mir aus und zog mich mit glühenden Blicken schier aus, sodass ich entsetzt zurückfuhr. Aber Tikon verstellte dem Lüstling den Weg und brummte: »Das ist Wiru, mein Sohn. Er brennt darauf, dich kennen zu lernen. Aber ich akzeptiere Vons Vorschlag. Heile unsere Unfruchtbarkeit, und du bekommst Ronen wieder und behältst deine Freiheit. Doch scheiterst du, nimmst du deines Bruders Platz ein!«

Ich war eine der begabtesten Zauberinnen meiner Generation, aber ich war eine Wetterhexe und wusste nur wenig von Flüchen und noch weniger von Fruchtbarkeitszaubern. Doch statt meine kostbare Zeit damit zu verschwenden, modrige Folianten oder Manuskripte zu studieren, ging ich Daidra, Ronens Verlobte, besuchen. Sie war auf Liebeszauber spezialisiert ... und ich hatte sie so halb im Verdacht, einen davon auf meinen Bruder angewendet zu haben.

Ihr Atelier war durch das Pflanzengestrüpp kaum zu erkennen: Farne bedeckten den Boden, und schlanke Erlen schwankten im Wind. Hier und dort schlängelten sich Dornblütenbüsche durch den Garten, und die Wegplatten waren völlig von Streifenmoos überwuchert. Ein Kunde war bei ihr, als wir eintrafen, brach aber seine Unterhaltung mit ihr ab, als wir hereinkamen, sah erst mich und dann Daidra an und murmelte: »Ich komme später wieder, um das zu besprechen.«

Dummer Kerl, als ob es mich scherte, welches Problem ihn zu ihr geführt hatte! Liebeszauber und vielerlei Kram hingen an den Wänden, und in großen, geflochtenen Körben waren Kräuter zur Stärkung der Fruchtbarkeit ausgelegt ... Ich ging hin und sah mir diese Kräuter an. Noch ein paar Jahre, und ich würde meine eigenen kleinen Hexenkinder großziehen! Dieser Gedanke rief mir leider die Loän wieder in Erinnerung, und so wandte ich den Blick schnell von all dem Zeug.

»Mayta«, begrüßte Daidra mich da argwöhnisch – ich hatte aus meiner Abneigung gegen ihren Bund mit meinem Bruder keinen Hehl gemacht. »Wo ist Ronen?«

Ich holte einmal tief Luft und gemahnte mich daran, dass ich ihre Hilfe benötigte. »Darum komme ich ja, um mit dir zu reden, Daidra!«, sagte ich und unterrichtete sie mit kurzen, knappen Worten über sein Los.

»Sie haben Ronen!«, sagte sie darauf mit einer Stimme so kalt und hart, wie ich sie bei ihr noch nie gehört hatte.

»Gräme dich nicht, du bekommst ihn doch wieder. Sie wollen nur mich!«

»Er verziehe es sich nie, wenn du seinen Platz übernähmst ... Und du weißt das, verdammt!«, schrie sie, und ihr Mund war so angespannt und wütend.

Ich fing an, wütend zu werden. »Glaubst du, ich ginge gern zu den Loän? Aber es ist das einzige Verhandlungspfand, das ich hatte! Ich könnte es mir nie verzeihen, wenn ich ihn an dem Platz ließe, der mir zugedacht war!

»Entschuldige, es war nicht so böse gemeint, wie es klang«, sagte sie und lächelte halbherzig, den Tränen zum Trotz, die ihr in die Augen traten. »Ich rede zu dir immer so unbedacht und überstürzt ...«

»Nun ja, ich war wohl auch etwas zu voreilig«, murmelte ich und sah beiseite.

Daidra runzelte die Brauen und wies in die Runde. »Aber wenn es um ein Fruchtbarkeitsproblem geht, wirst du wohl hier in meinem Atelier etwas finden!«

»Vielleicht«, erwiderte ich zweifelnd, denn wenn es ein simples Problem gewesen wäre, hätte ich mich schon vor Jahren darum gekümmert. »Es handelt sich aber sicher um einen Fluch. Ja, ich glaube, ich sah einen Fluch um sie.«

»Du glaubst ...«, versetzte Daidra, mit einem Anflug von Hohn in der Stimme. »So, genauer kannst du das nicht sagen?«

»Ich bin eine Wetterhexe, Daidra. Du weißt das!«, meinte ich, etwas töricht mich verteidigend, da ich daran denken musste, wie ich Daidras Talente immer vor Ronen herabgesetzt hatte. Mein Zwillingsbruder und ich waren fähige Wetterköche – und mir war der Gedanke entsetzlich gewesen, dass er unter seinem Niveau heiraten könnte. Ich musste über mich selbst lächeln, wenn ich be-

dachte, wie unnütz meine Wetterfertigkeiten jetzt waren. Ja, sie verfügte über das Wissen, das es brauchte, um mich vor den Loän zu retten.
Da kam Daidra hinter ihrer Theke hervor und warf sich einen Umhang um die Schultern. »Also, dann bringst du mich besser zu deinen Loän, damit ich mir selbst ein Bild machen kann. Ich muss diesen Fluch genauer studieren, wenn ich dir helfen soll.«
Ein vernünftiger Vorschlag, aber der Gedanke, jetzt an den See zurückzugehen, machte mich doch etwas frösteln! »Gut denn«, sagte ich und seufzte. »Dann komm, es ist ja ein weiter Weg.«

Wir erreichten den See kurz vor Einbruch der Dunkelheit. Der Sonnenuntergang zeichnete den Abendhimmel mit scharlachroten Schmissen ... die Laute der erwachenden Nachttiere erfüllten den Wald. Die Loän fühlten wohl unsere Gegenwart und erhoben sich aus dem Wasser.
»Die Heilung?«, rief Tikon und schwebte begierig herbei.
»O nein, noch nicht. Ich habe eine Freundin mitgebracht, die dich in Augenschein nehmen soll«, sagte ich und fügte dann, etwas entschuldigend, hinzu: »Mir bleibt doch noch Zeit.«
Da zog er ein enttäuschtes, wütendes Gesicht, wandte sich Daidra zu und sprach: »Gut, so untersuche mich denn!«
Sie musterte ihn mit scharfem Blick und versuchte, die diffuse Aura zu ergründen, die ihn umgab. Die Loän waren ja von Natur aus zaubrisch, und dieser Fluch war nur eine Schicht in ihrer auratischen Hülle. Nun, da ich mich auf Tikon konzentrieren konnte, konnte selbst ich den Fluch etwas genauer ausmachen. Aber natürlich war er für mein ungeübtes Auge immer noch ein wenig obskur.
Daidra begann nun halblaut mit sich selbst zu reden und um Tikon herumzugehen. Nach einigen Runden kam sie zu mir und sagte: »Es ist im Wasser. Wer immer diesen Fluch gelegt hat, hat ihn ins Wasser platziert, sodass er die Loän durchtränkt. Sie müssen den See verlassen.«
Da hob Tikon das Kinn und trat einen Schritt vor. »Unmöglich ... wir hängen an dieser Region. Dies ist unsere Heimat, und wir

können sie nicht aufgeben. Finde eine andere Lösung, diese ist unannehmbar.«
Ich dachte fieberhaft nach, lehnte mich an einen Baumstamm und blickte auf den See hinaus. Nach einer Weile rief ich: »Ich denke, ich habe es, aber ich brauche Ronens Hilfe, wenn es gehen soll.«
»Wenn ihr wegzulaufen versucht, werden wir euch schon daran hindern!«, versetzte Tikon argwöhnisch.
»Ich bin doch nicht so dumm, ihn entführen zu wollen«, wies ich ihn ungeduldig zurecht. »Ich brauche nur seine Hilfe, da ich nicht stark genug bin, es allein auszuführen. Ich möchte auch, dass alle nun den See verlassen. Denn ich will ihn ganz gezielt trockenlegen und sein Wasser anderswo verteilen. Und dann werde ich ihn mit einem heftigen Regen wieder füllen«, erklärte ich und drehte mich zu Daidra um. »Das müsste doch gehen, oder?«
»Vielleicht. Aber so einen Fluch habe ich noch nie gesehen. Möglich, dass du ihn auf diese Weise so verdünnen kannst, dass er unwirksam wird.«
»Tikon, ich brauche Ronen. Lass ihn heraus oder ich berichte Von über deine Weigerung. Und ich wette, er erklärt unseren Handel für ungültig, wenn du nicht mitmachst!«
»Gut also!«, knurrte er und glitt ins Wasser zurück – und nur wenige Atemzüge später tauchte er mit Ronen wieder auf.
Und Ronen stolperte ans Ufer und atmete stoßweise und schwer, als ob er nicht mehr daran gewöhnt wäre, Luft zu atmen. Ich rannte zu ihm, umarmte ihn stürmisch. Mochten seine triefenden Sachen auch mein Kleid durchnässen, ich herzte und umarmte ihn nur umso fester. Aber Daidras eingedenk, die nun hinter mir stand, entließ ich ihn endlich aus meiner Umarmung und trat etwas zurück, damit sie ihn in die Arme schließen konnte. Aber als sie einander küssten, sah ich verlegen beiseite.
»Das reicht!«, rief Tikon, packte Ronen an der Schulter und riss ihn zurück. »Ich habe dich hergebracht, damit du hilfst, diesen Fluch von uns zu nehmen!«
»Lass deine Leute sich am Ufer versammeln. Bring sie alle aus dem See!«, befahl ich Tikon, ging darauf zu Ronen hinüber und erläuterte ihm meinen Plan.

»Es könnte gehen, denke ich«, sagte er dann und ließ es sich noch einmal durch den Kopf gehen, und dann diskutierten wir minutenlang über Strategie und Magie. Als unser Plan endlich stand, war auch der See evakuiert. Also holte ich tief Luft, griff nach Ronens Hand: Der körperliche Kontakt erleichterte die Verbindung, und wir mussten ja unsere Kräfte vereinen, um eine so schwierige Aufgabe lösen zu können.

Ich suchte den See ab, ergründete ihn, fühlte das Wasser mit Hirn und Herz. Ronens Gegenwart gab mir Kraft und unterstützte meine Anstrengungen. Jetzt brachte ich Hitze ins Wasser ein, steigerte die Verdunstung. Doch der Dampf stieg nur langsam auf, widersetzte sich meinem Bemühen, ganz so, als ob er wieder kondensieren wollte ... Nur das Quäntchen fluchfreien Wassers verteilte sich in den Lüften, das Übrige weigerte sich stur, sich mehr als ein paar Fuß über den Spiegel des kleinen Sees zu erheben.

Ich versuchte es nachdrücklicher und brachte Energie in das Nass ein. Aber es half nichts, und ich brach bald ganz erschöpft und ausgepumpt in die Knie. Ronen drückte mir noch kraftlos die Hand und klappte nun neben mir zusammen. Der Fluch hatte im Wasser Wurzeln geschlagen und es ans Land und an die Loän gebunden. Und wir besaßen nicht die Kraft, die man brauchte, um diese Macht zu besiegen! Ich blickte hinaus auf den See – Tausende von Wassertröpfchen, die wie Edelsteine glitzerten, hingen darüber, stiegen und stiegen aber nicht höher. Und da ich sie losließ, fielen sie sogar wieder zurück! Ich war wie benommen und blinzelte, verfolgte, wie die Muster des Fluchs kamen und gingen, mich narrend und unbegreiflich. Dann richtete ich mich auf und starrte voller Staunen aufs Wasser – dicht unter dem Ufer schwamm mein Rithizweig! Als ich mich zu ihm beugte, wurde mir für einen Augenblick der Fluch klar. Dann verschwamm er wiederum, aber ich hatte die Antwort auf meine Frage und kannte den Preis, der zu zahlen war.

Ich sah zu Ronen hin: Daidra kniete bei ihm und hielt ihn in den Armen, und die beiden flüsterten miteinander. Nun stand ich auf, stolperte vollends ans Wasser, griff mit der Macht meiner Gedanken danach und löste den Fluch daraus, löste ihn von jedem Was-

sermolekül. Das verlangte viel Präzision – aber die Erfahrung, die ich als Wetterköchin mit Wasser gesammelt hatte, half mir dabei. Darauf sog ich den Fluch in mich ein und schlang ihn Faser für Faser um das Wasser in meinem Blut und in meinen Zellen. So gebündelt und schwer, legte er sich in mich und entließ den See aus seinem Griff.
Ich fühlte mich so schwach – von der Anstrengung wie von der Unerhörtheit meiner Handlung erschöpft. Von jetzt an könnte ich keine Kinder mehr bekommen.
»Mayta, fühlst du dich wohl?«, fragte Ronen, kauerte sich zu mir und sah mich besorgt an. »Ich spürte die Macht steigen, konnte aber nicht sehen, was du getan hast.«
»Ich hab es geschafft. Der Fluch ist aufgehoben.«
»Wie ...«, begann Ronen.
»Vielleicht«, fiel ich ihm ins Wort, »erkläre ich dir das ja später einmal. Jetzt will ich nur noch nach Hause.«
Ronen und Daidra halfen mir gemeinsam auf die Beine, als nun auch Von herbeikam, den die wachsamen Wirlinge gerufen hatten.
»Du hast es geschafft«, rief er. Er schien angenehm berührt. Als er die Loän und den See begutachtete, runzelte er die Stirn und betrachtete mich aus der Nähe. »Oh, Kind, was hast du getan?«, flüsterte er, weil bloß für meine Ohren bestimmt.
»Steht es Ronen frei zu gehen?«, fragte Daidra da, die Stimme von Hoffnung wie von Furcht befeuert.
Und Von sah sie an und erwiderte. »Ja, Mayta hat ihren Part des Handels erbracht.«
»Gut, dann lass uns gehen«, murmelte ich, nahm Ronen bei der Hand und zog ihn mit mir fort ... ehe Von fortfahren konnte. Ich war noch nicht so weit, mein Verhalten zu erklären.
Aber Daidra schloss eilends zu uns auf. »Ronen, ich muss jetzt mit Mayta einen Moment allein sprechen.«
Mein Bruder bedachte uns beide mit einem erstaunten Blick, zuckte dann aber die Achseln und ging voraus.
»Ich weiß, was du getan hast«, begann Daidra und holte tief Luft. »Zuerst habe ich es nicht bemerkt, weil ich ja nur auf Ronen Acht

gab, aber nun sehe ich, dass du richtig glühst von diesem Fluch. Ich weiß nicht, wie ich dir danken soll, Mayta ... aber du solltest, trotz aller Differenzen zwischen uns, wissen, dass ich deinen Bruder liebe und es als Ehre ansähe, dich meine Schwester nennen zu dürfen.«

Da blickte Ronen sich um. Mir entging nicht, wie seine Augen leuchteten, als er Daidra ansah. So lächelte ich sie an und griff nach ihrer Hand, einfach, um ihr die Hand zu drücken, und sagte: »Das würde mich freuen.«

PETER TRACHTENBERG

Und hier nun eine Story über eine Steinmetzmeisterin und ein ganz besonderes Schwert. Peter will sie Jon Shipley widmen, der ihn auf unsere Fantasy-Reihe aufmerksam gemacht habe.
Peter arbeitet am Bundesgericht in New York: sein erster Job nach einer »ausgedehnten Phase der Bildung und Ausbildung«. Die Abfassung dieser Geschichte, sagt er, habe ihm über die Lektüre einiger grässlich langweiliger Verhandlungsprotokolle hinweggeholfen. – MZB

PETER TRACHTENBERG

All die Zeit

Morgan sah zu, wie die Arbeiter auf dem obersten Gerüst die letzten Blöcke des Kreuzgewölbes setzten. Zwei Monate früher als geplant gingen so die Maurerarbeiten zu Ende. Allerdings hatte man in den meisten Räumen die Böcke stehen lassen, die man in den nächsten Tagen zur Einpassung der oberen Fenster brauchte.
Jetzt versammelten sich die anderen im Speisesaal des neuen Herrenhauses und begannen, mit Musik und Wein zu feiern. Sie hätte gern an diesem Ritual teilgenommen ... Bald würden die Maurer ihr Handwerkszeug einpacken und dorthin weiterziehen, wo sie Arbeit fänden. Es war einer der seltenen Momente, da sie ihren erschöpfenden Rhythmus unterbrachen, um sich an dem zu freuen, was sie geleistet hatten. Dieses Gelage war ein Fest ihres Stolzes, dazu zugelassen nur ihresgleichen. Sie hatten das Bedürfnis der Könner, ihr Können von denen anerkannt und geschätzt zu sehen, die es zu schätzen vermochten.
Dabei hätte sie alles, was diese Männer empfanden, am besten ausdrücken und die Größe ihrer Leistung, die sich in diesen Wänden und Gewölben und Bögen verkörperte, an ihrer statt in Worte fassen können – denn dieses prächtige Haus war ja nach ihrer Vision und unter ihrer Verantwortung entstanden, war ihr bisher ehrgeizigstes Werk als Baumeisterin. Sie wusste ja am besten, wie viel Können, Wissen und Willen zu seiner Ausführung nötig gewesen waren.
Und sie hatte ein noch größeres Verlangen nach Anerkennung, da ihre Talente und Ideen jede seiner Stufen durchzogen, da das Ergebnis nach Kosten wie nach Qualität ihre Anstrengung widerspiegelte. Sie hatte das Gros der Steinmetzarbeiten im Steinbruch selbst ausführen lassen und so die Transportzeit halbiert, hatte für die Innenwände, wo immer möglich, Ziegel eingesetzt, die man

aus dem vor Ort verfügbaren Ton brennen konnte. Und sie hatte mit der Präzision der Byzantinerin die Statik genau genug kalkuliert, um diese Mauern weiter öffnen zu können, als die übliche Augenmaßmethode es erlaubt hätte. So war dieses Haus außergewöhnlich hell und luftig geworden.

Sie hätte ihnen ehrlich sagen können, wie all das hier, Holz und Granit, Ziegel und Glas, in beispiellos kurzer Zeit und noch nie da gewesener Schönheit zusammenkam. Und sie hätte sagen können, dass andere Häuser beim Vergleich mit diesem schlecht abschneiden würden. Und dass, dank der neuen Techniken, nicht mehr nur die Königsfamilie und die Orden sich solche Paläste leisten könnten und dass das Können derer, die hier mitgebaut hatten, bald Gold wert wäre! Im Saal schlugen sie schon auf die Tische und prosteten einander zu. Also erlaubte Morgan sich einen Seufzer, ehe sie ging … Ihre Stellung als Meisterin war delikat und begrenzt und schloss irgendwie nicht das Recht an dieser Gemeinsamkeit ein: Man verweigerte ihr nicht den Gehorsam, wohl aber die Freundschaft.

Das braune Haar hatte sie in einem Zopf gefasst, die bloßen, von Jahren der Steinmetzarbeit muskulösen Arme baumelten herab, als sie allein die Straße hinunterschritt. In diesem Hügelland fand sie die nötige Einsamkeit, um ihren Teil am Zauber jener Gabe zu suchen und sich eine Zeit lang in fast unbegrenzten Erinnerungen zu ergehen.

Nun habe ich es noch weitergebracht. Du, der du dich an mich erinnern wirst, feiere du diesen Tag mit mir. Ich kann es mit keinem unter den Lebenden, aber es genügt ja, wenn du meinen Triumph siehst. Ich habe, mit meinem Willen, alle Größe, die mir gegeben war, an den Tag gebracht und noch übertroffen … Edward, ich würde dir gern dafür danken, dass du mich erwählt hast, aber ich weiß, dass du das unnötig fändest. Ich habe ja nur dein Vertrauen in mich gerechtfertigt.

Ihre Erinnerungen an Edward waren klar und gegenwärtig. Sein scharfes Urteil über ihre frühe Zimmerarbeit … ihr langes Beisammensein (als Paar, wie seine Freunde und ihre Familie glaubten und er sie glauben ließ), bei dem er von den vielen weltweit

entdeckten Materialien, ihrem vielfältigen Gebrauch und den vielen Techniken erzählte ... und seine Befriedigung über ihr enthusiastisches Interesse.
Aber er hatte nur die Worte gesprochen, wenn auch mit seinen geheimen Hoffnungen. Ihre Erinnerungen an sich selbst gaben weit mehr wieder: den Eindruck, den seine Beschreibungen auf sie gemacht hatten, vor allem auch, weil ohne Erwartungen bezüglich ihrer Nutzanwendung vorgebracht ... die Inspiration, die mit solcher Macht über sie kam, dass sie sich selbst danach nicht länger in der Enge passiven Lebens vorstellen konnte ... und ihre Entschlossenheit, von da an, mit Stein zu arbeiten und ihre Kunst mit dessen natürlicher Erhabenheit zu vermählen.
Mit Hilfe seines Rates und mit seiner Unterstützung bekam sie Aufträge: die Ornamentierung des Marmors für die Häuser der Großen – eine Gunst, die man ihm erwies, sicher, aber auch eine Konsequenz der Kriege in jüngster Zeit, die den König veranlasst hatten, gar manchen Steinmetz in seine Dienste zu zwingen. Und seine Freunde, aber auch sie, staunten sehr, als er, statt sie zu heiraten, plötzlich in den Osten aufbrach. Er hatte sie für eine andere Art von Vermählung ausersehen – sie wusste es nur noch nicht.

Am Spätnachmittag kehrte Morgan zu einer Inspektion ins neue Herrenhaus zurück. Die nächsten Tage müssten unter anderem noch die letzten Fenster und einige Balken eingesetzt werden. Als sie das Haupttor passierte, nickten ihr dort Ballard und Walter zu, die beiden Wächter, die sie zur Verhütung von Unfug jedweder Art aufgestellt hatte. Alle anderen waren schon in der Hütte, wahrscheinlich um ihren Rausch vom Morgen auszuschlafen. Im Speisesaal sah sie Weinfässer, Becher und andere Relikte des Gelages herumliegen. Sie wollte nicht wie eine Dienstmagd hinter ihnen sauber machen, also ging sie wieder vors Haus, um zu sehen, ob sie nicht einen von der Festrunde fände, der so nüchtern wäre, dass er sich darum kümmern könnte.
Plötzlich starrte sie den Hügel hinab ... Die Sonne hing tief am Himmel, und auf der Landstraße kam ein Mann in Kutte und Kapuze, mit einem Stab in der Hand, zum Herrenhaus hochgeritten.

Das weckte eine Erinnerung, die genügte, ihr einen Schauder den Rücken hinabzujagen. Die Ahnung wurde zur Gewissheit: Der da mit der Kapuze wollte sie töten ... Ein Glück, dass die Maurer ihre Wohnhütten immer kaum einen Steinwurf von der Baustelle aufschlugen! Flink wie ein Reh lief sie zu der Baracke – und fand die schlimmsten Befürchtungen bestätigt: Die Kerle waren alle stockbetrunken und dabei, ihren Rausch auszuschlafen ... von denen war keine Hilfe zu erwarten. So hetzte sie zu ihrem Zelt, wo sie ihr magisches Schwert aufbewahrte, das sie vor sieben Jahren geschenkt bekommen hatte. Wie es funkelte, als sie es auspackte, und die Erinnerungen kristallklar aufstiegen, als sie es berührte! Aber bloß mit Intuition war der Moment, den sie brauchte, nicht darunter zu finden ...

Der Reiter bog nun von der Straße ab und hielt auf die Hütte der Maurer zu. Bei Morgans Erscheinen zügelte er abrupt sein Pferd und sah mit angehaltenem Atem zu ihr hin, stieg ab, schob die Kapuze zurück und starrte sie dann grinsend an. Er hatte kohlschwarze Augen, Augen so schwarz wie die Nacht. Da schoss die Erinnerung an alles in ihr auf wie ein gleißender Blitz.

Das Bündel war in einem Korb gekommen, mit einer kurzen, auf einen Zettel gekritzelten Nachricht: »Morgan, ich habe noch etwas für dich. Bitte, nimm dieses Geschenk an, denn niemand verdient mehr als du, was es bietet. Hier endet deine Lehre. Edward.« Sie hatte den Deckel gehoben: welche Überraschung, welche Verwirrung. Es war das Letzte, was sie erwartet hatte. Aber sie hatte es genommen und langsam ins Licht gehoben: das Schwert.

Aber auch bei genauer Betrachtung entdeckte sie daran weder Gravuren, die für besondere Bedeutung oder Bestimmung, noch etwa Edelsteine, die für Kostbarkeit gesprochen hätten. Und so scharf das Schwert auch schien, so einfach, ja, primitiv wirkte es doch: Lang, gerade und mit einem Korb, der nur aus schlichten, beiderseits der Klinge aufgebogenen Metallbügeln bestand. Da war ihr in einem seltsamen Geistesblitz, als ob diese beiden Streben zwei ausgestreckte Arme wären, um etwas Kostbares zu fangen. Aber dann drehte sich ihr alles im Kopf und verzerrte, der

Raum verschwamm ihr vor Augen und schwand zu einem sanft leuchtenden Weiß.

Dann stand sie am Rande einer riesigen runden Halle, die von Säulen gesäumt und von einer Kuppel überwölbt war, die wohl ein ganzes kleines Dorf hätte überdachen können. Hinter der Kolonnade schien nur schwarze Leere, die von einem steten blauen Feuersturm erfüllt waren. Im Rund aber standen Statuen, die Männer und Frauen mit heroischem Blick und stolzem Mund darstellten und einen weichen weißen Schein abgaben, der wie Tageslicht war. Das Schwert jedoch war aus ihren Händen verschwunden.

In der Mitte der Halle, bei einem wohl vier Schritt weiten, runden Becken voll mit schimmerndem Wasser, stand eine vornehme Dame. Sie trug ein langes Gewand aus weißer Seide, das eine Schulter frei ließ, und dazu Ohrringe aus Perlen und Silber. Und diese begrüßte sie, mit der Herzlichkeit und Autorität der Königin, die mit ihrer Meisterin spricht. Aber es klang auch etwas anderes mit, etwas weniger Hoheitliches. Es war eine natürliche, freundliche Stimme, die einem in einem einsamen grauen Herbst oder arbeitsamen Frühjahr sehr willkommen sein könnte. Freundschaftliche Gefühle hatte Morgan bisher selten gehabt, aber dieser Fremden gegenüber hatte sie sie sofort.

»Ich bin Morgan de Hoton. Kannst du mir sagen, was dies hier ist?«

»Eine Vision«, erwiderte die hohe Frau. »Du hast nichts zu befürchten, Morgan, ich will dich nur segnen und beschenken. Deine Reinheit und dein Können sind die Qualitäten Sterblicher, die ich seit Ewigkeiten schätze und zu schützen suche. Und darum musst du das hier sehen. Es spiegelt das wider, was in dem vor langer Zeit von mir gefertigtem Schwert ist. Ja, du sollst mein Geschenk nur in voller Kenntnis annehmen. Bitte, komm neben mich.«

Und Morgan gehorchte und blickte auf das Wasser hinab – sah aber statt ihres Spiegelbilds das anderer Menschen und Orte, plastische, bewegte Bilder, die kamen und schwanden … ein Kiefernwald, nebelschwer, und Wanderer in abendlicher Wüste, Gelehrte, die bei Kerzenlicht lasen, brennende Burgen …

»Morgan, dieses Wasser erinnert sich aller Sterblichen, die dieses Schwert, das dir jetzt gehört, schon besaßen. Und ihr Wissen, ihre Weisheit, die Erfahrungen, die sie in den Tagen machten, da sie mein Geschenk hatten, all das ist nun dein, damit du es dir zu Eigen machst, so wie auch das Bild deines Lebens weitergegeben werden wird an jene, die mein Geschenk nach dir führen werden. Und das musst du begreifen. Ist diese Verbindung hergestellt, kann sie durch ein Gebet, das dir gesagt wird, beendet, aber dann nicht mehr erneuert werden.«
Da zeigte der Spiegel, Morgans Gedanken lesend, Edward als jungen Mann, ganz konzentriert über ein Schachbrett gebeugt.
»Warum«, fragte sie, »hat er es so früh weitergegeben?«
»Weil er das, obwohl er es eben da am meisten gebraucht hätte, für besser hielt als es zu gefährden. Es gibt andere Mächte, die auf die Sterblichen nicht, wie ich, voller Bewunderung und mit Hoffnung blicken, sondern mit Eifersucht und Furcht. Und die haben einem von deinesgleichen ein Maß an ihrer Kraft und Gewalt gegeben und ihn gesandt, dieses Geschenk zu vernichten.«
Und wieder zeigte das Wasser etwas anderes: das grausige Gesicht eines Mannes mit schwarzen Augen und Leichenhaut …
»Er hat dich verraten, Morgan, hat das angeborene Feuer sterblichen Lebens gegen ein Feuer von anderer Art getauscht. Von seinen Herren beauftragt, ihre Herrschaft für alle Zeit zu sichern, wird er nicht ruhen noch rasten, bis er gefunden hat, was er sucht.«

Da kam Ballard zu ihnen her und knurrte: »Verschwinde, Bruder! Wir haben kein …«
Sie schrie auf, versuchte ihn zu warnen, aber zu spät … Ihr Gegner schwang seinen Stab und erwischte Ballard unvorbereitet, hieb ihm mitten auf den Helm. Wie ein Hammerschlag war das, der ihm den Helm bis auf die Schultern hinuntertrieb, sodass er taumelte und zu Boden ging. Da drehte der Geistliche sich zu ihr um: »Du weißt wohl, wer ich bin. Du erinnerst dich. Aber natürlich. Wie ich. All die Jahre habe ich den mächtigeren Göttern gedient, und nun erfülle ich ihren Willen und ihren Auftrag. Endlich

habe ich die Klinge vor mir, und es gibt keine Hoffnung, dass du ihre Vernichtung durch das Feuer verhindern kannst. Du kannst nur dein armseliges Leben retten. Gib sie mir!« Damit trat er auf sie zu und griff danach.

Aber sie, die noch keinen Kampf gekämpft und keinem Menschen etwas angetan hatte, spürte nun den Mut und das Können einer Armee von Veteranen in sich – eines Könnens, das nur darauf wartete, wieder aufgerufen zu werden. Durch die Macht dieser Klinge war es auf ewig in seine schimmernden, einzigartigen Momente gebannt. Und sie hatte ja Hände, die Granit behauen hatten.

Im Drehen noch holte sie aus und hieb ihm tief in den linken Oberschenkel.

Der Geistliche schrie gellend auf, ob vor Schmerz, Hass oder Verdruss, und fasste seinen Stock mit beiden Händen und stieß damit nach ihr wie mit einem Speer. Flammen schlugen aus der Spitze des Stabes und bildeten einen Keulenkopf von schierem Feuer, dessen Hitze ihr selbst aus zwei Schritten Abstand die Haut versengte.

Er ließ seine lodernde Waffe auf sie niedersausen, sodass sie gegen ihren Stahl klirrte, und seine übernatürliche Stärke zwang sie in die Knie. Aber sie warf sich sofort nach hinten und entging so dem zweiten Hieb, der im Boden einen schwarz verbrannten Krater hinterließ. Der Flammenschweif peitschte ihr das Gesicht, dass ihr alles vor Augen verschwamm, ja, die Lohe verschwamm, die sie von neuem, wie ein amorpher Dämon, ansprang. Mit gestählten Kampfinstinkten, die kein Steinmetz je besessen, rollte sie sich dann unter dem Hieb weg, sodass er sie nur mit einem Bruchteil seiner Kraft an der Schulter traf. Und bevor noch der siedende Schmerz sie zusammenfahren ließ, gab sie dem Kleriker einen Tritt, dass er derb fluchte und zu Boden taumelte.

Nun war Walter neben ihr, das Schwert gezückt und, trotz des Entsetzens, das ihm ins Gesicht geschrieben stand, bereit zu kämpfen und zu streiten. Aber das war nicht der Ort dafür … So schrie sie in ihrem besten Befehlston: »Nicht hier! Wir ziehen uns ins Haus zurück!« Der Geistliche verfolgte sie, war aber, durch

seine Verwundung behindert, so langsam, dass sie die Haustür mit ein paar Schritten Vorsprung erreichten und sie noch schnell hinter sich verriegeln konnten.
In einem fairen Kampf hätten sie beide nicht gegen die Kraft seiner Magie bestehen können. Aber sie war innerlich noch zu sehr durch die Erinnerung an all diese unbezwingbaren Männer und Frauen gestärkt, um zu verzweifeln, und sann stattdessen fieberhaft auf einen Ausweg.
Und als dann ein Schlag so gewaltig wie der eines Rammbocks das Portal erzittern und einen Schauer von Holzsplittern auf die Fliesen niedergehen ließ, drehte sie sich zu Walter und gab ihm rasch einige Anweisungen. Da ließ er ihr sein Schwert und lief den Hauptgang Richtung Speisesaal hinunter. Sie aber machte sich, eine Waffe in jeder Hand, bereit, dem Feind erneut die Stirn zu bieten.
Mit dem zweiten Schlag hieb er die Tür in flammende Trümmer, trat dann aus den Rauchschwaden hervor, und das Ende seines Stocks war eine lodernde Feuerkugel, die sie auf der Stelle hätte töten können.
Dann prallten sie wieder aufeinander: Schwerter gegen Stab, ihre Fechtkunst gegen seine Hexerei. Er schlug mit größerer Kraft, schaffte es aber nicht, ihre Deckung zu durchbrechen, da sie Schritt um Schritt zurückwich, ihn in den Gang lockte – und so Walter die Zeit verschaffte, die er brauchte. Doch im Gang kam sie dann in Bedrängnis, war sie doch da in ihrer Bewegungsfreiheit eingeschränkt ... und der Kleriker griff, wie ein Tier, das beim Gegner eine Schwäche ausmacht, umso wilder und erbitterter an. Mit einem Hieb, der sie verfehlte, schlug er ein Loch so groß wie eine Kanonenkugel in die Steinwand, und der Nächste traf ihren Stahl, dass es ihr den Arm verbrannte und neuen Schmerz aus ihrer Schulterwunde schießen ließ.
Jetzt hatte sie so viel Zeit geschunden, wie sie nur konnte – und so wich sie, noch mit der eigenen Waffe parierend, einen Schritt zurück, warf Walters Schwert wie einen Speer auf den Kleriker und setzte sich, während der es beiseite schlug und ihr hinterherhumpelte, in den Speisesaal ab. Und der Kerl war kaum mit erhobenem

Flammenstab im Saal, als Walter von einem Gerüst hoch droben den Inhalt eines Branntweinfasses auf ihn goss.
Instinktiv versuchte er, sich mit seinem Stock zu schützen, aber vergeblich: Das Gros der entzündlichen Flüssigkeit traf ihn, und nun zuckten Flammen über ihn, dass sie ihn im Nu von Kopf bis Fuß bedeckten und wie einen feurigen Kokon umhüllten. Da ließ er die Waffe fallen und wankte umher, riss sich die Kleider vom Leib, heulte wie ein Tier im Inferno und war bald bis auf die Knochen verbrannt. Für einen Moment noch hielt er sich als Skelett aufrecht und schrie und schrie sie an, fiel dann aber, mit einem Zischen, endlich doch zu einem Haufen rauchender, schwelender Knochen zusammen.
Und Walter kam eilends zu ihr herabgestiegen, redete besorgt auf sie, die lang auf dem Boden lag, ein. Schon schwanden ihr die Sinne, fühlte sie ihre Verbrennungen, dürstete sie …

Sie sah auf das magische Wasserbecken der hohen Dame herab, dachte an Edward und seine inspirierenden Worte. Das ist die wahre Natur seines Geschenks, ging ihr jetzt auf: Das Feuer des Ehrgeizes zu wecken – und sie, sie hatte bereits darauf angesprochen. »Ich habe mich entschieden. Ich bin bereit, dein Geschenk anzunehmen, wenn du mir sagst, wie.«
»Morgan, du musst dich nur ins Wasser fallen lassen«, sprach die Dame. »Geh mit meinem Segen!«
Sie dachte fest an Edward, ließ sich nach vorn fallen, und da schlug das Wasser über ihr zusammen, kühl und turbulent, und trug sie hinab durch wilde Ströme der Erinnerung und der Gefühle, die auf ihrem Geist lagen so wie ein anschwellender Chor von Stimmen und Wahrnehmungen … Für einen Moment wurde sie von Panik befallen, fürchtete sie doch zu ertrinken und sich unter so viel Leben zu verlieren, vermochte aber nichts davon zurückzuweisen. Nun fand sie in sich die Qualität, die ihnen gleichkam. Da vereinten sich die Stimmen zu einer, die die ihre war – eine strahlende Stimme voller Selbstvertrauen und Bewusstheit, die ihr Menschenherz titanenhaft machte, ein Geistgesang, der da stampfte wie ein wildes Pferd, das, von einem großen Willen be-

herrscht, darauf brennt, seine Kräfte in seines Herrn Dienst zu beweisen. Und sie gedachte der großen Taten der Alten und träumte davon, noch größere zu vollbringen.

Morgan saß Walter gegenüber an einem Wirtshaustisch, nippte an ihrem Bier und schenkte ihm ihre respektvolle, wenn auch schon etwas getrübte Aufmerksamkeit. Ihre Schulter hatte gut auf diese Salbe angesprochen, die sie sich aus einheimischen Pflanzen gekocht hatte, und die Schäden am Portal und an den Wänden des Herrenhauses waren behoben. Die Behörden hatten ihre Geschichte geschluckt, Banditen hätten versucht, es zu plündern und seien aber vertrieben worden.
Walter erzählte, derweil er sich nachschenkte, wie er einmal einen Krämer gegen drei Räuber verteidigt habe. Da überlegte sie kurz, ob sie ihm schildern sollte, wie sie einmal Asien erobert hatte, ließ es aber dann, um ihm nicht die Stimmung zu verderben.

LAURA J. UNDERWOOD

Diese Geschichte hier bietet eine neue Sicht auf eine uralte Tradition – das Rätselspiel. Es ist alles da, ja, sogar ein verzaubertes Schwert.

Laura lebt und arbeitet in Ost-Tennessee, wo sie geboren und aufgewachsen ist, und geht dort in den Bergen gelegentlich auf Wandertouren. Sie teilt ihr Domizil mit einem Cairn-Terrier, der auf den Namen »Rowdy Lass« hört, und einer Harfe namens »Glynnanis«.

Sie war schon sechsmal in dieser Reihe vertreten und auch in Marion Zimmer Bradley's Fantasy Magazine *und in* Of Unicorns and Space Stations, Tale Spinner, Appalachian Heritage *sowie* Adventures of Sword and Sorcery. *Jetzt ist sie dabei, ihren Klein- und Eigenverlag Glynnanis Publications auf die Beine zu stellen, der einige Kassetten mit Harfenmusik und ihren (Hör)Erzählungen sowie eine Sammlung Originaltexte über die Harfenmagie verlegen soll. – MZB*

LAURA J. UNDERWOOD

Sein Herz von Stein

Weithin hörbar, tanzte das Wilde Volk in Wind und Sturm über die Heide und um den Steinkreis droben auf Gille Knowe. Kira Ni Niall, die im Schatten eines Grabsteins kauerte, sah sich unruhig um und fasste ihr neues Dolchmesser fester. Es war eine ideale Nacht für Geister, aber nicht so ideal für eine junge Frau allein auf weiter Flur – auch wenn sie so gut mit einer Klinge umzugehen wusste wie sie. Eine seltene Fertigkeit bei einer Keltorianerin! Ihr Vater war erzürnt gewesen, als er zu hören bekam, dass ihr Bruder Aubrey sie des Wissens für würdig hielt, das ansonsten den jungen Männern vorbehalten war, die ausersehen waren, ein Plaid zu tragen.

Kira seufzte und spitzte wieder die Ohren. Um die Schultern trug sie heute die zwei Ellen MacNiall-Tartan, die ihr Vater seinem erstgeborenen Sohn Aubrey geschenkt hatte. Der hatte ihn nach Erhalt des vollen Plaids abgelegt, aber nicht – wie es sonst üblich war – beiseite gelegt, sondern seinem geliebten kleinen Schwesterchen Kira verehrt. Sie könnte nie das volle Plaid erringen, denn das verstieße gegen die keltorianische Tradition. Aber sie scherte sich kaum um Konventionen. Ohne die formende Hand einer Mutter aufgewachsen, hatte sie sich eine wilde Art, die den Vater schon früh ärgerte, zugelegt.

Was auch der Grund dafür war, dass sie nun bei Neumond unter den Dolmen von Gille Knowe saß und vorhatte, einen Unseligen zu töten.

Vielleicht war es Wahnsinn. Die Alten hatten doch vor langer Zeit die meisten der Dunklen aus Ard-Taebh vertrieben. Aber hier und dort klammerten sich in Keltora doch noch ein paar der Unseligen so zäh an ihre Hügel und Gräber und Ruinen wie phosphoreszierendes Licht an die faulenden Baumstümpfe. Der Gille Sith, der angeblich in diesem Hügel hauste, war dafür bekannt, dass er junge Frauen in seine Arme lockte, die dann, sobald sie seine unselige Liebe genossen hatten, vergingen, während er sich an ihrer schwindenden Lebenskraft labte.

Erst dieses Frühjahr noch hatte er sich Mary Ni Rae geholt. Im Jahr davor eine andere und zwei Jahre davor, so hieß es, die Tochter eines kleinen Pächters. Deren Tod hätte ihr zwar wenig bedeutet, aber der Marys … denn die war seit letzten Sommer Aubreys Verlobte gewesen. Ihr Tod hatte ihn so in Wut und in Kummer gestürzt, dass er in einer mondlosen Nacht wie dieser hinausgestürzt war, um sich an der Kreatur zu rächen, die ihm seine Liebste geraubt hatte.

Er war nicht wieder heimgekehrt in der Nacht. Seither waren zwei Monate vergangen, und bis vor vierzehn Tagen hatte kein Mensch gewusst, was aus ihm geworden war … Da hatten Pächter ihn gesehen, wie er mit nichts am Leib als seinem zerlumpten Plaid über die Heide gerast war. Völlig verstört und zerzaust war er gewesen, als sie ihn fingen und in die Burg seines Vaters brachten. Und er tobte so wie einer aus dem Wilden Volk, dass die Knechte ihn aufs Bett binden mussten, damit er sich nicht noch selbst etwas antat.

Drei Nächte lang hatte er geschrien und Worte gestammelt, die irgendeiner obskuren Sprache anzugehören schienen. Und dann war er verstummt und hatte drei weitere Tage lang nicht eine Silbe mehr über die Lippen gebracht.

Vor genau acht Tagen hatte Kira ihren Vater schließlich dazu überreden können, sie die Nacht bei Aubrey sitzen zu lassen, und da hatte er zum ersten Mal wieder, keuchend und die Augen voller Tränen, einen Ton gesagt:

»Ich habe ihn gefunden, Kira«, hatte er geflüstert, »ich hab den Ort gefunden, wo er sein kaltes Herz verwahrt, und darin verwahrt er jetzt auch meins.«

Sie wischte ihm sacht die schweißnassen Haare aus den Augen: »Wessen Herz?«

»Der Gillebold«, hatte er erwidert. »Schwester, er hat mein Herz … und solange es in seiner Gewalt ist, kann ich weder leben noch sterben ... Und wenn ich es nicht vor dem nächsten Vollmond zurückbekomme ...«

»Wo ist das?«, unterbrach sie ihn da, um ihn vom Gedanken ans Sterben abzubringen.

»Im Gille Knowe«, keuchte er, weil ihm die Kräfte schwanden. »In einem Herz von Stein.«

Kaum hörbar sprach er und schlief bald darauf ein. Kira war bis zum Morgen bei ihm geblieben, bis eine Dienerin kam und sie ablöste. Sie hätte da eigentlich ins Bett gehen sollen, aber Aubreys geheimnisvolle Worte, die ihr wie Feuer auf der Seele brannten, hatten sie nicht zur Ruhe kommen lassen. Was hatte er nur mit »In einem Herz von Stein« gemeint?

Also hatte sie eilends die alte Shona aufgesucht, eine Amme, die mehr als eine Generation von MacNialls aufgezogen hatte. Es hieß, die Alte sei eine jener Zauberbürtigen, so spät und schwach sich auch ihre magischen Kräfte geäußert hätten. Sie wusste jedenfalls viel über die Alten Einen und ihre Bräuche, kannte die Überlieferung der Zauberbürtigen auswendig ... Ihr Augenlicht war fast erloschen, ihr Verstand aber noch immer fast so scharf wie Kiras Stahl. Und Kira hatte kaum an die Tür ihres Häuschens geklopft, als sie auch schon ein lautes »Herein!« hörte. So schlüpfte sie still in diese halb dunkle Kammer, die von Kräuterduft erfüllt war.

Shona saß da in ihrem Lieblingssessel am Kamin und klöppelte mit geschlossenen Augen, und rings um sie räkelte sich eine Schar getigerter Katzen. Die drehten sich jetzt alle um, die Tochter des Grundherrn MacNiall zu beäugen, die so zum Feuer trat. Und kaum saß sie zu Füßen der alten Frau, hielten zwei der grauen Tigerkatzen ihren Schoß für den besten Platz weit und breit, machten es sich darauf bequem und schnurrten dann vor Behagen.

»Sag, Kind, was hast du auf dem Herzen?«, sagte da Shona, mit einem Lächeln.

»Aubrey verfällt uns«, erwiderte Kira. »Der Gille Sith hat sein Herz gestohlen und es in einem Stein versteckt. Ich muss es finden, sonst ist Aubrey verloren.«

Shona runzelte die Stirn. »Der Gillebold wird so eine Beute nicht kampflos herausgeben ... oder nicht ohne Gegenleistung. Die Unseligen hängen bekanntlich genauso an dem, was sie haben, wie die Glückseligen.«

»Was könnte ich denn für Aubreys Herz bieten?«, fragte Kira.

»Das, was der Gille Sith am meisten begehrt«, sprach Shona mit finsterem Gesicht. »Dein Leben!«

Kira riss die Augen auf. »Mein Leben? Gibt es keinen anderen Weg?«

»Nur einen«, versetzte Shona, las ein paar Flusen von ihrer Spitze und schnipste sie fort. »Wenn du nicht gewillt bist, dein Leben gegen Aubreys Herz zu tauschen, musst du den Gille Sith töten.«

»Und wie tötet man einen Unseligen?«

»Die Alten Einen starben alle an ein und demselben«, sprach Shona. »Kaltem Eisen, dem Urstoff guten Stahls. Durchbohre ihm damit das Herz, und er stirbt.«

»Stahl, den habe ich«, sagte Kira. »Und ich bin gut mit der Klinge.«

»Aber der gewöhnliche Stahl Sterblicher ist nicht so gut wie der, der im Blut Sterblicher geschmiedet wurde«, sagte Shona und legte ihre Klöppelarbeit weg und beugte sich zu Kira, um ihren Blick zu finden. »Denn nur eine also gehärtete Klinge kann ein Herz von Stein durchdringen!«

»Und wo bekomme ich dergleichen?«

»Kennst du den Schmied, der drunten bei Corbies Lea wohnt?«, fragte Shona.

Kira nickte.

»Er heißt Corwyn und schuldet mir einen großen Gefallen«, fuhr Shona fort. »Wir statten ihm heute einen Besuch ab und sagen ihm, es sei Zeit, dass er seine Schuld begleiche. Und zum Schmieden der Klinge, da brauche ich sieben Tropfen Blut von dir.«

»Die gebe ich dir gerne!«, versprach Kira.

»Dann geh und hol uns zwei Pferde, Kind. Bis Corbies Lea ist es eine halbe Meile, und ich bin zu alt, um die zu gehen.«

Da schob Kira die zwei Katzen sacht von ihrem Schoß und war mit einem Satz zur Tür hinaus. Hoffnung erfüllte ihr Herz, zum ersten Mal seit Tagen. Sich vorzustellen, dass es da einen Weg gab, den Gille Sith zu töten und Aubrey das Leben zu retten! Sie rannte den ganzen Weg zur Burg zurück, sodass ihr Plaid wie eine Flagge hinter ihr her flatterte, und stürzte, ohne sich aufzuhalten, in den Stall und sattelte, unter den fragenden Blicken der Knechte, in Windeseile ihre Rappstute Molly und, für Shona, einen lammfrommen grauen Wallach.

Als sie zurückkehrte, wartete Shona bereits an der Tür ihres Häuschens. Also half sie der alten Frau in den Sattel, stieg rasch selbst wieder auf und machte sich mit ihrer Gefährtin auf nach Corbies Lea.

Sie ritten in leichtem Trab über das felsige Moor, und nach einer Stunde hielten sie bereits auf dem letzten Hügel, von dem man auf das kleine Dorf herabsah. Das waren nur ein paar Steinhütten mit Rasendächern und etliche kahle Eichen, recht über das hügelige Ackerland verstreut ... Raben kreisten hoch am Himmel oder ließen sich auf den Zweigen der Bäume nieder. Einer Legende nach hatte hier eine schreckliche Schlacht der Clans getobt, bei der viele den Tod fanden, und diese Raben, die geblieben waren, als die Knochen der Erschlagenen längst sauber abgenagt waren, sollten in Wahrheit die Geister jener Recken sein ...

Jetzt waren aber weit und breit keine Gebeine zu sehen – nur die Häuser und die Hütehunde, die die Schafe in ihren Pferchen bewachten und den zotteligen Keltorianer-Rindern, die da frei umherzogen, um die Hacken bellten. Inmitten all dessen erhob sich der Rauch aus der Schmiede, die auf dem einzigen ebenen Stück Land stand und von Pferchen umgeben und an einen Stall und ein Wohnhaus geschmiegt war.

Aber auch Corwyn selbst war von dem Hügel aus auszumachen – ein Hüne von einem Mann, mit feuerroter Mähne, stand er, mit nichts als Stiefeln und Plaid am Leibe, vor seinem Amboss und arbeitete an einer Pflugschar. Doch jetzt ließ er plötzlich den Hammer ruhen und hob den Kopf, als ob er ihres Kommens gewahr geworden wäre. Und die alte Shona lächelte dabei.

»Er bittet uns herunterzukommen«, sagte sie. Kira, die sich fragte, wie die Alte das wohl wissen konnte, schnalzte ihrem Pferd und folgte dem gewundenen Pfad ... Bis sie die Schmiede erreichten,

hatte Corwyn den Pflug schon beiseite gestellt. Wortlos kam er ihnen entgegen und half Shona aus dem Sattel.
»Zeit, deine Schuld bei mir zu bezahlen, Corwyn«, begann sie sogleich.
»Fordere, was du willst, Mütterchen«, erwiderte er mit einer für seine Statur und seine muskulöse Erscheinung erstaunlich sanften und lebendigen Stimme. »Ich tue für dich, was immer ich kann!«
»Ich will, dass du eine Klinge schmiedest, die dem Gille Sith das Herz durchbohrt.«
Corwyn sah Kira etwas beunruhigt an. »Warum?«, fragte er.
»Brauche ich einen Grund, um eine Schuld einzufordern?«, gab Shona nur zurück.
Er seufzte. »Nein, Mütterchen, natürlich nicht«, sagte er, »aber was du da von mir verlangst, ist, dass ich meinen feierlichen Eid breche, nie Magie und Metall zusammenzuschmieden ...«
»Mit diesem Auftrag verstößt du weder gegen deine Ehre noch gegen den Eid, den du dem Rat der Zauberbürtigen und Laird MacNiall, unserem Grundherrn, geschworen hast!«, erwiderte da Shona in beruhigendem Ton. »Der Gille Sith hat schon vielen das Leben genommen, und nun hält er das Herz von MacNialls einzigem Sohn als Geisel. Der arme Junge stirbt uns bis zum nächsten Vollmond weg, wenn diese herzlose Kreatur am Leben bleibt!«
Corwyn nickte bedächtig. »Ich bin MacNialls Lehensmann, das ist wahr, und ich schulde meinem Herrn die Treue, so wie ich dir mein Leben schulde. Wenn du sagst, dass es getan werden muss, soll es denn sein, Mütterchen, aber du weißt ja auch, dass derlei Magie ihren Preis hat.«
»Die Kira hier ist eine gebürtige MacNiall, sie gibt die sieben Tropfen Blut, die du in die Klingenspeise mischst.«
»Und wer wird den Dolch führen, der den Gille Sith tötet?«, forschte der Schmied weiter.
»Kira, sie hat sowohl das Recht wie das Herz dazu!«
»Eine junge Frau soll den Todesstreich führen?«, rief Corwyn da und sah sie verdutzt an.
»Ein Mann käme doch mit solcher Magie in der Hand nie an den

Gillebold heran«, versetzte Shona. »Und ich bin viel zu alt und verbraucht, um noch bei ihm Gefallen zu finden.«
Corwyn nickte, mit einem Hauch von einem Grinsen, und sagte: »Heute Nacht denn. Solch magische Waffe muss unterm letzten Licht des Monds geschmiedet werden. Und jetzt könnt ihr euch erst einmal ausruhen!«
Damit führte er sie in sein Häuschen. Kira sah sich erstaunt um – sein Heim war viel sauberer als dies sonst bei Junggesellen der Fall war. Viele Bücher und Behälter waren in die Regale hier und dort gestopft, aber alle doch in sehr ordentlicher Weise.
Corwyn servierte ihnen Brot, Käse und Wasser und kehrte dann zur Arbeit an seinem Pflug zurück. Und Kira lauschte auf das melodische Lied des Hammers auf dem Stahl, blätterte ein paar seiner Folianten durch und nickte bald auf seinem Strohsack ein.
Als sie dann wachgerüttelt wurde, sah sie das schwache Licht einer Laterne vor sich, und darum nichts als Dunkel. »Es ist Zeit«, sagte Shona nur und nahm die Hand von ihrer Schulter.
Kira streckte und reckte sich, rappelte sich von ihrem Lager hoch und rieb sich, als sie so hinter Shona herstapfte, den Schlaf aus den Augen. Die alte Frau bewegte sich wie jemand mit voller Sehkraft, und so nahm sie an, dass sie sich in dem Häuschen so gut auskenne wie in ihrem eigenen.
Corwyn schürte schon seine Esse ... aber die Kohlen glühten nicht rot wie sonst, sondern gespenstisch blauweiß. Wie ein Hüne stand er da, das Plaid zum Kilt geschürzt und das lose Ende über die rechte Schulter geworfen, und der Schweiß perlte ihm im Rhythmus der Arbeit funkelnd über die Muskeln.
»Stell dich da hin«, sagte Shona. Kira gehorchte, trat neben den Amboss und starrte neugierig auf die Dolchgussform mit den tief eingegrabenen Runen. Da nahm Corwyn den Steintiegel aus den Tiefen der Glut und goss die Schmelze in die Form und sah Kira dabei unbewegten Gesichts an.
»Blut zwingt den Stahl dir zu Willen«, raunte er, »und gibt ihm die Kraft, ein Herz von Stein zu durchbohren.«
Dann nahm er mit seiner riesigen Hand ganz sacht ihre Linke, hielt sie über die Form, stach ihr mit einem winzigen Dolch in den

Daumen und führte ihn über der in der Form kochenden Schmelze hin und her. Kira verbiss sich den scharfen Schmerz und verfolgte gebannt, wie die sieben Blutströpfchen fielen, wie es zischte, und der Stahl sich verfärbte, wo sie auftrafen. Dann ließ er sie auch schon gehen, und Shona presste ihr einen Bausch Spinnweb auf die winzige Wunde.

Und Corwyn streckte die Rechte über der Form aus und schloss die Augen.

»Lass Blut und Stahl sich verbinden«, begann er und gab dann eine Flut obskurer Worte von sich, die einem poetischen Lied glichen. Und Kira, ganz hingerissen von deren Klang, verfolgte mit angehaltenem Atem, wie die Schmelze im Nu erstarrte ... Aber wie?, fragte sie sich. Wie konnte er das gerade noch flüssige Metall ohne jede Kühlung so schnell aushärten lassen? Magie, kein Zweifel.

Und dann nahm er eine Zange, holte die noch schwach glühende Klinge aus der Form, legte sie auf den Amboss und begann, sie mit seinem Handhammer zu bearbeiten, dass die Funken wie ein Regenbogen sprühten. So faszinierend war das, dass Kira noch gern länger zugesehen hätte. Aber Shona nahm sie am Arm, zog sie von der Esse weg und sagte:

»Der Rest ist nicht für unsere Augen bestimmt.«

Kaum waren sie in seiner Hütte zurück, fiel Kira erneut in den Schlaf. Sie erwachte erst wieder, als die Geräusche des Morgens auf sie einstürmten – das Geschrei der Frauen, Kinder und Männer, die sich anschickten, ihren Tag zu beginnen, dazu das Bellen der Hunde und das Muhen der Rinder. Und als sie da die Augen aufschlug, sah sie im Sonnenlicht, das durch einen Spalt im Fensterladen fiel, die Klinge eines Dolchs aufblitzen, eines Dolchs mit schwarz ledernem Griff und silbernem Knauf in Form eines Herzens.

Sie setzte sich langsam auf und griff danach. Und registrierte erstaunt, wie die Waffe sich unter ihrer Berührung erwärmte und sich, als sie sie vom Tisch hob, fast wie ein Teil ihrer Hand anfühlte.

»Oh, gut, dass du auf bist«, grüßte da Shona. »Es heißt, die Leute deines Vaters suchen bereits das Moor nach dir ab!«

Kira sah auf. »Aubrey …«
»Unverändert«, erwiderte Shona. »Am besten, wir kehren jetzt heim. In drei Nächten ist Neumond, und da musst du zum Gille Knowe und den Gille Sith töten.«
»Und wie finde ich sein Herz?«, fragte Kira.
»Das ist ziemlich einfach, aber wohl auch gefährlich«, sagte Shona seufzend. »Du musst im Dunkel der Nacht zu dem Grab und dich von ihm in seinen Hügel locken lassen.«
»So wie Mary?«, fragte Kira ärgerlich, »und alle die, die vor ihr starben?«
»Es ist der einzige Weg«, sagte Shona. »Wenn er glaubt, du kämst auf seinen Liebesruf hin, nimmt er dich mit in den Hügel, genau zu dem Ort, wo sein Herz liegt. Dort unten musst du nach einem pechschwarzen Herzen Ausschau halten. Natürlich wird er das unter den vielen anderen versteckt haben, aber du wirst es mit deinem Stahl erkennen, so wie du Aubreys Herz mit deinem Blut erkennen wirst.«
»Mit meinem Blut?«, staunte Kira.
»In deinen Adern rollt das Blut der MacNiall, Kind, das wird seinesgleichen erkennen. Wenn Aubreys Herz wirklich in einem Steinherz verborgen ist, wird es sich deinem als verwandt zu erkennen geben. Vertrau mir! Wenn du tapfer bist und an dein Vorhaben glaubst, wirst du den Schmeicheleien des Gillebolds nicht verfallen.«
Da musterte Kira stirnrunzelnd die Klinge in ihrer Hand. Ihr Leben zu wagen … hatte sie das Herz dazu? Sie nickte.
»Vergiss nie und denk immer daran: Was du in der Hand hältst, ist der Tod aller Unseligen. Gebrauche es klug, und du wirst Gelegenheit haben, uns davon zu berichten und deinen Bruder wieder heil und gesund zu sehen.«
Kira schloss die Augen. Ja, sie würde den Versuch wagen, für Aubrey.
»Jetzt komm«, sagte Shona.
Kira nickte und kroch aus ihrem Bett, um sich das Gesicht zu waschen und das Dolchmesser in den Gürtel zu schieben, bevor sie aufbrächen.

Ihr Vater nahm sie ins Gebet, als sie zurückkehrte, aber sie ließ seine Tirade stumm über sich ergehen. »Idiotisch ... rücksichtslos ... die halbe Gegend durchkämmt ...« Sie hörte zu und biss sich auf die Zunge. Das Letzte, was sie wollte, war, Hausarrest zu bekommen, weil sie ihn noch gereizt hätte! Als der Laird sich so nach einer knappen Stunde seinen Ärger von der Seele geredet hatte, ließ er sich erschöpft in seinen Sessel fallen und hieß sie, ihm aus den Augen zu gehen ... Da huschte sie zu Aubrey, wohl wissend, dass sie ihrem Vater die nächsten drei Tage nicht in die Quere kommen durfte. Und sie tat ihr Bestmögliches, sah sie doch, dass er sich zunehmend um die Gesundheit ihres Bruders Sorgen machte.

Dann waren die drei Tage vorüber, und jene mondlose Nacht brach an, und Kira fühlte, wie ihr Herz schneller schlug und ihr Blut in Wallung geriet. Sie hatte den Großteil dieses Tages bei Aubrey gesessen, ihm flüsternd ihren Plan dargestellt und ihn damit mehr als einmal in Aufregung versetzt. Aber die meiste Zeit hatte er doch nur apathisch, schwach und blass dagelegen, und das hatte sie in ihrem Entschluss noch bestärkt ...

Sie wartete ab, bis der Abend dämmerte, stieg dann aus dem Fenster ihres Zimmers und machte sich auf den Weg ins Moor, zum Gille Knowe. Der Grund war trügerisch bei Nacht, aber sie wagte nicht, eine Fackel anzuzünden. Sie kannte den Weg gut genug, um ihm genau zu folgen, bis sie zu dem Grab kam. Schwarz ragten seine uralten Menhire gegen den nachtblauen Himmel. Und sie setzte sich darunter, um auf den Gille Sith zu warten.

Die Zeit kroch wie Sirup. Schließlich nahte die Schwarze Stunde, und jetzt drohte ihr doch mehr als einmal der Kopf auf die Schulter zu sinken. Hätte ihr nicht der kalte Wind ab und an ins Gesicht geblasen, wäre sie sicherlich eingeschlafen. Und als sie sich rührte, merkte sie, dass ihre Gliedmaßen von dem ständigen Hocken beinahe zu Stein geworden war. Da rieb und rieb sie sie, bis das Leben langsam und prickelnd wieder in sie zurückkehrte.

So beschäftigt war sie damit, dass es ihr schier entging, als ein großer schwarzer Schemen zwischen den Steinen erschien. Doch ein eisiger Hauch ließ sie auffahren – und wie nahm es ihr da den

Atem, den fahlen Schein zweier bernsteinfarbener Augen zu sehen, die sie aus dem Dunkel beobachteten! Als die Gestalt auf sie zuglitt, sah sie trotz des schwachen Lichts, wie schön und wie unheimlich zugleich diese war: ein Mann mit langem weißen Haar, groß und gertenschlank, und das Plaid, das er über seinem schwarzen Hemd und seiner schwarzen Hose trug, hatte ein Karo aus Grau und Ebenholz mit einem kleinen Stich von Himmelblau … gerade genug, um das Clanmuster zu stören.

Lautlos wie ein Hauch überquerte er die Stätte, bis er dicht vor Kira stand. Und sie rappelte sich hastig auf, ihr Plaid fest umklammernd, und spürte, wie der Dolch an ihrer Hüfte, tief in den Rockfalten verborgen, kalt wurde und pochte. Und der Mann musterte sie durchdringend, warm, einladend mit seinen bernsteinfarbenen Augen. Hob seine geschmeidige Hand, legte sie ihr jäh auf die Schulter, schmetterlingsleicht, lüftete ihren locker geflochtenen Zopf und zog spielerisch daran – bis ihr feuerrotes lockiges Haar wieder frei flutete.

»Du bist das Feuer des Sonnenuntergangs«, sagte er in sanftem und schmeichlerischen Ton.

Kalte Schauder liefen ihr über die Haut, und sie schluckte. Der Gillebold lächelte, dass seine weißen, dolchspitzen Zähne sichtbar wurden. Der Anblick ließ Kira das Herz sinken. Sie keuchte und versuchte, sich loszureißen.

»Hab keine Angst, mein Täubchen«, gurrte er. »Ich will dir nichts Böses. Sag, ist es nicht kalt hier unter diesen alten Steinen?«

Kira nickte. »Ja«, hauchte sie und erschauerte, da er ihr so leicht, so leicht über die Wange strich und so fest, so fest unters Kinn fasste. Feuer füllte ihren Bauch, jagte ihr Hitze durch und durch. Hatte er so Mary ins Verderben gelockt? Mit honigsüßen Worten und heißen Liebkosungen?

»Komm mit mir, mein Schatz, und ich werde dich wärmen!«

»Wie das?«, fragte sie, besorgt, zu willig zu wirken. »Mein Herr, ich kenne Euch doch kaum …«

Ironie glomm in den braunen Augen und ließ ihre Entschiedenheit schmelzen. »Das wirst du«, sagte er rau, nahm ihre Hand und führte sie an seine Lippen.

Wie Feuer brannte die Berührung, Verlangen verzehrte sie bis in die tiefste Tiefe der Seele. Doch das ängstigte sie aber auch, denn sie hatte noch nie eine solche Leidenschaft empfunden. Es war, als ob sie seine Berührung bräuchte. Wollte er ihre Sinne überwältigen und in Ekstase versetzen?
»Kommst du jetzt?«, fragte er und hatte die Brauen in zärtlichem Unmut gehoben.
Sie nickte und vergaß die Gefahr. »Ja!«
Fest umfasste er ihr Handgelenk und zog sie, rückwärts gehend und sie nicht aus den Augen lassend, zu dem Gewölbe unter dem Dolmen in der Mitte des Kreises. Das dunkle Karo füllte sich jäh mit fahlem Licht. Und hinter dem Gillebold sah Kira eine Treppe hinunterführen und hörte sie sanften Harfenklang, ein so traurig schönes Lied. Nun zog er leicht an ihrer Hand, und sie folgte ihm hinab in das warme, weiche Licht.
Wie tief sie hinabstiegen, hätte sie nicht sagen können. Da und da sah sie dunkle Gänge abgehen ... Aus einem meinte sie, einen jungen Mann verzweifelt den Namen einer Frau rufen zu hören. Und aus einem anderen drang das peinvolle Schluchzen eines geängstigten Mädchens. Und andere wiederum atmeten nur Stille und Todesangst. »Kümmere dich nicht darum«, flüsterte die Kreatur. »Das sind bloß Schatten der Vergangenheit.« Der Gillebold blickte nicht nach rechts oder links, fixierte nur ihren Blick, als er der Treppe folgte, die sich tief in den Knowe hinabwand.
Als sie endlich hielten, fand sie sich in einer Kammer wieder, die knöcheltief mit Fellen ausgelegt und mit zerschlissener Gaze verhangen war. Kein Luftzug war zu spüren, und doch bewegten sich die Vorhänge wie von einem Wind erfasst, sodass Kira die Größe des Raums nicht genau ermessen konnte. Ab und an meinte sie aber, zur Mitte hin eine Art Cairn oder Steinpyramide zu erblicken.
Aber der Gillebold ließ ihr nicht die Zeit, ihre Umgebung zu erkunden. Mit schlanken Fingern nahm er ihr Gesicht und küsste sie verlangend auf den Mund. Sie wollte sich entziehen, sich befreien, aber sein Kuss hielt sie gefangen. Sie konnte nicht mehr die Hände heben, um die Liebkosung abzuwehren, mit der er ihr das Plaid von

der Schulter streifte und nach den Bändeln ihres Hemds griff. Da glitt der Stoff beiseite, sodass der Dolch in ihrem Gürtel bloß lag und ihre kraftlose, nutzlose Rechte auf den magischen Stahl fiel. Kaltes Feuer durchzuckte sie und brach den Bann. Sie keuchte, und ihre Hand gehorchte ihr wieder. Mit einem Ruck zog sie das Messer, und sobald der Gillebold sie losließ, brachte sie es hoch. Da verzerrte sich sein unwirklich schönes Gesicht zur wütenden Fratze.

»Was ist das!«, zischte er.

»Stahl, mit Jungfrauenblut geschmiedet!«, rief sie und schlug nach ihm. Er wich zurück, um dem Hieb zu entgehen, stolperte dabei über die Felle und landete auf dem Rücken. Und als er wieder aufstehen wollte, schlug Kira ihn mit einem Tritt gegen die Brust zurück und setzte ihm ihren Dolch an die Kehle, dass er aufheulte und wild mit den Händen fuchtelte.

»Gnade!«, flehte er.

»Du weißt ja nicht, was Gnade ist!«, schnaubte sie. »Also, wo hast du das Herz meines Bruders versteckt? Sag es mir, du Wurm, oder ich verbrenne dich mit Stahl!«

»Wie heißt denn dein Bruder?«, fragte er kriecherisch.

Sie zögerte. Durfte sie seinen Namen nennen? Oder wusste der Kerl nicht, wessen Herz er besaß? »Aubrey MacNiall«, sagte sie.

Da bekam sein Blick ein neues Feuer, das ihr wenig Vertrauen einflößte. »Natürlich, das Plaid hätte es mir sagen müssen«, seufzte der Kerl. »Lass mich hoch, und ich zeige dir, wo sein Herz liegt.«

Sie wich, sehr widerwillig, so weit zurück, dass er aufstehen konnte. Er überragte sie um gut einen Kopf, und als er wieder vor ihr stand, zeigte er auf die Kammer hinter ihrem Rücken und sagte böse lächelnd: »Da ist es.«

Zur Vorsicht trat sie einen Schritt zurück, bevor sie kehrtmachte, um diesen Raum zu betreten …

Die Vorhänge hatten sich geteilt und gaben jetzt den Blick frei auf das Steinmal … und einen Haufen Steine darum, die alle so groß wie eines Menschen Herz waren.

»Welches?«, fragte sie, ihre Hoffnung schwinden fühlend.
»Das musst du selbst herausfinden, mein Schatz«, spottete der Gillebold. »Nur zu, Mädchen! Sieh, ob du sein Herz unter all diesen da finden kannst!«
Langsam und mit starren Blicken, ging sie auf den Haufen zu, langte, nicht auf sein Lachen achtend, erst nach dem einen, dann nach dem anderen Stein. Welcher? Sie sahen einander alle gleich. Sie berührte sie der Reihe nach, konnte aber den einen nicht von dem anderen unterscheiden. Dann fielen ihr die Worte der alten Shona ein: »Dein Blut wird seinesgleichen erkennen ...«
Mein Blut.
Sie kehrte den Dolch gegen die Steine. Er enthielt ihr Blut, und als sie damit Stein um Stein berührte, sprach die Klinge ... nach bangen Momenten ... plötzlich an, begann, wie etwas Lebendes zu pulsieren und zu pochen ...
Rasch hob sie den bewussten Stein auf und drückte ihn an ihre Brust. Er fühlte sich warm und lebendig an, und wenn sie die Augen schloss, hätte sie wohl schwören können, dass sie ihren Bruder umfangen hielte.
»Das ist unfair!«, zischte der Gille Sith. »Deine Klinge ist magisch! Wie unfair!«
»Wie unfair!«, schäumte sie und fuhr herum und maß ihn mit finsterem Blick. »Es ist unfair, dass du junge Frauen so ins Verderben lockst und ihren Männern das Herz raubst!«
»Das ist mein Recht! Das hier ist mein Reich! Deinesgleichen vertreibt alle alten Bräuche aus dieser Welt!«
»Dann werde ich dich jetzt auch aus dieser Welt vertreiben!«, rief sie. Sie wandte sich wieder dem Steinhaufen zu und begann, nachdem sie Aubreys Herz in ihre Tasche gesteckt hatte, die übrigen Steine zu prüfen – einen nach dem anderen.
»Lass das!«, knurrte der Gillebold. »Weg von dort, sofort! Du hast doch, weswegen du kamst!«
»Nicht ganz«, erwiderte sie.
Sein Herz hatte sie ja noch nicht gefunden! Bis sie dann das Cairn selbst abräumte. Da sah sie, in den Stein geritzt, ein Herz so schwarz wie Pech, das böse, böse schlug ...

Mit rauem Schrei stieß sie die Klinge in das schwarze Herz – und hörte fast gleichzeitig einen Angstschrei hinter sich. Und als sie sich umdrehte, sah sie eben noch, wie der Gille zu Boden ging, die Hände auf die Brust gepresst, aus der der schwarze Blutsaft sprang. Er wand sich in kurzem Todeskampf, erstarrte dann, während ringsum ein leises Grollen ertönte.

Schon bröckelte die Decke der Kammer ... Kira schrie entsetzt auf und rannte, ihren Dolch zurücklassend, in Richtung Treppe los. Sie erstickte fast an all dem wirbelnden Staub und hastete die Wendeltreppe hinauf, die nicht enden zu wollen schien ... Und ringsum brach qualvoll ächzend der Fels! Sie hätte schwören können, dass sie sich verirrt hatte, sah sie doch nirgends all die Gänge wieder ... Aber sie hielt sich stur an den Weg, den sie genommen hatte, und als sie endlich ins Freie taumelte, fand sie sich auf dem grasigen Gille Knowe wieder. Sie hustete sich fast die Lunge aus dem Leib und torkelte weiter, bis sie auf den Weg stieß, der den Grabhügel hinabführte. Dann rannte sie ohne Halt noch Atempause, bis sie die väterliche Burg erreichte. Ihr Erscheinen verursachte einen Aufschrei, aber sie scherte sich nicht um die fassungslosen Wächter, sondern stürmte in Aubreys Zimmer ...

Ihr Vater saß an seinem Lager, die Augen feucht vor Kummer. Da fürchtete sie für einen Moment schon, dass sie zu spät gekommen sei. Aber als sie in ihre Tasche griff, fühlte sie, dass das Herz noch warm war, und so stürzte sie mit lautem Schrei zu ihrem Bruder, zog das Herz heraus und legte es ihm auf die Brust. Und der Vater, der ihr in den Arm fallen wollte, hielt jäh ein ...

Das steinerne Herz aber sank langsam ins lebende Fleisch und schien in Aubreys Brust zurückzugleiten. Und der holte tief Luft und schlug die Augen auf.

»Danke, Schwester!«, flüsterte er und sank dann in einen tiefen Schlaf.

Sie blieb mit ihrem Vater den Rest der Nacht an seinem Lager sitzen und erzählte ihm ihre Geschichte. Und als der Morgen kam, da wollte er, obwohl sie beide doch sehr müde waren, zum Gille Knowe, um sich das selber einmal anzusehen. So durchquerten sie in leichtem Trab das Moor, und bald stiegen sie zur Spitze des Grabhügels hoch.

Und da entdeckten sie, dass der große Dolmen in der Mitte des Steinkreises eingestürzt war und den Zugang zu dem Hügel und dem steinernen Herzen des Gille Sith für immer verschlossen, versiegelt hatte.

CYNTHIA WARD

Geschichten »mit Hauen und Stechen, Mord und Totschlag« mag ich normalerweise nicht; aber die hier hat mich fasziniert.

Cynthia wurde in Oklahoma geboren und hat schon in Maine und in Spanien, in Deutschland und in der San Francisco Bay Area gelebt. Nun wohnt sie mit ihrem Mann und zwei Kaninchen und drei Katzen in Seattle. Sie hatte in dieser Reihe schon vier Storys und viele in anderen Anthologien und Magazinen. Und sie schreibt die monatliche Kolumne »Market Maven« (»Markt-Expertin«) für das Magazin Speculations. *– MZB*

CYNTHIA WARD

Eine Frage von Namen

»Töte sie!«, hörte sie eine ihr fremde Stimme rufen, und der Südler, der eben an ihr vorbeiging, zog sein Schwert und schlug nach ihr.
Die Klinge traf sie an der Seite, schnitt aber nur ins Tuch, nicht ins Fleisch, trug sie doch ein Kettenhemd unter ihrer Zivilkleidung. Sein staubbedecktes Wams aber verbarg keinen Panzer, und so bohrte sich ihm ihr rasch gezückter Dolch in die Brust ... Da stieß sie den Toten mit einem Ruck von ihrer Klinge und zog ihr Schwert.
Ein wuchtiger Hieb in den Rücken fegte sie vornüber, dass sie hart mit den Knien aufs sandige Pflaster krachte. Als sie um Atem ringend herumfuhr, sah sie den zweiten Angreifer – der offenbar ganz erstaunt war, dass sein Schlag sie nicht in zwei Hälften geteilt hatte. Diesem schlitzte sie den Bauch auf.
Den Mann hatte sie aber nicht gesehen, als sie in die kurze, enge Passage namens Bandwebergasse eingebogen war. Wie viele mochten ihr hier noch auflauern?
Da, das Geräusch rascher Schritte! Sie drehte den Oberkörper und sah einen Kerl auf sich zukommen, einen Wüstennomaden, der den Krummsäbel schwang. Sie rappelte sich eben noch rechtzeitig auf, um seinen Köpfschlag zu parieren.
Die unbekannte Stimme erklang erneut, diesmal vom anderen Ende der Gasse: »Tötet Ädra, ihr Hunde!«
Ich heiße doch nicht Ädra!, dachte Rishara, während sie noch den nächsten Krummsäbelhieb abwehrte. Die Kerle hielten sie für jemand anderes. Aber sie sagte kein Wort. Die würden ihr doch nicht glauben und nur denken, sie lüge, um ihre Haut zu retten!
Der Nomade wich ihrem Dolchstoß mit raschem Seitenschritt aus und schlug wieder nach ihrem bloßen Kopf ... ihr Helm lag in der

Rüstkammer der Garde, samt ihrem Speer, Knüttel und Schild. Ihr Abzeichen stak in ihrem Gürtelbeutel.
Die Gardistin Rishara hatte nicht mit Ärger gerechnet. Wieso auch? Sie war nicht in Uniform; sie war außer Dienst und auf dem Heimweg. Khobbossee, ihre Wahlheimat, war die Hauptstadt eines an Macht und Größe wachsenden Reichs und hatte deshalb eine große, gut ausgebildete Stadtwache, die die Straßen und Gassen mit Hunderten von Zweierstreifen überwachte. Risharas Dienst hatte zu Mittag geendet. Die Straßen waren fast leer, die Menschen vor der Wüstensonne in ihre Häuser geflohen, die Läden für ein paar Stunden geschlossen, und selbst die immer hungrigen Hunde hatten sich verkrochen.
Rishara hatte keinen Grund gehabt, Verdacht zu schöpfen, als sie sie beim Einbiegen in die Gasse sah – zwei Männer an den entgegengesetzten Enden der Bandwebergasse, zwei Männer von den entgegengesetzten Enden der Welt: der eine ein schwarzer Südler, der andere eine weißer Nordler. Beide waren sie mit einem Schwert bewaffnet. Aber das hatte nichts zu bedeuten. Jeder hier in Khobbossee trug ein Schwert.
Rishara hatte genauso wenig Grund, mit einem Überfall um die Mittagszeit zu rechnen, wie sie annehmen musste, der Globus würde sich auf den Kopf stellen und sie in die Sonne stürzen lassen.
Der Wüstenkrieger schlug wieder nach ihrem Kopf. Sie tauchte unter seiner Klinge weg und schlitzte ihm den Bauch auf.
Während er fiel, fuhr sie auf den Hacken herum und sah sich nach weiteren Feinden um. Einen machte sie aus, den blonden Nordler, den sie an der Ecke Bandwebergasse passiert hatte. Nun war er nur noch einige Meter von ihr entfernt und kam in vollem Lauf, mit gezücktem Dolch und Schwert auf sie zu.
Daumen unter die Halskordel, die Trillerpfeife gezogen, mit voller Kraft geblasen … Der schrille, unverwechselbare Ton zerriss ihr die Ohren. Den Fremden ließ das bekannte Signal, mit dem sie nach Verstärkung rief, nicht einmal zögern.
Es gab viele Fremde hier in Khobbossee, aber nur wenige mit so blauen Augen, heller Haut und blondem Haar wie dieser da. Sie

selbst hatte dunkles Haar, rotbraun wie ein Rotschimmel, aber auch sie war eindeutig aus dem Hohen Norden, was wohl der Grund gewesen war, warum er sie mit einer anderen verwechselt hatte, die den nordländischen Namen Ädra trug. Seit vier Jahren lebte sie in der kaiserlichen Hauptstadt und war schon ganz braun gebrannt, ihre Haut wie Leder; der Mann, der sie da angriff, musste neu hier in der Wüste sein, war er doch weder rot noch braun im Gesicht, sondern bleich wie der Kaiserliche Hexer.

»Ich bin nicht Ädra!«, schrie sie ihm entgegen. »Ich bin Rishara die Gardistin, und du bist ein toter Mann!

Der bleiche Fremde blieb wie angewurzelt stehen. »Ein toter Mann?«, wiederholte er und lachte wild. »O Ädra, lass diesen Unsinn! Wie könnte ich das Gesicht jener Frau vergessen, die mich getötet hat?«

Götter, Hilfe!, betete sie. Ein Wahnsinniger hat es auf mich abgesehen ... Sie erschauerte. Ein Irrer ist stärker als zehn Männer, die bei Verstand sind, und er achtet keine Gefahr.

Aber dieser Irre schwang seine Klingen nicht wild; ja, seine Bewegungen zeugten von Bedacht, wenn auch von wenig Übung ... Sekunden nur, und sie hatte ihm den Arm bis auf die Knochen aufgeschlitzt. Doch er schrie nicht und ließ den Dolch nicht fallen, ergriff auch nicht die Flucht. O nein, er lachte nur fröhlich. Ihr lief es eiskalt den Rücken hoch.

Sie machte eine Finte, die auch ein Irrer durchschauen musste – einen blitzschnellen Stoß nach seinem Unterleib ... Aber er reagierte gar nicht, sondern führte einen schwungvollen Hieb nach ihrem Kopf.

Da tauchte sie unter seiner Klinge weg, schlug im Hochkommen wieder nach ihm, und er fiel, mit klaffendem roten Lachen am Hals, der Länge nach auf den Rücken, sodass Staubwolken um ihn herum aufstiegen.

Triumphierend fuhr sie herum und hielt nach weiteren Angreifern Ausschau. Vier Gestalten sah sie da hingestreckt, reglos und stumm liegen. Die mittägliche Gasse war so tot wie das Zentrum der Wüste Khob.

Rishara wich von den Toten zurück. Sie stieß mit dem Rücken gegen eine Wand. Da ließ sie sich auf Hände und Knie fallen und übergab sich, so, wie die beiden vorherigen Male, bei denen sie jemanden hatte töten müssen.
Ihr war das Töten aus ganzer Seele zuwider. Ja, eben um das Töten zu verhindern, war sie Gardistin geworden …
Sie hörte Ledersohlen auf Stein patschen, es waren die Schritte zweier Menschen in vollem Lauf … Sie hob ihr Schwert und hob den Kopf. Sie konnte nichts sehen. Alles war weiß – sie konnte den von der Sonne ausgebleichten Himmel nicht von den gekalkten Hauswänden und der sandigen Gasse unterscheiden.
»Rishara!«
Sie blinzelte wütend und sah zwei Männer: einer klein und dünn, der andere klein und kompakt. Jetzt erkannte sie die beiden wieder: Jecos und Khusid, zwei Stadtwächter, die nachmittags Dienst hatten. Ihre Lanzenspitzen und Abzeichen blitzten im Sonnenlicht, dass ihr die Augen schmerzten!
Jecos kniete sich neben sie. »Rishara, bist du verwundet?«
Er fasste sie wohlweislich nicht an: Bei einer Kopfverletzung könnte sie ja schließlich mit einem Hieb reagieren, der ihn das Leben kosten konnte. Richtig besorgt sah er aus. Er und Khusid waren kaum etwas Besseres als Schläger und Rabauken und hätten, Risharas Ansicht nach, der Stadt am besten gedient, wenn sie in den tiefsten Tiefen des Kerkers Dienst getan hätten. Aber sie hätten, wie alle Gardisten, ihr Leben für Kameraden und Kameradinnen in Not hergegeben, und so war sie fast so froh, sie zu sehen, als wenn das ihr Streifenpartner Stoby gewesen wäre.
»Bist du verwundet?«, wiederholte Jecos besorgt.
»Nur ein paar blaue Flecken«, sagte sie mit rauer Stimme.
»O Götter, Rishara!«, rief Khusid da und starrte sie an. »Du hast ganz allein drei Kämpfer getötet, selbst aber nur blaue Flecken davongetragen!«
»Drei?«, fragte Rishara. »Wo ist der vierte?«
Jecos und Khusid blickten sich um. »Nur drei«, sagte Jecos.
War einer entwischt, als sie wie betäubt dagesessen hatte? An Bauchwunden starb man nicht gleich, und sie hatte zweien das

Schwert in den Bauch gerammt, um es nicht noch zwischen ihren Rippen zu verhaken.
»Ich habe vier getötet«, bestätigte sie sich selbst.
Da ging ihr auf, dass der Fehlende dieser hellhäutige Nordler war, dem sie die Kehle durchgeschnitten hatte.

Als sie mit einer Salbe und vier Tagen Krankschreibung aus der Stube des Stadtwachenarztes kam, erwartete sie da schon Stoby, ihr Partner seit zwei und Geliebter seit drei Jahren.
Er umarmte sie behutsam und erzählte, ein Bote habe ihn noch auf halbem Heimweg erreicht und ihm von dem Überfall auf sie berichtet. Er wollte sie nun keinesfalls zu Fuß gehen lassen und nahm sie in einer Mietsänfte zu sich heim. Er hielt ihr nicht vor, wie oft er sie schon gebeten hatte, doch bei ihm einzuziehen, und dass sie, wenn sie auf ihn gehört hätte, nun nicht in diese Bandwebergasse und diesen Hinterhalt geraten wäre … Für diese Zurückhaltung mochte sie ihn umso mehr.
Obwohl er kleiner war als sie, trug er sie in seine Wohnung hinauf. Die war, mit ihren drei Zimmern und dem Kamin, recht vornehm für einen Wächter. Aber er bezahlte sie wohl mit dem Silber, das er regelmäßig von seinem einzigen noch lebenden (ihr jedoch unbekannten) Verwandten erhielt, einem Onkel, der weit unten am Westfluss große Ländereien besaß.
Stoby zog ihr behutsam das zerfetzte Gewand und ihren Panzer aus und war ganz außer sich, als er die riesigen purpurroten Prellungen auf ihrem Rücken und Brustkorb sah. So öffnete er das Salbentöpfchen, und ein scharfer Pfefferminzgeruch erfüllte die Kammer. Und als er sie mit dieser Salbe einrieb, drang es ihr wie lindernde Hitze in die Muskeln. Ihr Schmerz schwand; seine Berührung wurde zärtlicher, und sie drehte sich zu ihm um.

In ihrem Traum tötete sie die vier Männer noch einmal. Aber der Blonde erhob sich wieder, um sie mit blutschwarzem Stahl niederzuhauen. Davon wachte sie auf, das Herz schlug ihr wie ein Hammer gegen die gequetschten Rippen, und im Halse stak ihr ein Schrei.

Sie konnte nicht wieder einschlafen. Obschon sie wusste, dass alles nur ein Traum gewesen war, hörte sie den Nachtwächter jede Stunde ausrufen.
Als Stoby vor dem ersten Hahnenschrei erwachte, rieb er sie wieder ein und bot ihr dann an, bei ihr zu bleiben.
Da lächelte sie nur müde. »Mach dir keine Sorgen, Stoby. Ich komme schon zurecht. Hilf mir nur, meine Rüstung anzulegen.«
Keine Wächterin, kein Wächter ging ohne Rüstung oder Schwert aus ... Stoby half ihr in ihr Kettenhemd und ging also, wenn auch widerwillig. Schmerzhaft steif, zog sie sich dann die Bluse und die Hose an, die sie bei ihm verwahrte, ging langsam zur Garküche an der Straßenecke und nahm Platz, mit dem Rücken gegen die Wand gelehnt.
Mit zwei Schalen Gerstenbier spülte sie ihren Curryreis samt dem Gemüse hinab. Als der Kellner das Geschirr abräumen kam, bestellte sie noch ein Bier. Wenn sie genug trinken könnte, könnte sie aufhören, an diese Männer zu denken, die sie tags zuvor getötet hatte, und an die seltsamen Worte und das leichtsinnige Verhalten dieses irren Nordmanns, der Tausende von Meilen weit hergereist war, nur um von einer Landsmännin erschlagen zu werden.
Aber als sie das dritte Bier an die Lippen hob, merkte sie, dass sie, auch wenn das unmöglich war, schon betrunken sein musste ... sah sie doch den blonden, milchhäutigen Irren an ihren Tisch kommen!
»Guten Morgen, Ädra«, grüßte er ruhig. Er konnte sprechen – seine Kehle war wieder heil. Und ohne jede Narbe.
Sie setzte verdutzt die Bierschale ab. »Ich habe wohl deinen Zwillingsbruder getötet.« Eine andere Erklärung gab es doch nicht. Sie hob die rechte Hand über den Tisch und zeigte ihm den Dolch, den sie da hielt. »Komm«, sagte sie, »wenn du dich an einer Stadtwächterin rächen willst.«
»Du hast nicht meinen Bruder, sondern mich getötet.«
»Du musst verrückt sein, wenn du denkst, ich könnte solchen Unsinn glauben!«

»Nein, ich will dir nichts vorgaukeln, und ich will dich auch nicht mehr umbringen!«
Wenn das wirklich der Mann war, dem sie ihr Schwert über den Hals gezogen hatte, musste sie doch mehr als im Kampfesrausch gewesen sein, um einen Kratzer mit einer tödlichen Wunde zu verwechseln. Aber er müsste eine feine Blutkruste da über dem Hals haben …
»Du kannst nicht sein, wer du vorgibst zu sein«, sagte sie.
»Ich kann beweisen, dass ich es bin. Aber dazu muss ich meinen Dolch ziehen.«
»Ein Dolch in deiner Hand beunruhigt mich nicht«, erwiderte sie achselzuckend. »Du kämpfst genauso jämmerlich wie deine gedungenen Mörder. O ihr Götter, sie hatten nicht einmal den Grips, vereint über mich herzufallen!«
»Du warst besser, als ich erwartet hatte. Ich dachte, deine Schwertkunst sei gering, weil du immer deine Söldner kämpfen ließest.«
Und ehe sie ihm sagen konnte, dass sie nie eine Söldnerin gewesen sei, hatte er schon seinen Dolch gezogen. Sie straffte sich. Aber er löste bloß seine mehrfarbige Schärpe, schnallte den so zum Vorschein gekommenen Schwertgurt auf und ließ ihn zu Boden fallen, knüllte dann in der Linken die Schärpe und hob mit der Rechten seine Bluse, sodass der Bund seiner Hose und sein weißer, muskulöser Bauch sichtbar wurden. Sie runzelte die Stirn. Was sollte das bedeuten?
Der Nordler holte tief Luft, pflanzte sich den Dolch bis zum Heft in den Bauch und schlitzte ihn auf. Eingeweide glitzerten, Blut spritzte. Es stank nach Exkrementen.
Rishara fluchte vor Erschrecken.
Aber der Nordmann lächelte sie an und drückte sich die Schärpe unter der Wunde auf den Bauch. Das mehrfarbige Tuch war im Nu mit Blut getränkt. Aber so sehr das Blut auch schoss, es war doch klar zu sehen, dass die Wundränder sich aufeinander pressten wie ein Paar Lippen. Und schon versiegte auch der Blutstrom.
Rishara bebte am ganzen Leib. Eine so machtvolle Magie hatte sie noch nie gesehen.
»Du bist nicht zu töten!«, flüsterte sie.

Aber wenn er auch lächelte, so war sein Gesicht doch angespannt und mit Schweißperlen so dick wie Öltropfen bedeckt. Ja, der Nordler verfügte über einen Heilzauber so machtvoll, wie sie sie nur aus uralten Legenden kannte, aber vor den Schmerzen bewahrte der ihn nicht.

Jetzt wischte er sich den Bauch ab und ließ dann die Schärpe fallen. Auch die Bluse rutschte wieder an ihren Platz, aber nicht, bevor Rishara gesehen hatte, dass die Haut darunter wieder heil und glatt war.

Als er den Schwertgurt wieder umschnallte und seinen Dolch einsteckte, sah sie sich um. Alle anderen Gäste saßen ruhig beim Essen. Niemand außer ihr hatte gesehen, was der blonde Nordmann getan hatte.

Nun ließ er sich auf einen Stuhl sinken. »Steck deinen Dolch ein, Frau. Ich habe doch gesagt, dass ich dir nichts tue. Und wie könntest du mir etwas anhaben?«

Er hatte Recht. Rishara senkte ihr Messer, konnte sich aber nicht entschließen, es einzustecken.

Da drehte er sich um – er konnte ihr ja unbesorgt den Rücken kehren! – und bestellte sich beim Kellner etwas zu essen und zu trinken. Wie konnte er nur essen, nachdem er sich gerade noch den Magen aufgeschlitzt hatte?!

Er drehte sich zu ihr um. »Mein Bruder hätte deine Söldner schon besser instruieren sollen, als er sie dingte, mich zu ermorden.«

»Welcher Bruder? Und wen gedungen? Ich war nie Söldnerin, und dich habe ich gestern zum ersten Mal im Leben gesehen!«, rief sie.

Sie hoffte, richtig wütend auszusehen. Aber sie hatte Angst. Schreckliche Angst. Er könnte sie so leicht töten. Gut, als Gardistin konnte sie allzeit den Tod finden. Aber die, gegen die sie in Ausübung ihrer Pflicht antrat, waren so sterblich wie sie. Die Kreatur hingegen, die ihr gegenübersaß, war ein unsterblicher Wahnsinniger, ein Wesen mit unvorhersehbaren, unvorstellbaren Fähigkeiten und Möglichkeiten.

»Mein Bruder«, erwiderte er, »ist anscheinend mächtiger, als ich dachte. Ädra, er hat uns alle beide zugrunde gerichtet!«

»Ich bin nicht Ädra!«, fauchte sie. Ja, sie wurde trotz ihres Entsetzens immer wütender.
»Du, du bist Hauptmann Ädra von Nemia, und ich bin der Hexer Hearn vor Zereng. Und mein Bruder hat deine Söldner vor fünf Jahren gedungen, mich zu töten«, sprach er und verbat sich mit erhobener Hand diese Unterbrechung, zu der sie ansetzte. »Du wolltest wissen, warum ich so spreche. So lass mich ausreden. Höre, was mein Bruder mir und dir angetan hat.«
»Dein Bruder?«, fragte Rishara.
»Mein Bruder ist der Kaiserliche Hexer von Khobbossee«, gab Hearn vor Zereng flüsternd zur Antwort.
Er war wirklich verrückt! Wie konnte sie nur diesem Irren da entkommen?
»Mein Bruder und ich sind Zwillinge, und wir haben einander immer so sehr gehasst, wie nur Brüder das können. Vielleicht, weil unsere Eltern, als wir noch ganz klein waren, ihre Magie in uns banden.«
»Was?«, rief Rishara verdutzt. »Hexer speichern ihre Magie in Gegenständen, in Zauberstäben, Talismanen, Schwertern …«
»Das ist richtig«, sagte Hearn. »Aber sie waren damit nicht zufrieden. Sie haben experimentiert. Und herausgefunden, dass sie ihre Magie in Lebewesen binden konnten, in Pflanzen und Tieren. Und in Menschen.«
»Ist diese Art denn nicht riskant?«
»Nicht riskanter, als sie in unbelebten Objekten zu binden. Und die haben keinen Selbsterhaltungstrieb«, meinte er und machte sich erst einmal über sein endlich serviertes Essen her und aß mit großen Bissen den halben Reis, ehe er fortfuhr: »Unsere Eltern lösten ihre Magie aus ihren Zauberstäben und speicherten sie in uns, meine Mutter die ihrige in ihm, mein Vater die seine in mir.«
Ein kräftiger Schluck Bier, dann noch einen Mund voll Reis …
»Und so wie ein Hexer die in ein Objekt gebannte Magie eines anderen nutzen kann, konnte mein Bruder die Magie unserer Mutter dann ebenso einsetzen wie die seinige. Und wie ihre war seine Macht eine geistige. Mit fünfzehn konnte er Dinge vollbringen,

die es sonst nur in Sagen oder Märchen gibt. Sich im Nu an einen hundert Meilen entfernten Ort versetzen. Die Gedanken eines jeden Bewohners eines Dorfes lesen, das hundert Meilen von unserer Burg entfernt lag. Und seine Geisteskraft, durch die von unserer Mutter verdoppelt, wuchs von Tag zu Tag.

Meine Kräfte jedoch wuchsen nur in dem Maße, wie ich größer wurde. Zudem konnte ich wohl auch nicht meines Vaters Kräfte nutzen, obwohl seine Magie doch in meinem Körper gespeichert war und ich sein Heiltalent geerbt hatte.

Und da mein Vater und ich nicht über Geistes Magie verfügten, konnten wir unsere Gedanken nicht abschirmen. Mutter schuf uns mächtige Schildzauber zum Schutz unserer privaten Belange, aber mein Bruder durchbrach meine Barriere immer wieder und neckte mich, indem er meine Gedanken laut aussprach. Zumeist die, die ich lieber für mich behalten hätte. Er fand Spaß daran, mich in Verlegenheit zu bringen. Also sann ich darauf, ihn zu töten. Aber er verhöhnte mich und spottete, wie ich denn jemanden umbringen wollte, der meine Gedanken lesen könne?

Ich brauchte die seinigen nicht zu lesen, um zu wissen, dass er mich so hasste wie ich ihn! Die ganze Stärke seines Hasses ermaß ich aber wohl erst, als wir für die Königin von Ptaros zu arbeiten begannen.«

Da leerte er seine Bierschale vollends und aß seine letzten Datteln und fragte: »Und der Name Zereng ist dir nicht bekannt, oder?«

Sie schüttelte den Kopf.

»Er ist im Norden berühmt. Mein Vater und meine Mutter waren die Zerengs, und sie waren ob ihrer Kräfte sehr gefragt. Sie arbeiteten für viele hohe Herren dort, standen Baumeistern und Generälen zur Seite.«

Rishara leerte stumm ihre Schale und orderte mit einem Wink Nachschub.

Und als der Kellner lächelnd kam, um ihr aus einem Steinkrug nachzuschenken, bestellte Hearn sich noch eine Portion und fuhr, als er nun gegangen war, wieder fort: »Als mein Bruder und ich fünfzehn waren, übernahmen meine Eltern den Auftrag, beim Bau eines großen Palasts für die Königin von Ptaros zu assistieren.

Vater und ich hatten wenig zu tun, aber meine Mutter und mein Bruder mussten mit ihrer Geisteskraft hausgroße Quader setzen und verbauen.
In der Nacht nach Fertigstellung der Mauern ging ich im Hof des neuen Palasts auf und ab, weil ich dort eine Verabredung mit der Gehilfin eines Architekten hatte. Da sah ich auf der Außenwand jemanden, der wie ich mit Cape und Kapuze vermummt war, und dachte, das sei meine Liebste, stand hier doch kein Soldat Wache, weil meine Mutter den Ort ja mit Abwehrzaubern schützte. Ich eilte also zur Leiter, die gegen diese fünfzig Fuß hohe Mauer lehnte, und begann hinaufzuklettern. Als ich beinahe oben war, kippte sie plötzlich von der Mauer weg und fiel um ...
Der Aufschlag erschütterte die Leiter wie jeden Knochen in mir. Ich konnte mich nicht mehr bewegen – nicht einmal mehr atmen. Ich lag nur da und starrte zu den Sternen empor, litt unbeschreibliche Schmerzen und spürte, wie mir das Blut aus dem Mund lief. Ich wusste, dass ich sterben würde.«
Hearn vor Zereng starrte auf seinen leeren Teller hinab, sah sich im ganzen Raum um und trank in einem Zug seine Schale Bier halb leer. Und nahm dann den Faden wieder auf:
»Da verschwand die vermummte Gestalt von der Mauer und stand gleich darauf bei mir Unglücklichem, und das war nicht meine Liebste. Ich sah zwar das Gesicht unter der Kapuze nicht, erkannte aber das Lachen, denn das ist unverkennbar. Und ich wusste jetzt auch, dass eine unsichtbare Macht die Leiter von der Mauer weggestoßen hatte.
›Bruder‹, spottete mein Zwillingsbruder, ›du bist zu schwer verwundet, als dass du dich selbst heilen könntest, und Vater wird auf keinen Fall rechtzeitig hier sein können, um dir zu helfen. Ich würde zu gern Mutters Schutzzauber durchbrechen und deinen Tod fühlen, fürchte aber, das könnte schmerzhaft sein und vielleicht tödlich enden. Aber ich werde es genießen, dich wenigstens sterben zu sehen.‹
Dann griff er mir unter den Umhang, ertastete den Talisman, in dem ich meine Magie speicherte, und riss ihn mir vom Hals. Ich

wollte sein Handgelenk festhalten, schaffte es aber nicht. Da lachte er. Und mir wurde schwarz vor Augen.«
Der Junge brachte das nächste Gericht – einen vollen Teller Lammfleisch. Hearn machte sich darüber her. Er schlingt wie ein hungriger Wolf, dachte sie, so sehr hat die Bauchwunde, die er sich selbst zugefügt, an seinen Kräften gezehrt.
»Das Nächste, woran ich mich erinnere, war«, erzählte Hearn, »dass ich ohne jeden Schmerz auf dem Boden lag. Ja, mir war, als ob ich aus dem erholsamsten Schlaf erwacht wäre. Einem Schlaf, der viele Tage und Nächte gedauert haben musste, war ich doch ganz ausgehungert, so hungrig wie noch nie zuvor in meinem Leben. Ich konnte kaum aufstehen. Da fragte ich mich, warum ich denn auf dem Boden geschlafen hatte, und mir fiel ein, was geschehen war. Ich sah mich nach meinem Bruder um, aber der war fort. Er wäre bestimmt nicht gegangen, wenn er sich meines Todes nicht sicher gewesen wäre. Weshalb war ich dann noch am Leben? Warum war ich heil und gesund?
Also wollte ich meinen Bruder töten. Aber erst einmal musste ich etwas essen. Ich wäre fast ohnmächtig geworden, ehe ich eine Garküche fand. Ich vertilgte vier Gerichte. Und fragte mich, wie ich meine Verletzungen hatte selbst heilen können, wenn sie doch so schlimm gewesen waren. Und ich begriff, dass mein Körper sich selbst geheilt hatte, mit Hilfe meiner sowie der in mir gespeicherten Magie meines Vaters. So wie Mutters Magie die Geisteskraft meines Bruders erhöht hatte, so hatte Vaters Zaubermacht meine Heilkraft verstärkt.
Wie ich beim Essen saß, kam ein Mann und eröffnete mir, die zwei Hexer Zereng seien ermordet worden. Ein Glück, dass ich zu hungrig gewesen war, um den Umhang abzulegen … aber natürlich schätzte ich mich da nicht glücklich. Ich war wie betäubt vor Gram und Wut und musste mir anhören, dass ich sie getötet hätte und darauf aus Ptaros geflohen sei und dass die Königin sowie mein Bruder auf meine Ergreifung, tot oder lebendig, riesige Belohnungen ausgesetzt hätten. Mein Bruder hatte alles genau geplant, das war klar. Ja, er hatte mich so für tot da liegen lassen, damit irgendjemand mich fände, die Belohnung bean-

spruchte ... und so jeder Verdacht von ihm selbst abgelenkt würde.«
Er nahm noch einen Schluck. »Sobald ich wieder bei Kräften war, floh ich von Ptaros.«
»Warum flohst du«, fragte sie, »wo dich doch niemand töten kann?«
»Denk doch, wie es meinem Bruder gefiele, mich immer wieder zu Tode foltern zu können!«, erwiderte er. »Der Schutzzauber meiner Mutter war mit meinem Tod erloschen. Aber mein Bruder achtete nicht auf meine Gedanken, da er mich ja für tot hielt. Wie schade, dass meine Kräfte alle nur zum Heilen taugen! Ich konnte ihn ja nicht magisch töten oder den Geist der Königin gegen ihn kehren, wie er sie ohne Zweifel gegen mich gewandt hatte.
Ich floh nun aus Ptaros und reiste wie ein gemeiner Bürger, denn wer würde wohl von einem Hexer annehmen, dass er zu Fuß reist? So wanderte ich gut hundert Meilen, ehe ich mir einen Platz in einer Karawane leistete. Nach all diesen Tagen des Wanderns war ich mager, schmutzig und mit so einem Vollbart versehen, dass ich dem reichen jungen Herrn, der ich immer in Ptaros gewesen, nur noch wenig glich.
Als ich die Grenze von Ptaros zweihundert Wegstunden hinter mir hatte, wagte ich es, mein Amulett zu rufen. Nun, ich war noch nicht zu weit weg: Mein Rufen wurde erhört, es erschien in meiner Hand.«
»Du hast dir dein Amulett zurückgezaubert?«, staunte Rishara. »Dass das geht, habe ich nicht gewusst!«
»Wie so mancher Dieb. Bis ihm der Stab, Ring oder Degen, den er gestohlen, aus der Hand verschwindet. Jeder Zauberer kann seine Magie über große Entfernungen wiederholen, solange ihr Trägerobjekt noch besteht. Ein kluger Dieb stiehlt daher nur Talismane von Toten, weil diese sie sich ja nicht wieder holen können!«
»Und was«, rief sie aus, »hat das alles mit mir zu tun?«
»Du wurdest gesandt, mich zu töten«, erwiderte Hearn sanft. »Mein Bruder wusste ja, dass ich noch lebte, eben weil ich mir mein Amulett wieder geholt hatte. Aber ich Narr dachte, ich könnte mich seiner Wahrnehmung entziehen und irgendeinen

Weg finden, um ihn zu töten. Ich nahm also einen neuen Namen an und wurde Heiler im Haus eines verarmten drälischen Barons. Über tausend Meilen war ich von dort, wo ich mein Amulett gerufen hatte, in dieses entlegene, bitterarme Land gereist. Ich war mir sicher, dass mein Bruder mich dort nicht fände.

Doch er, als der mächtigste Geistmagier des ganzen Nordens, erspürte mich trotz meiner Tarnung und der Distanz, wo ich lebte. Aber weil er viel zu sehr mit der Vernichtung seiner Rivalen beschäftigt war, als dass er seine Zeit auf mich hätte verschwenden können, ließ er sich eben dazu herab, die berüchtigte Freischar unter Hauptmann Ädra von Nemia zu dingen, mich zu ermorden.

Diese Söldner erstürmten auch bald die Burg des Barons, die meine Heilmagie ja nicht verteidigen konnte. An einen Pfahl gebunden, musste ich mit ansehen, wie sie den Baron und seine Leute folterten und schunden, deren einziges Verbrechen es gewesen war, mir Schutz gewährt zu haben. Als meine Freunde tot waren, wollten sie mich mit der Folter zwingen ihnen zu verraten, wo ich mein Amulett versteckt hatte, das sie meinem Bruder bringen sollten. Aber sosehr ich auch litt, ich verriet ihnen nicht, dass ich meine Magie wieder in mich selbst verlegt hatte. Sie war da zwar nicht annähernd so gut zu fokussieren … aber dafür vor Dieben und Räubern sicher.

Dann, da sie mich nicht zum Reden brachten, errichteten sie um den Pfahl, an den ich gebunden war, einen Scheiterhaufen. Und du, Hauptmann Ädra, hast eine Fackel genommen und ihn in Brand gesteckt.

Und als ich in den Flammen stand und vor Schmerzen und Pein nicht aufhören konnte zu schreien, da habt ihr, du und deine Söldner, die Burg des Barons angezündet und seid mit eurer Beute verschwunden.«

»Ich bin aber nicht Ädra!«, rief Rishara laut. »Ich bin keine Mörderin! Wenn ich diese Schlächterin wäre, warum ließe mich dein Bruder dann am Leben? Er hätte mich ja aus Zorn darüber töten können, dass er dein Amulett nicht bekam!«

»Du bist eben schlau! Ja, du hast ihn, ehe du seinen Auftrag übernahmst, auf seine Magie schwören lassen, weder dich noch deine

Soldaten zu töten. Und wenn ein Zauberer einen Eid auf seine Magie bricht, büßt er alle Zauberkraft ein ... Aber ein Eid gilt nur ganz wörtlich: Er konnte dich zwar nicht töten, dir aber doch das Leben nehmen!«
»Das ist doch dasselbe«, erwiderte sie kopfschüttelnd.
»Das ist es nicht. Mein Bruder der Geistmagier nahm dir das Leben, indem er dir deine Erinnerung nahm. Und das hat er so gut gemacht, dass du mir unmöglich glauben kannst.«
»Aber natürlich kann ich das nicht! Ich bin doch nicht deine Söldnerin!«
»Denk nach, Frau! Da kommt ein Fremder aus dem fernen Norden nach Khobbossee ... und wird sogleich zum kaiserlichen Hexer ernannt! Erscheint dir das nicht seltsam? Zeigt das nicht, dass da eine mächtige Geistmagie am Werk ist?
Und das: Khobbossee hat seit dem Erscheinen meines Bruders vor zwei Jahren die Nachbarländer zu vielen für sie ruinösen Handelsverträgen und Gebietsabtretungen gezwungen, ohne dass die sich auch nur einmal mit Waffengewalt gewehrt hätten.«
»Das Reich Khobbossee ist eben groß und mächtig«, versetzte Rishara. »Da verhandeln die benachbarten Königreiche lieber, als dass sie kämpfen.«
»Nationen, wie Ratten, kämpfen um ihr Überleben, so schlecht auch ihre Chancen stehen mögen. Und doch hat sich nicht eine dieser Nationen dem Reich Khobbossee widersetzt. Aber lassen wir dieses Beispiel einmal und sehen wir uns den Hofrat des Kaisers an. Früher war das das reine Schlangennest, wo einer nach dem anderen biss. Nun herrscht da immer Einigkeit!«
»Das heißt doch bloß«, fuhr sie auf, »dass sie gelernt haben, sich den Anschein von Einigkeit zu geben.«
Er schüttelte den Kopf. »Das machen sie nun schon seit zwei Jahren so perfekt, und das ist wider die menschliche Natur! Aber höre, es gibt noch einen näher liegenden Beweis für die Geistmacht meines Bruders: Wie lange wohnst du schon hier?«
»Vier Jahre.«
»Vor zwei Jahren kam mein Bruder nach Khobbossee«, sagte er,
»Vor zwei Jahren ließest du mich in den Flammen zurück.«

Sie schüttelte den Kopf. »Vor zwei Jahren trat ich in die Stadtwache ein, nachdem ich die erforderlichen zwei Jahre in Khobbossee gelebt hatte.« Sie erinnerte sich, wie ihr Freund sie gedrängt hatte, ihre Stelle als Magazinwächterin für die besser bezahlte einer Stadtwächterin aufzugeben. Nicht viel besser ... Aber sie hatten Glück gehabt, als Streifenpartner eingeteilt zu werden.

»Vor zwei Jahren«, beharrte er, »hast du mich an jenem Pfahl brennen lassen. Du hättest, wie mein Bruder es dir bestimmt befahl, dableiben müssen, um den Vollzug zu überwachen. Die Flammen haben mich nämlich nicht getötet, sondern bloß gequält: mein Fleisch verkohlte und wuchs wieder neu, meine Lungen versengten und verschrumpelten, entfalteten sich dann aber wieder zu neuem Leben. Aber irgendwann haben sie meine Fesseln durchgebrannt, und da bin ich auf verkohlten Beinstumpen aus dem Feuer gehumpelt und, von meiner mehrfachen Auferstehung ganz erschöpft, inmitten all der Leichen zusammengebrochen. Vor Hunger und Hass fast wahnsinnig, habe ich dann von ihrem Fleisch gegessen, um zu überleben, damit ich meinen Bruder töten könnte, ihn ... und meinen Peiniger, dich, Hauptmann Ädra!«

Rishara starrte ihn entsetzt an. »Aber ich bin nicht jenes Monster! Ich bin nie Söldnerin gewesen! Ich verabscheue dieses Töten! Ich war nie auch nur in der Nähe von Nemia oder Dräl. Ich bin in Porys geboren und aufgewachsen und, als ich vor vier Jahren meine Familie verlor, nach Khobbossee gekommen.«

»Was ich auch behaupte«, versetzte er kopfschüttelnd, »deine Erinnerung wird es abstreiten, da du unter einem sehr, sehr mächtigen Zauber stehst. Doch da mein Bruder allzu stolz auf seine Schläue ist, kann ich dir doch beweisen, dass ich nicht lüge. Geh zur Kaufmannsgilde, geh zur Kartenmacherhalle. Die Kaufleute von Khobbossee treiben ja Handel mit jeder Nation und jeder Stadt der Welt, und daher haben ihre Kartographen von ihnen allen ihre Karten. Aber von Porys werden sie keine haben, weil es nämlich nicht existiert.«

»Du verbohrter Narr!«, rief sie und lachte. »Ich muss mir doch von den Kartographen nicht bestätigen lassen, was ich weiß!« Jäh stand sie auf. »Ich habe schon viel zu viel Zeit darauf verschwen-

det, mir deinen Unsinn anzuhören ... Ich gehe jetzt. Folge mir ja nicht, sonst rufe ich meine Kollegen herbei, und dann hauen wir dich in Stücke und verbrennen sie. Und das überlebst du bestimmt nicht!«
»Geh zu den Kartographen«, sagte Hearn. »Wenn sie Karten von Porys haben, weißt du, dass ich lüge. Wenn sie von einem Land dieses Namens keine Kenntnis haben, warte morgen um dieselbe Zeit hier auf mich.«
»Wir sehen uns nie wieder, wenn du noch bei Verstand bist.«

Von Wut getrieben, schritt Rishara aus, mochten ihr auch die geschundenen Knie elendig wehtun. Sie achtete nicht darauf, wohin sie ging, und so stand sie bald unverhofft vor dem enormen Marmorpalast, der das Zunfthaus der Dreistromland-Kaufleute war.
Ihr Gardeabzeichen brachte sie an den Stadtwächtern vorüber und in die Kartenmacherhalle hinein. Und dem jungen Lehrling mit tintenfleckigen Fingern, dem sie es vor die Nase hielt, sagte sie nur: »Bring mir eine Karte von Porys!«
»Porys?«, wiederholte der Bursche stirnrunzelnd. »Davon habe ich noch nie gehört. Wo soll denn das sein, Gardistin?«
Sie zog ein böses Gesicht. Ignoranter Südler! »Porys ist ein kleines Königreich im Rodorgebirge auf dem Nordkontinent.«
Der Bursche verneigte sich und verschwand. Gleich darauf kam eine hoch gewachsene Frau in einem makellos weißen Kaftan zu Rishara heraus. Sie hatte tiefe Falten im Gesicht und weiße Strähnen im blonden Haar und eine helle Haut – und bekam nun große Augen, als sie da auch eine Nordlerin sah.
»Gardistin, ich bin Kartographenmeisterin Tanar«, sagte sie. »Du möchtest also eine Karte eines Nordlands namens Porys?« Und auf Risharas Nicken: »Tut mir Leid ... aber so ein Land gibt es nicht.«
Rishara starrte sie entgeistert an. »Aber natürlich gibt es das!«
»Ich habe jedes Land des Hohen Nordens bereist«, erwiderte Tanar, »und kenne inzwischen jede Karte, die die Gilde hat. Es gibt nirgendwo auf der ganzen Welt irgendein Land namens Porys!«

Da machte Rishara kehrt und ging. Sie spürte kaum den Boden unter den Füßen. Er war unwirklich, auch wenn sie stolperte und sich auf dem Pflaster die Hände aufschlug. Nichts war mehr fest und solide.

Sie erinnerte sich, wie sie in Porys aufgewachsen war ... Ein Volk von Hirten. Im Frühjahr trieben sie ihre Ziegen auf die Hochalmen des Rodorgebirges; im Herbst kehrten die Herden in die Täler zurück. Sie erinnerte sich an jeden Viehtrieb, von ihrem fünften Lebensjahr an. Sie erinnerte sich an jede Linie und Dunkelheit und Farbe dieser Berge, die sie immer geliebt hatte. Sie sah diese Gipfel, blau und weiß gegen den strahlend hellen Winterhimmel, schwarz gegen die Sturmwolken und grau gegen den blauen Sommerhimmel.

Sie erinnerte sich an ihre Familie: ihren Vater, einen derb-herzlichen Mann mit zotteligem, rotgrauem Haar und Vollbart; ihre Mutter, eine hoch gewachsene Frau mit hellblondem, fast weißem Haar; ihre jüngeren Geschwister ... Sie erinnerte sich an die Geburt ihrer jüngsten Schwester. Da man wegen eines wilden Blizzards die Hebamme nicht hatte rufen können, hatte sie dabei geholfen; und sie fühlte förmlich noch das Gewicht und die Wärme des zappelnden Winzlings. Vier Monate darauf, als sie gerade eine verirrte Ziege suchte, wurden ihre kleine Schwester und ihre ganze Familie von Räubern umgebracht. Sie war aus den Bergen geflohen, wenn auch nicht dem Schmerz und der Trauer entkommen, und hatte bei einem Ziegenwollhändler, einem Bekannten ihrer Eltern, Arbeit gefunden. Er hatte ihr eine Fechtausbildung bezahlt, da sie stark und schnell war. Dann war sie mit ihm und seiner Karawane gereist. Und in der großen Wüstenstadt Khobbossee war sie geblieben, weil hier nichts mehr an das kühle grüne Nordland und an ihre Familie erinnerte.

Sie erinnerte sich an die Zeiten ihres Lebens, bis zurück in ihre früheste Kindheit. Wie konnten all diese zahlreichen und mächtigen Erinnerungen etwas anderes als Erinnerungen sein? Das konnten sie nicht. Das waren sie ja nicht. Es waren ihre Erinnerungen. Es mussten ihre Erinnerungen sein.

Sie kaufte sich eine Flasche starken Palmweins.

»Rishara! Ich habe mir solche Sorgen gemacht! Warum bist du nicht in meine Wohnung zurückgekommen?«
Als Rishara die Augen öffnete, sah sie, dass sie in ihrem Kämmerchen lag und Stoby die Kerzen an ihrem Bett anzündete. Sie hob den Kopf. Er fühlte sich so schwer an wie aus Stein – endlich wieder etwas Solides!
Da sah er ihre Flasche und schüttelte sie. Nichts schwappte darin.
»Bist du betrunken, Rishara?«, rief er. »Hast du Schmerzen?« Darauf öffnete er den Beutel an seinem Gürtel und holte ein Tontöpfchen heraus. »Ich habe die Salbe mitgebracht.«
»Stoby, wie haben wir uns eigentlich kennen gelernt?«
Er starrte sie verdutzt an. »Gestern hast du mir erzählt, du hättest keinen Schlag auf den Kopf abbekommen. Aber wenn du jetzt nicht mehr weißt, wie wir ...«
»Das weiß ich schon«, erwiderte sie. »Ich möchte es nur von dir hören.«
Stoby lächelte, setzte sich im Schneidersitz neben sie und strich sein schulterlanges schwarzes Haar nach hinten. »Als du Lagerhauswächterin warst und ich Nachtstreife ging, haben wir uns immer in der Garküche ›Zehn Schalen‹ gesehen. Eines Morgens hast du dich an meinen Tisch gesetzt. Danach haben wir jeden Morgen zusammen gegessen. Dann fingen wir an, den Tag miteinander zu verbringen.« Daran erinnerte sie sich. So war es gewesen. So musste es gewesen sein. »Nach einer Weile, Rishara, konnte ich dich schließlich sogar überreden, in die Stadtwache einzutreten.« Er legte ihr nun die Hände auf die Schultern und sah ihr fest in die Augen. »Ich war froh, dass ich dich dazu überreden konnte, aber jetzt bereue ich es. Du bist verletzt ...«
»Ich wurde aber nicht im Dienst verwundet«, korrigierte sie. »Stoby, warum habe ich denn nie deinen Onkel kennen gelernt? Deine ganze sonstige Familie ist tot, ich weiß, aber er ist doch Bürger des Reichs von Khobbossee und, wie du sagst, ein schlauer Bauer und Geschäftsmann ... er müsste doch ab und an mal in die Stadt kommen. Ich würde ihn gern kennen lernen.«
»Er kommt nie in die Stadt.«

»Warum nicht? Er muss sich ja um dich kümmern. Er schickt dir doch jedes Jahr ein kleines Vermögen in Silber!«
Stoby zog ein Gesicht. »Natürlich kümmert er sich um mich. Er ist der Bruder meiner Mutter und erfüllt seine Pflichten gegenüber dem Sohn seiner toten Schwester. Aber das heißt ja nicht, dass er nach Khobbossee kommen und einen erwachsenen Mann bemuttern muss. Vergiss nicht, er hat ein großes Gut zu führen. Und ich möchte nicht, dass er mit einer Reise hierher seine Existenz riskiert«, sagte er und sah jetzt entspannter drein. »Komm, ich ziehe dir deinen Panzer aus, Rishara, und massiere dir die verkrampften Muskeln.«
»Ich möchte heute Nacht allein sein.«
»Rishara, du bist verwundet. Es muss sich doch jemand um dich kümmern ...«
»Das sind nur ein paar Kratzer! Ich komme ja zurecht, Stoby. Ich brauche nur etwas Zeit für mich, um über das Geschehene nachzudenken.«
Er runzelte die Stirn, sagte dann aber: »Wenn du das willst, soll es so sein.« Damit stellte er die Salbe auf den Boden. »Komm morgen wieder zu mir. Bei allen Geistern, ich lasse dich gar nicht gern allein!«
Und er küsste sie und ging.

»Guten Morgen, Ädra!«
Sie gab keine Antwort.
Hearn setzte sich ihr gegenüber und sagte: »Ich sehe keine Karte, Ädra.«
Die Kellnerin stellte ihr einen Teller und eine Schale hin, nahm Hearns Bestellung auf und ging. Rishara trank ihr Bier in einem Zug.
Da sagte er mit leiser, harter Stimme: »Ich will mich an dem Manne rächen, der meine Familien getötet hat. Meine Eltern, die mich aufgezogen haben, und die Menschen, die mich nach meiner Flucht aus Ptaros aufnahmen. Mein Bruder hat mich zum Kannibalen gemacht, zu einem Monster. Und dich in jemanden verwandelt, den es nie gegeben hat.«

»Wie kannst du denn hoffen, dich an einem so mächtigen Mann rächen zu können?«, fragte sie rau. »Unser Gespräch gestern ist ihm bestimmt nicht entgangen. Wir sitzen hier und reden, aber in Wirklichkeit sind wir schon tot.«
»Nein«, widersprach er. »Hätte er das mitbekommen, wärst du schon längst wieder jemand anderes und ohne jede Erinnerung daran, dass du Rishara warst, und ich wäre sein Spielzeug in den kaiserlichen Folterkammern. Nein, er hat unsere Gedanken nicht bemerkt in dieser Stadt der hunderttausend Hirne, und er wird es auch nicht ... Er ist so von Staatsangelegenheiten beansprucht! Er regiert durch seinen Marionettenkaiser doch die größte Nation der Welt, unterwirft andere Monarchen und Generäle seinem Willen. Und er hat keinerlei Grund, nach mir Ausschau zu halten. Oder nach dir. Wir müssen ihn also jetzt töten!«
Sie lachte unfroh. »Je näher wir ihm kämen, desto eher würde er auf uns aufmerksam«, sagte sie. »Er läse unsere Gedanken, unsere Absichten und würde uns dafür töten. Bei dir würde er denselben Fehler nicht zum dritten Mal machen. So würden wir beide sterben und für immer tot bleiben.«
»Er wird dich nicht töten«, sagte Hearn. »Wenn er es könnte, hätte er es schon vor zwei Jahren getan. Und du brauchst dir keine Sorgen zu machen, dass er uns entdeckt. Wir kaufen uns eben einen Zauber, der unsere Gedanken abschirmt. Gedankenschirme sind keine Seltenheit an den Höfen der Mächtigen. Also wären unsere nichts Ungewöhnliches.«
»Dein Bruder wird sie durchbrechen«, sagte sie. »Wenn er den Kaiser zu seiner Marionette machen konnte, kann kein Schild ihn aufhalten!«
»Ja, er kann die stärksten Schildzauber zerschmettern, aber nicht schneller als du mit deinem Schwerte den Schild eines Soldaten. Das lässt uns gerade genug Zeit für das, was ich im Schild führe!«
»Ich hoffe, du hast Recht.«

»Was suchst du im Palast? Ein einfacher Wachtmeister wie du! Schaff deinen Gefangenen ins Stadtgefängnis!«
»Ich bringe den Gefangenen zu Seiner Exzellenz, dem Hexer!«

Der Kaiserliche Gardist zog eine finstere Miene. »Was finge er mit so einem gewöhnlichen Kriminellen an? Er interessiert sich nur für gefangene Generäle und Könige.«
»Dann sieh dir meinen Mann da näher an«, sagte sie und schob mit der Schwertspitze die zerlumpte Kapuze beiseite, die das Gesicht ihres Gefangenen verbarg. »Das da ist der abtrünnige Bruder des Kaiserlichen Hexers.«
Der Gardist straffte sich. »Ich frage den Hauptmann, was mit dem Mann zu tun ist.«
»Du weißt nichts von der Feindschaft dieser beiden Brüder?«, rief Rishara ungläubig aus. »Ihre Rivalität war legendär im Nordland! Der Kaiserliche Hexer weiß bestimmt schon, dass ich seinen Bruder gefangen genommen habe. Aber wenn du meinst ... lass meinen gnädigen Herrn ruhig warten!«
»Komm mit!«, knurrte der Gardist und führte Rishara und ihren Gefangenen in ein kleines Vorzimmer und ließ sie da allein.
Der Raum besaß nichts an Einrichtung als einen phantasievoll geschnitzten Thron aus Holz, der auf einem Podest stand, und leuchtend bunte, abstrakt gemusterte Ghagenziwandteppiche. Es gab da weder Kerzen noch Lampen noch Fenster – und doch war es taghell.
Nun ging die Tür auf, und Lord Tuolon, der Kaiserliche Hexer von Khobbossee, kam herein. Rishara verbeugte sich, ohne ihn aus den Augen zu lassen. Trotz seines Rangs trug er nur eine schlichte Robe aus blauem Kattun. Er war so groß und schlank wie Hearn, hatte auch dessen blondes, seidenweiches Haar und dessen milchweiße Haut. Sein Gesicht wäre dem seines Bruders gleich gewesen – wenn da nicht das Knochige gefehlt hätte und wenn die dünnen Lippen nicht so verkniffen gewesen wären.
Er schloss die Tür hinter sich, musterte die Stadtwächterin, die da uniformiert und gewappnet mit ihrem geknebelten und gefesselten Gefangenen vor ihm stand. Musterte sie und zog die Mundwinkel hoch.
»Wie heißt du, Wächterin?« Seine Stimme ähnelte der seines Bruders, war aber so scharf wie Schwertergeklirr.

Sie verbeugte sich erneut und erwiderte: »Rishara, hoher Herr!«
»Rishara«, murmelte der Kaiserliche Hexer nachdenklich. »Ach ja, natürlich«, sagte er da und lächelte breiter. »Und wie hast du es geschafft, meinen Bruder zu verhaften?«
»Exzellenz, er fiel über mich her, als ich nach Dienstschluss heimging, und er schrie, er werde mich töten ... und dann dich, den er seinen Bruder nannte. Ich hielt ihn für irrsinnig und schlug ihn mit der flachen Klinge bewusstlos. Doch dann fiel mir seine große Ähnlichkeit mit dir, Exzellenz, auf, und so dachte ich, am besten bringe ich ihn gleich vor dich.«
Lord Tuolon nickte. »Gute Arbeit, Gardistin. Unser Dank ist dir gewiss«, gab er zur Antwort und trat zu ihrem Gefangenen. »Du bist dem Tod zweimal entkommen, Bruderherz«, sagte er zu ihm und fasste ihn am Kinn. »Ein drittes Mal wird das nicht passieren. Du wirst um deinen endgültigen Tod betteln. Lange, bevor ich ihn dir gebe!«, sagte er und dann, ohne einen Blick auf Rishara zu werfen: »Wegtreten, Gardistin!«
Stahl kratzte auf Leder. Der Hexer fuhr herum und riss die Augen auf. Rishara spaltete ihm mit ihrem Schwert den Schädel bis zu den Brauen. Als sie die Klinge frei gezogen hatte, fiel er um und rührte sich nicht mehr. Sie beugte sich zu ihm, legte ihm die Fingerspitzen seitlich an den Hals ... kein Puls zu spüren. Der Kaiserliche Hexer war tot.
Hearn strahlte vor Entzücken. Rishara zog ihm den Knebel aus dem Mund.
»Gute Arbeit, Ädra!«, wisperte er triumphierend. »Endlich ist mein Bruder tot! Und da ist kaum ein Tropfen Blut auf seiner Robe«, schwärmte er und hob seine auf dem Rücken gefesselten Hände etwas an. »Schneide sie durch, und ich ziehe mir seine Kleider an und bringe uns beide hier raus!«
»Richtig!«, sagte Rishara, trat hinter ihn und rammte ihm ihr Schwert durch den Leib. Wie schrie er da auf – in hohem Ton, erstaunt! Doch sie verkantete nur ihr Schwert, sodass er ihr von der Klinge glitt und zu Boden fiel.
Mühsam drehte er den Kopf und sah sie an. »Ädra, warum?«

»Du hast schon einmal versucht, mich umzubringen«, versetzte sie. »Wer garantiert mir, dass du es nicht wieder versuchst, wo nun dein Bruder tot ist und du mich nicht mehr brauchst?«
»Ich würde nie …«
Da schlug sie ihm den Kopf ab und kickte ihn in die Ecke.
Als sie darauf die beiden Leichen musterte, fühlte sie weder Übelkeit noch Grauen noch Bedauern. Sie hatte die beiden da so gelassen gemordet wie diese kaltherzige Söldnerin, die sie laut Hearn sein sollte.
Hearns Rumpf zuckte.
Sie sah zu seinem Kopf hin. Er lag auf einem Ohr und starrte sie an. Seine blauen Augen waren vor Schmerzen und von einer verzweifelten Hoffnung geweitet, die Lippen zu einer stummen Bitte geöffnet … Da langte sie in ihren Kragen und zog den Lederbeutel heraus, den sie sich zwischen Waffenrock und Kettenhemd gesteckt hatte, als sie daheim für Hearns Coup die Uniform angetan hatte.
Sie sah die blauen Augen sich verengen und sah, als sie den Blick abwandte, wie der Rumpf sich auf Hände und Knie erhob. So legte sie das Schwert auf den Boden und nahm den Kopf an den blutgetränkten, blonden Haaren. Schon stand der bloße Rumpf, ging mit erhobenen Armen auf sie los und langte gespenstisch zielsicher nach ihr. Sie steckte den Kopf in den Sack und griff nach ihrem Schwert. Da fühlte sie Finger auf ihrer Schulter.
Mit einem Satz sprang sie zur Seite. Der Rumpf, jetzt blind, taumelte an ihr vorbei. Sie zog die Kordel an dem Beutel zu und lief zur Tür. Über ihre Schulter blickend, sah sie, dass der Rumpf ihr folgte und wild mit den Armen fuchtelte – aber genau auf sie zu: Obwohl blind, wusste er doch, wo sein Kopf war … Rishara steckte ihr Schwert ein, öffnete die Tür, schlüpfte ins Vorzimmer hinaus und zog die Tür fest hinter sich zu.
Neben der Tür stand der Gardist, der sie hergebracht hatte. Er machte ein nervöses Gesicht, öffnete den Mund …
Sie kam ihm zuvor: »Mein Herr, der Hexer, möchte mit seinem Bruder allein sein.«
»Was war das für ein Schrei?«

»Der Bruder meines Herrn«, erwiderte sie ruhig.
Der Kaiserliche Gardist schluckte hörbar und zeigte auf den prallen Beutel, der ihr von der Hand hing. »Was ist das?«
»Eine Belohnung Seiner Exzellenz für meine Dienste.«
Der Gardist nickte und eskortierte sie aus dem Palast.

Sie schloss die Tür zu Stobys Wohnung auf – er war im Dienst –, trat ein und zündete im Kamin ein Feuer an. Als es hellauf lohte, öffnete sie den Ledersack und holte den Kopf heraus. Er sah sie entsetzt an. Sie warf ihn in die Flammen. Der Mund öffnete sich zu einem stummen Schrei ... Es roch Ekel erregend nach verbranntem Haar, verbrannter Haut, wie beim Abflammen eines Schweins. Sie scherte sich nicht um die Hitze, fachte das Feuer mit allem Holz an, das sie fand, mochte das in so einer Wüstenstadt auch Sünde und Verschwendung sein. Dann legte sie ihre Uniform aus Hemd und Hose ab und warf sie ebenfalls in die Flammen. Und der Feuerschein färbte ihr Kettenhemd rot.
Als das Feuer schließlich herabgebrannt war, zerschlug sie den in der Asche zurückgebliebenen angekohlten Schädel mit einem Schüreisen. Und es blieb nichts als eine Wolke feinen Staubs davon.
Da flog die Tür auf. Stoby stürzte herein. »Rishara!«, rief er freudestrahlend und umarmte sie. Aber wie steif sie sich doch hielt! Er lehnte sich zurück. »Was ist los, Rishara?«, fragte er und rümpfte dann die Nase. »Was stinkt denn hier so?«
»Stoby«, sagte sie bloß, »hör auf, mich ›Rishara‹ zu nennen. Du weißt, dass ich nicht Rishara bin. Du weißt, dass es keine Rishara gibt!«
»Was?«, schrie er. »Das gibt doch keinen Sinn, was du sagst!«
»Hör auf, Stoby. Du kannst mich nicht mehr täuschen. Du hast das Silber nicht von einem reichen Onkel ... der Kaiserliche Hexer bezahlt dich ja dafür, dass du mich überwachst und mich in dem Glauben hältst, ich sei Rishara. Das hast du nur zu gern getan, vor allem, weil du obendrein mich auch noch vernaschen kannst.«
»Rishara, ich weiß nicht, wovon du redest!«, protestierte er und

packte sie an den Schultern. »Ich liebe dich doch! Warum solche merkwürdigen und schrecklichen Verdächtigungen?«
Er sprach im Ton des Erstaunens und Schmerzes, aber, wie ihr schien, nicht mit Überzeugung.
»Weil sie wahr sind«, sagte sie sanft. »Leb wohl, Stoby.«
Da machte sie kehrt und verließ den Mann, den sie drei Jahre lang zu lieben geglaubt hatte. Drei Jahre, die sie zu leben geglaubt hatte.
Sie ging zum Nordtor. Sie musste gen Norden reisen. Sie musste die Geheimnisse ihres Lebens und ihres Ichs lüften – musste herausfinden, ob sie Rishara oder Ädra sein wollte.

ELISABETH WATERS & RAUL S. REYES

Ich kann es immer genau sagen, wenn meine Mitarbeiter zu viel zu tun haben ... Dieses Jahr mussten sich zwei zusammentun, um diese eine Story fertig zu bringen. Letztes Jahr, in Band XIV, hatten Lisa und Raul jeweils ihre eigenen Texte. Es ist aber nicht ihre erste Koproduktion: Ja, sie haben schon für Andre Nortons Catfantastic III *zusammengearbeitet ... An Prinzessin Rowena und die Drachin werden sich manche unserer LeserInnen ja noch von den Bänden IX und XII erinnern. Diese Story hier beginne damit, sagt Lisa, dass »die Heldin von einer Drachin entführt wird«. Das ist wahr, aber irreführend – die Drachin raubt die Heldin nicht aus den traditionellen Gründen, und die Heldin ist eindeutig keine Jungfrau.*
Raul Reyes hatte seine erste Story in Band II der Magischen Geschichten *(die war, wenn ich es mir recht überlege, über eine Jungfrau und einen Drachen), und Lisa ist seit Band III immer wieder in dieser Reihe vertreten. Die zwei waren auch schon in* Marion Zimmer Bradley's Fantasy Magazine *zu lesen – und für die Titelgeschichte in Nummer 30 hat Lisa sogar den Prinzen aus der Story in Band XII der* Magischen Geschichten *recycelt. – MZB*

ELISABETH WATERS & RAUL S. REYES

Die Horde der Drachin

Gerade als Sigrun dachte, ihr sei alles gleich, so übel war ihr, kam der Drache und schleppte sie ab in die Lüfte. Sie hatte gedacht, es gäbe nichts Schlimmeres auf oder über der Erde als die Morgenübelkeit, die sie seit einem Mond plagte, merkte jetzt aber schnell, dass eine Schwangerschaftsübelkeit plus Luftpartie noch schlimmer war. Und um ihr Elend noch zu vergrößern, schlug ihr das Schwert, das sie, statt wie sonst über dem Rücken, heute einmal an der Seite trug, bei jedem Flügelschlag des Drachen an die Hüfte. Auch wehte es ihr das Haar über und über, da ihr Zopf aufgegangen war, und ihr Kettenhemd, das auf dem Boden so behaglich wie nur etwas war, erwies sich hier bei starkem Fahrtwind als doch recht zugig. Und so erschien ihr, lange ehe der Flug endete, der Tod als durchaus wünschenswerte Option …

Als sie schließlich bei einer Bergeshöhle mit Blick auf den Fluss Stuyr und die vieltürmige Burg an dessen Ufer landeten, taumelte Sigrun zum nächsten Busch und gab die letzten Reste ihres Frühstücks von sich. Ihr einziger Trost war dabei, dass es auch nicht wert gewesen war, behalten zu werden – nur um das Geld, das sie ihrem Wirt dafür bezahlt hatte, tat es ihr Leid … Als ihr Magen ganz leer war, konnte sie sich wieder aufrichten. Aber sie fühlte sich doch noch sehr schwach und erschöpft.

»Bist du mit dem Speien jetzt fertig?«, ließ sich da aus der Höhle eine Stimme vernehmen, die wohl menschlich, aber doch unangenehm schrill und durchdringend klang. Und darauf trat eine junge Frau heraus, die zwar von schlichtem Äußeren war, aber doch nicht so schlimm aussah, wie das geklungen hatte. Ihr Kleid war verschossen, schrecklich ausgefranst und zudem skandalös kurz und viel zu eng um die Taille … Offenbar ein sehr altes Kleidchen war das – und die junge Frau wohl keine geraubte Prinzessin!

»Ich bin Prinzessin Rowena«, stellte die junge Frau sich nun vor. »Und wie heißt du?« Während sie sprach, fielen ihr drei Dukaten und fünf verschiedene Edelsteine aus dem Mund.
Also doch eine Prinzessin ... wirklich seltsamer Geschmack in punkto Essen ... wohl eine Gefangene des Drachen, dachte Sigrun und erwies ihr mit einer angedeuteten Verbeugung ihre Reverenz, die sogleich durch eine gleichermaßen angedeutete Verbeugung beantwortet wurde.
»Ich bin Sigrun von Hochberg, ehedem Freischar Silbereiche.«
»Von diesem Corps habe ich gehört«, polterte es über ihnen – es war der Drache. »Hatte manch gute Saison. Aber warum hat es sich aufgelöst?«
»Manche sehr gute!«, erwiderte Sigrun. Ihr fiel siedend heiß ein, dass ihr Abmusterungssold, zweihundert Dukaten ... ein kleines Vermögen, noch in ihren Sachen in dem Wirtshaus war, wo sie übernachtet hatte. Wenn sie nicht zurückkäme, würde der Wirt ihr ganzes Gepäck als Bezahlung konfiszieren, wäre der Sold für zwei Quartale harten Kriegsdiensts perdu!
»Ich muss zu dem Gasthaus zurück!«, sagte sie.
»Warum?«, fragte Rowena und dabei fiel ihr ein roter Rubin von den Lippen.
»Mein ganzer Sold ist noch dort«, erwiderte Sidrun. »Stolze zweihundertfünfzig Goldstücke!« Da sah Rowena den Drachen an, dann lachten alle beide herzlich – dabei regneten Rowena die Edelsteine und Dukaten nur so aus dem Munde. Das war zu viel. Sigrun wurde ohnmächtig ...
Als sie wieder zu sich kam, lag sie gut gebettet unter weichen Fellen. Im flackernden Licht einer Lampe bot sich ihr ihre Umgebung dar: Sie befand sich tief im Innern der Höhle. Von deren Decke, hoch über ihr, hingen Tropfsteine. An der Wand gegenüber häuften sich, bunt mit Edelsteinen und Schmuck und Silberarbeiten gemischt, Münzen aus Gold und Silber. Und als sie zur Seite blickte, sah sie ihr Schwert neben ihrem Bett liegen. Sie langte danach, um es zu fassen – auch wenn es sehr die Frage war, was es gegen den wohl fünfzig Fuß langen Drachen ausrichten könnte.
»Wir sind also wach, ja?«, polterte es nun von über ihr. Und als sie

angestrengt in das Dunkel hinaufstarrte, konnte sie den enormen Schädel des Drachen ausmachen, der hoch über ihr dräute … und so groß war, dass er kaum auf einmal zu sehen war.
»Ja«, sagte sie. »Ich bin wach.« Das ist also nicht nur ein Traum, dachte sie. Oder ein Albtraum.
»Gut«, erwiderte der Drache herzlich. »Pardon, dass ich dich so abrupt herholte, aber mich haben Jahrhunderte des Umgangs mit Menschen gelehrt … meinen Kontakt mit der menschlichen Gesellschaft auf ein Minimum zu beschränken. Doch jetzt zum Geschäftlichen. Ich möchte dich anheuern. Du bist doch eine Söldnerin, nicht?«
Sigrun nickte.
»Gut«, sagte der Drache und zeigte auf den Schatzhaufen. Und da ging Sigrun plötzlich auf, dass der Drache ja eine Drachin war, wenn auch in Übergröße. Über das Geschlecht von solchen Wesen hatte sie sich nie Gedanken gemacht, das auch für eher von akademischem Interesse gehalten; aber wenn dieser Drache sie anheuern wollte, musste sie ihn – sie! – schon als Person behandeln. Es war ja merkwürdig, aber vermutlich besser, als gefressen zu werden!
»Wie du siehst«, fuhr die Drachin fort und wies auf all die Preziosen rundum, »ist dein Sold kein Problem.«
Sigrun sah sich ihre Umgebung genauer an. Der Schatzhaufen, den sie zuvor bemerkt hatte, war nicht der einzige hier. Ja, sie konnte in den Tiefen der düsteren Höhle mindestens drei weitere ausmachen. War Rowena für all diese Reichtümer …?
»Die Prinzessin …«, begann sie.
»Ja?«, brummte die Drachin.
»Die Münzen …«, fuhr Sigrun fort.
»Ja?«, brummte die Drachin wieder.
»Ihr fielen doch immer Münzen und Edelsteine aus dem Mund«, sagte Sigrun langsam und vorsichtig.
»Ja«, brummte die Drachin nur.
Sigrun ließ sich verblüfft auf die Felle sinken. Für all das muss es eine logische Erklärung geben, dachte sie.
»Ja, es gibt eine logische Erklärung für all das«, sagte die Drachin,

setzte sich auf ihr Hinterteil und kreuzte die Arme über der schuppigen Brust, legte den Kopf schief und kratzte sich mit der stachligen Schwanzspitze hinterm Ohr.

»Aber erst einmal...«, begann sie, »wirst du dich freuen zu hören, dass wir deine Sachen geholt haben. Ich bin zu deinem Gasthaus geflogen und habe für dich bezahlt. Dein Gepäck ist im Raum nebenan«, sagte sie und zeigte mit der Schwanzspitze zur Wand. »Deine zweihundertfünfzig Dukaten sind auch darin. Ich habe es überprüft, um sicher zu sein, dass auch keiner fehlt.«

Sigrun nickte zum Dank und dachte sich, dass sie doch zu gern gesehen hätte, wie die Drachin ihre Sachen holte.

»Und die Prinzessin? Die wurde an ihrem Geburtstag vor ein paar Jahren von einer wohlmeinenden Tante mit diesem Zauber belegt. Ja, Lady Freitsweit meinte ihn als Geschenk, Rowena aber hält ihn für einen Fluch. Ihr seliger Vater wollte sie verheiraten, aber ihr missfiel diese Idee einer arrangierten Heirat so, dass sie lieber von daheim auszog und hierher kam, um bei mir zu wohnen.«

»Erzwungene Heirat«, fiel darauf ein Einwurf aus dem Dunkel. »Nicht ›arrangiert‹, sondern erzwungen.« Das war die Prinzessin. Und nun trat sie auch schon ins Licht, gefolgt von einer älteren Frau im dezenten Gewand einer Hofdame.

»Guten Morgen, Prinzessin«, grüßte Sigrun. Da lächelte auch die Gefolgsdame.

»Es ist Nacht draußen ... du hast den ganzen Tag geschlafen«, sagte Rowena, ohne sich um die Steinchen zu kümmern, die ihr aus dem Mund purzelten, und dann, mit einer Handbewegung zu ihrer Begleiterin hin: »Das ist meine Tante Freitsweit.«

»Sehr angenehm!«, sagte Sigrun förmlich.

»Ganz meinerseits«, erwiderte die ältere Dame, ging um das Häufchen Rubine und Perlen und Smaragde vor Rowenas Füßen herum, trat zu Sigrun ans Bett und starrte wie gebannt auf das Schwert an ihrer Seite.

»Das ist eine höchst ungewöhnliche Klinge«, bemerkte sie.

»Ach ja?«, fragte Sigrun, etwas erstaunt. »Und wieso kannst du das beurteilen?«

Die ältere Dame lächelte ein wenig. »Ich verstehe auch ein wenig

von dieser Kunst«, gab sie zur Antwort. »Darf ich es mir ansehen?«
Sigrun nickte. Da ergriff Freitsweit das Schwert, zog es aus der Scheide und murmelte einen Vers vor sich hin, und schon gab die Klinge ein weißes Licht von sich, dass es Rowena den Atem verschlug.
»Das habe ich schon eine Weile nicht mehr gesehen«, bemerkte die Drachin.
»Was ist das?«, hauchte Rowena.
»Eine Zauberklinge«, erklärte ihre Tante. »Ein Schwert mit einem machtvollen Charme darauf.« Sie sah zu Sigrun hinab. »Wie bist du dazu gekommen?«
»Ein Geschenk von meinem Mann, vor etlichen Jahren«, sagte Sigrun dumpf vor wieder erwachendem Schmerz über seinen Tod. »Es war sein Entgelt für einen Dienst gewesen, den er einem Gelehrten in Torranni erwiesen hatte.«
»Gelehrter!«, rief die Drachin. »Der alte Berent Einauge ist ein Hexer der alten Schule und so glatt wie ein Aal in einem Ölkrug! Er macht wieder seine alten Tricks, wie üblich.«
»Was ist ein Zauberschwert?«, fragte Rowena unschuldig, und wieder regneten ihr Perlen von den Lippen.
»Es liegt ein Charme darauf«, erwiderte Freitsweit.
»Das hast du schon gesagt«, meinte Sigrun trocken. »Welcher Art ist dieser ›Charme‹?«
»Du sagst, du hast das Schwert schon seit ein paar Jahren?«, fragte Freitsweit. Sigrun nickte. »Und du hast diesen Charme nie bemerkt?«
»Nein, nicht«, sagte Sigrun. »Bist du sicher, dass es einen hat?«
»Natürlich hat es einen«, seufzte die Drachin. »Das muss ich doch wohl wissen, schließlich hat es einmal zu meinem Hort gehört!«
»Warum hat sie ihn dann nicht bemerkt?«, brummte Freitsweit stirnrunzelnd und sah Sigrun scharf an. »Ist es bei deinem Volk nicht Brauch, Eide stets auf sein Schwert zu schwören?«
»Aber sicher doch!«, sagte Sigrun. »Worauf sonst sollte man denn schwören?«

»Aber dir ist dabei dieser Charme nie aufgefallen?«
»Nein«, erwiderte Sigrun ungeduldig. »Aber das habe ich dir ja schon gesagt! Was genau bewirkt er eigentlich … außer, dass er die Klinge leuchten lässt?«
»Dass du, solange du sie trägst … immer die Wahrheit sagen musst«, erläuterte die Drachin. »Und den Eid, den du darauf schwörst, auch halten musst!«
»Das würde erklären, warum ich ihn nie bemerkt habe«, sagte Sigrun. »Der Charme schaltet sich ja wohl nur ein, wenn man einen darauf geleisteten Schwur bricht. Und da ich nie mein Wort breche, bekomme ich nie Gelegenheit, ihn zu bemerken.«
»Wo ist dein Mann jetzt?«, fragte Rowena neugierig.
»Tot«, erwiderte Sigrun knapp.
»Du Ärmste!«, hauchte die Prinzessin und es fielen zwei Opale zu Boden.
»Das Schwert ist nicht alles, was er dir hinterlassen hat«, bemerkte Freitsweit mit spitzem Blick auf Sigruns Bauch.
»Das passierte nach unserer Abmusterung«, sagte Sigrun. »Wir dachten, wir lebten endlich so in Sicherheit, dass wir eine Familie gründen könnten.« Sie zwang sich ein mattes Lächeln ab. »Ein paar Tage später hielten uns zwei Wegelagerer wohl für eine leichte Beute. Ein Irrtum. Aber er bekam dabei eine Wunde ab, die sich entzündete und sich immer mehr verschlimmerte, was wir auch tun mochten. Und so bin ich nun Witwe.«
»Und die Banditen?«, fragte Rowena. Und Sigrun antwortete ihr mit einem Blick, der die junge Frau erbleichen und beiseite sehen ließ.
»Mein herzliches Beileid!«, sagte Freitsweit.
»Danke«, sagte Sigrun und musterte sie mit neuem Blick. Sie war schon an genügend Höfen gewesen, um zu wissen, was eine Dame ist – nicht Satin und Spitze machten die aus, nein! Und ihr entging nicht, dass Lady Freitsweit mit demselben Respekt zu ihr heruntersah. Sie verstanden und achteten einander.
»Mein Angebot könnte dich also interessieren?«, polterte die Drachin jetzt von oben herab.
»Ja, sicher. Doch eine Frage dazu: Welche Verwendung hat eine

Drachin für eine Kämpferin von Menschenart? Und weshalb hast du mich entführt?«, fragte Sigrun und lächelte Freitsweit, die ihr Schwert wieder einsteckte, dankend zu.
»Das Kämpfen macht mir mit zunehmendem Alter nicht mehr den Spaß wie in jungen Jahren«, erklärte die Drachin. »Ich hätte gerne eine menschliche Garde, die mir diese Schatzräuber und Möchtegerndrachentöter vom Halse hält. Und warum ich an dich dachte? Wegen deines Zauberschwerts. Es gehörte, wie gesagt, ja einmal mir, war Teil meines Horts. Dann hat ein Magier es mir geraubt, und seither war es in verschiedenen Händen … wobei ich aber immer wusste, wo es jeweils war, wie bei allen meinen Schätzen.«
»Wirklich?«, staunte Rowena. »Das wusste ich nicht. Gilt das für jedes einzelne Stück? Wo ist dann der Becher, den du für mich hingabst?«
»Die Drachin hat dich gekauft?«, fragte Sigrun befremdet.
»Nachdem Rowena hier eingezogen war, sandte ich ihnen einen mit Edelsteinen geschmückten Becher als Blutgeld«, sagte die Drachin und dann, nach einem Moment sichtlichen Nachdenkens: »Er befindet sich jetzt im Büro eines Geldverleihers.«
»Das könnte stimmen«, bemerkte Tante Freitsweit. »König Eric hat ihn versetzt, da er Löhnung für neue Soldaten braucht.«
»Wie schade!«, seufzte die Drachin, augenscheinlich betrübt. »So ein schöner Trinkbecher! Und was das Schwert angeht, mir kommt es jetzt so vor, als ob es dich für den Dienst bei mir ausgewählt hätte.« Dann sah sie auf Sigrun herab und schloss: »Ich kann gut zahlen.«
»Davon bin ich überzeugt …«, erwiderte Sigrun und überlegte kurz. Es wäre gut, keinen Mangel mehr leiden zu müssen und ihr Kind in der guten Höhenluft aufwachsen zu lassen: Die Garde wäre in einem Dorf am Fuß des Berges, am Fluss dort, stationiert. Es gab genügend Wild in den Wäldern. Es gab schlechtere Orte – haufenweise. Es gäbe sicher einige Söldner, die sich gerne in dieser Gegend niederließen. Es war ein gutes, wenn auch etwas ungewöhnliches Angebot.
»Wir könnten eine starke Garde bald sehr nötig haben!«, sagte Tante Freitsweit.

Alle Augen richteten sich auf sie.
»Ein Kriegsherr in den Nordregionen, Malconte mit Namen, der auf Eroberungen aus ist, hat den Blick gen Süden gerichtet«, erklärte sie. »Nun fürchtet König Eric, sein Reich sei als Nächstes dran, und hat ihm also für Frieden und Freundschaft die Hand seiner Schwester, Rowena, angeboten.«
»Von Malconte habe ich gehört«, sagte Sigrun und schnaubte. »Damit ist bei dem kein Frieden zu erkaufen, höchstens Zeit.«
»Und eine Prinzessin ist ja auch kein Tauschobjekt!«, fauchte Rowena, und dabei landeten zwei Amethyste, ein paar Münzen und ein großer Diamant vor ihren Füßen.
Sigrun und Freitsweit sahen einander an ... Sie hat noch viel zu lernen, war ihr gemeinsamer Gedanke.
»Der König hat begonnen, eine Söldnertruppe zu rekrutieren«, warf die Drachin ein. »Offenbar glaubt er selbst nicht recht an seinen Prinzessin-für-Frieden-Plan!«
»Nein, er hat etwas anderes im Sinn«, sagte Lady Freitsweit. »Die sollen ihm seine Schwester zurückholen, damit er sie in Händen hat, sollte Malconte sein Angebot annehmen.«
Sigrun blickte in die Runde: Wie erginge es ihnen wohl, wenn Malconte hier erschien? Mehr noch, welches Leben blühte dann ihrem Kind, dem noch ungeborenen? Und das gab den Ausschlag! Die Drachin hier und eine gute, gut bewaffnete Söldnerschar könnten den Landräuber aufhalten ... Und so die Zeit für eine nachhaltigere Lösung, eine schön arrangierte Ermordung etwa, gewinnen. »Frau Drachin«, sagte sie, »ich nehme dein Angebot an.«

Die Luft war dünn und kalt, als die beiden Frauen vom Balkon auf die im Burghof in Reih und Glied angetretenen Soldaten hinabsahen. Sigrun war gottfroh, dass ihr Lady Freitsweit für diesen Anlass einen pelzgefütterten Umhang geliehen hatte ... und erst recht, dass sie sie von ihrer Morgenübelkeit befreit hatte. Ja, Freitsweit mit ihrem Können in punkto Heilkräuter und Magie hatte dieses wunderbare, aber auch notwendiges Werk vollbracht. Denn mit Schwangerschaftsbeschwerden hätte sie sich ja nicht in die Söldnertruppe des Königs einschmuggeln können. Doch nun gehörte sie König Erics Schar an! Den Degen bequem an der linken Hüfte, die rechte Hand auf dem Dolch an der anderen – so einem Einzelstück aus ihrem wiederbesorgten Gepäck –, stand sie da und besah sich ihre neuen Kameraden.

»Nicht übel. Keine Silbereichen, aber brauchbar«, meinte sie und musterte die Schar mit Veteranenblick. Heterogen in der Qualifikation wie in punkto Alter und Bewaffnung. So etliche Veteranen waren dabei. Die Kriege, die dies Land die letzte Generation lang geplagt hatten, waren etwas abgeklungen, und so hatten einige Könige das Gros ihrer Söldner entlassen. Es gab also viele, die sich nun anderswo eine Anstellung suchen mussten. Um die da zu einer echten Schar zusammenzuschmieden, brauchte es sicher noch einige Arbeit, aber dafür gab es die Feldwebel. Zum Glück waren wohl genügend altgediente dabei.

»Der Hauptmann da kommt mir bekannt vor«, fuhr sie fort und wies mit dem Kopf auf eine Gestalt im Umhang, die gerade die Truppe inspizierte. »Ja, ich bin mir sicher, dass ich ihn von irgendwoher kenne.«

»Tarrin O'Malley«, erwiderte Frau Freitsweit. »Ein bisschen grau für diesen Posten, meine ich ... aber was der vom Krieg nicht weiß, braucht man auch nicht zu wissen!«

»Ja, ich erinnere mich an ihn«, meinte Sigrun. »Er ist gut. Die Silbereichen haben unter ihm an den Drei Flüssen gegen die Nordmeerräuberkönige aus Njelsfjord gekämpft, bei deren letztem großem Einfall.«

»Er hat für kurz vor dem Mittagessen eine Stabsbesprechung angesetzt«, sagte Freitsweit. »Und er möchte, dass du dabei bist.«

Sigrun sah sie erstaunt an.

»Ja, das hat er gesagt«, bekräftigte die alte Dame.

»Dann muss ich wohl hin«, meinte Sigrun und fragte sich, was er denn von ihr wollen könnte.

Die Besprechung fand in dem Nebenraum statt, der durch eine Wand von der Speisehalle abgetrennt worden war: eine für den Architekten wie für den Baumeister einfachere Lösung als ein Anbau. Er teilte mit ihr ihre hohe Decke und ihre Möblierung und

die Wärme, die ihr großer Kamin erzeugte, und so legten alle Anwesenden dankbar ihre Umhänge ab, als sie auf den langen Bänken dort Platz nahmen.
»Tarrin O'Malley«, stellte sich der Hauptmann zur Eröffnung des Treffens vor. »König Eric hat mich mit der Führung der Einheit betraut. Und ich habe euch Anwesende als Unterführer gewählt.«
Er war kurz angebunden, sachlich, ging mit raschen Schritten um den Tisch, nahm dabei Ernennungen vor, erteilte seine Befehle. Ja, er hatte sich offenbar die Zeit genommen, sich mit seiner Aufgabe vertraut zu machen.
Sigrun registrierte die Ernennungen genau. Ein paar aus dem niederen Adel wurden Offiziere. Ziemlich gute Leute. Manche sahen etwas verwittert aus – aber doch so, als ob sie sich auf einem Schlachtfeld auskennen würden. Das war ihr eine enorme Erleichterung – von der anderen Art hatte sie mehr als genug gehabt. Unteroffiziere gab es zuhauf, und es waren, sah man von dem bei manchen deutlichen Hang zu starken Getränken ab, tüchtige Kerle. Jetzt fühlte sie sich besser: Unteroffiziere sind das Rückgrat jeder Truppe! Aber manchen fehlte es wohl noch an Erfahrung. Es bräuchte also Zeit und Arbeit, damit eine schlagkräftige Einheit aufzubauen.
»Sigrun von Hochberg«, sprach Tarrin nun sie an. Sie sah zu ihm auf. »Du warst bei der Freischar Silbereiche«, fuhr er fort. Sie nickte. »Ihr hattet eine gute leichte Infanterie und exzellente Kundschafter. Das hier ist Neuland für mich, ich brauche also Informationen. Du wirst die Späher führen.«
»Zu Befehl«, erwiderte Sigrun. Es schien eine gute Position. Aber ihr war aufgefallen, dass es an erfahrenen Kundschaftern mangelte. Diese Charge könnte sich als leere Hülse erweisen. Andererseits …
Die Besprechung schien beendet, als wie auf ein vereinbartes Signal die Tür in der rückwärtigen Wand aufging und ein Mann mit goldenem Diadem und hermelinbesetzter Robe – König Eric offenbar – eintrat. Tarrin stand auf und verneigte sich, und alles folgte seinem Beispiel. Doch musterte Sigrun den König dabei unter den Lidern hervor: Ein gut aussehender Mann war er, so einer vom

stämmigen Schlag, und ohne jede Ähnlichkeit mit Rowena ... Er setzte sich auf Tarrins Platz, worauf alles zu seiner Rechten um einen Platz rückte, auf dass Tarrin sich neben ihn setzen konnte.
»Willkommen«, grüßte König Eric. Ein höfliches Gemurmel war die Antwort. »Ich brauche nun eine größere Garde als bisher. Im Norden gibt es, wie einige vielleicht wissen, einen neuen Eroberer, Malconte mit Namen. Zudem hat vor ein paar Jahren eine Drachin, die in den Bergen unweit von hier haust, meine geliebte Schwester geraubt.« Da bedauerte Sigrun insgeheim, dass die Lüge von Rowenas Tod selbst einen sanften Tod gestorben war. Denn wenn der König sie für tot gehalten hätte, hätte er ja seine Zeit und Mittel nicht auf den Versuch verschwendet, sie sich heimzuholen.
»Es wird eure Aufgabe sein, sie aus den Klauen jenes Untiers zu befreien«, schloss er und erhob sich, und mit ihm erhoben sich alle. Dann zog er schwungvoll sein Schwert und hielt es vor sich. Und Tarrin zog sein Schwert, hielt es über das des Königs, und alle folgten seinem Beispiel. Jetzt blieb Sigrun nichts anderes übrig, als sich anzuschließen – wenn auch mit einer unguten Vorahnung.
»Ich schwöre ...«, begann Tarrin.
»Ich schwöre ...«, wiederholten alle anderen.
»Alle rechtmäßigen Befehle unseres Königs zu befolgen.«
Und sie wiederholten Tarrins Worte wie ein Mann.
»Seine Wünsche und seinen Willen zu erfüllen. Sein Land und seine Person zu schützen und zu verteidigen. Und ihm ehrlich zu dienen so wie ein guter Soldat. Das schwöre ich auf meine Ehre!«
Sigruns Schwert blitzte bei diesen Worten hell auf. Nervös sah sie sich um, doch niemand sonst schien es bemerkt zu haben. Aber als sie mit den anderen ihre Klinge senkte, sank ihr Herz mindestens ebenso schnell mit. Rowena wird das wohl nicht mögen.
»Ich hatte wirklich keine andere Wahl«, versicherte sie Lady Freitsweit dann, als sie sie endlich allein sprechen konnte. »Schließlich konnte ich ja nicht verkünden, ich könnte König Eric nicht die Treue geloben, weil ich für die Drachin arbeite!«

Die alte Dame sah zwar grimmig, aber nicht verzagt drein und riet: »Lass uns jetzt nicht durchdrehen!«
»Dafür später dann?«, versetzte Sigrun keck.

Es war eine klare, mondhelle Nacht ... und Sigrun hatte alle ihre Kundschafter extra in die andere Richtung geschickt, sodass sie mit Lady Freitsweit unbesorgt zur Drachenhöhle gehen konnte. Rowena und der Drachin nun Bericht zu erstatten, war schon etwas problematischer:
»Ich bin verloren!«, rief die Prinzessin, und da fielen ihr drei Saphire von den Lippen.
»Oder wir!«, versetzte Sigrun und blickte zu der Drachin hoch über ihr empor.
Die Drachin kicherte glucksend. »Oh, ihr Menschen mit euren Eiden!«, seufzte sie, setzte sich auf ihr Hinterteil, kreuzte die Arme über der Brust und lehnte sich mit dem Rücken gegen die Höhlenwand. »Sag mir den genauen Wortlaut deines Eids!«
Als Sigrun ihn Wort für Wort wiederholte, merkte sie ... was sie nicht gelobt hatte. Da tauschte sie denn mit der Drachin ein Grinsen aus und begann, mit ihr einen Plan zu schmieden.

»Ein Bericht, jetzt schon?«, fragte Tarrin. Und es war schwer zu sagen, ob er erfreut war oder nicht.
»Ja«, sagte Sigrun und setzte sich auf den Platz, auf den er wies. »Frau Freitsweit hat in der Gegend hier Verwandte, die haben ihr die Gewohnheiten der Drachin geschildert. Sie geht anscheinend in den frühen Morgenstunden gern in den waldigen Bergeshöhen jagen. Vielleicht könnten wir ja die Prinzessin, solange sie unbewacht ist, mit nur wenig Mühe und ohne Verluste befreien.«
»Erstaunlich, dass das noch niemand versucht hat«, überlegte der Hauptmann laut, »wenn das so leicht ist.«
»Meines Wissens hat der vorherige König aus Angst vor der Wut der Drachin jeden Befreiungsversuch untersagt«, erklärte sie. »Ich vermute, dass hinter König Erics Entscheidung die Furcht vor dem Warlord Malconte steht. Da die Prinzessin schon seit Jahren bei der Drachin lebt, dürfte es nicht ihre ›grässliche Not‹ sein, was ihn

jetzt zu dem Befehl veranlasst, sie zu befreien. Er ist ja jetzt schon seit über einem Jahr König!«
Tarrin musterte sie denn eine ganze Weile mit seinen kühlen, grauen Augen. Und nickte dann zustimmend.
»Wir reiten drei Stunden vor Morgengrauen los«, beschied er sie.

Es war eine bemerkenswert leichte Befreiung gewesen. Tarrin und Sigrun waren mit einer Schar ausgewählter Männer hinauf zur Höhle geritten. Die Drachin war weg gewesen, und so hatten sie die mürrische, schweigsame Prinzessin geholt und für den Ritt zur Burg zurück auf ein Ersatzpferd gesetzt. Jetzt saß sie, mit Sigrun und Freitsweit als einziger Gesellschaft, in der Bibliothek ihres Bruders und harrte ihres Schicksals … Sie hatte gebadet und sich umgezogen, sich das Gesicht aber, aus irgendeinem Grund, nach südlichem Brauche verschleiert. Die, die sich an ihr früheres Aussehen erinnerten, glaubten diesen Grund zu kennen.
Da ging die Tür auf, und König Eric trat schwungvoll ein – er machte wohl alles mit Schwung. »Ah, liebste Schwester«, grüßte er Rowena und wählte einen Platz nahe bei ihr, doch näher zum Feuer. »Wie schön, dich endlich wieder zu sehen!«
»Sei du gegrüßt, mein Bruder!«, erwiderte Rowena. »Die Krone steht dir.«
König Eric lächelte darauf und sprach: »Du wirst bald selbst eine tragen!«
Nur gut, dachte Sigrun sich, dass er jetzt ihr Gesicht nicht sehen kann!
»Du sollst einen sehr mächtigen Kriegsherrn heiraten, einen gewissen Baron Malconte.«
»Das macht mich zur Baronin, nicht zur Königin«, gab Rowena zu bedenken.
Eric wedelte nur vage wegwerfend mit der Hand. »Er hat eine große Zukunft!«, versprach er ihr.
Eben nicht, dachte Sigrun, aber sie würde hier Königin, wenn du nicht länger König wärst da in deiner Ahnenhalle.
»Oh, Bruder mein, sind wir denn wirklich blutsverwandt? Oder

habe ich allen Verstand abbekommen, so wie du alle Schönheit?«, murmelte Rowena so leise, dass er es nicht hörte. Und Sigrun starrte ins Leere und tat so, als ob sie auch nichts gehört hätte.

»Aber wenn ich ihn nun nicht heiraten will?«, fragte Rowena laut.

König Eric zog ein verdrießliches Gesicht. »Rede doch keinen Unsinn!«, schimpfte er. »Er ist eine gute Partie, und es ist deine Pflicht zu heiraten. Ich habe einen mächtigen Mann für dich gefunden. Du solltest mir dankbar sein!«

»Entschuldige«, fiel Sigrun ein, ehe Rowena dem Bruder sagen konnte, was sie von seiner Wahl, seinem Charakter und seiner Moral und Intelligenz hielt – oder von seinem Mangel daran.

Eric sah sie erstaunt an.

»Wir haben dir, wie versprochen, deine Schwester zurückgebracht ... ja?«

Eric nickte. »Ja, das habt ihr«, sagte er. »Und dafür werde ich euch belohnen.«

»Dein Dank ist uns Lohn genug«, sagte Sigrun und trat, sanft lächelnd, etwas zurück.

»Mag man mich auch hierher gebracht haben, ich bleibe nicht!«, rief Rowena und als sie aufsprang, fiel ihr eine Hand voll Edelsteine, die ihr Schleier verborgen hatte, aus dem Schoß. Rasch lief sie auf den Balkon hinaus und warf die Balkontür hinter sich zu. Und dann war da ein Brausen in den Lüften, ein riesiger Schatten über dem Balkon – und als sie endlich die verglaste Tür aufbekamen und hinausstürzten, sahen sie nur noch einen kleinen Fleck fern am Himmel, und das war die Drachin, die Rowena wieder entführte.

»Majestät, wir haben dir, wie versprochen, deine Schwester zurückgebracht«, sprach Tarrin zu König Eric, der deprimiert in seinem Sessel am Kopf der Tafel saß. »Wenn wir es erneut versuchen sollten ... wer garantiert uns dann, dass sie nicht wieder geraubt wird? Es scheint uns eine vergebliche Mühe.«

»Malconte wird im nächsten Frühling kommen«, stöhnte König Eric mit angsterfüllter Stimme. »Ich sehe keine Möglichkeit, in

der verbliebenen Zeit noch ein Heer aufzustellen, das ihn aufhalten könnte.«
»Vielleicht gibt es einen anderen Weg«, warf Sigrun ein, die an der Längsseite saß.
»Wie?«, fragte der König, mit einem Hauch von Hoffnung in der Stimme.
»Die Drachin lässt ausrichten, sie wünsche zu verhandeln. Sie kreist derzeit über der Burg ... Wenn du mir aufs Dach folgen wolltest?«
»Woher wissen wir, dass das kein Trick ist?«, fragte Tarrin und fasste nach seinem Schwert.
»Was haben wir dabei zu verlieren?«, appellierte sie an die Vernunft. »Der König verlöre eh sein Reich im nächsten Frühjahr. Lass ihn die Drachin anhören.« Und als Eric dumpf nickte, führte sie ihn und die anderen aufs Dach empor. Freitsweit, in ihre Pelze gehüllt, erwartete sie dort schon. Und als sie auf die windgepeitschte Terrasse traten, landete die Drachin auch schon mit Rowena auf dem Rücken auf der Burgmauer.
»Sei gegrüßt, Bruder!«, rief die Drachenreiterin. »Ein schöner Tag, nicht?« Wie ihre Tante, so war auch sie in warme Pelze gehüllt, und wie beim letzten Mal, trug sie auch jetzt einen Schleier.
»Kommen wir zur Sache!«, drängte die Drachin, das Brausen des Windes übertönend. »Malconte übernähme im nächsten Frühjahr gern deinen Thron, und wir können verdammt wenig tun, um ihn daran zu hindern.« Eric nickte zustimmend.
»Gut«, fuhr die Drachin fort. »Ich freue mich, dass wir einer Meinung sind. Weiter: Mit einer Schar guter Söldner, die mir unterstellt wäre, könnte ich dein Land verteidigen. Bezahlen könnte ich sie aus meinem Hort.«
»Und warum solltest du das tun?«
»Wenn meine Pflegetochter Königin wäre, wäre ich ja geradezu dazu verpflichtet!«, erwiderte sie.
Es brauchte einen Moment, bis Eric die Bedeutung ihrer Worte begriff. Aber dann rief er fassungslos:
»Ich soll also zugunsten meiner Schwester abdanken?«

»Also, diese Burg, lieber Bruder, würde ich nicht brauchen«, warf da Rowena ein. »Nur die Krone. Und du bliebst am Leben, was mehr ist, als Malconte dir zudenkt ... deine Kinder wären meine Erben, denn ich habe sicher nicht vor zu heiraten. Und du könntest hier als mein Vizekönig regieren. Du könntest es angenehm haben und im Wohlstand leben, während wir, mit deiner Söldnergarde, die ganze Arbeit machen würden. Ich bezweifle, dass Malconte es mit uns aufnehmen würde. So eine Drachin mit einer Söldnertruppe, das wäre selbst für einen so mächtigen Warlord wie Malconte ein zu großer Brocken!«

Es brauchte dann noch einige Zeit, bis sie alle Details des Regierungswechsels ausgehandelt hatten, aber schließlich war auch das erledigt. Selbst Eric sah die Logik des Ganzen. Als der Tag zu Ende ging, war Rowena Königin und wohlbehalten in der Höhle zurück und hatte Tarrin mit seiner Schar ein Camp unterhalb des Höhleneingangs bezogen.

»Das geht ja bestens«, sagte Sigrun. »Was wir jetzt nur noch brauchen, ist ein Name für unsere neue Truppe.«

»Wie wäre es mit ›Die Horde der Drachin‹?«, fragte da Rowena. Aber nur ihre Leichtfüßigkeit und der Umstand, dass niemand sich an der Drachin vorbeitraute, um ihr hinterher zu gehen, erlaubte es ihr, heil und unversehrt in die Tiefen der Höhlen zu entkommen.

DEBORAH WHEELER

Wenn ich von Deborah eine Story bekomme, weiß ich, dass sie sehr lesenswert ist. Sie hat eine Art, ungewöhnliche Details einzubauen, die ihre Geschichten unvergesslich machen. Einen Onager als Schlachtross einzuführen – das ist meines Wissens einmalig.

*Deborah ist in ihrer schriftstellerischen Karriere auch weit genug vorangekommen, um ihren Brotberuf aufzugeben, hat sie doch bereits zwei Romane (*Jaydium *und* Northlight*, beide bei DAW) und viele Kurzgeschichten veröffentlicht. Sie ist auch eine erfahrene Kampfsportlerin, mit dem Rang einer Kung-Fu-Meisterin. – MZB*

DEBORAH WHEELER

Die Phönixklinge

Mit einer Horde Azkhantianer an den Fersen kehrte Linned Ar-Veddris heim.

Sie hatte das Lager knapp vor Einbruch der Nacht ausgemacht, vom Hang, der zur Ebene des Dursts hinabführt. An sich hatte sie an der kleinen Quelle campieren wollen, so eine Meile in der Ebene drin. Dann sah sie den Kreis gelblicher Pünktchen, fern in der gespenstisch fahlen Alkaliwüste. Sie war zu weit weg, um die Geräusche von dort zu hören. Aber dass an diesen Feuern getanzt und gesungen wurde und der K'th, die gegorene Kamelmilch, in Strömen floss, das wusste sie dank ihrer Lehrer in Borriventh, die der Ansicht waren, jede junge Frau aus adligem Haus, und sei es noch so verarmt, sollte über ihre Feinde Bescheid wissen.

Feuervogel! fluchte Linned halblaut. Ihr Onager zerrte an den schweren, geflochtenen Zügeln. Sie hatte ihn hart getrieben, denn sie selbst trieb die Nachricht von der jähen Erkrankung ihres Großvaters und den Gerüchten über erneute Einfälle der Azkhantianer.

Xun, der neben ihr stand, wartete stumm wie ein Granitblock. Der hünenhafte pythische Sklave, einstens ein Kriegsgeschenk des Ar-Königs an ihren Großvater, war halb Leibwächter, halb ihre Anstandsdame. Niemand wusste, warum er sich den Schädel rasierte oder sich weigerte, irgendein Tier zu reiten – oder auch, wie alt er wirklich war.

Die Ebene des Dursts war hier schmal, ein Tagesritt nur bis zu den steinigen Weiden von Veddris an der anderen Seite. In Längsrichtung, nach Westen, lagen ihre Felder – Nacktweizen, Azimed und Sorghum. Eine reichere Beute, aber ein längerer Ritt.

Sie teilte ihren Rest Wasser unter Xun und ihrem Onager auf, mit dem inbrünstigen Stoßgebet, dass es ihnen die Nacht durch vor-

halte. Und Xun holte, ohne ein Wort, ihr zweitbestes Hemd aus ihrer Satteltasche, riss es in fünf Streifen, umwickelte mit vieren dem Onager die Hufe und band ihm mit dem fünften das Maul zu, um ihn am Wiehern zu hindern.
Sie gingen zu Fuß, führten den Onager am Zügel, und nur der gedämpfte Schlag seiner Hufe und das Rascheln ihrer weiten Reithose störten die Stille. Bald konnte sie die Umrisse der Zelte, auch die Anleinen der zähen Pferde ausmachen. Stimmen erhoben sich, im Chor um das eine Camp, zu rauem Lachen ums andere – sie verstand die Sprache nicht, aber ihr Klang ließ ihr das Blut in den Adern gefrieren.
Sie ertasteten sich ihren Weg auf Sand und Schotter und umgingen das azkhantianische Lager. Xun, der die Führung hatte, blieb ab und an stehen und lauschte, drehte dabei den Kopf hin und her, wie um zu fühlen, wo die vorgeschobenen Posten stünden.
Nichts und wieder nichts. So marschierten sie weiter.
Linned dachte an das Schwert, das an ihren Sattel geschnallt war und das sie nicht ziehen durfte. Es war Männermagie, für sie also tabu. Den Umgang mit dem Damendolch und der Inata, der Lanze mit der geschwungenen Klinge, hatte sie gelernt – darauf hatten ihre Lehrer geachtet. Aber sie hatte noch nie einen Kampf auf Leben und Tod geführt. Sie war noch nicht mit Blut getauft.
Als die Lagerfeuer endlich wieder zu Pünktchen geschrumpft waren, atmete Linned tief durch, nahm bei einem kurzen Halt dem Onager die Lappen von Hufen und Nüstern ab und saß auf. Da fiel er wieder in seinen schaukelnden Gang. Und Xun folgte ihr stumm, in ausdauerndem Lauf.
Minuten dehnten sich zu Stunden. Der Onager stolperte, seine Hufeisen klirrten gegen Steine … und der Kopf sank ihm vor Müdigkeit herab.
Am östlichen Horizont graute es eben, als sie die Ebene des Dursts verließen, um den Bergkamm anzugehen. Aber der Onager legte die Ohren an, ging auf die Hinterbeine und weigerte sich, zu steigen. Dann ein Gurgeln, ein Wiehern, und die Knie brachen ihm. Linned konnte sich gerade noch frei strampeln, ehe er schwer auf

die Seite fiel. Im Dämmerlicht sah sie seine Brust sich noch ein paar Mal heben und senken, und dann regte sich nichts mehr.
Da befahl sie Xun, unten zu warten, und stieg den Felsenhang ganz hinauf. Mit ihren weichen Stiefeln fand sie Halt in dem von Hitze geborstenen Stein, dann rutschte sie und fing sich wieder, knurrte Flüche, die sie überhaupt nicht hätte kennen dürfen.
Von oben: Die Feuer vergangen, der Horizont ein heller Dunst ... und vor dem blassgoldenen Glanz stiegen Staubwolken, von den Hufen galoppierender Azkhantianerpferde!
Xun, am Fuß des Hangs, drehte den kugelglatten Schädel nach Osten ... Plötzlich, als ob er ihren Blick spürte, sah er zu ihr hinauf. Kaum hatte er ihre Miene gesehen, beugte er sich über den hingestreckten Onager und schnallte das Schwert vom Sattel.
Die Azkhantianer müssten den Pass in Linie durchreiten – einer hinter dem anderen vielleicht. Xun mit seiner Kraft könnte sie eine Zeit lang aufhalten. Sie musste diese Chance nutzen!
So zwang sie sich zum Laufschritt, maß dabei ihre Reserven, die Kondition, die sie dem Drill auf dem Exerzierplatz von Borriventh verdankte. Ihr schwacher Punkt? Sie fürchtete den Durst, der sich einstellen würde, hatte sie doch ihr letztes Wasser Xun und dem Onager gegeben.
Als sie den Pass hinter sich hatte, legte sie an Tempo noch zu. So sehr, dass sie fast das Gefühl hatte zu fliegen. Der Gegenwind ließ ihr die Haut aufspringen. Papiertrocken war ihr Mund, rissig und blutig ihre Mundwinkel, und der Magen krampfte sich ihr zusammen und schrie nach Wasser.
Das Herz hämmerte ihr gegen die Rippen, als ob es zerplatzen wollte. Aber sie rannte und rannte. Die jähen Hänge und die sanften hinab, durch die ersten Weiden und Felder, wo hier und da grüngoldene, reifende Gerste wogte.
Da zwangen Seitenstiche sie stehen zu bleiben. Sie beugte sich nach vorn und betete zum Feuervogel, dass er ihr die Kraft gäbe weiterzulaufen. Keuchend sah sie sich um – die Azkhantianer waren schon oben am Pass. Nein, sie würde die Burg nicht mehr rechzeitig erreichen.
Irgendwie zwang sie sich wieder zum Lauf, dem schwerfälligen

Lauf der Erschöpften. Sie würden sie einholen, niederreiten und ungehindert in Veddris einfallen. Weil sie versagt hatte ...

»Heda!«

Sie war so auf das Weiterlaufen konzentriert, dass der Anruf sie aufschreckte: Von einem Stoppelfeld winkte ihr ein Mann im grob gewebten Kittel eines Bauern. Er führte einen Pflug, mit einem Onagergespann davor ...

Doch was bekam er große Augen, als er das Phönixemblem, das Symbol der Erneuerung, an ihrer Jacke erkannte – die Enkelin des Grundherrn kam ja nicht oft durch seine Felder gehetzt!

Und er beeilte sich, seine Onager auszuspannen, bot ihr die verschränkten Hände als Tritt, und da schwang sie sich auf das jüngere der beiden Tiere, gab ihm die Fersen, setzte die Enden der langen Zugseile als Peitsche ein. Da wieherte das Tier erstaunt und galoppierte los, in grobem, aber starkem, frischem Gang.

Sie lenkte es auf die Landstraße und preschte in Richtung Burg Veddris. Jetzt hatte sie eine Chance. Ihr Bruder hatte seine Soldaten bestimmt schon zusammengeholt ... Veddris kam näher und näher. Der Onager keuchte bereits und strauchelte. Sie grub ihm die Hacken in die Flanken, schrie und fluchte. Ja, was scherte es sie, wenn sie noch ein Tier zuschanden ritt, wenn sie nur vor den Azkhantianern die Burg erreichte!

Da war das Tor, die Eichenbalken silbergrau verwittert, die Mauer aus gebrannten Ziegeln. Ein Torflügel flog auf, als sie absprang, und Vaters ältlicher Haushofmeister, blässlich mit hervorquellenden Augen, winkte sie hastig herein. Im Burghof war kaum jemand zu sehen – nur ihre Tante, die die Rebhühner in den Wurzelkeller scheuchte, und einer der Stallknechte, ein Kriegsveteran mit einer schwarzen Augenbinde im altersgrauen Gesicht, der eine Schar halbwüchsiger Bauernbengel und den buckligen Küchenjungen antreten ließ. Aber sie alle wirkten, als ob sie keine Ahnung hätten, was sie mit den Schwertern in ihren Händen anfangen sollten.

Was ging hier vor? Warum waren sie nicht bereit? Wo waren die Soldaten, die die Burg verteidigen sollten? Wo war ihr Bruder?

Sie stürmte die Treppe hoch, die zu den Wohnräumen führte,

stürmte den Flur entlang. Da spritzten zwei Mägde vor ihr auseinander und schrien vor Schreck, dass es nur so von den Wänden widerhallte.
Sie riss die Tür zum Schlafgemach ihres Großvaters auf, stieß den einäugigen Veteranen zurück, der sie noch mit einem »Die Azkhant …« einholte, und … und blieb jäh stehen, die Wangen glühend vor Scham. Noch nie war sie so ohne die geziemende Form bei ihrem Großvater eingetreten. Er selbst war immer so würdevoll gewesen – noch immer voller Spannkraft auch, die Stimme klangvoll, das Auge feurig. Was sie aber nun vor sich sah, war eine geschrumpfte Hülle, wie ein kleines Kind in Decken über Decken gewickelt. Und neben dem niedrigen, breiten Bett kniete die Hebamme, die hier die einzige Heilerin war, hielt ihm den Kopf hoch und setzte ihm einen kleinen Kupferbecher an die Lippen.
»Fräulein …«, begann die Hebamme in einem Ton, der mehr als viele Worte sagte.
Sie aber ließ sich von dem Schmerz, der auch in ihr hochkam, nicht überwältigen. Ob ihr Großvater nun am Leben blieb oder starb, entschied der Himmlische Vogel – und sein Tod würde die azkhantianischen Schlächter auch nicht vor ihren Toren Halt machen lassen.
»Wo ist mein Bruder? Wo ist Farrel?«
»Fort!«, krächzte der alte Mann und reckte die pergamentene Hand. »Zu den Frühlingsspielen des Kaisers!«
Frühlingsspiele? Da wich ihr alle Hitze aus den Wangen und es lief ihr feurig heiß den Rücken hinab. »Und die Soldaten?«
Schweigen war die Antwort, beschämtes Schweigen. Ihr Bruder hatte sie als Ehrengarde mitgenommen zum Ritt an den Hof, wo er beim Glücksspiel um die Gunst des Kindkaisers buhlte.
Sie wirbelte zu dem einäugigen Veteranen herum. »Gib mir ein Schwert!«
Kreidebleich wich der einen Schritt zurück und fasste nach seinem Schwert – aber nur, um es vor ihr zu sichern.
»Eine Lanze, irgendetwas!«, rief sie, in einem Ton so hart wie Stahl.

»Enkel ... kind«, krächzte jetzt der Greis.
Da kniete sie sich zu ihm und nahm, aus einem Impuls heraus, seine Hand zwischen die ihren. Wie zerbrechlich sie waren, seine Knochen, und wie dünn seine altersfleckige Haut. Und doch spürte sie die Kraft des Geistes darin.
»Nimm ... die Inata.«
Nicht irgendeine, nein, »die Inata« ... die Klinge, die das Phönixemblem der Familie trug. Das Symbol der Hausmacht, das immer nur an den nächsten Erben weitergegeben wurde. Dass man es einer Frau anvertraut hätte, hatte sie nie gehört; sicher hatte ihr Bruder es schon in einer Geheimzeremonie erhalten.
Es war schlagartig still geworden, und so hob sie den Deckel der geschnitzten Ebenholztruhe, die alle Schätze des Hauses Veddris enthielt. Düfte von Seide und Ölen, von Lavendel und Jadepulver stiegen ihr in die Nase. Zuunterst lag, halb in Brokat mit gewebtem Phönixemblem gehüllt, die Inata! Wie seltsam leicht sie war, als ob sie von selbst zu ihr käme ... So legte Linned sie, ohne etwas an der Verpackung zu ändern, ihrem Großvater hin.
Mit altersknotiger Hand strich er behutsam über das kostbare Tuch, umspannte er die schimmernde Klinge. Linned hatte sie bis dahin nur einmal gesehen ... doch als er sie jetzt hob, regte sich tief in ihr etwas in jähem Wiedererkennen.
»Nimm ... dein Erbe ...«
Längs darauf graviert war ein sich aus der Asche erhebender, von prachtvollen Flammen umhüllter Phönix. Und die Furchen, wie durch eines Meisterschmieds Kunst, glühten noch wie vom Feuer der Esse. Bei der Halterung standen die Worte: »Nur in gerechter Sache«. Und als Linned mit den Fingerspitzen über die Gravur strich, sprühten Funken, und etwas zuckte ihre Nerven entlang wie ein Blitz.
Da verschwamm ihr für einen Moment alles vor Augen. Die Luft waberte, bis zu den Fliesen unter ihren Füßen ... Sie sah nur noch Flammen, keine verzehrenden, sondern stärkende Flammen. Von ihnen umgeben, von deren wachsender Kraft berauscht, hob sie die Schwingen ...
Schwingen?

Sie blinzelte, und es wurde ihr wieder klar vor Augen. Lärm drang an ihr Ohr, schwere Schritte auf dem Balkon, Geschrei vom Burghof her.
Da gab der Einäugige ihr einen mit Kupfer- und Silberringen versehenen Schaft aus poliertem Ebenholz. Und als sie den in den Inata-Schuh steckte, fühlte sie Zauber zucken, wie Stahl sich mit Holz verband. Sie packte die Lanze mit beidhändigem Griff und prüfte sie nach Länge und Gewicht. Diese Waffe war für die Verteidigung gegen einen berittenen Gegner gemacht, und sie hatte gelernt, sie zu führen. Erstaunlich, wie sie ihr in den Händen lag, als ob ein Meisterschmied sie für sie angefertigt hätte!
Kampflustig bebte der Schaft in ihren Händen. Und als sie in den Hof hinablief, fühlte sie eine Art Geisterflamme in sich Gestalt annehmen – wie der Geistleib eines Riesenvogels, die Schwingen in unsichtbaren Winden erhoben. Und sie spürte die Hitze und Beschaffenheit des wild brennenden Gefieders, als ob der Phönix aus ihrem Fleisch selbst erwüchse.
Drunten fand sie die hastig bewaffneten Burschen und Knechte in heller Angst und wie gebannt vom schrillen Kriegsgeheul der herannahenden Azkhantianer, das selbst den Hufedonner ihrer eigenen Pferde übertönte.
»Öffnet das Tor!«, befahl Linned, mit einer Stimme wie eine Fanfare.
»Der Phönix!«, schrie einer. »Der Phönix ist wieder da!«
So schlüpfte sie durch das leicht geöffnete Tor und trat allein ihren Feinden entgegen. Als der erste Reiter anhielt, schlug ihr ein Gemisch von Gerüchen in die Nase, nach Schweiß, nach Kamelwolle und Kampffieber. Und sie musterte die Standarten mit den seltsamen, Furcht erregenden Zeichen, die sie führten – eine Löwin, eine Schlange und ein Steppenwolf. Natürliche Lebewesen, allesamt.
Feuervogel, steh mir jetzt bei!
Ihre Inata, hoch über den Kopf erhoben, erstrahlte von einem rotgoldenen Schein, und die Devise »Nur in gerechter Sache« leuchtete heller noch als die Sonne. Hitze umfing Linned und erfüllte, stützte, stärkte sie. Und ein Schrei wie der Klang von hundert Messingglocken brach aus ihrer Kehle.

Den kurzen Krummsäbel in der Hand, gab der vorderste Reiter seinem Pferd die Sporen und jagte auf sie los. Ein Zweiter scherte aus, um sie von der Seite anzugreifen …

Wie durch eine Feuerlinse sah sie jetzt genau, wie sie sich bewegen musste, den Gleitschritt vorwärts, die Inata in einem vollkommenen Bogen geschwungen. Und die rasiermesserscharfe Klinge fuhr dem ersten Reiter durch den Hals, als ob er aus Butter gewesen wäre. Im Schwung den Bogen fortführend, traf sie das Pferd des zweiten an den Achillessehnen. Da ging es in einer Staubwolke zu Boden, wälzte sich und trat um sich, dass der Schrei des Mannes unter ihm jäh verstummte.

Er war das Werk eines Augenblicks gewesen, dieser perfekte Hieb. Jetzt ging ein anderer Reiter zu Boden, als sein Pferd vor dem gestürzten Tier abrupt auswich. Und Linned wirbelte herum, brachte ihre Inata im Bruchteil einer Sekunde herab. Er verhielt jäh, starrte sie mit hervorquellenden Augen an. Mochte er ein kampflüsterner Wilder sein, dumm war er nicht. Er sah ja, welche Reichweite sie hatte.

Seinen Kameraden Befehle zubrüllend, zog er sich unsicheren Schritts zurück. Alles jagte im Kreis herum. Durch die Wolke von Staub, die aufstieg, machte Linned einen Reiter aus, der sich bisher hinter der Horde verborgen hatte. Der zog einen Pfeil aus dem Köcher, legte ihn auf einen kurzen, merkwürdig gekrümmten Bogen, zielte – dabei zeichnete sich unter seinem eng anliegenden Wams deutlich eine Brust ab.

Da sang die Bogensehne so hell, das Wiehern und Stampfen der Pferde übertönend …

Twäng!

Die Inata stoppte den Pfeil mit feurigem Strahl, dass er in den Staub fiel.

Der zweite Pfeil folgte kaum einen Herzschlag später … und dann der dritte. Jedes Mal flammte ihr Stahl und fuhr ihr ein Blitz durch die Venen. Unirdisches Feuer sprühte ihr aus den Fingerspitzen und dem Rückgrat, dass bald die paar verdorrten Grashalme ringsum zu glimmen und zu lohen begannen.

»J'hai!«, rief der abgeworfene Reiter, fasste die Mähne seines vorbeitrabenden Pferdes, schwang sich auf und hetzte es mit einem Pfiff den Weg zurück, den sie gekommen waren. Und die anderen folgten ihm. Nur die Bogenschützin blieb. Sie hielt ihr tänzelndes und mit dem Schweif schlagendes Pferd zurück, fixierte sie und hob, eindeutig zum Gruß, ihren Bogen, riss ihr Pferd herum und war schon verschwunden.

Wieder lohte Feuer in Linned auf, erstarb dann und ließ sie aschenkalt und heftig zitternd zurück. Und die Knie drohten ihr einzuknicken, sodass sie sich auf die Lanze stützen musste, um nicht umzufallen.

Da flog das Tor auf, und die Burgleute, Wächter und Diener, Sklaven und Handwerker, kamen herausgestürzt. Und ihr Jubel erfüllte die Luft wie Spatzengetschilpe. Linned fühlte sich hin und her gestoßen, eingezwängt und verloren in einem Meer verzerrter, fast unkenntlicher Gesichter.

»M ... mein Großvater?«, stammelte sie, mit plötzlich tauben Lippen.

»Ins Reich der Seligen eingegangen in dem Moment, da ihn die Siegesnachricht erreichte«, sprach der Haushofmeister.

»Seht dort!«, rief da die Halbwüchsige, die auf dem Turm noch Wache stand. »Der junge Herr kehrt zurück!«

Eine angespannte Stille fiel über die Leute von Veddris: Ein Schweigen, von unterdrückten Flüchen schwer. Und Linned, wie mit übernatürlichen Kräften des Phönix, hörte das Geläut von Zaumzeugglöckchen und roch den Geruch von Straußenfedern und Myrrhen. Sie hob die Inata, aber diesmal kam das Springfeuer aus ihrem Herzen.

»So geht hinein«, befahl sie, »und macht euch bereit, meinen Bruder zu begrüßen.«

Und sie gehorchten, ruhigen Schritts, gesenkten Blicks, ihr so viel größeren Respekt erweisend als mit einer Verbeugung bis in den Staub. Ihr aber jagten Gedanken wie Geister durch den Kopf.

Er ging fort, um am Hof zu spielen ...

Er ist dein Herr und Bruder. Es ist sein Recht ...

Er hat dieses Recht um seiner Eitelkeit willen verspielt ...

Das Gefolge hielt vor dem Tor, mit klingenden Glöckchen, die gelben, rotgepunkteten Banner wie betrunkene Schmetterlinge flatternd. Die Soldaten flüsterten untereinander und zeigten auf die Pfeile und blutigen Leichen. Eine Schar Damen gurrte wie Tauben, und eine, prachtvoll anzusehen in ihrem weißen Brokat, schenkte Linned einen eisigen Blick.

Da hielt der junge Herr von Veddris vor ihr. Und sie sah den Schaum, der von der Gebissstange seines Onagers tropfte, und roch den üblen Würzweindunst aus ihres Bruders Atem.

»Großes Feuerei! Meine kleine Schwester!«, rief er und zwang sich ein schallendes Lachen ab. »Verteidigst du das heilige Nest?«

Warum war ihr das Näselnde, Quengelnde in seiner Stimme noch nie aufgefallen und die zu weiche Wölbung seiner Wangen, die die Form der Knochen darunter verwischte, und die Art, wie er an den Zügeln zerrte, dass sein Onager nervös tänzelte?

Farrel kniff die Augen zusammen, wieselhaft, und winkte ihr, ihm die Inata zu geben.

Da wich sie einen Schritt zurück, sprachlos bei dem Gedanken … sie diesen weinfleckigen Hände überlassen zu müssen.

»So komm, sei vernünftig. Ich bin sicher, dass du sehr hübsch gekämpft hast. Aber diese azkhantianischen Feiglinge kehren oft in noch größerer Zahl zurück. Ich brauche die Inata, um meine Männer gegen sie zu führen!«

Die Ohren angelegt, kam sein Onager näher getänzelt. Linned fuhr herum, dass die schweißige Schulter des Tieres sie, um Haaresbreite, verfehlte. Aber sie widerstand der Versuchung, den Bogen fortzuführen und ihrem Bruder die schön gekrümmte Klinge in den gut sichtbaren Bauch zu schlagen.

Sah er denn nicht den gespenstischen Schein der Flammen, die sie umhüllten, die Phönixgestalt, die ihr von Augenblick zu Augenblick immer tiefer in Mark und Bein drang? Sie konnte die Inata nun ebenso wenig noch zurückgeben, wie sie sich das Herz aus dem Leibe schneiden konnte. Ach, selbst ein Blinder musste das doch sehen!

Aber Farrel würde nicht aufgeben, was immer sie auch sagte. Und was ging sie das an?

Sie war ja so schnell wie möglich heimgekommen.
Sie hatte ja dafür die Ebene des Durstes durchquert.
Sie hatte sich ja den Azkhantianern entgegengestellt. Ja, sie ganz allein.
Wie konnte er sich anmaßen, einfach so anzukommen und ihr alles wieder zu nehmen, jetzt, da der Geist des Phönix sich in ihre Seele gefügt hatte?
Und Farrel zügelte sein Tier, so als ob er es sich wegen der Reichweite ihrer Waffe anders überlegt hätte, schwang sich aus dem Sattel und winkte seinen Leuten. Und die rückten an, um sie zu umringen.
Da kamen ihr, gestochen scharf wie das Phönixemblem auf dem Stahl, die Erinnerungen an all die Male, da Farrel das Beste und Erste bekommen hatte, während ihre Leistungen unbeachtet geblieben waren, und daran, wie sie um eine Ausbildung hatte kämpfen müssen, auf die sie als Tochter aus adligem Haus eigentlich ein Anrecht hatte.
Feuer lohte ihr vor Augen. Seit Jahren unterdrückte Wut sammelte sich in einem einzigen ruhigen Punkt – und schneller als ein Gedanke fuhr sie herum, teilte ihre Klinge erst die Luft ... dann Fleisch und dann ein Bein.
Etwas plumpste in den Staub. Eine der Damen schrie laut auf, verstummte dann aber abrupt. Der Geruch verbrannten Kupfers trieb Linned die Tränen in die Augen. Als sie wieder klar sehen konnte, sah sie ihren Bruder totenbleich, aber um die Augen weißer noch, dastehen und sich den Schwertarm halten ...
Und unterhalb des Ellbogens war nichts mehr.
Blut sprang ihm zwischen den Fingern hervor, mit dem er den Stumpf umklammerte. Und da riss sich einer seiner Männer, ein narbenübersäter Alter, die Schärpe herunter und band ihn ihm ab.
Linned starrte auf den verstümmelten Arm ihres Bruders. In ihr stieg Entsetzen auf und der bittere Geschmack von Galle. Die Klinge in ihren Händen zitterte.
Jetzt kann er sie nicht mehr führen, raunte es ihr durch den Sinn. Jetzt gehört sie mir, auf immer und ewig!

Da zerbrach die Klinge mit ohrenbetäubendem Knall, fiel in zwei Stücken in den Staub.
Heiliger Feuervogel! Fassungslos warf Linned sich zu Boden und las die beiden Hälften auf, hob sie mit bebenden Händen empor. Dieser Bruch, so gezackt und quer zu den natürlichen Linien des gehärteten Stahls, konnte nicht von einem Schlag kommen. Und der eingravierte Phönix verging und schwand. Für ihre verzerrte Sicht schien er Tränen von ersterbendem Feuer zu weinen.
Was habe ich nur getan?
Sie kniete sich in den Staub und betete aus ganzem Herzen um das Leben des Feuervogels, und wusste doch, dass ihr Gebet für immer unerhört bliebe.
Nur in gerechter Sache …
Vage nahm sie wahr, dass Menschen und Tiere, mit nicht mehr Substanz als Geister, an ihr vorbeizogen. Befehle ertönten, Damen weinten, und das Hufgetrappel der Onager erfüllte die Luft …
Eine lange Zeit später ging ihr auf, dass sie allein war. Sie erhob sich, steif, vor Kälte ganz starr.
Wie eine alte Frau, dachte sie. Wie eine Tote!
Sie steckte sich die Hälften vorn ins Wams, fasste ihre Lanze wie einen Krückstock, und ging … Mühsam Schritt um Schritt setzend, ging sie in Richtung der weiten Felder von Weizen und Azimed, hatte keine Vorstellung davon, was sie dort tun würde, sie folgte einfach ihren Füßen. Und sie spürte weder Hunger noch Durst. Wenn es dunkel wurde, legte sie sich hin, wo sie ging oder stand, und verbrachte die Nacht, ohne ein Auge zuzutun. Wo sie Wasser fand, da trank sie. Und sie aß die Beeren, die am Wegesrand wuchsen. Manchmal bot ihr ein Bauer oder ein Müller etwas zu essen oder seinen Stall zum Schlafen an. Warum sie das taten, verstand sie nicht – sie sah sich nicht als die verhärmte Frau, die sie doch in deren Augen war.
Endlich schien ihr, sie habe kein Recht, die Bruchstücke der Klinge vor aller Welt zu verbergen. Darum arbeitete sie drei Tage in einer Schmiede, fegte den Boden, sammelte Brennholz, flickte Lederriemen für Zaumzeuge und Schwertgehenke – und ließ sich von dem Schmied dafür die zwei Hälften durchbohren und mit einer Kette

verbinden, sodass sie sie sich um den Hals hängen konnte. Da fühlte sie sich seltsam leichter ... aber vielleicht lag das ja nur an den Ruhetagen und dem deftigen Eintopf, den die Frau des Schmieds ihr aufgedrängt hatte.

Der Sommer schritt voran, und aus den Feldern stieg der süße Duft von Thymian, Strohblumen und reifendem Azimed. Und der Himmel war von Tag zu Tag tiefer blau, der Gesang der Vögel heller, klarer ... Eines Abends, als sie durch schulterhohe, schnittreife Felder ging, hörte sie ein Geschrei, das nicht von einem Vogel, sondern nur von einem Kind stammen konnte ... und sie spürte, dass die Klingenstücke prickelnd heiß wurden. Von dem seltsamen Laut gelenkt, suchte sie längs des tief gefurchten Wegs erst und dann im dicht stehenden Getreide. So stieß sie schließlich auf einen Jungen von nicht mehr als fünf, sechs Jahren, der ganz zusammengerollt dalag und sich weinend die nackte Wade hielt. Er trug knielange Hosen und ein Hemd, die kaum mehr als Lumpen und so von der Sonne und den Jahren verschossen waren, dass von ihrer ursprünglichen Farbe nichts mehr zu sehen war. Seine Haut war dunkel vor Schmutz und von Sonnenbräune. Die Wade jedoch, die hatte eine noch dunklere, viel sagende Stelle, die zwei sehr dicht beieinander liegende Einstiche umgab. Und das Fleisch rings um diese Bisswunde war schon leicht angeschwollen.

Feldviper.

Xun hatte ihr schon von dieser Schlange erzählt, die in den fruchtbaren Ebenen Pythiens lebte und von seinem Volk ebenso verehrt wie gefürchtet wurde. Scheu und launisch, hielt sie die Getreide fressende Ratte nieder.

Seine Erzählung, wie er sich selbst nach so einem Vipernbiss vor einem qualvollen Tod bewahrt hatte, fiel ihr da ein. Um das Gift nach seiner Methode zu entfernen, brauchte sie ein Messer. Aber sie hatte keine Waffe irgendwelcher Art – nicht einmal eine Spange ...

Nur die Klingenhälften an ihrem Hals!

Ein größeres Sakrileg als das bereits begangene kann ich gar nicht mehr begehen, beruhigte sie sich, als sie die Halskette löste. Ja, rasiermesserscharf war diese Schneide noch immer. Der Junge schrie kurz auf, als sie ihm ins Fleisch schnitt, und wurde dann ohnmächtig. Eine klebrige braune Flüssigkeit spritzte aus der Schwellung, und als ihr ein paar Tröpfchen davon auf die Haut kamen, brannte es gleich wie Feuer. Aber sie machte weiter und biss die Zähne zusammen, um den Gestank des schon verfaulenden Fleischs zu ertragen. Bald roch sein Blut nicht mehr beißend, sondern wie Kupfer, war das Faulige weg – nur noch gesunder Muskel und elfenbeinfarbener Knochen zu sehen. Als sie sicher war, dass die Wunde ganz sauber war, versah sie sie mit einem Verband aus weichen Azimedblättern und einem Streifen ihres zerfetzten Hemds. Dann reinigte sie die Klingenhälften mit den übrigen Blättern ... aber nur die Blutflecken gingen ab, es blieben die vom Gift gebleichten Stellen.

Doch dann, so halb verhungert, wie sie ja war, und vom Gift geschwächt, das ihr durch die Haut eingedrungen, konnte sie sich kaum noch erheben. Fast allzu schwer war ihr das Kind, das sie trug. Aber irgendwie schaffte sie einen Schritt nach dem anderen – ohne aber recht zu wissen, wohin sie ging. Und den Ebenholzstab, den ließ sie liegen, wo er lag.

Die Zeit wurde zum Traum. Bald hörte sie das Hufedonner der Azkhantianerhorde und bald das Kriegsgeschrei der Männer von Veddris: Nur in gerechter Sache. Einmal hörte sie eine Frau schluchzen, und da fragte sie sich, ob das ihre tote Mutter oder sie selbst sei. Und sie sah eine flackernde Gestalt am Horizont, wie eine Flamme in Form eines Vogels. Es krampfte sich ihr das Herz vor Sehnsucht zusammen.

Da kam eine Frau in Bauernkittel und Bauernhosen hergelaufen und hob, das sonnenverbrannte Gesicht verziehend, die Sichel in ihrer Hand und rief:

»Mein Sohn! Was hast du mit ihm gemacht?!«

Linned öffnete den Mund, brachte aber kein Wort hervor – sie hatte kein Recht, sich zu verteidigen, nicht einmal mit der Wahrheit. Also ließ sie sich auf die Knie nieder und bettete den Jungen ins Gras.

Und die Frau nahm ihm gleich misstrauisch den Verband ab und fragte: »Warum hast du das gemacht?«

Linned erhob sich. Natürlich hatte die Bäuerin das Recht zu wissen, warum ihr Sohn für den Rest seines Lebens Narben am Bein trüge. »... Feldviper ... herausgeschnitten ... das Gift ...«
»Hab Dank! Du bist eine wahrhaft große, heiligmäßige Frau! Ja, du hast meinen Sohn gerettet!«
»Ich habe nur getan, was getan werden musste.«
»Nein, du warst dazu ausersehen! Und du trägst ... was ist das, eine heilige Reliquie?«, rief die Bäuerin und beugte sich vor, um die Klingenhälften nun zu mustern, versuchte aber nicht, sie auch zu berühren. »Ist das denn der Feuervogel, den man in Far Vethris verehrt?«
Linned fügte die beiden Stücke zusammen, um das Phönixemblem wieder herzustellen ... mochte es auch ganz vom Blut ihres Bruders und dem Gift der Schlange entfärbt worden sein.
»Ja, jetzt sehe ich es!«, sagte die Frau. »Schau doch, Jun, schau, der Heilige Vogel. Er ist für unsere Sünden gestorben, wie die Vethrianer sagen.«
Und da hörte der kleine Jun auf zu schluchzen und sah sich die beiden Teile genau an. Linned hielt gespannt den Atem an.
»Wer hat das zerbrochen?«, fragte der Junge mit seiner hellen Stimme.
»Ich«, erwiderte Linned, und das Herz tat ihr weh, als ob es wie diese Klinge zerspringen wollte.
Er schniefte, wischte sich mit einer Hand die Wange ab und fuhr mit der anderen den Umriss des Phönix nach, über beide Hälften hin.
Und wo seine Finger entlangstrichen, flammte es grell auf ... Linned hielt das zuerst für ein Spiel des Sonnenlichts, eine Laune der Natur. Aber nein, die hellen Flecken vergingen und mit ihnen die Bruchkanten, und die Kette zerfiel zu Rost und Staub. Zug um Zug vereinten sich die Bruchstücke wieder, und bald erstrahlte die Klinge im alten Glanz, und der Phönix gleißte, als ob er sich in die Lüfte erheben wollte.
Da antwortete das Feuer in ihrer Brust, dass sie keuchte vor Verblüffung wie vor Freude. Und die Geflügelte Gestalt, mehr Flamme denn Fleisch, legte sich über die ihre.

»Ein Wunder!«, murmelte die Frau. Tief über ihr Kind gebeugt, war sie sich nur des kostbaren Lebens bewusst, das sie in den Armen hielt.
Und Linned hob die Inata, fühlte, wie warm sie war in ihrer Hand, wie sie bebte unter ihrer Berührung.
Heim, flüsterte in ihr die Stimme, die wie keine andere war.
Sie würde nach Veddris zurückgehen, die Klinge wieder nach Hause bringen, den Bruder um Verzeihung bitten. Was dann geschähe, war nicht vorherzusehen. Bestimmt würde er sie demütigen und die Inata von ihr zurückverlangen. Aber das war ohne Belang. Die Klinge war nur ein Symbol. Der wahre Phönix lebte nicht in einem Metallstück, sondern in ihrer Seele.
Wenn sie aus Habgier oder Angst handelte, konnte keine Magie die Inata neu erwecken. Aber wenn sie der Menschlichkeit und Gerechtigkeit diente … erhöbe sich der Feuervogel in ihrem Herzen von neuem, wieder geboren aus seiner eigenen Asche zu strahlender Pracht.

KATHLEEN DALTON-WOODBURY

Es kann Jahre dauern, bis man merkt, dass man das Talent hat, Magie zu wittern – bis man ihr begegnet ... Wie diese Story, Katheleens zweiter Text in unserer Reihe, zeigt.

Kathleen ist mit einem Chemotechniker verheiratet und Mutter dreier Töchter und Besitzerin zweier Katzen. Sie hat an der Universität von Utah Mathematik und Maschinenbau studiert und hat derzeit drei Jobs: Leiterin eines Schreibkurses an einer örtlichen Schule, Systembedienerin für die Science-Fiction-Bereiche bei GEnie und Koordinatorin eines Online-Workshops bei Orson Scott Cards Website <www.htrack.com>. Sie sammelt Karten, Drachenfiguren, ausgefallene Namen und Informationen über ihre Vorfahren. – MZB

KATHLEEN DALTON-WOODBURY

Der Geruch von Magie

Iana Tadronswaise war nicht da, als der Magier in die Kneipe ihres Onkels gewankt kam, und verpasste damit die ganze erste Aufregung. Stell dir vor: Ein Magier von Räubern überfallen, und das auf einer Landstraße, die noch nie von Banditen oder Strauchdieben irgendwelcher Art heimgesucht worden war!

Duron Gastwirt hatte sie mit dem Rest des Kanincheneintopfs vom Vortag zur Witwe Strohflechter geschickt – die und ihre acht Kinder wussten den ja mehr zu würdigen als die Gäste im Wirtshaus zum Schlafenden Bären, vor allem, da an dem Morgen ja Bolmac Wildschütz wieder so schönes Reh angebracht hatte, für nicht mehr als ein Fässchen Bier, wie jedes Mal.

Auf dem Rückweg dann roch sie den merkwürdigsten Geruch, den sie je in ihrem Leben gerochen hatte. Zuerst roch es wie ein Hauch von Waldbrandrauch … aber dann mehr nach verbrannten Gewürznelken und endlich wie etwas Metallisches – dabei noch weiter wie Nelken und Rauch.

Beim Gedanken an Waldbrand hatte sie sofort Halt gemacht und in jede Richtung geschnuppert und geschaut, um herauszufinden, woher er gekommen sein könnte. Kaum ein Wind ging, der ihn den felsigen Hang hätte herabbringen können … eine kleine Idee stärker schien er, auch in seinen Variationen, vom Hang des Hexenfasskamms her … Da schnupperte sie noch einmal, nur um sicherzugehen, und marschierte los, geradewegs zwischen zwei hausgroßen Felsblöcken hindurch.

Ja, das war die Richtung, aus der es kam. Wieder eine Welle! Diesmal roch es so beißend, dass ihr die Nase lief, die Augen tränten, und sie sich, um nicht zu niesen, die Nase reiben musste. Was das wohl war?

Den nächsten Felsen umrundete sie, über die folgenden beiden aber musste sie klettern. Doch statt dann wieder auf die Erde zurückzukehren, stieg sie auf eine lange, flache Platte, die über weiteren Blöcken lehnte. Vielleicht konnte sie sich ja an die Quelle des Geruchs, was immer die sei, von hoch oben besser annähern als auf dem Boden.

Aber zur Vorsicht ließ sie sich kurz vor dem höchsten Punkt auf den Bauch nieder und kroch so weiter, um …

»Glaubst wohl, du könntest mich anschleichen?« Diese Stimme, vom Alter, von Schmerzen oder beidem rau und kratzig, ließ Iana erstarren, noch bevor sie die Augen weit genug erhoben hatte, um deren Herkunft auszumachen. »Jetzt komm vollends herauf! Lass mich dein Gesicht sehen!«

Und Iana, weil sie ja wohl nicht in der günstigsten Position erstarrt war, kroch vollends hoch und starrte hinunter – auf ein Bündel rauchender Lumpen, aus dem die gelbsten Augen der Welt blickten.

»Wie hast du mich gefunden?«

Iana blinzelte. Dieser Geruch kam von der alten Frau! Merkte die nicht, dass ihre Kleider drauf und dran waren, in Flammen aufzugehen?

»Deine Kleider …«

»Was ist damit?«, sagte die Alte und rührte sich und streckte eine Hand heraus, um auf eine der Schwelstellen zu schlagen. »Oh, keine Angst, die macht ein Zauber feuerfest.« Und damit rührte sie sich wieder und grunzte: »So komm schon herab und hilf mir! Ich glaube, ich habe mir etwas gebrochen!«

Da stieg Iana rücklings die Steintafel hinab, sprang, sobald sie tief genug war, auf den Boden und ging schnurstracks zur Alten hin.

»Wie hast du mich gefunden? Los, sag!«

»Der Geruch. Du riechst wie verbrannte Nelken und brennendes Metall. Bist du wohlauf?«

Die Alte streckte eine Hand aus und zog, als Iana sie nahm, sofort so fest, dass die sich etwas zurücklehnen musste. »Hilf mir mal auf!« Ein Grunzer, und das Bündel Lumpen verwandelte sich in einen Haufen Lumpen und die Alte stand, wenn auch etwas wacklig, auf den Füßen. »Der Geruch, ja? Du hast also eine gute Nase? Was sonst kannst du denn riechen?«

»Normalerweise«, meinte Iana achselzuckend, »rieche ich gar nicht viel. Eben deshalb war das ja so seltsam. Und da musste ich einfach nachsehen.«

»Hach! Ich stütze mich mal auf dich, ja?«, sagte die Alte und fasste sie an der Schulter. Das Mädchen reckte sich unter der Last ... also, die Gute da war entweder kräftiger oder viel schwerer, als sie aussah. Wenigstens schien sie sich nichts gebrochen zu haben. »So. Hast du jemals zuvor etwas wie mich gerochen?«

»Daran kann ich mich nicht erinnern.«

»Oh, das würdest du! Gerüche sind gut darin, Erinnerungen zu wecken!« Damit drängte die Alte sie in Richtung unteres Ende der Steinplatte. »Wie kommen wir hier wieder heraus? Den Weg zurück, den du gekommen bist ... woher auch immer?«

»Warum nicht den, den du gekommen bist?«

Die alte Frau blickte finster zu Iana auf. »Den würdest du nicht gehen wollen.«

Iana nickte. »Schön, dann musst du eben da über die Tafel und dann über die zwei kleineren Felsblöcke dort kriechen.« Nach einem Seitenblick auf die Alte fügte sie hinzu: »Vielleicht gehe ich besser in der Schänke Hilfe holen.«

»Nein! Ich komme schon zurecht ... mit deiner Hilfe!«, sagte die Alte, stellte sich mit dem Rücken ans Ende der Tafel und legte die Hände darauf. »Du steigst jetzt da hinter mich und ziehst, und ich schiebe.«

Iana tat, was ihr gesagt, und so gelangte die Alte denn mit vereinten Kräften auf die Steinplatte. Die zwei Blöcke überquerten sie in einer Art Sitzkriechgang, und dann ging es nur noch darum, die übrigen Felsblöcke zu umgehen – das heißt, Iana ging, und die alte Frau stützte sich auf sie.

»Wie heißt du denn, Mädchen?«

»Iana Tadronswaise. Und du?«

»Sehr vertrauensselig!«, schnaubte die Alte. »Aber du bist ja auch noch jung. Du kannst mich ›Madena‹ nennen, aber meinen wirklichen Namen sage ich dir nicht.«

Darauf wusste Iana nun nichts zu erwidern, und so schwieg sie eben.
»Wo bringst du mich überhaupt hin?«
»Heim. Ins Gasthaus Zum Schlafenden Bären, das meinem Onkel gehört. Einverstanden?« Jetzt hatten sie die Felsen hinter sich und waren wieder auf der Landstraße. Iana konnte auch schon die Biegung sehen, hinter der das Wirtshaus lag.
»Jeder Ort ist besser, als der, an dem du mich fandst. Aber, wie hast du mich überhaupt gefunden?«
Iana machte schon den Mund auf, um Madena an jenen Geruch zu erinnern, aber die winkte mit der freien Hand ab und sagte: »Nein, ich meine, wie du mich so riechen konntest?«, und hob ihr die Hand vor die Nase: »Riechst du jetzt irgendetwas?«
Ihre Kleider rauchen ja nicht mehr, und der Brandgeruch ist auch weg, registrierte Iana bei sich und schnupperte so. Die übrigen Gerüche waren noch da: Das Bittere und das Beißende, und das stach ihr ja ordentlich in die Nase. Dann beugte sie sich vor, roch an der hingehaltenen Hand ... Ja, daher kamen diese Gewürznelken- und Metallgerüche. »Was ist das? Ja, was rieche ich da eigentlich?«
Die Alte schenkte ihr ein halbes Lächeln. »Würdest du mir glauben, wenn ich dir sagte, das sei der Geruch von Magie?«
Iana riss erstaunt die Augen auf und runzelte dann die Stirn. Magie? Magie hat einen Geruch? »Bist du eine Magierin?«
Madena seufzte. »Da bin ich mir nicht mehr so sicher. Es hat mich nämlich jemand mit einem Grischnab attackiert, und nun bin ich wohl ausgebrannt.«
»Was ist ein Grischnab?«
»Etwas Zaubermächtiges. Tut mir Leid, derlei Dinge erklären wir nicht«, erwiderte die Alte und blieb, sie waren kurz vor der Kurve angelangt, mitten auf der Straße stehen. »Wer immer das war, könnte noch hier herum sein!« Und nun schluckte sie schwer. »Ich sage das nicht sehr oft, aber jetzt: ›Bitte!‹ Bitte versprich mir, dass du mir hilfst.«
»Natürlich helfe ich dir«, sagte Iana und lächelte zu den so einmalig gelben Augen hinab. »Und was soll ich tun?«

»Erst mal nichts. Erzähle niemandem von dem Geruch. Erzähle keinem, dass ich eine Magierin bin. Sag keinem irgendein Wort davon. Sag einfach, du hättest mich gefunden, wie ich, ganz von Sinnen, die Straße dahingeirrt sei. Und lass sie glauben, ich sei eine blöde alte Frau.«
Iana nickte. »Wie du willst, Madena.«
»Nenn mich nicht so. Denn wenn ich blöd bin ... kann ich dir ja nicht gesagt haben, wie ich heiße. Kein Name!«, sagte sie und sah Iana streng an, wobei der ein Hauch Nelkenrauch in die Nase stach. »Hast du verstanden?«
Iana schnupperte kurz. »Versuchst du, mich zu verhexen?«
Die Alte ließ sie verdutzt los. »Was? Oh! Hach! Nun, ja, hab ich wohl. Gewohnheit. War aber nicht so gemeint. Ich brauche deine Hilfe. Und das versuchte ich dir eben klarzumachen.«
Iana überflog Madenas zerlumpte, mit Brandflecken übersäte Kleider. Ein feiner, farbenprächtiger Stoff war das einmal gewesen, aber jetzt war er zerfetzt und schmutzig. Der Frau hatte wirklich irgendjemand irgendetwas angetan. Und sie brauchte eindeutig Hilfe. »Nicht einmal meinem Onkel darf ich etwas sagen?«
»Noch nicht«, seufzte Madena. »Bitte, ja?«
Iana blickte zum Himmel auf. Sie log ihren Onkel nicht gern an, hielt es aber auch für klug, Stillschweigen zu bewahren, bis sie wusste, was Madena zugestoßen war. Und wie die gesagt hatte: Der Täter könne ja noch in der Gegend sein. Jetzt sah sie auch, wie kurz die Schatten schon geworden waren ... »Es ist bald Mittag, ich muss zum Gasthaus zurück. Ich verspreche dir zu tun, was in meiner Macht steht.« Damit fasste sie die Alte unter, und so zogen sie denn weiter.

Kaum hatten sie die Kurve gerundet, da fing Madena an, stark zu hinken. Iana sah fragend zu ihr hinab, aber die hielt den Kopf gesenkt. Da ließ näher kommendes Hufgetrappel sie wieder aufblicken.
»Iana! Wo bist du gewesen? Weißt du nicht, dass hier Banditen sind?«, rief der vorderste der Reiter und brachte sein schon schnaufendes und keuchendes Pferd neben sie.

»Ich war für Onkel Duron unterwegs«, erwiderte Iana und sah missbilligend zu ihm hinauf. »Warum versuchst du denn, dein Pferd umzubringen, Guendor?«
»Hör, wir suchen die Räuber, die hier einen Magier überfallen haben«, versetzte der und starrte auf Madena. »Und wer ist die da?«
Iana hatte keine Bedenken, Guendor Landmann anzulügen – den sie bei sich Guendor Schwätzer nannte. Und die Vorstellung, dass er die Räuber fangen wollte, brachte sie doch schier zum Lachen. »Eine alte Frau, die ich auf dem Rückweg in der Nähe der Straße fand.« Aber warum sich bemühen, ihn anzulügen? Er hatte ja nicht den Grips, um sich darüber Gedanken zu machen – in welche Richtung auch immer. »Von was für einem Magier redest du denn?«
»Er ist wieder dort, um sich zu erholen«, sagte Guendor und zeigte Richtung Gasthaus. »Und hat eine Belohnung ausgesetzt für den, der ihm seine geraubten Sachen wiederbringt.« Damit gab er dem Pferd die Fersen und zerrte am Zügel. »Vielleicht haben sie auch die überfallen. Du bringst sie besser ins Gasthaus, da ist sie sicher ...« Wieder trieb er sein Tier an und brachte es dazu, den anderen, die schon ein ganzes Stück weitergeritten waren, hinterher zu trotten ...
»Eine Belohnung!«, rief Madena, nicht mehr hinkend, dafür mit den Armen fuchtelnd. »Für meine Sachen, wette ich!«
Iana nickte. »Nur die Aussicht auf eine Belohnung kann doch Guendor und seine Freunde von ihren Bänken in der Gaststube meines Onkels hochbringen!«
Madena zupfte sie am Hemd. »Bring mich lieber nicht dorthin. Kann ich auch im Stall warten? Ich muss wissen, wer dieser so genannte Magier ist. Das musst du für mich herausfinden.«
»Wie kommt es, dass wir plötzlich an einem Tag zwei Magier in der Schänke haben, nachdem wir seit Jahren nichts mehr von Magiern gehört hatten?!«
»Die Zeiten ändern sich, Magier ziehen umher, und die Welt ist in Unordnung«, sagte Madena und hob an, den Oberkörper hin und her zu wiegen.

Dann klatschte sie in die Hände und schloss: »Und vielleicht beobachtet uns ja jemand. Besser, wir gehen weiter. Du musst mich verstecken.«

Iana blickte sich um, doch die Reiter waren um die Biegung verschwunden. Sie war sich nicht sicher, ob ihr neue Zeiten recht gewesen wären, drehte sich aber folgsam wieder um und führte die Magierin zum Tor des Schenkenhofs. Konnte sie die Alte denn im Stall verstecken? Schön, die fing jetzt wieder zu hinken an. Das war ja vielleicht am besten so. »Also gut. Was genau soll ich denn herausfinden?«

Aber Madena hinkte nur weiter und weiter und zupfte sie am Hemd. Vielleicht sagte sie ja etwas, wenn sie erst in ihrem Versteck war. So brachte Iana sie zum Stalltor, das jemand, wohl Guendor in seiner großen Hast, sich seine Belohnung zu verdienen, sperrangelweit offen stehen gelassen hatte …

Im Stall empfing sie der vertraute Geruch frisch gestreuten Strohs, von Pferden, Zaum- und Sattelzeug und Heu und Hafer. Er konnte aber den von Magie, den sie an Madena noch immer wahrnahm, nicht überdecken … Und sie führte sie zu der großen Box ganz hinten, die Onkel Duron für besondere Gäste bereithielt. Sie fand sie leer, und das hieß, dass der Magier entweder kein Pferd hatte oder nicht als so besonders galt.

Und nachdem sie Madena auf einer über die Streu gebreiteten Pferdedecke gebettet hatte, kniete sie sich neben sie und fragte noch einmal: »Was genau soll ich denn herausfinden?«

Madena legte sich auf ihr weiches Bett zurück und schüttelte den Kopf. »Du bist doch ein kluges Mädchen. Hab einfach gut Acht!« Und nun schlief sie auch schon, oder gab es eben vor.

Da seufzte Iana und erhob sich. Bis zu diesem Tage hatte sie noch nie Magie gerochen. Wie sollte sie wissen, was zu tun war? Kopfschüttelnd bürstete sie sich noch die Strohhalme ab und verließ dann den Stall.

»Iana! Ich fing schon an, mir Sorgen zu machen!«, empfing sie ihr Onkel an der Hintertür des Gasthauses. »Wie geht es denn der Witwe Strohflechter?«

Der Gedanke an deren Augen beim Anblick des Stews ließ Iana lächeln. »Gut, Onkel ... Sie hat mir gezeigt, wie ihre Kinder das Strohflechten lernen. Die kleine Karta dürfte darin wohl besser werden als die Mutter!«

Duron Gastwirt nickte und lächelte noch etwas ... aber nicht lange. »Fürchte, es könnten Räuber in der Gegend sein. Hast du etwas davon gehört?«

»Über die Räuber und einen Magier? Guendor sagte etwas, als er an mir vorbeihetzte. Aber ich kann mir keinen Reim darauf machen.«

Duron trat denn einen Schritt zurück, ließ sie eintreten und folgte ihr in die Küche, die ganz und gar von dem herrlichen Duft des Rehbratens, der dort überm Feuer hing, erfüllt war.

»Bald, nachdem du mit dem Essen für die Witwe gegangen warst, kam ein Fremder in die Gaststube gewankt. Er keuchte, ob vor Atemnot oder Schmerzen, wussten wir nicht zu sagen ... Nachdem er sich eine Weile ausgeruht und sich mit einem Schluck Bier erfrischt hatte, erzählte er, er sei Magier und von Räubern überfallen und ausgeraubt worden. Seine Begleiter hätten sie umgebracht, und er allein habe überlebt ... Dann versprach er Guendor und seinen Freunden eine Belohnung für den Fall, dass sie ihm seine Sachen wiederholten.« So berichtete Duron und ging dabei auf die Tür zum Gastraum zu, und Iana folgte ihm. Und als sie, auf seinen Wink, einen Blick in die Stube warf, sah sie da einen Mann mittleren Alters, mit dunklem Haar und Bart und schimmernder Robe, am Feuer sitzen und mit den noch gebliebenen Gästen reden, dabei mit einer Hand gestikulieren und mit der anderen etwas, was an seiner eleganten Halskette hing, fest umklammert halten.

Iana runzelte die Stirn. Wenn dieser Mann, wie Madena, unter die Räuber gefallen war, wieso war sein Gewand dann noch so heil und unversehrt? Und wieso hatte er dabei als Einziger überlebt? Das musste ein sehr mächtiger Magier sein! Prüfend sog sie die Luft ein ... roch aber nichts als den Rauch des Kaminfeuers. Vielleicht musste sie ja näher herangehen.

»Sein Humpen ist scheint's bald leer, Onkel. Soll ich ihm einen frischen bringen?«

»Er hat schon für fünf Magier genug getrunken, wenn du mich

fragst«, knurrte Duron. »Und nicht für einen bezahlt ... Wenn er mich aus den Sachen zu bezahlen gedenkt, die Guendor und seine Freunde zurückbringen sollen, werde ich wohl nie einen Roten sehen!« Damit drehte er sich in die Küche um. »Bringe ihm lieber etwas zu essen, wenn du schon hören willst, was er sagt.« Und er schnitt von dem knusprigen Reh am Bratspieß ein schönes Stück ab, legte es auf eine Scheibe Brot, gab es ihr, und sie nahm es mit einem Nicken entgegen.

»Freunde, ich bin wohl leider nicht in der Lage, euch jetzt große Zauberstücke zu zeigen«, sagte der Hexer, langte nach seinem Krug, blickte hinein und runzelte schon die Stirn ... als er Iana kommen sah. »Ah, gut!«, rief er und nahm das Brot und Fleisch, das sie brachte, entgegen. »Mein Humpen scheint mir ein Loch zu haben!« Er wies kurz auf die Krugöffnung ... und quittierte das Kichern seiner Zuhörer mit einem Lächeln. »Wenn du so gut wärst?«

Iana nickte und nahm seinen Humpen und schnupperte dabei all die Zeit so gründlich, aber so geräuschlos wie möglich. Doch sie konnte nicht den leisesten Hauch von Magie ausmachen. War dieser Magier etwa so mächtig, dass er den unterdrücken konnte? Da musste sie wohl Madena fragen.

»Ich musste meine ganze Magie gegen diese Räuber gebrauchen. Sonst hätte ich ihre Attacke vielleicht nicht überlebt. Aber wenn ich wieder bei Kräften bin, könnte ich mich ja für eure Anteilnahme mit ein, zwei kleinen Tricks revanchieren.«

Madena hat das doch auch gesagt, überlegte Iana, als sie mit seinem frisch gefüllten Krug zurückging. Dennoch nahm ich an ihr den Geruch von Magie noch wahr. Warum denn dann nicht an diesem Magier?

Als er sein Bier entgegennahm, begutachtete er mit schnellem Blick ihre Figur und wandte sich dann wieder seinen Zuhörern zu. Wohl nicht genug Kurven, um ihn zu interessieren, dachte sie, da sie das sah. Schön ... Aber ob nun aus Befremden über seine Geruchlosigkeit oder aus einem anderen, noch weniger bestimmten Grund – sie war jedenfalls froh, sich wieder in die Küche verziehen zu können.

»Ich traue ihm nicht, Onkel.«
»Ich ja auch nicht, liebe Nichte«, seufzte Duron. »Aber die Dörfler sind seinetwegen hier, und die, wenn schon nicht er, bezahlen, was sie trinken!«
Iana nickte. Ja, sie musste mit Madena sprechen. »Brauchst du mich jetzt eben noch, Onkel?«, fragte sie, trat zum Bratspieß und wendete mit einer Kurbeldrehung eine andere Seite näher zur Glut ... wobei der gute Bratenduft sie daran erinnerte, dass sie seit dem frühen Morgen nichts mehr gegessen hatte. »Kann ich vielleicht draußen essen?«
Duron nickte und knurrte: »Wenn noch einer ein Bier will, kann ich es ihm ja bringen.«
»Danke, Onkel. Ich bleibe auch nicht lange«, sagte Iana und schnitt sich eine Scheibe Brot und ein Stück Braten ab, um beides in den Stall zu bringen. Falls Duron sich da über die Größe der Portion und ihren Appetit gewundert haben sollte, so verlor er jedenfalls kein Wort darüber.

Iana wartete, bis die alte Frau ihren Teil von dem Brot und Fleisch gegessen hatte ... zum einen, weil sie nicht hoffte, vorher eine Antwort von ihr zu bekommen ... und zum anderen, weil ihr nicht danach war, Fragen zu stellen, ehe sie ihren Hunger gestillt und für sich geklärt hatte, was sie fragen wollte.
Schließlich, nachdem sie ihr noch eine Kelle Wasser gebracht und selbst eine Kelle voll getrunken hatte, fühlte sie sich bereit. »Madena, kann denn einer, der nicht Magier ist, auch einen Grischnab benutzen?«
Die alte Frau im Dunkel des Stalls blieb so stumm, dass Iana ihre Frage beinahe wiederholt hätte, obwohl sie sicher war, dass sie sie gehört hatte. Aber da reagierte sie doch: »Warum fragst du?«
Iana überlegte kurz. Warum hatte sie gefragt? Und was, außer dass dieser Magier nicht nach Magie roch, brachte sie darauf, dass er log? »Ich weiß es selbst nicht recht. Aber ich konnte an dem Mann, als ich ihm zu essen und zu trinken brachte, nicht den geringsten Geruch von Magie ausmachen. Könnte es sein, dass er mächtig genug ist, ihn zu unterdrücken?«

»Warum sollte er auch?«, knurrte Madena. »Ich habe noch nie gehört, dass Leute vom Land überhaupt um den Geruch wissen. Geschweige denn, ihn so wahrnehmen wie du.«
Und dann beugte sie sich vor und flüsterte: »Warum fragst du nach dem Grischnab?«
Iana zuckte die Achseln. »Er trägt etwas um den Hals, das er ständig mit einer Hand umklammert. Ich dachte, das könnte es sein. Ja, wenn er kein richtiger Magier ist, könnte er doch irgendetwas Mächtiges brauchen, um die Leute hinters Licht zu führen«, sagte sie und zuckte erneut die Achseln.
Da legte Madena sich auf ihre Pferdedecke zurück. »Hmm! Wenn er nun irgendeinen Schutz hätte. Ein Grischnab ist für einen Magier gefährlich. Vielleicht verfügt der Mann ja über etwas Magie, aber nicht genug, um danach zu riechen?«
Iana zuckte wieder die Achseln. »Ich weiß nicht, wie ich das herausfinden soll? Kannst du nicht sagen, was ein Grischnab ist?«
Wieder blieb Madena ihr die Antwort lange schuldig. Endlich aber erhob sie sich, spähte schnell zum Stall hinaus, setzte sich dann erneut, beugte sich wieder zu ihr vor und raunte: »Es erzeugt Illusionen. Wenn du nicht weißt, dass es nicht real ist, kann es dich töten. Ja, ich habe diese Attacke nur überlebt, weil ich mich, dank früherer Erfahrungen mit einem anderen, damit auskannte.« Da schwieg sie, wie grübelnd, und der Magiegeruch, der sie umgab, schien gar kräftiger zu werden. Schließlich, nach einem leichten Erschauern, lehnte sie sich zurück und schloss: »Ich nahm in der Illusion einen leichten Schein wahr. Worin wohl sein Schutz besteht? Wie kann einer vom Land denn Macht über einen Grischnab haben?«
»Iana!«, war da Duron aus dem Hof zu vernehmen.
»Ich muss gehen. Es wird Zeit, dass wir weiterkommen. Brauchst du noch etwas?«, fragte Iana darauf hastig und sprang auf.
»Nein, danke«, sagte Madena und winkte ab. »Ich ruhe mich noch etwas aus.«
Da wandte Iana sich zum Gehen. Aber die alte Frau packte sie an der Hand und schärfte ihr ein: »Unternimm nichts allein. Ich bin morgen früh bestimmt wieder kräftig genug, um es mit diesem

Magier aufzunehmen ... Mit deiner Hilfe werde ich dann die Wahrheit an den Tag bringen.«
Und Iana drückte der Alten fest die Hand und eilte zur Küche zurück.

Iana zog gerade eine Ladung frisch gebackener Brote aus dem Ofen, während ihr Onkel im Keller einen Krug Bier holte, als der Magier in die Küche kam und fragte: »Bist du denn alles hier herum an weiblicher Gesellschaft?«
Da schüttelte sie die Laibe auf den Schneidetisch und drehte sich stirnrunzelnd zu ihm um: »Gnädiger Herr, Ihr habt wohl heute Abend schon zu viel getrunken!«
Lächelnd kam er um den Tisch. »Nicht viel auf dich, aber das will ich übersehen!« Die eine Hand noch immer um das Ding an seinem Hals gelegt, langte er mit der anderen nach ihr. Iana hob abwehrend das Brotbrett, aber er packte es und stieß es beiseite.
»Herr, Ihr solltet wieder in den Gastraum. Mein Onkel mag es nicht, wenn Gäste in die Küche kommen.«
Da ließ er das mysteriöse Objekt an seiner Halskette los und packte sie an der Schulter. Und sie sah nun, was es war: ein winziger Käfig aus glänzendem, hellem Metall ... mehr noch: Sie nahm einen Geruch von Metall und Gewürznelken wahr, den der Käfig verströmte. Plötzlich erschien ihr der Magier als der anziehendste Mann, den sie je im Leben gesehen hatte: Groß und kräftig, mit lachenden grünen Augen und braunen Strähnen im goldenen Haar.
Da hätte sie vor Staunen fast den Brotheber fallen gelassen, aber nun fiel ihr die Sache mit dem Grischnab ein. Illusion. Nichts von all dem war wirklich! So schlug sie mit dem Heber dahin, wo nach ihrer Erinnerung seine reale Schulter gewesen war, und die Täuschung zerstob wie ein Spiegelbild in einem stillen Teich, in das ein Paddel schlägt. Und der Mann, der knurrte, ließ ihre Schulter los und griff mit beiden Händen nach dem Heber ...
Da fand sie sich in einem neuen Trugbild – und jetzt kämpfte sie mit einem riesigen Bären um ihren Brotheber. Aber dabei juckte ihr die Nase so von diesem Geruch nach Magie, dass sie sich über

die Vision nicht einmal wunderte. Der Zug an ihrem Brotbrett war für einen Bären sicherlich nicht stark genug, aber doch so stark, dass sie es nicht frei bekam. Also trat sie dem Bären mit aller Macht gegen das Schienbein!

Wieder zerstob die Illusion, und der Mann schrie, entriss ihr vor Schmerzen ihren Brotheber und warf ihn hinter sich. Dann langte er nach ihrer Kehle. Doch sie fing seine Hände ab und stieß ihn einfach zurück, fand sie doch nicht die Kraft, den Fuß für einen neuen Tritt zu heben.

Nun legte sich ihm rücklings ein Arm um den Hals und hob ihn jäh vom Boden. Iana wich zurück, als er da in ihres Onkels Griff zappelte, mit den Füßen nach ihr trat und so dunkel wurde im Gesicht. Und als sie unter Durans Arm den winzigen Käfig sah und dessen immer stärkeren Geruch roch, griff sie danach und riss ihn mit einem Ruck ab. Da erschlaffte der Mann in Durans Griff und wurde fast totenschwer. Iana sah ihm ins Gesicht, als Duran ihn zu Boden ließ, aber er hatte die Augen verdreht und zeigte ihr nur das Weiße daran. So lag er, zusammengesunken, zu Durans Füßen.

»Iana, bist du heil?«

Sie rang sich ein Lächeln ab. »Ach, ich denke schon, Onkel«, sagte sie und musterte den kleinen Käfig in ihrer Hand. Der barg ein Bröckchen, das wie Steinsalz aussah, so wolkig, und so unregelmäßig wie von einem größeren Stück gebrochen. War das ein Grischnab? Sie roch daran. So metallen-gewürznelkig, dass ihr die Zähne wehtaten! Sie würde nie wieder eine mit Nelken gewürzte Orange genießen können, dessen war sie sich sicher. So schloss sie die Hand fest um den Käfig und sah zur Hintertür hinüber – Madena würde wissen, was sie mit diesem Ding zu tun hatte, und ihr sollte es recht sein!

Duran stieß den Mann, der vor ihm auf dem Boden lag, mit dem Fuß. »Irgendein Magier, ja?«

»Nein, Onkel«, lachte Iana. »Irgendein Räuber. Der richtige Magier ist draußen im Stall. Ich glaube, es ist Zeit, dass du ihn kennen lernst!« Und damit ging sie zur Hintertür hinaus, und ihr Onkel folgte ihr.

»Bist du dir auch völlig sicher, dass du nicht mit mir kommen willst, Iana?«, fragte Madena und strich ihrer Stute über den Hals, die sie, mit Durans Beratung, bei Latrus, dem Pferdehändler, gekauft hatte. »Ich könnte wohl jemand gebrauchen, der Magie riecht. Ein Talent wie dieses ist ja die reinste Vergeudung fürs ›Land‹, nicht?«

Iana schenkte der alten Magierin ein Lächeln, hielt ihr aber die Hand als Tritt zum Aufsteigen hin. »Ich habe von diesem Geruch für eine Weile genug, Madena«, sagte sie und verzog das Gesicht. »Davon juckt mir die Nase!«

»Nun, ich bin dir jedenfalls sehr dankbar! Ohne deine Hilfe hätten wir ja meine bei dem Überfall weit verstreuten Sachen nie mehr gefunden. Aber es gibt doch wohl etwas, was ich für dich tun könnte, wenn du denn nicht zu meinen Abenteuern mit willst!«

»Also«, erwiderte Iana nach kurzem Überlegen, »wenn dir je ein großer, kräftiger Mann über den Weg läuft, der braune Strähnen im goldenen Haar hat, lachende grüne Augen ... und, wohlgemerkt, eine Portion wirklicher Intelligenz, könntest du mir den schicken. Ansonsten, ich bleibe wohl besser hier und helfe meinem Onkel in der Schänke aus. Er wird mich auch brauchen, wenn noch mehr Magier des Wegs kommen, wie du doch behauptest.«

Madena blickte zu ihr hinab. »Wirkliche Intelligenz, nicht? Die Haare und die Augen ... das ist ja erheblich einfacher, aber ich will schauen, was ich tun kann.« Damit beugte sie sich herab und strich ihr über die Wange. »Lebe wohl, mein liebes Kind. Und sieh dich vor, wenn du wieder einmal Magie riechst!«

»Sieh du dich auch vor«, lachte Iana, »und gehab dich wohl!«

»Das werde ich«, sagte Madena und klopfte auf den Samtbeutel mit dem Käfig, den sie am Halsband trug, und gab ihrem Pferd mit einem Schnalzen zu verstehen, dass es Zeit war. Am Hoftor drehte sie sich noch einmal im Sattel um und winkte ... und Iana erwiderte ihren Gruß.

PAUL EDWIN ZIMMER

Seehundgeschichten bekomme ich zu Tausenden, und die meisten sind eben Dutzendware. Paul jedoch, mit seiner ausgefallenen Phantasie, hat uns eine sehr originelle Version geschrieben.
Paul Edwin Zimmer (er ist mein Bruder) lebt mit Diana Paxson hier in Greyhaven. Er hat bereits neun Romane veröffentlicht und dazu eine Vielzahl von Kurzgeschichten, darunter »Woman of the Elfmounds« in Elf Fantastic *(DAW Books, ›97). Wohl am bekanntesten ist er als Autor einer in der Welt der Dunklen Grenze angesiedelten Romanserie, mit* Ingulf the Mad *als dem neuesten Titel. – MZB*

PAUL EDWIN ZIMMER

Die Macht der Seehundfrau

Sturmmöwen schrien über den sonnenlichtfunkelnden Wogen, als Airellen an die Oberfläche kam, um Luft zu holen.
Diese Gewässer waren neu für sie. In Frauengestalt hatte sie sie vielleicht, lange zuvor, schon gesehen. Aber als Seehund war sie noch nie hier gewesen. Ja, sie schwamm zum ersten Mal in den Breiten, mit der Duftspur ihrer Cousine als einziger Führung, zur Elfenstadt Tirorilorn.
Tauchend suchte sie in sonnenlosen Tiefen der salzigen Flut die dünne Fährte, die von Schwanweiß künde ... Und unter ihr war unergründliche schwarze Tiefe, über ihr aber smaragdfarbenes Licht, das nur die Schatten der Fischschwärme brachen.
Aber manches andere hatte inzwischen seine Duftspur über die ihrer Cousine gelegt: Airellen roch die von Walen, Seekühen, Haien und Fischschulen, den hölzernen Kielen und Riemen der Schiffe sterblicher Menschen, aber auch die anderer Wesen, die sie nicht identifizieren konnte.
Sterbliche Tiere fürchtete sie wenig ... die wehrte sie mit ihrer Magie ab oder schlug sie mit der Schnelligkeit und der Ausdauer einer Unsterblichen.
Wie alte Lieder erzählten, hatten ihre Ahnen vor Tausenden von Jahren die Kraken und andere Seeungeheuer aus den Meeren dieser Welt vertrieben.
Dennoch: Es gab Gerüchte über seltsame Gefahren, die zwischen Y'gora und Tirorilorn lauerten. Aber Cousine Schwanweiß hatte sich ja auch in diese Gewässer gewagt ...
Sie schwamm und schwamm, stieg nur zweimal je Stunde auf, um Luft zu holen. Endlos erstreckte sich vor ihr das Aquamarin der obersten Schichten und unter ihr das Schwarz unbekannter Tiefen. Dann sah sie, weit voraus, eine lange, dunkle Linie, eine Art

Wall, der aus den Meeresgründen hoch wuchs und wuchs und wuchs ...

Und nach geraumer Zeit wurde er zu einem riesigen Riff, das sich aus den sonnenlosen Zonen erhob: zum Rand eines weiten Unterwasserplateaus, mit Schollen von hügeligem Meeresgrund gekrönt, darauf eine dicke Schicht Treibschlick den wogenden Tangwäldern unsicheren Halt bot.

Schulen leuchtend bunter Fische schwebten wie Vogelschwärme zwischen schwankenden Tangblättern, und jenseits davon floss Phosphoreszierendes die Flanken dieses Unterwassergebirges hinab, das bald das smaragdgrüne Dach des Ozeans durchbrach.

Unter sich sah sie Schiffswracks liegen, halb oder völlig im dicken Schlamm begraben, und viele andere wiederum, die über die Steilhänge des Gebirges verstreut waren.

Sie passierte Strömungen, die nach Süßwasser schmeckten. Und als sie wieder zum Luftholen oben war, ließ sie sich treiben und sah sehnsüchtig zur nächstgelegenen der baumbestandenen Inselchen hin, die die höchsten Gipfel jenes Gebirges waren. Und sie wäre gern an Land gestiegen, um ihre Seehundgestalt für eine Zeit abzulegen.

Aber sie sah über den Bäumen Rauch aufsteigen und sah eckige Gebilde, die nur Häuser sein konnten. Die Schmerzen, die ihr die Harpune in ihrer Flanke bereitet hatte, kamen ihr wieder in den Sinn ... In Seehundsgestalt war sie eben immer Jagdwild.

Da tauchte sie wieder tief hinunter, fand auch Schwanweißens Fährte. Die führte zwischen den zwei nächstgelegenen Inseln hindurch, sodass sie bergauf und durch einen kleinen Sattel schwimmen musste, der wie ein Pass bei einem Landgebirge war.

Drüben stach ihr dann eine merkwürdig regelmäßige Ansammlung niedriger Erhebungen ins Auge – von rechteckigem Umriss waren sie, an den Rändern höher als in der Mitte.

Eine Stadt! Das musste einmal Land gewesen sein, vor Zeiten – vielleicht, als der Meeresspiegel noch tiefer gewesen oder der Pass, über den sie geschwommen war, noch höher gelegen hatte.

Hier und da ragten Säulenstümpfe aus dem Schlick, und dort erhob sich sogar, gezackt und muschelüberwachsen, ein Stück

Mauer über die rechteckigen Hügel. Aber zumeist zeugten nur die noch von den Bauten, die vor langem da gestanden hatten.
Dazwischen lagen viele Wracks, von Kanus und norianischen Langschiffen. Die meisten waren nur als lange Vertiefungen des Schlamms auszumachen. Aber dann sah sie ein Kanu, auf einem niedrigen Mauerrest aufliegend, schräg aufragen, und etwas weiter noch ein Boot – ein norianisches Kriegsschiff dies –, das nur so kurze Zeit auf dem Grund des Meeres gelegen haben konnte, denn der Schlamm hatte es noch nicht begraben können. Ja, das vor sehr kurzer Zeit erst gesunken sein musste, weil das Wasser ringsum noch von Raubfischen kochte!
Gerade als sie schaudernd abschwenkte, um im weiten Bogen um den Schwarm sich um Beute streitender Fische zu schwimmen – sah sie etwas Langes, Schlankes, Schlangenhaftes vom Deck des Schiffs aufsteigen und, das scharfe Gebiss gebleckt, nach ihr schnappen.
Da schwamm sie schneller: So etwas wie diesen Kopf hatte sie noch nie in ihrem Leben gesehen, und sein Anblick gefiel ihr gar nicht!
Die Spur ihrer Cousine verhedderte sich nun etwas. Die hatte wohl die ganze Stätte abgeschwommen, hin und wieder, und sich die Ruinen angesehen. Doch Airellen kannte die Richtung, der sie gefolgt war, und spürte ganz deutlich die Strömungen zu dem offenen Kanal, der hinausführte.
Aber da schoss das schlammgraue Ding, das sie belauerte, jäh vom Deck jenes Wracks empor und, wild sich schlängelnd, auf sie. Und so suchte sie dessen Geist, um es mit einem Zauber zurückzuschlagen …
Aber was sie fand, war nicht der Geist eines bloßen Tieres.
Noch als sie zurückzuckte, erfüllte sein Schrei, schrill und durchdringend, das Wasser …
Nicht aus Hunger war dieses Biest auf sie los – den hatte es schon an den Toten auf dem Wrack gestillt.
Aber nicht nur Grausamkeit und Bosheit fand Airellen in diesem erschreckend bewussten Geist, sondern auch einen wilden Hass auf Elfen.

Langsam erstarb dieses grausige Geheul – wurde dann aber von dem eines zweiten, ja, eines dritten aus den Wassern voraus beantwortet.
Erschrocken sah Airellen ein weiteres langes, rankes Gebilde den jähen Sockel der Insel zu ihrer Rechten heruntergleiten.
Und das Biest hinter ihr holte nun auf, mit einem Tempo, das kein sterbliches Tier erreicht hätte. Schon riss es das lange Maul auf!
Da floh Airellen, aus den magischen Reserven ihres unsterblichen Leibes schöpfend, und schoss zur Oberfläche, um Luft zu holen … so schnell, so schwungvoll, dass sie sich aus dem Wasser katapultierte und, tief ein- und ausatmend, über die Wellen segelte, um sich nun in der Luft zu drehen und einen anderen Kurs einzuschlagen …
Noch vor dem Eintauchen sah sie eine lange, schlanke Kreatur aus den Wogen springen.
Da tauchte sie jäh nach unten und wendete. Und sah die dritte, die vom Grund des Ozeans hoch schoss, und spürte die Woge vom Wiedereintauchen der ersten erzittern, die da mit Macht nach ihr strebte.
Was waren denn das für Wesen?! Etwas wie Meeraale oder auch Muränen, nur viel größer …
Und sie hatte immer gedacht, das Heer der Elfen habe derlei monströse Kreaturen schon vor langer Zeit aus den Weltmeeren vertrieben! Woher kamen die dann? Waren sie aus sonnenlosen Tiefen gestiegen, in die das Elfenheer nie vorgedrungen war?
Aber keines der Lieder, die sie kannte, beschrieb Tiere wie diese … so etwas zwischen Meeraal und Hai … ja, ein wenig gar wie ein Delphin …
Mit einem Schlag wurde ihr klar, dass die wirklich von jeder dieser Arten – Delphin, Hai und Aal – etwas besaßen und die dunklen Unterweltmächte sie aus Kadaverteilen gefügt hatten, die in die lichtlosen Abgründe, in denen sie sich verbargen, gesunken waren.
Und als sie wendete und wegtauchte, um ihren pfeilschnellen Verfolgern zu entgehen, kam die nächste Eingebung: Nicht nur Hunger und Hass trieben diese Wesen!

Die wollten ihr Fleisch wegen seiner Machtsubstanz – mit dem kleinsten Bissen von ihrem Seehundfleisch konnten sie ihre Fähigkeiten, sich zu verwandeln, verdoppeln und steuern.
Und sie wendete, beschleunigte jäh und tauchte davon, hinab zu dem neuesten Wrack auf dem Grunde des Meeres.
Über dem Norianer wogte weiter der Streit. Da schoss Airellen durchs Getümmel, dass die Raubfische auseinander stoben – und sah jetzt auf dem Deck die erbärmlich abgenagten Leichen der toten Sterblichen, mit Rüstung und Waffen noch angetan, und so tauchte sie vollends hinab, packte mit dem Mund die lange Harpune, die da lag, und stieg damit, die aufgesperrten Gebisse hinter sich lassend, jäh wieder empor und schoss auf den mächtigen Unterwassersockel der größeren der Inseln zu.
Geradewegs auf das Granitkliff jagte sie zu – mit den Wesen, die sie verfolgten, dicht hinter sich.
Als es schon schien, als ob sie gegen den Fels rasen wollte, wendete sie abrupt mit einer Rolle, ließ die Harpune fallen – und verwandelte sich.
Dann fing sie die versinkende Waffe mit beiden Händen – fast geblendet, wie sie war, von dem Schub Atembläschen, die ihr aus der Nase kamen … ihre nun menschlichen Lungen hielten ja nicht mehr so viel Luft wie die ihrer Seehundgestalt.
Jetzt stemmte sie das Ende der Harpune gegen den festen Fels in ihrem Rücken und richtete die Spitze gegen das vorderste der heranjagenden Monster.
Hart ruckte die Harpune in ihren Händen, als das erste Wesen sich mit dem eigenen Schwung selbst daran aufspießte … und Blut sprang und wölkte die See.
Mit Elfenmacht zur Illusion verdickte sie das wallende Blut, damit es sie deckte, als sie sich von ihrer wild schlagenden Waffe hoch schleudern ließ, dann, mit den langen Beinen fest tretend, sich wieder verwandelte und in Seehundgestalt nach oben schoss.
Sie fühlte die sich windenden, das Wasser peitschenden Wesen in der Blutwolke hinter ihr sich ineinander verheddern. Doch für einen Augenblick nur, denn schon lösten sie sich wieder vonein-

ander, und jagten ihr hinterher – mit Schwimmschlägen so gewaltig, dass sie es am ganzen Leibe spürte.
Und sie durchbrach den Wasserspiegel, schoss in einem großen Sprung durch die Luft, geradewegs auf die felsige Küste zu – fast nur Kliff und Fels waren da zu sehen. Aber dann auch ein Felsblock, auf dem sie landen könnte … und droben über dem Rand des Kliffs grünes Laub im Wind.
Als sie ins Wasser zurückfiel, sah sie zwei schlangengleiche Wesen auf sich zujagen. Da verließ sie die Fluten im Flug!
Und hörte hinter sich Gebisse leer aufeinander schlagen.
Auf dem Fels gelandet, verwandelte sie sich, auf dem Schwanz balancierend, spreizte darauf die Finger, um an der Felswand über ihrem Kopf Halt zu finden.
Die nackte Haut gegen den Fels gepresst, stieg sie nun, jeden winzigen Spalt nutzend, den ihre Finger fanden, auf, bis sie sich in die schwankenden Äste eines Baums an der Kliffkante schwingen konnte.
Und als sie aus dieser Höhe in die Brandung hinabspähte, sah sie erst eine und dann die andere spitze Schnauze die Wogen teilen …
Immer nur kurz waren die wütend kreisenden Monster in weißer Gischt und grauem Schwall auszumachen. Waren es wirklich nur zwei? Sie konnte nicht sicher sein, dass ihre Harpune dieses eine, das sie aufgespießt hatte, auch erledigt hatte. Manche Lebewesen waren ja gegen natürliches Holz und normalen Stahl gefeit und konnten nur mit magischen Waffen getötet werden.
Sie machte sich Sorgen um Schwanweiß! Deren Spur hatte durch die versunkene Stadt geführt, und sie hatte wohl einige Zeit damit verbracht, die zu erkunden … War sie etwa von diesen Monstern angefallen und gefressen worden?
Aber nein, dachte sie. Dann hätten diese Kreaturen ja schon die Kräfte aufgenommen, auf die sie noch so aus waren …
Sie waren wohl eher erst, als Schwanweiß weitergezogen war, in diese Stadt gekommen – wahrscheinlich aus den lichtlosen Tiefen am Fuß des Unterwassergebirges.
So streckte sie ihren Geist aus, um zu erkunden, ob es noch mehr waren als die beiden.

Da, die hatten sie gespürt! Von deren konzentriertem Schwall von Hass erbebend, sah sie zwei Köpfe die Wasser teilen, zwei Augenpaare sich mühen, sie durch die Luft hindurch zu sehen.
Für einen Moment nur – dann tauchten die Wesen wieder unter, denn ihre Augen waren an das helle Licht und die Luft nicht gewöhnt.
Aber sie würden die Gewässer um die Insel patrouillieren. An Land wäre sie also vielleicht sicher – aber sobald sie es zu verlassen suchte, würden die sie jagen.

Über sieben Tage lang erkundete Airellen die kleine Insel.
Und die war im Wesentlichen schroffe Felsenküste, wie dort, wo sie an Land gesprungen war, und im Übrigen ein bewaldeter Berggipfel mit einem tiefen Tale, von quellgespeisten Bächen eingekerbt, die in eine weite, von Sandstränden gesäumte und von einem großen Dorf beherrschte Bucht mündete.
Ja, es lebten Menschen hier ... Sterbliche, Angehörige einer größeren, gar mehrere Inseln übergreifenden Kultur. In Einbäumen verkehrten sie miteinander, um Nahrungsmittel und allerlei Handarbeiten gegen recht grob geschmiedete Eisenwerkzeuge zu tauschen.
Elfische Scheu trieb Airellen in die tiefsten Dickichte. Sie fürchtete die Menschen und misstraute ihnen. Ihr Volk hatte nie viel mit ihnen zu tun gehabt, und ihre eigene Erfahrung, so bescheiden sie sein mochte, hatte ihr wenig Vertrauen zu ihnen eingeflößt. Also verbarg sie sich und beobachtete sie unbemerkt.
Und sie las in ihnen wie in einem Buch ... las bei Tag ihre Gedanken und bei Nacht ihre Träume.
Sie wussten um diese Wesen der See – aber ihnen schien ja die See immer eine Gefahr, der Riesenaal nicht gefährlicher als der Hai oder jeder andere todbringende Jäger vor ihrer Küste ... wenn auch doch mit etwas Monströsem und Bösem behaftet.
Wenn sie also in Tirorilorn davon berichtete, dachte sie bei sich, käme vielleicht ein großer Elfenheld, diese Monster zu töten. Aber konnte sie die Insel verlassen?
So musterte, kostete sie das Wasser ringsum, und wenn es ihr sau-

ber schien, nicht im Geringsten so übel nach den Aalwesen schmeckte, wagte sie den Versuch ... und kehrte immer wieder schnell zurück, da sie diese allgegenwärtigen Monster wieder heranschießen fühlte.

Langsam begriff sie, dass sie nicht auf Hilfe zählen konnte. Wenn sie je diese Insel verlassen wollte, musste sie die Aale selbst töten.

Töten war ihr zutiefst zuwider ... aber ihr war auch bewusst, dass andere Lebewesen nur leiden würden, wenn sie vor dieser Aufgabe zurückschreckte.

Erst schien es ihr ein hoffnungsloses Unterfangen, aber mit der Zeit und durch gründliche Überlegung kam sie darauf, dass dem nicht so sei. Es waren nur noch zwei der Aalwesen übrig – also hatte sie das eine getötet und dabei selbst überlebt. Ein Speer konnte sie also töten – jedenfalls, wenn er in der Wunde blieb.

Sie hätte sich ja leicht einen stehlen können ... aber damit hätte sie den Leuten sehr geschadet. Ich muss ihnen etwas Gleichwertiges dafür geben, dachte sie sich. Aber sie wusste nicht, was den Sterblichen von Wert wäre.

So galt es, in den Köpfen hier zu lesen, vor allem in denen derer, deren Wünsche sie mit ihren Kräften erfüllen könnte. Am besten, ich lasse mir einen Speer anfertigen, dachte sie und nahm daher als Erstes Einblick in den Kopf des Schmieds.

Der, ein alternder Mann, litt unter dem Nachlassen seiner Gesundheit. Für sie als Elfin war das schwer zu ertragen – es war doch mehr an Sorgen, Schmerzen und Schrecken mit der Sterblichkeit verbunden, als sie sich je hätte vorstellen können. Und seine Verzweiflung beim Gedanken an den nahenden Tod machte sie fassungslos.

Eine schreckliche Traurigkeit stieg in ihr auf. Gegen den Tod hatte sie keine Macht, und so weinte sie um den Mann, der so bald welken und sterben sollte.

Eine Zeit lang, von seiner Verzweiflung ganz betäubt, schrak sie denn vor jedem weiteren Kontakt mit Sterblichen zurück, deren elementarsten Nöten sie ja nicht abhelfen konnte.

Aber mit der Zeit ging ihr auf, dass der Schmied noch andere, stärker empfundene Sorgen als die Angst vor dem Tode hatte. Und das waren Nöte, bei denen sie helfen konnte!

Mit ihrer Macht konnte sie ihm leicht einen Großteil seiner Gelenkschmerzen nehmen, mit ihrem Wissen ihm zu Speisen und Kräutern raten, die ihn stärkten und von den meisten Leiden befreiten.

Und sie konnte ihn auch lehren, einen viel besseren Stahl zu erzeugen als je ein Schmied seines Volkes ... und Speere von einer neuen, tödlicheren Weise zu schmieden, die die Händler von den entferntesten Inseln herlocken würden.

So wuchs nun ihr Selbstvertrauen, da sie, von dem grässlichen Gefühl erlöst, einem Altersgebeugten und Todgeweihten nichts von Wert geben zu können, doch wusste, wie sie jene belohnen könnte, die ihr halfen.

Nun richtete sie ihren Sinn auf die Suche nach anderen, die sie zur Mitarbeit bewegen könnte. Aber dieses Mal suchte sie vorsorglich unter jüngeren Leuten, die sich, so nahm sie an, noch nicht so mit ihrer Sterblichkeit plagten.

Nicht lange, da fühlte sie einen hellen Schein des Hoffens und Sehnens und sah Chancen, Beziehungen anzubahnen, die ihr von Nutzen sein konnten.

Da war ein schüchterner junger Mann, und der hatte nur Augen für eine junge Frau, die ihm die Allerschönste schien – aber er hatte nicht den Mut, sie anzusprechen.

Auch die junge Frau war schüchtern und sah sich oft nach ihm um und betete um ein Zeichen, dass er sie liebe.

Eine, das Geschirr zu flechten; einer, die Spitze zu schmieden; und einer, den Schaft zu schneiden. Das reichte. Nun musste sie nur noch die Nacht abwarten.

Und die Nacht kam. Airellen las die Träume der Sterblichen, die sie ausgewählt hatte, mobilisierte die Kräfte, über die sie gebot, und machte ihre stärksten Zauber bereit. Mit der elfischen Illusionskunst sandte sie einen glänzenden Strahl ins Dorf ...

Schön und alterslos erschien sie dem Schmied im Traum und sprach mit machtvoller Stimme ...
»Fertige zwei Speerspitzen denn, aus festem, giftigem Eisen, dreimal geschmiedet, im Saft einer Frucht gehärtet.« Während sie sprach, erfüllte sie ihn mit neuer Kraft und Gesundheit, befeuerte sein Blut, verjüngte seine Herzmuskeln und wärmte ihm die steifen Gelenke. »In Fruchtsaft getaucht und erneut geschmiedet, beim letzten Mal perfekt geformt, so gezackt und gespitzt, gibst du sie dann dem ...«, und damit erschien das Gesicht des jungen Mannes, in geisterhaftem Licht wie mattes Silber schimmernd.

Die junge Frau, die sich ein Zeichen wünschte, träumte, eine Fremde von unerhörter Schönheit betrete ihre Hütte ... eine Frau, in Zauber gehüllt, die ihre schlanke Gestalt mit einer Glorie umgab, als ob ihre Haut und ihr langes schwarzes Haar das reinste Sonnenlicht berge.
»Du hast ein Zeichen erbeten«, sprach die Fremde, mit einer Stimme schöner als Vogelgesang. »Sieh!«
Und die junge Frau sah sich selbst vor der Hütte sitzen und mit flinken Fingern sich mühen, aus Leder- und Stoffstreifen ein seltsames Geschirr zu flechten, das von einer neuen, ihr rätselhaften Form war und einem Menschen, ob Mann oder Frau, wohl nicht gepasst hätte.
Dann sah sie es an einem Seehund wieder, und da lachte sie schallend.
»Du bist nur ein Traum«, sagte sie zu ihrer geheimnisvollen Besucherin. »Was hat dieser Unsinn mit mir zu tun? Oder mit dem Zeichen, um das ich bat?«
Da änderte sich, wie zur Antwort, das Bild, und sie sah den jungen Mann, an dessen Schüchternheit sie schier verzweifelt war, doch am hellen Tag auf ihre Hütte zukommen. Und er trug etwas in den Händen, zwei ... Stangen? Nein, Speere von ganz seltsamer Art.
»Sieh hier«, hörte sie ihn sagen, »was ich aus Liebe zu dir gemacht habe!«

Und der junge Mann hörte sich im Traum jene Worte der jungen Frau sagen, die ihm doch seit langem nicht mehr aus dem Sinn ging. Er hatte schon früher von ihr geträumt. Aber an diesem Traum war etwas anders – er wusste nur nicht genau, was …
Er erinnerte sich – aber die Erinnerung war unklar, wie all diese Erinnerungen –, dass er sich im Bergwald zwei Stangen schneiden musste, die er dann sauber zu schäften und mit den Speerspitzen, die ihm der Schmied gäbe, zu versehen hätte – und wie? Das wusste er nicht mehr, wohl aber seine Hand.
Verwirrt erwachte er im kühlen Frühlicht und versuchte sich zu erinnern … hatte er sie denn geküsst? Und die Röte, die ihm dabei ins Gesicht stieg, machte ihn noch heiß, als er wieder in Schlaf fiel.

Als der Schmied erwachte, fühlte er sich so stark und robust wie schon seit Jahren nicht mehr. Er sprang auf die Füße wie ein weit jüngerer Mann und machte, dass er zu seiner Schmiede kam, so brannte er darauf zu arbeiten. Aber der Anblick der Früchte, die sich auf einer Bank neben der Tür häuften, ließ ihn innehalten.
»In Fruchtsaft getaucht und erneut geschmiedet …« Es juckte ihn, als ihm diese Worte wiederkamen, aus vagen Erinnerungen an einen Traum, an dem er jetzt nicht mehr zweifelte. Und er fachte schnell ein Feuer an, so heiß es nur ging, nahm sein reinstes schweres Eisen und machte sich nun ernstlich an die Arbeit.

Der junge Mann stand viel später auf. Als er nun, immer noch seinem Traum nachhängend, durchs Dorf wanderte, hörte er den Schmied singen, ganz seinen Amboss übertönend. Da wunderte er sich, dass die Stimme des alten Mannes wieder so kräftig war und so hell und der Schlag seines Hammers so schnell …
Und er bog ab … und merkte erst nach einiger Zeit, dass er die waldigen Hänge über dem Dorf hochstieg, hin zu dem Ort, den er im Traum gesehen.
Was suchte er hier? Schlief er denn noch? Eine leichte Brise ließ das Laub rauschen und raunen … Und er, er folgte dem gewunde-

nen Pfad bergauf und begann dann, wie in einem Traum, sich die langen, kerzengeraden Stangen zu schneiden, die er brauchte ... Wozu brauchte? Er fühlte sich plötzlich so unwohl in seiner Haut, sah sich unruhig und ängstlich um – blickte auch über die Schulter zurück. Und sah etwas, einen Nebel, einen Schatten, in die Büsche stieben, und da hetzte er in plötzlicher Panik die steilen Abhänge hinab, ungeachtet der Gefährlichkeit des rauen Geländes, und sprang über rutschige Partien und brach durch dichten Busch wie von Furien gehetzt.

Wieder im Dorf, stand er bebend und keuchend da, ausgepumpt und ganz außer sich vor Schrecken. Irgendetwas Unheimliches und Gefährliches lauerte da oben, spann seine Zauber, um ihn, um sie alle zu fangen.

Da hörte er seinen Namen rufen. Und als er herumfuhr, sah er den Schmied daherkommen, die eine Hand zu ihm ausgestreckt.

»Hier«, sagte der alte Schmied. »Die sind für dich.«

Und nun sah der junge Mann in dessen Hand zwei Speerspitzen, wie sie außer in Träumen noch nie gesehen worden waren.

Seine Finger erinnerten sich gut, wie sie an den Schäften zu befestigen waren ... doch als er nun danach griff, fühlte er denselben kalten Schauer wie dort oben am Hang, als er, halb nur, diese mysteriöse Gestalt im Gebüsch hatte verschwinden gesehen. Wartete sie dort jetzt auf ihn? Hatte sie den Traum geschickt, um ihn ins Verderben zu locken?

Aber dann fiel ihm ein, wie der Traum geendet hatte.

Die junge Frau blickte auf, um das Zeichen zu sehen, das sie erbeten hatte – das Zeichen, das ihr im Traum gezeigt worden war.

»Sieh hier, was ich aus Liebe zu dir gemacht habe!«, sagte der junge Mann und legte ihr zwei seltsame Speere ganz neuer Art zu Füßen.

Der Traum hatte sich bewahrheitet!

Er hielt sie umfangen, und ihre Lippen fanden sich – das war alles, was zählte.

Dann beeilte sie sich, das Geschirr zu flechten, so wie sie es im

Traum gesehen, und Geschirr und Speere, mit der Hilfe ihres neuen Liebsten, hoch in den Baum bei ihrer Hütte zu hängen. Am Morgen waren sie verschwunden.

Airellen ließ sich ins Meer gleiten. Der eine Speer, vorn am Geschirr in der Halterung steckend, ragte ihr weit über die Schulter, sodass sie ihn mit ihrem Schwung ins Ziel bringen könnte. Und den anderen trug sie auf den Rücken geschnallt.
Den müsste sie unter Wasser übernehmen – außer, es fand sich ein geeigneter Fels – und zwar mit Menschenhänden. Aber das Geschirr selbst ließ sich ja mit den Zähnen öffnen.
Kaum ein Stück draußen, spürte sie das Wasser von gewaltigen Schwanzschlägen erbeben, nahm sie den üblen, Ekel erregenden Aasgeruch der Aalmonster wahr. Da schwamm sie, so schnell es ging, auf einen Felsen zu, den sie erspähte.
Und die wurmähnlichen Untiere kamen um die Spitze der Insel geschossen.
Dicht beieinander waren sie, viel zu dicht. Airellen begann, wie panisch im Zickzack zu schwimmen, als ob sie kopflos das Weite suchte.
Und es hatte Erfolg: Die beiden scherten auseinander, um sie von beiden Seiten zu fassen, damit sie ihnen nicht entkäme. Und sie, sie schwamm immer hektischer – und hielt dabei auf jenen Felsen zu.
Plötzlich, mit einem Schlag, machte sie kehrt und raste wie ein lebendiges Geschoss auf einen ihrer Verfolger zu.
Der sah die Gefahr, die ihm drohte, erst im letzten Moment, versuchte dann noch wegzutauchen, aber zu spät – sie war im Wasser so wendig wie er, rammte ihm den Speer, der ihr weit über die Schulter ragte, in den Hals und bis tief ins Herz.
Blitzschnell fasste sie den Knoten ihres Geschirrs mit den Zähnen und flitzte ab, als der zweite Aal, das grässliche Gebiss gebleckt, dahergezischt kam. Zu dem Felsen wollte sie, aber ihr Feind war ihr da im Weg.
Keine Zeit also, den Felsen zu erreichen! Sie hatte gehofft, da das Geschirr ablegen zu können und an den zweiten Speer zu kom-

men. Nun zog sie ihn unter Wasser aus, verwandelte sich, drehte sich kurz, um die Waffe in die Hand zu bekommen, und richtete sie dem wieder heranschießenden Monster entgegen.
Doch das schwenkte ab und begann, sie zu umkreisen.
Sie würde bald wieder auftauchen müssen, um Luft zu holen – und dann fiele es über sie her.
Wenn sie nur bis zu dem Felsen gekommen wäre! Schon machte ihr der Luftmangel zu schaffen.
Sie spürte es an den Beinen, als es ankam – da stieß sie zu. Wie kochte das Wasser, als es zurückfuhr! Aber es war, wie sie im Tauchen sah, nicht tödlich getroffen. So riss sie den Speer wieder heraus, als es mit dem enormen Gebiss nach ihr schnappte. Und das Blut schoss aus der Wunde in dem riesigen Schwanz, dass es wie rasend wurde und blind vor Wut – und sie ihm den Speer ins Maul stieß, bis in den Hals hinein.
Da spießte es sich immer mehr selbst auf, in seinem wütenden Ansturm auf sie.
Doch sie hüllte sich in ein Trugbild, eine Wolke von Blut, die sie verbarg. Da hatten die gewaltigen Kiefer schon fast ihre Hände erreicht!
Und sie ließ den Speer los und schwamm davon.
In Seehundgestalt verfolgte sie dann, mit einem Gemisch aus Grauen und Mitleid, wie es wild um sich schlug und wie toll Blut verlor, bis es sich auf den Rücken drehte und bauchoben und schlaff im Wasser trieb.
Nicht lange, so tauchte ein Hai auf und fiel darüber her.
Aber da war Airellen schon weit weg, in ruhigeren Gewässern. Da fand sie auch die Duftspur ihrer Cousine wieder, stieg zum Luftholen auf und jagte dann bald wieder übers Meer, hin zum fernen Tirorilorn.